Katharina Seck

Die Dunkeldorn Chroniken

BLÜTEN AUS NACHT

W0365922

KATHARINA SECK

DIE DUNKELDORN-CHRONIKEN

BLÜTEN AUS NACHT

Roman

blanvalet

Sollte diese Publikation Links auf Webseiten Dritter enthalten, so übernehmen wir für deren Inhalte keine Haftung, da wir uns diese nicht zu eigen machen, sondern lediglich auf deren Stand zum Zeitpunkt der Erstveröffentlichung verweisen.

MIX
Papier | Fördert gute Waldnutzung
FSC® C083411
FSC
www.fsc.org

Klimaneutral
Druckprodukt
ClimatePartner.com/14044-1912-1001

Penguin Random House Verlagsgruppe FSC® N001967

1. Auflage 2022
Copyright der Originalausgabe © 2022 by Katharina Seck
Dieses Werk wurde vermittelt durch die Literarische Agentur
Thomas Schlück GmbH, 30161 Hannover.
Copyright der deutschsprachigen Ausgabe © 2022 by Blanvalet
in der Penguin Random House Verlagsgruppe GmbH,
Neumarkter Straße 28, 81673 München
Redaktion: Angela Kuepper
Umschlaggestaltung: Anke Koopmann | Designomicon
Umschlagmotive: Shutterstock.com (Mia Stendal; IuChi; Studiotan)
BL · Herstellung: sam
Satz: Vornehm Mediengestaltung GmbH, München
Druck und Bindung: CPI books GmbH, Leck
Printed in the EU
ISBN 978-3-7341-6324-1
www.blanvalet.de

Für einen Augenblick nur
haben wir beide den Regen gefunden,
bevor ich die Welt in Flammen setzte.

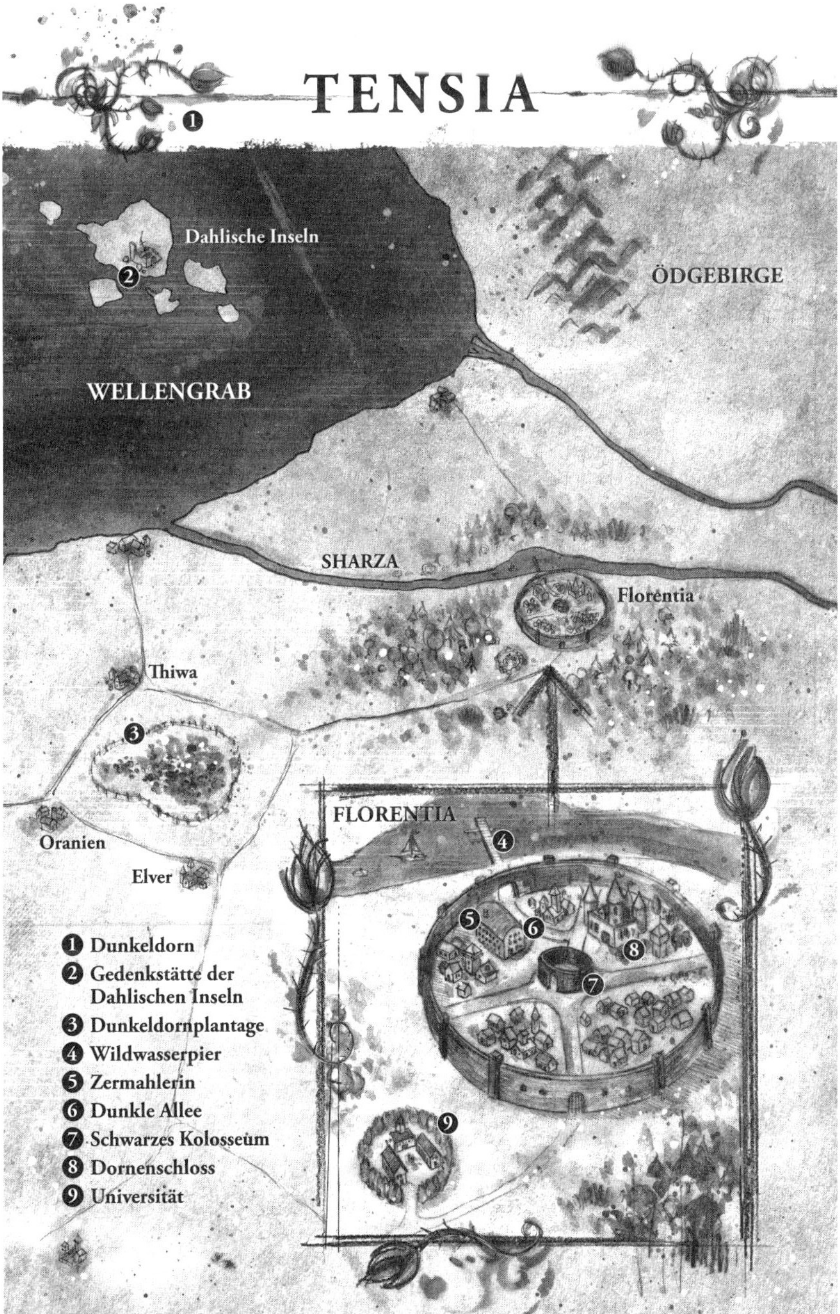
TENSIA
Dahlische Inseln
ÖDGEBIRGE
WELLENGRAB
SHARZA
Florentia
Thiwa
FLORENTIA
Oranien
Elver
❶ Dunkeldorn
❷ Gedenkstätte der Dahlischen Inseln
❸ Dunkeldornplantage
❹ Wildwasserpier
❺ Zermahlerin
❻ Dunkle Allee
❼ Schwarzes Kolosseum
❽ Dornenschloss
❾ Universität

PROLOG

Die Menschen in Tensia, vor allem jene, die schon viele Jahre auf dem Buckel hatten, sagten, eines Tages würde jemand kommen, der sie alle vereinen würde: das einfache Volk und die Edlen, die Armen und die Reichen, die Kranken und die Gesunden, die Arbeiter und die Mächtigen, die Sterblichen und die Unsterblichen. Geboren mit adeligem Blut und zugleich mit Dunkeldornmagie gesegnet, würde er kommen, sie alle unter seinem Banner zu sammeln und in ein leuchtendes Zeitalter zu führen.

Und wenn er da sein würde, erzählten Großmütter und Großväter ihren Enkeln, dann wäre er der hellste und zugleich dunkelste Stern über Tensia.

Sie sagten, man würde ihn den Königsgleichen nennen.

1

Aschewind aus Norden

Es war die einhundertzehnte Blütezeit des Dunkeldorns, der alle vier Jahre schwarz und kraftvoll und tödlich erblühte, und sie war dieses Jahr besonders unerbittlich – was jede Generation über die jeweilige Blütezeit zu sagen pflegte, denn sie alle waren eine Tortur.

Die Sonne brannte gnadenlos herab. Der Griff des metallenen Wassereimers schnitt schmerzhaft in meine Hand, als ich ihn über das Feld schleppte. Ich hielt mich möglichst gerade, weil das Gewicht zweier zusätzlicher Eimer, die an einem Holzgestell auf meinen Schultern befestigt waren, mich niederzudrücken drohte. Auf der riesigen Fläche der Dunkeldornplantage, die größer als unser Dorf war, befanden sich nur zwei funktionierende Brunnen, sodass es Dutzende Frauen brauchte, die Felder zu bewässern, bevor die Sonne unterging.

Ich spürte, wie sich aufmerksame Blicke in meinen Rücken bohrten und jeden Schritt überwachten, den ich tat. Die Vorarbeiter schwangen während der Blütezeit durchaus auch mal die Peitsche, wenn sie glaubten, dass wir trödelten oder außerhalb unserer streng festgelegten Ruhezeit pausierten. Ich schickte mich an, schneller zu gehen, ohne dabei

Wasser überschwappen zu lassen. Mein Gang war über die Jahre – sechs waren es nun fast auf den Tag genau, die ich hier arbeitete – sicher geworden. Jeder Tropfen war lebenswichtig, zwar mehr für die Pflanzen als für uns, aber lebenswichtig. Je weiter fortgeschritten der Sommer war, desto mehr Brunnen trockneten in Tensia aus, sodass wir behutsam mit den Vorräten umgehen mussten, damit die Dunkeldornen ohne verheerende Verluste geerntet werden konnten.

In Block 21, dem ich zugeteilt war, hielt ich schnaufend inne. Der Schweiß tropfte mir in die Augen, obwohl die stärkste Mittagshitze bereits vorbei war. Ich wischte mir mit dem Ärmel über das Gesicht und ging dann auf Julian zu, welcher in der Wasserkette die letzte Station in meinem Bereich war. Dort oben in der Kabine der mechanischen Sprinkleranlage war er für die gleichmäßige Verteilung des Wassers in diesem Abschnitt zuständig, damit jede Pflanze genügend getränkt wurde. Die Anlage war fest installiert und über ein paar Stufen erreichbar; von seinem Sitz aus konnte er sie in alle Richtungen steuern, um das Wasser aus dem Tank, den ich befüllen sollte, auf dem Feld zu verteilen.

»Nummer fünfzehn also«, sagte er, als er mir eilig ein paar Meter entgegenkam, um mir den schweren Eimer in meiner Hand abzunehmen und mir dann mit den anderen beiden zu helfen.

»Kannst du noch, Opal?« Auch wenn seine Stimme fast nüchtern klang, war der Blick seiner dunkelbraunen Augen besorgt und die Falte zwischen seinen dichten Brauen steil. Das wellige dunkle Haar klebte ihm nass in Stirn und Nacken. Auch sein langärmliges Hemd, das seine hellbraune Haut vor der Sonne verbarg, war durchgeschwitzt, aber nicht so sehr wie meins, das mir am Körper klebte, vor allem dort, wo die

Gurte auf den Stoff drückten. Zum Wassertragen wurden in der Regel nur Frauen eingesetzt, weil sie zäher waren als Männer und lang andauernde Arbeiten besser durchhielten. Dafür war die Arbeit auf der Sprinkleranlage mit viel Körperkraft verbunden, denn sie musste mit mechanischen Getrieben in Gang gehalten werden.

»Alles gut«, versicherte ich. Tatsächlich war ich durstig. Wasser gab es nur zu jeder vollen Stunde, wenn wir fünf Minuten Pause machen durften. Dann mussten wir Läuferinnen uns am Zelt des Vorarbeiters, von dem es in jedem Block eines gab, versammeln und konnten unsere Feldflaschen, die an unseren Hüften baumelten, bis zur Hälfte auffüllen lassen.

Julian hielt mir seine Flasche hin, nachdem er sich vergewissert hatte, dass niemand hinsah. »Hier. Trink. Du siehst grauenhaft aus.«

»So sehe ich immer aus, falls dir das noch nicht aufgefallen ist«, erwiderte ich grinsend. Dann schüttelte ich den Kopf. Jemandem Wasser anzubieten war hier in Elver und in den anderen Dörfern, die Felder bewirtschafteten, eine große Geste. »Behalt es für dich. Gleich ist Pause, dann bekomme ich ohnehin frisches Wasser.«

Frisches Wasser … eher pisswarme, trübe Plörre, die einmal gefiltert, aber vermutlich nicht abgekocht wurde, wie wir es zu Hause taten. Doch wir hatten keine Wahl. Wir mussten nehmen, was wir kriegen konnten, sonst würden wir keinen einzigen Tag auf der Plantage überleben.

»Wie du meinst.« Er kannte mich gut genug, um zu wissen, dass ich zu stur war, um mich überreden zu lassen. Immerhin arbeiteten wir seit sechs Jahren zusammen auf den Feldern. Diese Ernte war für uns beide die erste, an der wir selbst von

Anfang an mit dabei waren, unser erster vollständiger Zyklus. Wir hatten die Dunkeldornen rings um uns herum seit vier Jahren gemeinsam wachsen sehen. Zu Beginn waren wir zusammen auf dem Boden herumgekrochen und hatten die Samen mit Handschuhen eingegraben, weil sie mit so viel Umsicht behandelt werden mussten, dass sie nur per Hand ausgesät werden durften. Innerhalb weniger Monate waren die Triebe aus dem Boden geschossen, schlimmer und schneller als Unkraut, und seitdem hatten wir die dunklen, mysteriösen Pflanzen mit dem süßlichen Duft bei Wind und Wetter am Leben erhalten müssen, denn die Blütenköpfe öffneten sich immer erst nach vier Jahren, um den wertvollen Nektar freizugeben, der dann unter Einsatz unseres Lebens geerntet wurde. Die dunkle Pflanze war, obwohl sie noch nicht fertig ausgereift war, bereits wunderschön anzusehen. Ihre Gestalt erinnerte entfernt an schwarze Orchideen, und doch war sie noch gewaltiger und anmutiger zugleich, wenn sich ihre Blütenblätter erst einmal öffneten.

Julian packte den Eimer fester und kippte den Inhalt in den großen Behälter der Sprinkleranlage.

Neben uns arbeitete ein Junge aus Thiwa, einem Nachbarort. Er war gerade erst fünfzehn Jahre alt geworden, also knapp sechs Jahre jünger als ich und damit alt genug, als Feldarbeiter eingezogen zu werden. Seine behandschuhten Finger gruben Erde um, wo bereits die ersten wenigen Pflanzen geerntet worden waren. Man sah ihm an, dass er noch unerfahren war. Die Lappen, die er sich um Füße und Beine gewickelt hatte, um sie vor dem schwarzen Blütenstaub zu schützen, wiesen Lücken auf, unter denen seine Haut heute Abend feuerrot sein würde. Er war zu arm, um sich festes Schuhwerk leisten zu können.

»He«, rief ich ihm zu und deutete auf seine Füße. »Bedeck dich richtig.«

Der Junge – er hieß Jim, wenn ich mich recht erinnerte – blickte fragend an sich herunter, bis er verstand, was ich meinte. Dann zuckte er mit den Schultern und machte mit seiner Arbeit weiter, als hätte er mich nicht gehört. Von hinten bellte sofort ein Befehl über das Feld. Der Vorarbeiter hatte mitbekommen, dass wir in unserer eigentlichen Arbeit innegehalten hatten. Ich presste die Lippen aufeinander.

Lass es, Opal. Du hast mit dem Jungen nichts am Hut. Ist nicht deine Sache, wenn er die einfachsten Regeln nicht befolgt. Du hast ihn darauf hingewiesen, mehr kannst du nicht tun.

Julian hatte die übrigen Eimer in den Tank geleert und kehrte zu mir zurück. Obwohl ich ihn nicht darum gebeten hatte, half er mir, sie an der Vorrichtung an meinen Schultern zu befestigen, ehe er mir den dritten in die Hand drückte. Mit dem Kinn deutete er zur untergehenden Sonne.

»Ein letztes Mal. Dann kannst du dir den Bauch vollschlagen. Deine Nan hat sicher schon …«

Ich bemerkte es aus den Augenwinkeln, den Schatten, der aus der Reihe fiel, der diesen einen Schritt zu weit gegangen war.

Jim.

Mein Herzschlag kam kurz aus dem Takt. Wenn man täglich mit dieser lebensbedrohlichen Pflanze arbeitete, vergaß man manchmal, wie gefährlich ein einziger Fehltritt war, wie schnell ein zu starker Windhauch uns entstellen oder schwer verletzen konnte. Und auch Jim musste seine naive Nachlässigkeit nun bitter bezahlen: Er war von dem schmalen Pfad zwischen den Ernteabschnitten abgekommen und mit dem linken Fuß in die Plantage getreten. Sein Schrei ging mir durch Mark und Bein. Ich konnte förmlich zusehen, wie sich sein Bein dort, wo der Dunkeldorn seine bloße Haut berührte, dunkelrot verfärbte, als wäre er versehentlich ins Kaminfeuer gefallen.

In Situationen wie diesen musste man schnell handeln. Jim war leichenblass, und ich wusste, dass sein verletztes Bein jeden Augenblick nachgeben und er kopfüber in die Plantage stürzen würde. Und dann … wäre er verloren. Das würde er nicht überleben.

Ich ließ den Eimer in meiner Hand zu Boden fallen und wollte den Gurt von meinen Schultern abschütteln, um loszurennen. Aber eine leise Stimme in meinem Kopf sagte mir, dass ich niemals schnell genug bei Jim sein würde, niemals.

Julian rannte schon an mir vorbei. Er hatte die Situation sofort erfasst, und im Gegensatz zu mir hielt ihn keine Ausrüstung zurück. Gerade als Jim bedenklich ins Wanken geriet, hatte er ihn erreicht und am Arm zu fassen bekommen. Mit brachialer Gewalt riss er ihn fort von den tödlichen Pflanzen. Von mehreren Seiten rannten Feldarbeiter herbei. Einige Läuferinnen waren mit ihren Eimern stehen geblieben und beobachteten das Geschehen gequält, die Finger fest um ihre Eimer gekrallt. Auch wir durften helfen, wenn sich Männer und Frauen und Kinder verletzten. Aber wenn wir dabei etwas von dem kostbaren Wasser verschütteten, zog uns der Vorarbeiter das vom Lohn ab. Es war eine grausame Rechnung.

Julian half Jim, sich auf den sandigen Boden zu setzen. Der Junge hatte jede Fassung verloren. Tränen liefen über seine staubigen Wangen, und er schluchzte ungehemmt. Julian redete leise auf ihn ein. Ich stand zu weit entfernt, um zu verstehen, was er zu dem Jungen sagte, aber seine Miene war sanft und mitfühlend, während er vorsichtig die unsauber verschnürten Leinenwickel von der verletzten Haut löste. Ich hatte bereits viele Verletzungen gesehen, trotzdem schnürte sich meine Kehle zu, als ich die tatsächlichen Ausmaße an Jims Bein zu Gesicht bekam. Vom Knöchel bis zur Mitte des Unterschenkels zogen sich rote Striemen über die Haut, die bereits voller Blasen war. An manchen Stellen hatte sich der Blütenstaub so tief in das Fleisch gefressen, dass nicht mehr viel bis zum Knochen gefehlt hätte. Es sah schlimm aus. Ich hoffte, dass jemand aus dem Lazarett das Bein vor einer Infektion retten konnte.

Zwei Soldaten waren gekommen und hoben den Jungen hoch. Jim fing wieder an zu weinen und wollte sich an Julian festklammern, aber der wurde an seinen Platz zurückbeordert.

Jims leises Wimmern und Schluchzen begleitete auch meinen Weg, den ich wiederaufgenommen hatte. Die Soldaten gingen sicher nicht zimperlich mit ihm um, obwohl ihm jede Bewegung furchtbar wehtun musste. Ihnen waren unsere Schmerzen egal, wir waren nur wertvoll, solange wir fähig waren, unsere Arbeit zu verrichten.

Ein schriller Pfiff tönte über das Feld, und ich atmete erleichtert auf.

Pause.

Überall erhoben sich gebückte, am Boden kniende Gestalten, die Erde umgruben oder einzelne Pflanzen ernteten, andere stellten die Eimer für einen Moment ab. Ich folgte dem schmalen Pfad aus Erde und Steinen zwischen Block 21 und 22 und bewegte mich auf das Zelt des Vorarbeiters zu, der mithilfe zweier anderer grobschlächtiger Aufpasser die Wasserflaschen der herangeeilten Feldarbeiter auffüllte. Ich reihte mich hinter zwei älteren Frauen ein, die gedämpft miteinander sprachen. Sie waren beide fast vollständig in helles Leinen vermummt, trotzdem konnte ich durch den einst weißen Stoff die Verletzungen an Armen und Beinen erahnen, die sie sich über die Jahrzehnte zugezogen hatten. Die Haut dort war dunkel, verschorft und voller Narben. Ich senkte den Blick und wartete, bis wir vorrücken konnten. Das Prozedere ging zügig voran, und nach nur wenigen Augenblicken hielt ich dem Vorarbeiter meine geöffnete Flasche hin. Die letzte Ration vor Feierabend bestand lediglich aus wenigen Schlucken, da die Vorarbeiter der Ansicht waren, dass wir wegen der nachlassenden Temperaturen am Abend nicht mehr so viel Wasser benötigten und uns später aus dem dörfischen Brunnen bedienen konnten. Dabei ignorierten sie völlig, dass unsere Brunnen nur noch wenig Wasser hergaben. Die Dunkeldornen zogen so viel Grundwasser aus der gesamten Region, dass für uns kaum etwas übrig blieb.

Gierig trank ich das meiste der lauwarmen Pissbrühe aus, bevor ich mich wieder auf den Weg zum Brunnen machte, der zwischen Block 5 und 6 angesiedelt war. Wenn ich stramm marschierte, schaffte ich zu jeder vollen Stunde drei Wasserladungen. Wie es die Regeln vorsahen, hielt ich den Blick nach vorne gerichtet und achtete hauptsächlich darauf, auf dem Feldweg nicht mit anderen Läuferinnen zusammenzustoßen. Ein falsch gesetzter Schritt konnte tödlich enden.

In Höhe von Block 13 hob ich das Kinn. Eine Zeltwand des dortigen Vorarbeiters wurde angehoben, und eine zierliche Frau trat ins abendliche Sonnenlicht. Eine Dienerin folgte ihr auf dem Fuß und hielt einen Schirm über ihr Haupt, der sie vor den Sonnenstrahlen schützen sollte. Ich konnte ihr nur für den Bruchteil eines Atemzugs ins Gesicht sehen, ehe sie sich abwandte und der Schirm sie vor meinen Blicken verbarg. Das helle Haar war unter der braunen Kapuze der Robe verborgen, mit der sie ihre Gestalt trotz der Hitze verhullte. Ihre Haut war so weiß wie kostbarer Marmor, als wäre sie niemals zuvor von der Sonne berührt worden.

Sie war eine Dornenformerin. Eine Herrscherin über diese wertvolle Pflanze. Mit der ihr geschenkten Macht konnte sie eingreifen, wo wir versagten oder wo das Wetter zu unbarmherzig wurde. Die Dornenformer hatten die Gabe, die Dunkeldornen wachsen und gedeihen zu lassen, und manche von ihnen waren sogar stark genug, sie zur Blüte zu bringen. Da dieser Sommer besonders heiß und trocken war, war sie nicht die erste Dornenformerin, die wir in Elver zu Gesicht bekamen. Sie wurden von der Hauptstadt aufs Land geschafft; viele von ihnen waren so jung, dass sie vermutlich frisch von der Universität in Florentia kamen, auf der sie die Kunst des Dornenformens studierten.

Am liebsten hätte ich auf den Boden gespuckt. Ich sah die Ehrfurcht im Gesicht des alten, strengen Vorarbeiters, als er die Dornenformerin zum nächsten Feld geleitete, zu dem die Läuferinnen nicht schnell genug Wasser herbeitrugen, um das Vertrocknen der Pflanzen aufhalten zu können. Die Hitze ließ das Wasser verdampfen, bevor es an den Wurzeln ankommen konnte. Zudem hatten die Samenleger damals zu viele Pflanzen auf diesem Block gesät. Der Vorarbeiter blieb mit der Dienerin am Rande der unzähligen Blütenreihen stehen, während die Dornenformerin über den mit schwarzem Blütenstaub bedeckten Erdboden glitt, nein beinahe schwebte, als könnte er ihr nichts anhaben. Und das konnte er auch nicht. Die Dornenformer waren immun gegen die Schäden durch die Pflanze, die sich mit ihrem Blütenstaub in uns einbrannte, unsere Haut verätzte und unsere Lunge zerstörte. Sie konnten mit bloßen Füßen über die Ebene gehen, und die Dunkeldornen würden ihnen nichts anhaben. Es war beneidenswert.

Ich zwang mich weiterzumachen, aber der Gesichtsausdruck des Vorarbeiters ging mir nicht aus dem Kopf und lähmte meine Beine. Diese Ehrfurcht. Diese Bewunderung. Er betete die Dornenformerin förmlich an, wie es viele im Land taten. Sie und ihresgleichen hüteten das Herzstück Tensias, diese wunderschöne, mörderische schwarze Pflanze.

Aber der wahre Dreck, den die Arbeit mit den Dunkeldornen mit sich brachte, klebte an meinen Händen. An Julians Händen. An den Händen der alten, vernarbten Frauen und an jenen von Sinah, meiner kleinen Schwester, die in Block 43 arbeitete, weil ihre jungen Beine noch weitere Strecken zurücklegen konnten. Doch die Blicke des Vorarbeiters, die *uns* trafen, waren gnadenlos. Ehrfurcht gab es darin keine. Unsere Arbeit schien wertlos und das Opfer, das wir tagein, tagaus brachten, auch.

Die Dornenformerin war in der Mitte des abgesteckten Felds, das wie alle anderen auch über winzige, parallel angelegte Trampelpfade verfügte, stehen geblieben. Sie hatte ihre Kapuze abgenommen, und ihr hellblondes, fast weißes Haar wehte im leisen Sommerwind. Sie kniete nun auf dem Boden, der von dunkelroten Fäden durchzogene Saum ihres Umhangs war kaum von der Erde zu unterscheiden. Sie streckte die Finger aus und hielt ihre geöffneten Handflächen dicht über die Blüten, die halb vertrocknet die Köpfe hängen ließen. Nicht nur ich stockte in meiner Arbeit, auch viele andere Männer und Frauen waren erstarrt, als sie die Dornenformerin bei ihrem Tun beobachteten.

Es war eine sanfte Magie, die sie da wirkte. Es gab kein

Feuer und kein Licht, keine Blitze und keinen Lärm, nur Warten und Atemlosigkeit, und plötzlich, nachdem die Zeit zu verharren schien, war ein Unterschied zu vorher auszumachen. Die Blüten richteten sich auf, reckten ihre Blätter, bekamen Glanz, als wären Sturm und Regen über sie hinweggefegt. Feiner Staub flirrte in der Luft, wo er auf die Sonnenstrahlen traf. Die Dornenformerin tat binnen weniger Momente, wofür wir Monate brauchten.

Gäbe es doch viel mehr von ihnen, dann bräuchten wir uns nicht abzurackern, dachte ich und riss den Blick von der Dornenformerin los, die mit hochgezogener Kapuze zum Zelt zurückkehrte und all die Menschen ignorierte, die sie voller Staunen betrachteten. Bevor der Vorarbeiter seine Männer auf uns hetzen konnte, setzten wir uns alle wieder in Bewegung, sobald der magische Augenblick gebrochen war.

Bald war ich am Brunnen angekommen und füllte meine drei Eimer nacheinander auf. Ein weiterer Aufpasser war hier stationiert, der streng darauf achtete, dass die Läuferinnen nicht selbst einen Schluck vom Brunnenwasser nahmen, das nicht für sie bestimmt war. Ich ließ mir von Leah, einer Nachbarsfrau, die auf dem Block arbeitete, dem auch meine Mutter zugeteilt war, dabei helfen, die fast randvollen Eimer auf meinen Schultern festzubinden, ehe ich mich auf den Rückweg machte. Der letzte Marsch war an jedem Tag dieselbe grausame Folter. Das Gewicht, das wir trugen, fühlte sich so schwer an, als beförderten wir zwei Riesen auf dem eigenen Rücken. Der Griff des dritten Eimers hatte bereits tiefe Schürfwunden in meine Hände gegraben, obwohl ich die Seiten immer wieder wechselte. Ein wenig Blütenstaub hatte sich durch die sorgsam verbundenen Wickel meiner Füße gestohlen und ließ meine Sohlen in den Sandalen bei jedem Schritt schmerzen. Ich konnte es kaum erwarten, Julians Gesicht vor mir auftauchen zu sehen. Seine rettenden schwieligen Hände, die mir die Last von den Schultern nahmen.

Die Muskeln meiner Arme zitterten, als ich Block 21 nach einer gefühlten Ewigkeit erreicht hatte. Julian hastete mir nun ein ganzes Stück weit entgegen, doch eigentlich war es ihm nicht erlaubt, seinen Platz zu verlassen. Die Wasserzufuhr durfte bis zum Einbruch der Dunkelheit nur für das Nachfüllen der Tanks unterbrochen werden. Er riskierte eine Maßregelung, und ich konnte ihm nur mit einem lang gezogenen Schnauben danken, weil mein Atem schnell und abgehackt ging. Meine Hände waren so verkrampft, dass es etwas dauerte, bis ich die Finger öffnen und ihm den Griff des Eimers überlassen konnte. Langsam begann das Blut wieder in meinen tauben Fingerkuppen zu zirkulieren. Dann entfernten wir auch die Eimer auf meinen Schultern und trugen sie zur Anlage. Als ich die Gurte von meinem Rücken löste, spürte ich, dass sie meine Haut aufgescheuert hatten. Sie fühlte sich heiß und wund an.

Bevor Julian das Wasser zur Anlage trug, schenkte er mir ein kurzes Lächeln. Wenn er lächelte, konnte ich für einen Augenblick vergessen, wie hart unsere Arbeit war, wie hoch der Tribut, den die Dunkeldornen Elver und uns allen abverlangten. Sein Lächeln war in den vergangenen Jahren ein wenig wie eine Heimat geworden. Eine Heimat, die uns Dürre und Peitschen und Hitze nicht nehmen konnten.

»Siehst du, geschafft. *Ein letztes Mal* ist vorbei.«

Ich erwiderte das Lächeln, trotz Erschöpfung und Schmerzen, und nickte. Es bedurfte keiner weiteren Erklärung nach all den Jahren, die wir nun schon miteinander arbeiteten, von

Frühjahr bis Herbst, bis die Sämlinge und Jährlinge über den Winter mit wärmenden Planen eingedeckt wurden, um gegen Frost und Eis zu bestehen. Wir kannten die Körpersprache des anderen genauso gut wie unsere eigene. Wir kannten unsere Grenzen und sogar, was dahinter war. Man konnte nicht jeden Tag bis an seine Grenze gehen, ohne die eigenen Abgründe vor dem anderen zu offenbaren.

Julian hob die Hand zum Abschied, berührte meine vom Tragen geschundene Haut nicht. Er würde noch bleiben müssen, bis die Sonne vollständig untergegangen und meine letzte Wasserfuhre aufgebraucht war. Ich drehte mich um, weg von ihm und hin zu meinem Weg nach Hause, das irgendwo hinter den sandigen Hügeln lag und darauf wartete, mich für die Nacht vergessen zu lassen, welche Strapazen uns am nächsten Tag wieder erwarten würden.

Ein letztes Mal.

Das sagten wir jeden Abend zueinander, und es waren die schönsten Worte des Tages, so zehrend er auch gewesen sein mochte.

2

Heimat ist nicht, wo du bist, sondern mit wem

Das Häuschen, in dem ich mit meiner Familie lebte, war etwa eine Viertelstunde Fußmarsch von den Dunkeldornfeldern entfernt. Elver war eines der ältesten Erntedörfer, in denen die zuständigen Arbeiter wohnten. Den einzigen Schutz vor dem aufsteigenden Blütenstaub bot ein kleiner, runder Hügel, über den der Weg zum Dorf führte. Deswegen waren zumindest die Gebäude in Elver dicht gezimmert und mit Rollläden und Fensterschutz versehen, damit im Falle eines ungünstigen Windes kein ätzender Blütenstaub durch die Ritzen dringen konnte.

Elver selbst bestand aus etwa zwei Dutzend Häusern, die in zwei Reihen parallel in einer lang gezogenen, häufig von Wagen benutzten Straße angesiedelt waren. Die meisten Orte, in deren Nähe Dunkeldornen angebaut wurden, waren auf diese Weise errichtet, um mit möglichst guten Transportwegen dienen zu können. Ein paar hohe Bäume an den Rändern der Straße spendeten in der drückenden Mittagszeit Schatten.

Ich war nicht die Einzige, die auf dem Heimweg war. Manche gingen in Gruppen, die meisten aber allein nach Hause, weil man nach so einem langen Tag keine Muße mehr hatte, mit den anderen Dorfbewohnern über Nichtigkeiten zu schwatzen. Auch ich marschierte ohne Umschweife auf unser Haus zu. Ein niedriger Zaun trennte es von der Straße und den benachbarten Gebäuden. Das Fenster des Hauptraums, das zur Straße hinausging, war geöffnet, und ich nahm den Geruch wahr, der daraus strömte.

Müde stieß ich die Tür zu unserem Häuschen auf und trat den Dreck meiner Sohlen an dem Ableger ab, sorgsam darauf bedacht, den giftigen Staub nicht mit hineinzuschleppen. Die trockenen Holzdielen knarrten unter meinen Sandalen, als ich durch den Türrahmen schritt. Sofort zog ich sie aus und stellte sie auf eine Matte neben der Haustür, nachdem ich den Dreck mit einer Bürste nach draußen befördert hatte.

Die beständige Hitze der letzten Monate setzte nicht nur unser aller Gesundheit zu, sondern auch den schäbigen Gebäuden der Siedlung, die aus Kostengründen kaum instand gehalten werden konnten. Da so viele Häuser aus Holz gebaut waren, herrschte allgemeine Vorsicht beim Umgang mit Feuer.

Sinah und meine Mutter Jamila waren nicht da, vermutlich schufteten sie noch draußen unter der Aufsicht der Aufseher auf den Feldern. Aber meine Großmutter stand bereits am Herd und bereitete ein karges Abendessen aus den Resten des Vortages zu. Sie war zu alt und ihr Körper zu gebrechlich für die harte Feldarbeit, weswegen sie im Lazarett eingeteilt war und nach Hause gehen durfte, wenn ihre Arbeit getan war. Das Feuer im Ofen prasselte heiß und stach in meinen gequälten Knochen. Ich fühlte mich innerlich so erhitzt, dass ich mich nach Abkühlung sehnte, doch stattdessen musste das Wasser für die abendliche Reinigung und zum Trinken abgekocht werden. Das Abkochen war hier lebenswichtig, damit man das Gift der Dunkeldornen, das in den Boden bis hinab zum Grundwasser sickern konnte, nicht in sich aufnahm.

»Hallo, Nan«, begrüßte ich meine Großmutter. Ich ging zu ihr und umarmte sie.

Sie legte den Lappen, den sie in der Hand hielt, zur Seite und tätschelte meinen Arm.

»Guten Abend, mein Herz. Hattest du einen schönen Tag?« Sie lächelte und schwang die Kelle, mit der sie den Eintopf umrührte, damit er nicht anbrannte. Trotz ihres schlohweißen Haars und ihres von der vielen Arbeit gebeugten Rückens war sie unerschütterlich. Ich hatte sie nie ohne dieses leise Lächeln auf den Lippen gesehen, und wenn es doch Zeiten ohne selbiges gegeben hatte, dann hatte sie sie immer gut vor mir verborgen.

»Der Tag ist nie so schön wie die Nacht«, gab ich zurück. Das war unser kleines Ritual, eine Anspielung darauf, dass wir nach Sonnenuntergang nicht mehr wie die Verrückten schufteten, sondern der Müdigkeit trotzten, um noch ein paar Augenblicke oder manchmal auch Stunden miteinander zu teilen. Da draußen waren wir Sklavinnen und mussten uns dem Zwang der Vorarbeiter beugen, aber hier drin, in diesem winzigen Häuschen, das mein Vater uns nach seiner Flucht vor der Feldarbeit hinterlassen hatte, konnten wir einfach zusammen sein. Wir konnten wir selbst sein.

Ich nahm vier Teller und Becher von einem Wandregal und stellte sie auf den Tisch, Löffel legte ich daneben. Sinah brachte nach der Arbeit immer Wasser aus dem Dorfbrunnen mit, das wir für den nächsten Morgen abkochten.

»Wie war es heute im Lazarett?«, fragte ich, als ich neben Nan stand und einen Blick in den Kessel riskierte. Mein Magen knurrte vernehmlich und fühlte sich flau an. Wir waren es gewohnt, ständig Hunger zu haben und hungrig zu arbeiten. Die letzte Mahlzeit, die ich zu mir genommen hatte, war das Frühstück lange vor Sonnenaufgang gewesen und hatte aus etwas gebackenem Brot und Hartkäse bestanden. Außerdem hatten wir von der Nachbarin gestern einen Krug Ziegenmilch im Tausch für ein Stück Seife bekommen, die Nan gesiedet hatte. Die Seife war in Elver und den umliegenden Dörfern begehrt. Nan hatte das Rezept aus ihrer weit entfernten Heimat, den Dahlischen Inseln, mitgebracht und reicherte sie mit Kamillenblüten an, die Verbrennungen durch die Sonne und den Blütenstaub der Dunkeldornen auf der Haut linderten und Entzündungen vorbeugten. Abends schrubbten wir uns damit den Staub von der Haut, die rot und verglüht war, wo die Kleidung nicht ausreichend Schutz geboten hatte.

»Wie immer. Es war belebend viel los. Aber zum Glück gab es keine ernsthaften Verletzungen. Und keine Toten in dieser Woche«, entgegnete Nan ruhig, während ihr Blick konzentriert auf den Eintopf gerichtet war.

»Das ist gut.« Ich war froh, dass Jim nicht lebensbedrohlich verletzt war.

Der Geruch von Pökelfleisch stieg mir in die Nase, und ich spürte, wie mir das Wasser im Mund zusammenlief. Hoffentlich kam der Rest meiner Familie bald, sonst konnte ich für nichts garantieren.

»Ich bete, dass die Blüte sich endlich entfaltet und die Erntezeit bald vorüber ist«, sagte Nan dann. »Die Arzneivorräte gehen zur Neige. Ich habe den Vorarbeitern schon vor einigen Wochen gesagt, dass die Medikamente nicht ausreichen würden, obwohl wir noch lange nicht am Ende der Ernte sind, aber sie wollten nicht auf mich hören.«

Ich lehnte mich gegen den Türrahmen, durch den man von der Wohnstube in das winzige Bad gelangte, in dem sich ein Tisch mit Waschschüssel und eine kleine Wanne sowie eine Wäscheleine befanden. Von der Stube aus führte eine Treppe ins Obergeschoss. Dort gab es zwei Schlafzimmer, eines teilten sich Sinah und ich, das andere Nan und meine Mutter, ihre Schwiegertochter.

Ich runzelte die Stirn. »Die werden aber aufgefüllt, oder? Ich meine, wie sollen wir denn arbeiten, wenn unsere Verletzungen nicht versorgt werden können? Die Plackerei ist ohnehin schon schrecklich.«

Nan strich sich eine graue Haarsträhne zurück, die sich aus ihrem Dutt gelöst hatte. »Ich zitiere, was der Kommandant heute Morgen gesagt hat: ›Dann sollen die Leute eben besser aufpassen, wohin sie treten.‹«

Wut machte sich in mir breit, und ich stieß ein abfälliges Zischen aus. »So was lässt sich leicht sagen, wenn man im Schatten eines Zeltes sitzt und nur hin und wieder die Peitsche schwingt.«

Nan warf einen raschen Blick nach draußen, um sich zu vergewissern, dass gerade niemand an dem geöffneten Fenster vorbeilief. Dann legte sie mir die Hand auf die Wange.

»Sag das nicht zu laut, Liebes. Eine Dornenformerin ist im Dorf, also sind auch mehr Soldaten in der Nähe. Die hören so etwas nicht gern.« Ihre Finger waren so dünn, dass es mir das Herz brach. Sie brauchte mehr Nahrung, mehr Wasser, mehr Ruhe, von allem mehr. Und nichts davon würde ich ihr geben können, egal wie viel ich schuftete. Wir bekamen zwar in den Monaten, in denen wir uns um das

Wachstum der Dunkeldornen kümmerten, einen Hungerlohn ausgezahlt, aber der reichte kaum, um besser zu leben als die gesetzlosen Feldsklaven, denen es noch schlechter als uns erging. Die meisten von ihnen arbeiteten sich draußen zu Tode. Von unserem Lohn wurden außerdem das Wasser, das wir auf den Feldern bekamen, und die Behandlung im Lazarett abgezogen. Viele ließen ihre Wunden daher gar nicht erst versorgen, auch wenn sie im schlimmsten Fall eiterten und bleibende Schäden anrichteten. Weiterhin mussten wir von den mageren Löhnen noch Geld abzweigen, um in den Wintermonaten, wenn die Dunkeldornen unter wärmenden Planen selbst eine Art Winterschlaf hielten, zu überleben. In jener Zeit gab es kaum Verwendung für uns, wir durften aber auch keinen anderen Berufen nachgehen, damit wir unsere Körper für die Feldarbeit schonten.

In mir regte sich ein Hoffnungsschimmer, als mir der heutige Besuch der Dornenformerin in den Sinn kam. »Vielleicht kann die Dornenformerin veranlassen, dass uns Arznei geschickt wird.«

Doch Nan verneinte. »Dornenformer scheren sich nicht um die Angelegenheiten einfacher Feldarbeiter. Wenn ihre Arbeit getan ist, wird sie weiterziehen, ohne sich um die Zustände hier zu kümmern. An der Universität bringen sie den jungen Leuten bei, dass dies unsere naturgegebene Aufgabe ist, die wir schicksalsergeben zu erfüllen haben. Unser Geschick interessiert sie nicht.«

Nans Worte ließen mich unbefriedigt zurück. Alles in mir schrie angesichts der Ungerechtigkeit. Wir leisteten so viel, bezahlten den Wohlstand Tensias mit unseren Körpern und erhielten dafür nicht einmal Arznei?

»Was werdet ihr tun, wenn die Medikamente aus sind?«,

fragte ich bang. Allein in meinem Block hatten heute zwei von den zehn Läuferinnen, die wir waren, nach Dienstschluss das Lazarett aufsuchen müssen, weil sie die Füße ein Haarbreit neben dem Weg aufgesetzt hatten.

Nans Blick war klar. Nur ein zarter Zug um ihren Mund verriet die Bitterkeit, die sie aufwühlen musste. »Hoffen, Opal. Hoffen, dass Gebete und das bisschen Naturheilkunde ausreichen.«

Ich biss mir auf die Zunge, um nicht laut zu werden. Nan konnte nichts dafür. Ich wollte sie nicht noch mehr aufregen. Es war offensichtlich, dass es ihr naheging, bald nicht mehr ausreichend helfen zu können. Helfen war ihre Bestimmung.

Zum Glück hörte ich in diesem Augenblick Stimmen vor der Haustür, und kaum einen Atemzug später kam meine Mutter durch die Tür. Sie hatte Sinah im Schlepptau, und beide trugen Krüge auf den Armen.

Meine Schwester sah nicht weniger erschöpft aus als ich, aber dennoch strahlte sie bis über beide Ohren. Sie polterte in die Stube, warf die Schuhe zur Seite und stellte den Krug auf den gedeckten Tisch.

»Seht mal, was wir von Margret bekommen haben.«

Ich lugte in das Innere des Kruges und entdeckte eine dunkle Flüssigkeit, die dicklicher war als Wasser. »Was ist das? Wein?«

Sinah neigte den Kopf. Die aschblonden Locken, die fast genauso aussahen wie meine, aber zu kurz für einen Zopf waren, flogen ihr dabei um die Schläfen.

»Honigwein! Den können wir uns zum Abendessen gönnen.« Sie wandte sich an Nan. »Ist das nicht großartig?«

Nan lächelte gütig. »Es passt zwar nicht zum Abendessen, aber wen kümmert das schon?«

Meine besonnene Mutter stellte den anderen Krug mit Brunnenwasser neben dem Herd ab und gab mir zur Begrüßung einen Kuss auf die Stirn. Sie war der Ruhepol in dieser Familie, nicht so ungezügelt wie die jugendliche Sinah und nicht so aufsässig wie ich manchmal. Nachdem mein Vater abgehauen war und uns mit dem heruntergewirtschafteten Haus, aber ohne finanzielle Mittel zurückgelassen hatte, hatten Nan, die sich für das Verhalten ihres verschwundenen Sohnes noch heute schämte, und sie uns irgendwie durchgefüttert. Ohne Hilfe, ohne Unterstützung, sondern aus verdammter eigener Kraft. Dafür mit vielen Opfern, dachte ich, während ich meine Großmutter verstohlen betrachtete, die sogar ihre Heimat für uns verlassen hatte.

Der Eintopf war mittlerweile fertig. Sinah und ich setzten uns auf unsere Stühle, während meine Mutter die Teller von Nan füllen ließ und vor uns hinstellte. Mein Magen knurrte erneut, und ich konnte es kaum erwarten, die Mahlzeit hinunterzuschlingen. Schließlich hatten auch meine Mutter und Nan ihre gewohnten Plätze eingenommen, und ich fiel über meine Portion her wie ein hungriger Wolf über seine Beute. Einige Zeit sagte niemand etwas, und nur das Klackern des Bestecks auf den Tellern war zu hören. Erst nach dem Essen schenkte Jamila beinahe feierlich den Honigwein in unsere Becher ein, da unsere gesättigten Mägen diesen jetzt besser vertrugen.

»Habt ihr gesehen, dass heute eine Dornenformerin im Lager war?«, unterbrach meine Schwester die gelöste Stille.

»Ich glaube kaum, dass irgendjemand das *nicht* gesehen hat. Die machen jedes Mal ein kleines Spektakel daraus«, murmelte ich. Meine Stimme klang abwertend und verärgert, obwohl ich zugeben musste, dass ich innerlich doch auch ein wenig von der Ehrfurcht verspürte, die ich im Gesicht des Vorarbeiters und vieler anderer Menschen erkannt hatte. Und dieses Gefühl ärgerte mich noch mehr.

Sinah beachtete meinen Einwand nicht. Ihre Miene war verträumt.

»Wie es wohl sein muss, eine Dornenformerin zu sein? Irgendwo in einem riesigen Palast zu wohnen und …«

Nan unterbrach sie mahnend. »Sie wohnen nicht in einem Palast. Sie studieren ihre Gabe an der Universität, um ihren Beitrag zu leisten, so wie wir es tun.«

Sinahs Gesichtsausdruck zufolge war das für sie fast dasselbe. Aber da sie meinen Blick auffing, ging sie nicht näher auf das Thema ein. Sie wusste, dass ich ihre Schwärmereien für die Dornenformer nicht teilte, im Gegenteil. Ich verachtete deren ausschweifenden Lebensstil.

Aber auch ich hielt den Mund und ließ ihr ihre Träumereien. Jeder brauchte am Ende etwas, um sich durch den Tag zu stehlen, und wer war ich, darüber zu urteilen?

Stattdessen stießen wir mit dem dunklen, golden schimmernden Met an, der ein so seltenes Geschenk war, dass wir ihn um jeden Preis genießen mussten. Mit der köstlichen Note auf der Zunge fühlten wir uns wie vier Königinnen, die es für einen Abend in die Unterkunft von armen Leuten verschlagen hatte. Wir dachten nicht weiter an die Dornenformerin und an die Arznei, die bald aufgebraucht war. Wir dachten nicht an die Wunden auf unseren Körpern und in unseren Seelen. Der Honigwein machte den Schmerz und die bleiernen Knochen vergessen und löste etwas, das tief in uns verborgen war:

Es war Glück. Unbeschwertes, pures Glück.

Wir saßen da, zu viert um diesen alten, wackeligen Tisch

versammelt, und ich war unbändig stolz. Ich war stolz auf meine Familie. Diese starke, unbeugsame Gemeinschaft aus gezeichneten Frauen, die sich in dieser oftmals grausamen Welt behaupten mussten, sie war mein Licht in der Nacht. Sie hatte mehrere Blütezeiten und Verlust und Feigheit überlebt. Sie war so stark, dass sie mich durch ein Leben voller Entbehrungen und Peinigungen tragen würde.

Zusammen konnten wir alles überstehen.

3

Die schwarze Wolke

Es war der vermutlich heißeste Tag bislang in diesem Sommer. Die Sonne hatte den Zenit noch nicht einmal erreicht und schien trotzdem so intensiv, dass ich das Gefühl hatte zu zerfließen. Meine Wasserportion war bereits aufgebraucht, obwohl die nächste Pause in weiter Ferne lag. Jeder Schritt war eine nicht enden wollende Qual.

Die sechzig Blöcke glichen einem Ameisenhaufen. Fast einhundert Männer und Frauen aus den umliegenden Dörfern eilten geordnet über die zahlreichen Wege. Ein langer Zaun war um die gesamte Plantage gespannt, der nur die Pflanzen und nicht die Menschen schützte, denn durch den grobmaschigen Draht konnte der Blütenstaub problemlos entweichen. Die Zelte der Vorarbeiter ergänzten das Bild der Trostlosigkeit. Die Gegend war nach so vielen Jahrzehnten des Dunkeldornanbaus eine sandige, öde Ebene mit vereinzelten blattlosen Bäumen und struppigen Sträuchern. Wenn die Dunkeldornen in wenigen Wochen vollständig geerntet wären und wir die Felder für das nächste Jahr umpflügten, düngten und aufbereiteten, würde sich auch die Natur ein wenig erholen. Es war kein Geheimnis, dass die Dunkeldornen alle Nährstoffe der Umgebung aus dem Erdboden zogen und man in einem weiteren Umkreis nichts anderes anbauen konnte. Wir waren darauf angewiesen, dass ausreichend Nahrung aus den überschaubaren Teilen von Tensia, in denen Getreide und Gemüse gediehen, sowie aus den Nachbarländern eingeführt und zu uns gebracht wurde.

Ich zählte meine Schritte, um mich von der übermächtigen Hitze abzulenken. Mittlerweile kannte ich jede Entfernung ganz genau. Ich wusste, wie viele Schritte ich vom Brunnen bis zur Sprinkleranlage und von dort bis zum Vorarbeiterzelt laufen musste. Ich war bereits auf meinem neunten Marsch für diesen Vormittag. Bei jedem Schritt auf dem erdigen Boden stob Staub auf, so trocken waren die Gehwege, für die kein Wasser verschwendet wurde. Wir mussten die Füße möglichst behutsam aufsetzen, um so wenig abgesetzten Blütenstaub wie nur möglich aufzuwirbeln, der auf keinen Fall in Mund, Nase oder Augen gelangen durfte. Dabei war der Höhepunkt der Ernte nicht einmal erreicht.

Ich hob das Kinn und blickte über die zahlreichen Blöcke. Die Dunkeldornen waren schon hüfthoch, aber bisher hatten sich nur wenige Blütenköpfe geöffnet und ihr schwarzes Juwel offenbart. Wir warteten darauf, dass sich auch die übrigen Blüten bald öffnen würden. Es konnte sich nur noch um Tage, höchstens wenige Wochen handeln, bis es so weit war, dass sie nach und nach alle erblühten.

Ich bog von dem mittigen Hauptweg nach rechts in den kleinen Pfad zwischen Block 20 und 21 ab, bis ich der nur zwei Fuß breiten, pflanzenlosen Spur zur Sprinkleranlage folgen konnte. Der Winkel der Anlage war so eingestellt, dass mich leichter Sprühregen traf. Ich schloss für einen Moment die Augen und genoss die prickelnd kühle Nässe auf Gesicht und Haar. Der Rest versickerte in der Leinenkleidung, die meinen Körper abdeckte.

»Kannst du bitte schneller gehen?«, sprach mich jemand von hinten an. Ertappt beschleunigte ich meine Schritte.

»Entschuldige«, rief ich über die Schulter und beeilte mich, die Anlage zu erreichen, da der Weg zu schmal war, um einander zu überholen.

Die Stimme gehörte zu einer schwarzhaarigen jungen Frau namens Caitlin. Sie war eine Entstäuberin in meinem Block und – wie es für Entstäuberinnen üblich war – klein und zierlich. Sie hatte bislang noch nicht viel zu tun gehabt. Aber offenbar hatten sich einige Pflanzen geöffnet, und ihre Aufgabe bestand darin, den wertvollen Nektar zu ernten und in einen Behälter aus Glas zu füllen. Diese Tätigkeit war eine der gefährlichsten auf den Feldern. Caitlin hatte unmittelbaren Kontakt zu den Dunkeldornen, und obwohl ihre Hände in engen Handschuhen steckten und sie mit filigranem Werkzeug aus Metall arbeitete, war sie der Pflanze so nahe, dass ein heftiger Windstoß, der plötzlich seine vorige Richtung änderte, ihr den tödlichen Blütenstaub direkt ins Gesicht wehen konnte.

»Kein Problem«, murmelte Caitlin, als sie sich an mir vorbeischob. Ihre Miene war hochkonzentriert und in sich gekehrt, sodass ich ihr nur schweigend nachblickte. Ich richtete ein Stoßgebet gen Himmel. Es war ein windiger Tag. Ich wünschte ihr, dass alles glattging und sie den Nektar ohne Zwischenfälle abernten konnte.

Der Nektar. Eine summende Neugier stellte sich ein, wann immer ich darüber nachdachte. Was wohl mit ihm geschah, wenn er in seinem Glasbehälter auf die Wagen gestapelt und nach Florentia gekarrt wurde?

Dunkeldornpulver …

Sie machten aus dem getrockneten Blütennektar Dornenpulver, das wusste ich. Und aus diesem Pulver konnte Dunkeldornmagie erschaffen werden.

Ich legte die letzten Meter zur Sprinkleranlage zurück. Julian kam mir aus der Steuerkabine entgegen. Ein bisschen neidisch blickte ich auf das Dach über der Anlage. Wenigstens konnte er im Halbschatten arbeiten und war der Dauerbestrahlung von oben nicht ungeschützt ausgesetzt.

Ich überreichte ihm den Eimer in meiner Hand, den er zur Anlage trug, ehe er zurückkam und mir mit den anderen beiden half. Wie auch am Vortag hielt Julian mir seine Feldflasche hin, und dieses Mal wehrte ich mich nicht dagegen. Dankbar trank ich ein paar Schlucke, wobei ich mich beherrschen musste, die Flasche nicht in gierigen Zügen zu leeren. Ich schraubte sie zu und gab sie Julian zurück, bevor der Vorarbeiter auf uns aufmerksam wurde.

»Danke. Das tat gut.«

Julians mitleidiger Blick blieb an meinem schweißdurchtränkten Hemd hängen. »Ich wünschte, ich könnte mehr tun. Aber außer Wasser kann ich dir nichts zur Linderung anbieten.«

Wärme durchströmte mich. Nicht diese sommerliche Hitze, die einen von innen und außen gleichermaßen auffraß, sondern eine andere, kribbelnde Wärme, die so angenehm war wie ein kühlender Wind. Wie ein lauer Wind, der dunkle Gedanken verscheuchte und einen süßen Geschmack nach Sommerblumen auf der Zunge hinterließ.

»Das tust du doch«, brach es aus mir heraus, ohne dass ich es beabsichtigt hatte. Ich atmete tief ein, was ein Fehler war. Die trockene, heiße Luft schmerzte in meiner Lunge. »Ich könnte mit jemandem zusammenarbeiten, der sein Wasser nicht mit mir teilt. Dem es egal ist, dass ich mir die Füße und die Gedanken wund laufe. Aber das tue ich nicht. Dein Mitgefühl bedeutet mir viel, Julian. Es zeigt, dass wir noch nicht so abgestumpft sind, dass uns alles und jeder egal wäre.«

Mit dem Anflug eines Lächelns schnallte Julian die ausgeleerten Eimer wieder an mir fest. Seine von der Nässe gekühlte Hand berührte dabei flüchtig meinen Nacken. »Mir ist ziemlich viel egal, Opal. Aber eben nicht alles. Nicht jeder.«

Ich drehte mich um und schaute ihn an. Obwohl wir uns jeden Tag sahen, obwohl ich mit ihm vielleicht genauso viel Zeit verbrachte wie mit meiner Familie oder mehr sogar, fiel mir erst jetzt, da ich ihn eingehender betrachtete, auf, wie abgekämpft auch er aussah. Seine markanten Gesichtszüge wirkten eingefallen, seine Haut war an vielen Stellen vernarbt und entzündet. Manchmal vergaß ich über meine eigenen Strapazen, dass seine Tätigkeit körperlich nicht minder anstrengend war als meine und dass er aufgrund seiner Position inmitten des Blocks dem Flirren des Blütenstaubs hilflos ausgesetzt war. Er durfte seinen Posten nicht verlassen. Entweder verletzte ihn das Gift der Pflanze oder die Peitsche der Aufseher.

»Bis gleich dann«, sagte er. »Pass auf dich auf.«

Ich zog eine Augenbraue hoch und wollte gerade in langen Schritten auf den eingetretenen Pfad zusteuern, als ein unterdrücktes Fluchen in meinem Rücken ertönte. Noch bevor ich herumgeschnellt war, ahnte ich, was passiert war, und ein rascher Blick bestätigte meine Befürchtung: Julian lag gekrümmt auf dem Boden, die Hände auf den Brustkorb gepresst. Ich warf die Gurte von meinem Rücken, wobei die – zum Glück leeren – Eimer mit einem metallenen Scheppern zu Boden fielen. Dann lief ich zu ihm.

Der Wind hatte gedreht. Eine heftige Böe hatte den Blütenstaub, der in den frisch erblühten Dunkeldornen aufgebrochen war, ein paar Meter weit in seine Richtung getragen. Auch Caitlin war bereits von zwei Feldarbeiterinnen umzingelt, die ihr halfen, sich aufzurichten. Selbst aus der Ferne konnte ich die Brandblasen auf ihren Händen und in ihrem Gesicht erkennen. Mir lief ein Schauder über den Rücken. Manchmal vergaß auch ich, wie gewaltig die Dunkeldornen waren. Wie mächtig. Wie zerstörerisch. Hoffentlich waren Caitlins Augen nicht betroffen und kein Staub in ihre Atemwege gelangt.

Ich ging neben Julian in die Knie, der noch immer leise Flüche ausstieß. Das war ein gutes Zeichen. Jemand, der fluchen konnte, war in der Regel nicht lebensgefährlich verletzt.

»Lass mich sehen«, sagte ich streng und zog seine Hände von der Stelle weg, die er verdeckte.

Dort, wo sein Hemd auseinanderklaffte, klebte eine feine schwarze Schicht. Die Haut darunter war rot und leicht angeschwollen.

»Komm, setz dich auf«, befahl ich. Wir alle waren auf solche Fälle vorbereitet. Ich griff nach seiner Feldflasche und schraubte sie auf. Dann zog ich sein Hemd ein Stück weiter auseinander.

»Lehn dich vor … Noch ein bisschen mehr.«

»Wenn du meine nackte Haut hättest sehen wollen, hättest du nur fragen müssen«, sagte Julian. Aber seine Stimme klang dabei so gequält, dass wir beide nicht lachen konnten.

Vorsichtig wusch ich mit dem Wasser den Blütenstaub weg, der noch auf seiner Haut lag, verfangen in den winzigen Härchen auf seiner Brust.

»Du musst ins Lazarett. Sofort. Da muss Salbe drauf, damit keine Entzündung entsteht.«

»Nicht nötig«, wehrte Julian ab. Sein Gesicht war blass, aber entschlossen. Er hatte drei kleine Geschwister zu Hause und konnte sich einen Besuch im Lazarett nicht leisten. Doch da hatte er nicht mit *meiner* Entschlossenheit gerechnet. Notfalls würde ich bezahlen.

»Wir gehen *jetzt* ins Lazarett«, sagte ich bestimmt und zerrte an seinem Arm. »Keine Widerrede.«

Ich half ihm, auf die Beine zu kommen. Er stand etwas wackelig, konnte aber ohne Hilfe gehen. Beinahe zeitgleich warfen wir einen Blick zurück zu Caitlin, zu der mittlerweile zwei weitere Helfer geeilt waren und die nun mit vereinten Kräften zum Lazarett getragen wurde. Ich war mir nicht sicher, ob die Aufpasser mich daran hindern würden, Julian zu begleiten, daher schob ich eine Hand unter seinen Ellenbogen, um ihn zu stützen und den Anschein zu erwecken, dass er Hilfe benötigte.

»Schaffst du den ganzen Weg?«, fragte ich ihn. Bis zum Lazarett war es ein ordentliches Stück. Es war extra außerhalb der Plantage errichtet worden, damit genügend Abstand zu den Dunkeldornen gewahrt werden konnte. Die weißen Zeltwände waren luftdicht verschlossen und leuchteten hinter dem Feld aus dunklen Pflanzen.

»Na klar«, antwortete er. Er klang etwas gedämpfter und schien den Schmerz unter Kontrolle zu haben. Ich lächelte aufmunternd. Bislang war ich von dem großen Glück gesegnet, mir noch keine ernsthafte Verletzung zugezogen zu haben, aber ich konnte erahnen, wie weh das tun musste.

Während wir gingen, erzählte ich Julian von dem Honigwein, den wir gestern getrunken hatten und der mich etwas beschwipst gemacht hatte. Ich wollte ihn ablenken. Von den Lieferengpässen der Medikamente im Lazarett hingegen sprach ich nicht. Das würde ihn nur beunruhigen. Hoffentlich gab es noch genügend Arznei, um ihn und auch Caitlin zu versorgen. Nicht auszudenken, welche Verletzungen sie vielleicht erlitten hatte.

Ich spürte einen leichten Druck an der Schulter. »Was?«

»Hast du mir zugehört?«, fragte Julian belustigt. Sein Blick ruhte wissend auf mir; ihm war bereits klar, dass ich mit meinen Gedanken abgeschweift war.

»Entschuldige …«

»Sieh mal, da vorn.« Mit einem leisen Schmerzenslaut wies er mit dem Arm zum Lazarett. »Was ist das für ein Aufruhr?«

Tatsächlich. Ich war so in Gedanken gewesen, dass ich nur auf meine Füße geachtet hatte, nicht aber auf unser Ziel. Das riesige Lazarett, in dem neben Nan fünf weitere ältere Frauen und eine Ärztin arbeiteten, war von ungewöhnlich vielen Feldarbeitern umringt, die in ungeordneten Reihen vor dem Eingang standen. Der wurde von drei bewaffneten Aufpassern bewacht, damit niemand auf die Idee kam, etwas zu stehlen. Diese Aufpasser waren gerade dabei, die Arbeiter zurück auf die Plantage zu schicken. Sie fuchtelten drohend mit den Gewehren, und die Leute wichen zurück, manche kapitulierend, andere noch lautstark protestierend. Offenbar hatte es mehrere Verletzte gegeben, die von ihren Kolleginnen zum Lazarett gebracht worden waren, denn in vielen Gesichtern stand die Sorge geschrieben.

Ich packte Julians Arm, der mit zweifelnder Miene zum Stehen gekommen war, und zog ihn weiter, bis wir die anderen Leute passiert und den Eingang erreicht hatten. Das Lazarett war unter einer hageren Baumgruppe aufgeschlagen worden, sodass die Hitze nicht ganz so sengend war.

»Hier ist ein Verletzter«, erklärte ich einem der drei bulligen Männer, die uns daran hindern wollten einzutreten.

Er musterte mich abschätzend, ehe er Julians Verletzung unter die Lupe nahm und nickte. »In Ordnung, er darf rein. Du gehst zurück zur Arbeit.«

Ich wollte etwas entgegnen, doch Julian legte mir eine Hand auf den Arm. »Ich komme zurecht. Danke für die Wegbegleitung.«

»Spiel nicht den Helden und lass dich ja ordentlich verarzten.«

»Zu Befehl.« Endlich lächelte er so, dass es auch seine Augen erreichte. Mir wurde leichter ums Herz. Wenn er lächelte, dann ging es ihm gut genug, sich durchzuboxen. Und auch wenn ich ihn ungern allein zurückließ, wusste ich, dass er bei Nan und den anderen Mitarbeitern des Lazaretts in guten Händen war. Sie würden sich um ihn kümmern, und morgen wäre alles wieder beim Alten.

»Ein letztes Mal«, sagte ich.

»Ein letztes Mal«, murmelte er, bevor er durch die hochgehaltene Zeltwand ins steril riechende Innere des Lazaretts verschwand. Er warf noch einen letzten Blick zurück und schenkte mir ein breites Lächeln. Ich winkte ihm zu.

Die Aufpasser hatten in der Zwischenzeit für Ordnung gesorgt, und alle waren wieder zu ihrer Arbeit zurückgekehrt. Ich würde mich zunächst auf den Weg zum Vorarbeiter begeben und mit ihm das weitere Vorgehen besprechen. Ohne jemanden an der Sprinkleranlage konnten wir in unserem Block nicht weiterarbeiten. Wir benötigten einen Ersatz für Julian, damit all die Arbeit, die wir in unsere Dunkeldornen investiert hatten, nicht binnen weniger Stunden von der Sonne zerstört wurde.

Über meinem Kopf wurde es plötzlich dunkel. Ein Schemen zog über uns hinweg. Es sah aus, als würde eine Wolke oder ein riesiger Raubvogel die Sonne verdecken und uns für einen erholsamen Augenblick in Schatten tauchen.

Aber es war keine Wolke, die sich näherte. Ich registrierte die Schreie auf den Feldern, lange bevor ich wirklich verstand, was da passierte.

Die Blüte. Die Blüte war da. War da, aber nicht so, wie ich, wie wir alle sie kannten. Sie war riesig, gewaltig, gefährlich. Die Dunkeldornfelder standen sprichwörtlich in Flammen. Wie von Zauberhand hatten sich alle Blüten gleichzeitig in die Höhe gereckt und ihre Blätter geöffnet. So etwas hatte ich noch nie zuvor gesehen. Ein verstörender Anblick aus schwarzem Nebel und Blütenstaub ergoss sich vor mir und hing so dicht wie ein Heuschreckenschwarm in der Luft. Vor meinen Augen wurden die in Todesangst schreienden Feldarbeiter auf der Plantage von ihm eingehüllt, einer nach dem anderen. Der Nebel waberte und bewegte sich.

Auf mich zu.

Auf uns alle zu.

Panik wallte in mir auf. Ich taumelte ein paar Schritte zurück, wusste nicht, wohin ich mich wenden sollte. Ich wollte auf das Feld rennen, all den Menschen helfen, sie aus dem Nebel ziehen, aber eine brutale Stimme in meinem Kopf brüllte mir zu, dass es mein sicherer Tod wäre. Die markerschütternden Schreie auf den Feldern vor mir erstarben allmählich und verwandelten sich in eine gespenstische Stille, als der Nebel noch näher auf mich zukroch.

»Opal!«

Nans Stimme drang zu mir, so verzweifelt, wie ich sie noch nie zuvor gehört hatte. Mein Blick suchte sie. Sie kam in einem Menschenstrom aus dem Lazarett auf mich zugelaufen. Sie war nicht so schnell wie die anderen, die sie überholten und ängstlich überlegten, in welche Richtung sie fliehen sollten. Ihr Alter und ihre körperliche Verfassung erschwerten ihr die Flucht.

»Nan!«, schrie ich und wedelte mit den Armen.

Unsere Blicke begegneten sich.

Dann hatte der Blütenstaub auch uns erreicht, und wir wurden verschlungen.

Stille.

Das Schreien ebbte ab.

Der Tod hatte uns in Dunkelheit gehüllt.

4

AUSGELÖSCHT

Schmerz.

So.

Viel.

Schmerz.

Er war in mir und kroch bis in den letzten Winkel meines Körpers. Er klebte an meiner Haut. Er war allgegenwärtig, fraß sich von Kopf bis Fuß und den gleichen Weg wieder zurück. Wie ein ständiger Begleiter harrte er an meiner Seite aus und machte die Zeit zu einem Gefüge aus messerscharfer Unendlichkeit. Manchmal, wenn der Schmerz für den Bruchteil eines Augenblicks, für einen einzigen Atemzug nur, gerade genug nachließ, dass meine Gedanken sich klärten, sah ich die Bilder vor meinem inneren Auge.

Ich sah die Menschen, die in einem schwarzen Wirbel aus Blütenstaub gefangen waren. Ich sah, wie ihre Körper zu Boden fielen, mitten ins Feld, umgeben von einem unsichtbaren Feind. Ich hörte, wie ihre Schreie abebbten. Wie es plötzlich still war.

Still.

Gespenstisch still.

Diese Augenblicke waren so furchtbar, dass ich mich

zurück in den körperlichen Schmerz fallen ließ. Sosehr er meinen Körper schändete, bot er doch Vergessen an. Denn sogar in den tiefsten, fiebrigen Tiefen meines Verstandes wusste ich: Das konnte niemand überlebt haben.

Vielleicht nicht einmal ich selbst. Vielleicht war ich schon tot, und das hier war *Jenseits*.

Also ließ ich mich in die Dunkelheit fallen. Ich umarmte sie wie einen Freund und wartete gemeinsam mit ihm auf das Sterben, damit es mich vom Schmerz befreite und mir Frieden und Vergessen und vielleicht sogar ein Wiedersehen schenkte.

Aber so fühlte sich Sterben nicht an. Es war nicht friedlich, nicht gleitend, nicht hell und freundlich. Vielmehr rüttelte es mich durch und brannte und ziepte. Mir war heiß. Meine Gliedmaßen glühten.

Vielleicht war ich gar nicht tot. Aber konnte das sein? Das war unmöglich.

Meine Glieder fühlten sich bleischwer an, als würden sie von einem unerträglichen Gewicht niedergedrückt. Meine Gedanken waren zäh und ließen sich nicht fassen. Jedes Mal wenn ich glaubte, im Kopf klar zu werden, kehrte der Nebel zurück und füllte alles mit undurchdringbarer Watte.

Ruckeln. Da war ein Ruckeln. Etwas bewegte sich unter mir, bewegte *mich*. Schüttelte meinen verwundeten Körper und meinen ebenso verwundeten Geist. Und da war ein Flüstern, das manchmal bis zu meinen Gedanken vordringen konnte.

Bleib hier. Bleib in dieser Welt.

Ein Teil von mir begriff, dass ich kämpfen sollte. Aber ich war so müde. Ich wollte nur schlafen, ohne den Schmerz, ohne die Watte, ohne die Erinnerungen, die hier und da grell aufleuchteten.

Doch da war auch ein anderer Teil von mir, der aufsässige Teil, der kämpfen wollte. Der stärker als der Schmerz sein und ihn besiegen wollte.

Also tat ich irgendwann in dieser Ewigkeit das vielleicht Mutigste, was ich jemals getan hatte:

Ich schlug die Augen auf.

Mit dem Aufwachen kehrte die Erinnerung mit einem so heftigen Schlag zurück, dass es mich von den Füßen gerissen hätte, wenn ich nicht gelegen hätte. Außerdem war ich orientierungslos und alles um mich herum fremd.

Wo war ich?

»Ah, du bist wach. Endlich. Ich war mir schon nicht mehr sicher, ob du wirklich so zäh bist, wie du aussiehst«, sagte eine nüchterne Stimme dicht neben mir.

Ich blinzelte und kniff die Augen zu einem Schlitz zusammen. Das Licht stach viel zu hell in meine Pupillen, sodass ich nichts erkennen konnte außer Schatten und Umrissen. Alles, was ich sah, waren Wände. Ich war in einem kleinen Raum, der sich zu bewegen schien.

Vorsichtig regte ich mich. Allmählich begriff ich, warum ich mich so bleiern fühlte: Auf meinem ganzen Körper, selbst auf meinem Gesicht, lagen Wickel und Verbände, die streng nach Kräutern und Ölen rochen und das Brennen meiner Haut linderten.

Wer ist da?, wollte ich fragen, aber meine Stimme klang so zerstört, wie ich mich fühlte. Meiner Kehle entwich nur ein heiseres Krächzen.

»Sei still. Du darfst noch nicht reden. Die Dunkeldornen

haben nicht nur deine Haut, sondern auch deine Stimmbänder angegriffen. Nun, da du wach bist, können wir dir etwas zum Gurgeln geben.«

Neben mir raschelte Kleidung. Die Frau, die ich, dem Klang ihrer Stimme nach, dem Alter meiner Mutter zuordnen würde, bewegte sich durch das Zimmer. Ich gewöhnte mich allmählich an den Lichteinfall durch das einzige kreisrunde Fenster und konnte den Raum nun besser erkennen. Auf der gegenüberliegenden Seite des Fensters sah ich eine schmale Tür und eine ausziehbare Treppe, die aus vier Stufen bestand. Offenbar befand ich mich in einem fahrenden Wagen, was das permanente Durchschütteln erklären würde. Bei jeder Unebenheit des Bodens schepperte es in allen Ecken des vollgestopften Raumes.

Die Frau, die ich nur von hinten sehen konnte, wühlte in einem abschließbaren hölzernen Regal. Glas schlug klirrend aneinander. Dann füllte sie eine Flüssigkeit in einen Becher, verrührte sie und gab Tropfen einer weiteren Flüssigkeit mit einer Pipette hinzu. Dabei zählte sie bis zehn.

»Komm, wir richten dich auf und versuchen es mal mit Trinken«, sagte sie und drehte sich zu mir um. Sie stellte den Becher vorsichtig auf dem klappbaren Holztisch in der Mitte des Raumes ab.

Ich wollte zurückweichen, konnte aber nicht. Das Bett stand direkt an der Wand und ließ mir keine Fluchtmöglichkeit. Ich kannte diese Frau nicht. Ich wusste nicht, wo ich war. Was, wenn sie mich vergiften wollte?

Sie schien meine Gedanken zu erraten und machte eine unwirsche Geste. »Wenn ich dich tot sehen wollte, wäre es einfacher gewesen, dich auf der Plantage liegen zu lassen. Die Zeit hätte ihr Übriges getan.«

Nun, da hat sie wohl recht.

Ich gab einen Laut von mir, den man als vorsichtige Zustimmung deuten konnte. Ungelenk versuchte ich, mich auf die Ellenbogen zu stützen und in die Höhe zu wuchten, aber mein Körper gehorchte mir nicht. Die Frau schob energisch einen Arm unter meinen Oberkörper und hievte mich in eine halb aufrechte Position, indem sie mir ein Kissen in den Rücken schob. Die feuchten Wickel auf meinem Gesicht verrutschten dabei.

Mir schwindelte von der ruckartigen Bewegung, und ich glaubte kurz, mich übergeben zu müssen. Rasch schloss ich die Augen und wartete, bis der Anflug von Übelkeit wieder verflogen war.

Die Frau hielt mir den Becher vors Gesicht. »Trink das«, sagte sie in einem Tonfall, der verriet, dass sie keinen Widerspruch duldete. Sie klang wie jemand, der es gewohnt war, Befehle zu erteilen. Und dass diese befolgt wurden.

Ein beißender Geruch stieg mir in die Nase, aber ich nahm dennoch ein paar Schlucke. Das Getränk war bitter und hatte einen unangenehmen Nachgeschmack. Trotz seiner medizinisch anmutenden Wirkung trank ich den Becher nur halb leer, weil ich meinem Magen nicht zu viel auf einmal zumuten wollte. Doch in meinem kratzigen Hals stellte sich sofort Linderung ein. Der Schmerz ebbte auf ein erträgliches Maß ab.

Ich nahm noch einmal Anlauf zu sprechen. »Wer …« Ein neuerlicher beißender Schmerz jagte durch meine Kehle. Sprechen war also keine gute Idee.

Die Frau strich sich über den Stoff des weißen Kittels, den sie trug. »Ich bin Professorin Weisdorn«, sagte sie. »Ich arbeite als Naturforscherin an der Florentischen Universität.«

Eine Naturforscherin? Wie kam ich bloß in den Wagen einer Wissenschaftlerin?

Aber zumindest ergab jetzt deren äußeres Erscheinungsbild einen Sinn. Der helle Schutzkittel, der strenge, schon mit ersten grauen Strähnen durchzogene Zopf, das Brillengestell, der leicht distanzierte Gesichtsausdruck mit einer Prise Neugier, mit der sie mich musterte, als wäre ich ein Versuchsobjekt.

Auch all die Einzelheiten in diesem Wagen passten dazu: Überall lagen Bücher und Notizzettel und Zeichnungen von Blättern, Blüten und Pflanzen. Hinter der Glasscheibe des Schranks reihten sich hohe, gewölbte Gläser, in denen sich Blütenteile, Pulver, Flüssigkeiten und Proben in unterschiedlichen Farben und Konsistenzen befanden. Auf dem Tisch lag außerdem eine aufgerollte Karte von Tensia. Ich hatte noch nie eine Karte des Landes gesehen, konnte aber die großen Lettern unseres Landnamens erkennen. An einigen Stellen waren kleine Teilbereiche der Landschaft mit Kreuzen versehen.

Was genau hatte das alles zu bedeuten? So viele Fragen wirbelten in meinem Kopf herum, und die wichtigste, die lauteste von allen war: Was war nur geschehen? Waren die Erinnerungen, die mein Gedächtnis mir vorgaukelte, wahr oder nur ein Resultat von Fieberträumen? Diese Tragödie, die ich mir einbildete … Sie konnte nicht echt sein. Sie konnte es einfach nicht.

Professorin Weisdorn war meinem Blick gefolgt. Sie setzte sich auf die Bettkante, wobei sie einen gewissen Abstand zu mir einhielt. Ihre schlanken Hände lagen sorgsam ineinandergefaltet auf ihrem Schoß.

»Ich wollte warten, bis es dir besser geht, aber es ist kein Geheimnis, dass Unwissenheit nicht gut für den Geist

ist«, sagte sie langsam. »Vor zwei Tagen hat man uns einen ungewöhnlichen Vorfall gemeldet. Auf einem Feld, etwa zwei Tagesmärsche westlich der Universität, ist es zu einem erstaunlich intensiven Blüteausbruch gekommen, der alle Feldarbeiter und Einwohner, die sich auf und direkt neben der Plantage aufhielten, dahingerafft hat. So etwas ist in dieser Größenordnung noch nie vorgekommen. Also sind wir dorthin gereist, um die Gerüchte zu prüfen, die sich leider als wahr erwiesen haben. Die Plantage ist mit einer Wucht erblüht, wie wir sie bisher noch nie erlebt haben. Alles im Umkreis von einer Viertelstunde Fußmarsch kann in nächster Zeit nicht mehr bewohnt werden, weil sich zu viel Blütenstaub verteilt hat. Die Ortschaften Thiwa und Oranien sind für die nächsten Tage abgeriegelt und dürfen nicht von Menschen betreten werden. Elver ist völlig zerstört und vermutlich für lange Zeit unbewohnbar.«

Alles in mir krampfte sich zusammen. Was bisher nur eine Ahnung, eine spröde Erinnerung gewesen war, schien sich nun zu bewahrheiten.

»Sind alle …?«, krächzte ich mühsam. Ich hatte wahnsinnige Angst vor der Antwort.

Sind alle tot?

Die Professorin nickte. Vielleicht lag es daran, dass sie eine Wissenschaftlerin war, dass sie mir eine solche Wahrheit so nüchtern und ohne Mitgefühl überbrachte. Und vielleicht traf mich diese Wahrheit genau deswegen ins Mark. Sie beschönigte nichts, machte mir keine Hoffnungen, wo keine waren. Sie sagte mir einfach nur die Wahrheit.

Sie waren tot. Alle.

Allein der bloße Gedanke war so ungeheuerlich, dass sich mein wunder Hals zusammenzog, mir die Luft abschnürte.

Sie. Waren. Alle. Tot.

»Hör zu«, unterbrach die Naturforscherin meine rasenden Gedanken und mein wild pochendes Herz gleichermaßen. »Ich kann nur erahnen, wie hoch dein Verlust ist. Aber du lebst. Als mein Team und ich vor Ort waren, um uns einen ersten Überblick über die Situation zu verschaffen, haben wir dich gefunden. Du warst halb tot, fast verdurstet und vom Blütenstaub, der sich noch immer dort befand, stark zugerichtet. Auch wir konnten uns kaum ohne Schutzanzüge fortbewegen. Du hast großes Glück gehabt, dass du überlebt hast und wir dich aufgelesen haben. Nein, es ist sogar ein Wunder.«

Glück? Wunder? Von welchem Wunder sprach sie? Ich hätte mit meiner Familie sterben sollen. Die Professorin hätte mich dort im Dreck liegen lassen sollen. Es war nicht gerecht, dass ausgerechnet ich überlebte. Das hatte ich nicht verdient. Und was sollte ich mit einem Leben anfangen, ohne … ohne sie alle?

Am liebsten hätte ich die Wickel von meinem Körper gerissen und mich aus dem fahrenden Wagen gestürzt. Aber ich war zu schwach dazu.

Professorin Weisdorn betrachtete mich. »Es liegt jetzt an dir, ob du leben willst. Wir haben deinen Körper, so gut es geht, versorgt. Du wirst innerlich Narben zurückbehalten und äußerlich vielleicht auch, das kann ich noch nicht abschätzen, aber wir haben getan, was wir konnten. Was du daraus machst, liegt ganz bei dir. Wir können dir helfen zu heilen, aber leben wollen musst du selbst.«

Ich umklammerte den Becher mit meinen Fingern. Er war der einzige Gegenstand, an dem ich mich festhalten konnte. Obwohl mir noch immer schlecht war, hob ich ihn an die Lippen und zwang den Rest der Kräutermischung herunter.

Die Professorin nickte zufrieden. Ihr durchdringender Blick wurde milder, als sie mir den leeren Becher abnahm.

»Gut so, Mädchen. Und nun ruh dich aus.«

»Opal«, presste ich heraus. Ich wollte, dass sie mich beim Namen nannte.

Mir war nichts geblieben. Meine Heimat war ausgelöscht. Meine Familie war tot. Julian war tot. Elver war unbewohnbar und von tödlichem Blütenstaub überwuchert. Was mich ausgemacht hatte, war mit meiner Familie gestorben.

Alles, was mir jetzt noch blieb, war mein Name.

5

Das Abtragen von Schichten

Ich verschlief Tage, Nächte, ich wusste nicht, wie viele davon, aber es fühlte sich an wie eine Ewigkeit. Vielleicht war in die Medizin der Professorin ein Schlaftrunk gemischt, der mir half, tief und fest und ohne dunkle Träume zu schlafen, denn als ich beim ersten Sonnenstrahl aufwachte, fühlte ich mich ausgeruhter als am ersten Tag in ihrem Wagen.

Doch alle Medizin der Welt war wirkungslos gegen die Erkenntnis, die wie ein geschleuderter Stein gegen mich prallte.

Sie waren alle tot. Immer noch. Es war kein böser Traum gewesen, wie ich im Moment des Augenaufschlagens noch geglaubt hatte, und diese Erkenntnis würde mich fortan jeden Morgen treffen. Sie würde mir jeden Morgen den Boden unter den Füßen wegreißen, immer wieder aufs Neue, bis ich vielleicht eines Tages gelernt hatte zu fallen, ohne dass mir dabei das Herz brach.

Ich schob den Gedanken weg, weit, weit weg. Ich wusste, dass ich zusammenbrechen würde, wenn ich ihn zu nahe an mich heranließ, und einen Zusammenbruch durfte ich mir hier in der Fremde nicht erlauben, wo ich niemandem vertrauen konnte.

Vorsichtig richtete ich mich auf. Entgegen meiner Erwartung war ich allein in dem rollenden Wagen. Der hölzerne Verschlag, mit dem man das Fenster abdecken konnte, war offen. Langsam rutschte ich ans Ende des Bettes, um von dort einen Blick aus dem Seitenfenster zu werfen.

Ich atmete zischend aus. Die Landschaft hatte sich dafür, dass wir keine wochenlange Reise hinter uns hatten, sondern höchstens ein paar Tage unterwegs gewesen waren, extrem verändert. Die sandige, trockene Ebene, in der ich aufgewachsen war, war verschwunden und hatte grünen Wiesen Platz gemacht. Der Weg, über den wir fuhren, war von Bäumen gesäumt, an denen sattgrüne Blätter hingen. Diese grüne Landschaft zeugte davon, dass es hier keine Dunkeldornfelder gab, die dem Boden das Wasser entzogen und für andere Pflanzen nichts mehr übrig ließen. Auf den Ästen saßen winzige bunte Vögel und zwitscherten ein träges Lied. Die Straße war eben und für das Befahren besser geeignet als die steinigen Pfade in Elvers Umgebung.

Ich drückte das Gesicht dichter an die Glasscheibe des Fensters. Der Wagen wurde von zwei wuchtigen Pferden gezogen, deren schwarzes Fell in der Sonne schimmerte.

Die Professorin hatte unser Ziel nicht genannt, aber da sie davon gesprochen hatte, an der Florentischen Universität zu arbeiten, nahm ich an, dass wir auf dem Weg dorthin waren. Aufregung mischte sich in meine Trauer. Ich war noch nie in der Hauptstadt von Tensia gewesen. Streng genommen war ich noch nie irgendwo anders gewesen als in den angrenzenden Dörfern der Dunkeldornplantage. Was hin und wieder aus Florentia zu uns durchsickerte, waren mystische Geschichten von Menschen, die ein ganz anderes Leben führten als wir. Florentia war eine pompöse Stadt. Eine Stadt, in der die Dornenformer und auch die sagenumwobenen Dunkeldornmagier ausgebildet wurden, von denen wir noch nie einen zu Gesicht bekommen hatten. Aber sie konnten Großes leisten, hieß es. Großartiges.

Ich zuckte zusammen. Ganz automatisch dachte ich noch im *Wir*. Doch es gab kein *Wir* mehr.

Der Wagen kam langsam zum Stehen. Die Holztür wurde von außen geöffnet, und Professorin Weisdorn stieg die Stufen hoch. Durch die Öffnung sah ich eine kleine Karawane aus Pferdewagen. Hinter dem unsrigen standen zwei weitere. Ich hörte Stimmen von fremden Frauen und Männern und konnte einen flüchtigen Blick auf sie erhaschen. Das musste das besagte Forschungsteam sein.

Der Gedanke an diese Menschen schnürte mir die Kehle zu. Sie trugen saubere, teuer wirkende Kleidung und festes Schuhwerk, wie wir es uns auf den Feldern immer ersehnt hatten. Die Frauen hatten komplizierte, ordentliche Frisuren, wie ich sie noch nie gesehen hatte. Diese Leute standen im Rang weit über mir, und keiner von ihnen würde mich auch nur eines Blickes würdigen, wenn sie ähnlich fern vom einfachen Volk waren wie die Dornenformerin von unserer Plantage. Sie würden mich wie Luft behandeln.

»Ah, du bist wach«, stellte die Professorin fest. »Ich hoffe, du konntest dich ein wenig erholen, denn wir sind bald da.«

Ich probierte mich in einer Antwort. »Das habe ich.« Das Sprechen schmerzte noch immer und klang ungesund, aber es wurde langsam erträglicher.

»Sehr gut. Dann sehen wir uns jetzt deine Wunden an. Die Wickel werden wir abnehmen und dir in der Universität neue auflegen, falls noch welche nötig sein sollten. Aber fürs Erste braucht deine Haut frische Luft.«

Sie tippte auf die Bettkante und bedeutete mir, mich aufrecht dorthin zu setzen. Aus ihrem Schrank holte sie eine Pinzette sowie einen Wattebausch, den sie mit einem übel riechenden Serum tränkte.

»Das könnte wehtun.« Mit konzentrierter Miene lehnte sie sich zu mir. Ich konnte nun ihr Gesicht aus der Nähe betrachten. Es war sonnengebräunt. Nicht so sehr wie meins, doch mehr, als ich es bei einer Wissenschaftlerin vermutet hätte. Ihre Augen hinter den Gläsern waren hellgrau. Winzige Narbenpünktchen auf ihrer Haut verrieten, dass auch sie den Dunkeldornen bereits zu nahe gekommen war.

Mit der Pinzette löste sie den Verband am oberen Ende der Stirn. Ich biss mir auf die Innenseite der Wange, weil ich keinen Laut von mir geben wollte. Es tat weh. Es fühlte sich an, als zöge sie meine Haut gleich mit ab. So schlimm verletzt hatte mich der Blütenstaub noch nie.

»Du hast verklebte Wunden, aber ich versuche, die Kruste nicht abzureißen«, erklärte sie mit gerunzelter Stirn. »Das ist wichtig, damit die Haut richtig abheilen kann und keine Narben zurückbleiben. Oder keine, die auf den ersten Blick ersichtlich sind.«

»Es ist mir egal, ob Narben zurückbleiben«, murmelte ich.

Ihr Blick begegnete meinem. »Mag sein, aber ich habe einen Ruf zu verlieren, also werde ich ordentlich arbeiten.«

Ich zuckte die Schultern und räusperte mich. »Wohin fahren wir?«, fragte ich stattdessen. Meine Zunge fühlte sich schwer und trocken an. Ich war durstig.

»Zur Universität«, erwiderte die Professorin knapp. Sie arbeitete sich Zentimeter für Zentimeter mein Gesicht entlang.

»Was genau wird an der Universität gelehrt?«, wollte ich wissen. Ich war neugierig, was mich erwarten würde, wollte mich aber auch von dem Brennen in meinem Gesicht ablenken.

»Das weißt du nicht?« Zum ersten Mal machte sich ein Ausdruck von Überraschung auf ihrer sonst so beherrschten Miene breit.

»Woher denn?« Ob sie glaubte, wir Feldarbeiter dürften Ausflüge in die weite Welt unternehmen? Wenn wir nicht gerade auf dem Feld standen, wurden wir angewiesen, unsere Körper zu schonen.

Falls sie sich ertappt fühlte, ließ sie es sich nicht anmerken.

»Die Universität hat viele Aufgaben. Hauptsächlich dient sie als Lehrstätte für Menschen, die entweder mit der Gabe des Dornenformens oder der Dunkeldornmagie geboren wurden, was dir sicherlich bekannt ist. Aber daran angeschlossen ist auch ein Forschungstrakt, der Wissenschaftler wie mich unterhält. Wir erforschen alles rund um die Dunkeldornen. Ihre Entwicklung, ihre Wirkstoffe, ihr Gebaren, ihre Wirkung, wenn später das Dunkeldornpulver erzeugt wird. All das.«

Ich kannte die Professorin erst seit Kurzem und war mir nicht sicher, welche Fragen angemessen waren. Ich beschloss, die kritischen erst dann zu stellen, wenn sie mit dem Abziehen des Verbandes fertig war. Es war mir zwar ernst damit gewesen, dass es mir egal war, wenn ich Narben zurückbehielt, aber ich musste das Schicksal ja nicht herausfordern.

»Warum habt Ihr mich überhaupt gerettet?«, fragte ich schließlich, um die Stille zu brechen. Die Forscherin hatte sich mittlerweile bis zu meiner Nase vorgearbeitet. Die dünne Haut dort war besonders empfindlich, und meine

Finger krampften sich in den zerschlissenen Stoff der dünnen Bettdecke neben meinen Beinen.

»Höre ich da Vorurteile heraus?«, fragte Professorin Weisdorn mit einem dünnen Lächeln. Sie ließ ein Stück Verband mit der Pinzette und spitzen Fingern in ein metallenes Gefäß fallen und drehte meinen Kopf ein Stück zur Seite, damit das Tageslicht ihre Arbeit besser beleuchten konnte. Sie nickte zufrieden.

Ich zuckte langsam die Schultern.

»Ich weiß nicht, was du von uns denkst, aber wir lassen sicher keine verletzten Menschen zum Sterben zurück.«

»Ist das so?«, fragte ich herausfordernd. »Immerhin hat niemand ein Problem damit, wenn wir bei der Arbeit sterben oder uns schwer verletzen. Und ich glaube auch nicht, dass es einen Gedenktag geben wird, weil …« Ich musste schlucken. »… weil die Dunkeldornen mein Dorf ausgelöscht haben.«

»Mag sein.« Ich sah keinen Anflug von schlechtem Gewissen in ihrem Gesicht. Kein Mitleid. Wir wussten beide, wie viel wert wir Feldarbeiter waren. Alle zusammengerechnet, waren wir beziehungsweise unsere Arbeitskraft verdammt viel wert, aber der Einzelne zählte nicht.

Traue keinem System, in dem du nicht noch jemanden unter dir hast, Kind, hatte Nan mit einem gewissen Zynismus zu sagen gepflegt.

»Also?«, hakte ich nach.

Die Professorin ließ die Hände sinken und blickte mir direkt in die Augen. »Ich meine es, wie ich es gesagt habe: Wir lassen niemanden einfach zum Sterben zurück, Opal. Du kannst diese Aussage also annehmen oder es bleiben lassen. Aber wenn du dich besser damit fühlst, mir nichts schuldig zu bleiben, dann kannst du deine Behandlung künftig zurückzahlen.«

»Und wie?«

»Du wirst fürs Erste meine Gehilfin. Ich kann noch eine helfende Hand bei unangenehmen Tätigkeiten gebrauchen, und du bist harte Arbeit gewohnt, ohne dich zu beklagen.« Ihr gestrenger Blick wanderte für den Bruchteil eines Augenblicks aus der offenen Tür. »Das können nicht alle von sich behaupten.«

»Eure Gehilfin also«, murmelte ich. Plötzlich fühlte ich mich unsäglich müde. Ich wusste, dass ich Dankbarkeit an den Tag legen sollte. Ich hatte nichts mehr. Kein Geld, keine Arbeit, keinen Schlafplatz. Die Professorin hatte mir nicht nur das Leben gerettet, sie bot mir außerdem eine Perspektive. Jeder würde von mir erwarten, ihr Angebot mit offenen Armen und Freudentränen anzunehmen.

Aber wie sollte ich das tun, wenn der Atem der Vergangenheit in meinen Nacken hauchte, wenn die Erinnerung an das, was ich verloren hatte, noch so hell leuchtete wie die Sonne? Ich fühlte mich wie ein mechanisches Ding, das jemand aufgezogen hatte, damit es funktionierte. Aber in mir war kein Herz, kein Lebenshauch, keine Freude.

»Danke für Eure Hilfe«, ergänzte ich und hatte dabei das Gefühl, an diesen Worten zu ersticken.

Die Professorin nickte und beendete ihre Arbeit. Als sie den Verband vollständig von meinem Gesicht gelöst hatte, tupfte sie das Serum mit einem Wattebausch auf meine Haut. Entgegen meiner Erwartung linderte es das permanente Brennen und machte es erträglich.

»Du brauchst keine neuen Verbände. Der Rest kann an der Luft heilen. Jetzt machen wir mit Armen und Beinen weiter.«

»Gut. Aber kann ich erst … Habt Ihr einen Spiegel?«, fragte ich, als sie die Überreste des Verbandes in einen Eimer warf.

Die Wissenschaftlerin öffnete eine Schublade des Medizinschranks und zog einen Handspiegel heraus. »Bist du dir sicher, dass du dir den Anblick heute schon zumuten möchtest?«

Als ich die Hand wortlos nach dem vergoldeten Spiegel ausstreckte, der aussah, als wäre er mehr wert als alles, was meine Familie und ich zusammen besessen hatten, fragte ich mich, ob ich mich jemals daran gewöhnen würde. Ich war in einer armen Welt aufgewachsen, ohne Mittel, ohne Rang. Aber dort war ich jemand gewesen. Ich war gleichgestellt gewesen. In unseren Reihen hatte sich keiner über den anderen erhoben. Wohin wir fuhren, würde ich niemand sein. Unsichtbar.

Der Griff des Spiegels schmiegte sich kühl in meine Hand. Die matte Oberfläche zeigte das Ebenbild meines Inneren.

Was ich sah, war zerschunden und wund.

6

Das Mauerwerk der Lehre

Wenn ich draußen auf den Feldern eines gelernt hatte, dann war es, dass die Wölfe einen fraßen, wenn man Schwäche zeigte. Sobald wir an der Universität angekommen waren und ich diesen Wagen verließ, musste ich mir einen eisernen Mantel umlegen. Ich durfte meine Trauer und meine inneren Narben nicht nach außen tragen, wenn ich in einer Welt, wie ich sie nicht kannte, überleben wollte.

Der Pferdewagen war langsamer geworden und die Straße ebener. Je näher wir Florentia kamen, desto reger wurde das Treiben um uns herum. Selbst durch die mittlerweile geschlossenen Fensterläden konnte ich die anderen Pferdehufe und die Stimmen der Passanten vernehmen, an denen wir vorbeiratterten. Die Professorin hatte sich mit dem Befehl verabschiedet, im Bett zu bleiben und die freigelegte Haut zu schonen, bis wir angekommen wären. Sie hatte vorne neben dem Kutscher Platz genommen, um die Ausweispapiere ihres Forschungsteams bei den Eingangskontrollen vorzulegen. Die Stadt konnte man natürlich frei betreten, nicht aber das Universitätsgelände, das offenbar streng von Wachpersonal gesichert war.

Mehrmals war ich versucht, die Fensterläden ein Stück weit zu öffnen und hinauszuspähen. Ich wollte mir ein Bild von der Lage machen, wollte mich mit meinem neuen Umfeld vertraut machen, bevor sich bald die Holztür öffnen und dieses neue Licht mich blenden würde. Aber ich riss mich zusammen. Ich wollte nicht gleich zu Beginn Ungehorsam an den Tag legen und mich um meine Arbeit bringen.

Trotzdem kribbelte und brannte alles an mir. Meine Nerven, mein Gesicht, meine Haut, meine Fingerspitzen. Selbst das Eingepferchtsein in diesem kleinen Wagen konnte ich kaum noch ertragen. Ich war immer Weite gewöhnt gewesen, den Himmel und die Sonne und die – zumindest räumliche – Freiheit über mir. Diese vier Wände verursachten ein Gefühl der Enge in meiner Brust. Und gleichzeitig waren sie eine Zuflucht vor dem Unbekannten.

Gemächlich rollte der Wagen weiter und schaukelte mich sanft auf dem Bett. Ich hatte die Knie angezogen und die Arme darum geschlungen. Der saubere Stoff fühlte sich kratzig unter meinen Fingern an. Die Professorin hatte mir ein Hemd und einen wadenlangen Rock gegeben. Beides hatte sie zuvor umschlagen und mit kleinen Nadeln feststecken müssen, da ich ein gutes Stück kleiner war als sie. Der Stoff war einfach, aber von so guter Qualität, dass ich ihn mir nie hätte leisten können.

Wir hielten an. Von draußen drangen Stimmen zu mir, die mir eine Gänsehaut verursachten. Sie klangen streng und unnachgiebig wie jene der Vorarbeiter, deren Peitschen meine Haut nicht selten berührt hatten. Was, wenn sie mich sehen wollten? Oder wenn ich gar nicht hier sein durfte?

Bevor Panik in mir aufkommen konnte, setzte der Wagen seinen Weg fort. Wir rumpelten jetzt noch langsamer, dafür wurde der städtische Lärm leiser. Durch den schmalen Schlitz der Fensterläden erkannte ich die Umrisse einiger hoher, fast schwarzer Gebäude, die wir passierten.

Dann kam der Wagen endgültig zum Stehen. Kurze Zeit später wurde die Tür weit geöffnet. Eine Frau, die ihr hellbraunes Haar bis auf den kecken Pony in der Stirn fein säuberlich unter einer Haube verborgen hatte und eine Schürze über dem wadenlangen zartblauen Kleid trug, brachte die ausklappbare Treppe in Position. Ich schätzte, dass sie so alt war wie meine kleine Schwester.

Du hast keine kleine Schwester. Deine kleine Schwester ist tot.

Stich. Ein Stich direkt ins Herz.

Die junge Frau musterte mich abwartend. »Kommst du?«

Ich hatte mich bereits aufgesetzt. Unwillkürlich hatte ich mich umgesehen, aber da war nichts, nach dem ich greifen und es einsammeln konnte. Ich hatte nichts bei mir, nichts, was ein Stück Zuhause war, an das ich mich klammern, das ich immer bei mir tragen konnte.

Obwohl ich mich danach sehnte, der Enge zu entkommen, war ich plötzlich nervös. Dieser Wagen war in den letzten Tagen meine Zuflucht gewesen. Ich fühlte mich noch nicht bereit, ihn gegen eine ungewisse Zukunft einzutauschen.

Der Blick der jungen Frau war ungeduldig. Mit der Hand machte sie eine scheuchende Bewegung. Ich riss mich zusammen und kletterte die Stufen hinunter. Meine Knie fühlten sich vom langen Ruhen wackelig an. Draußen musste ich die Augen mit der Hand abschirmen, weil das Mittagslicht der Sonne beißend blendete.

»Folge mir, Opal. Das ist doch dein Name, richtig?« Ihr Blick blieb kurz an meinem verwundeten Gesicht hängen, ehe sie ihn niederschlug. Sie wartete meine Antwort gar nicht erst ab. »Professorin Weisdorn hat mich angewiesen, dir dein Zimmer zu zeigen und dich herumzuführen. Morgen kannst du dann mit deiner Arbeit beginnen. Professorin Weisdorn wird dich selbst in alles einweisen.«

Ich benötigte einen Augenblick, bis ich begriff, von wem sie sprach. Es prasselten so viele Eindrücke auf mich ein, dass ich am liebsten einfach nur auf der Stelle gestanden und die Gegend um mich herum betrachtet hätte. Ich war von Staunen erfüllt.

Der Pferdezug hatte auf einem weiten gepflasterten Hof gehalten, um den herum hufeisenförmig drei lang gezogene Gebäudekomplexe mit flachen Dächern angeordnet waren. Das Mauerwerk war dunkel, fast schwarz, und wirkte auf den ersten Blick furchteinflößend. Mannshohe Fenster auf drei Stockwerken schienen für genügend Licht zu sorgen. Rings um die drei Gebäudetrakte erstreckten sich ein gepflegter Rasen und Blumenbeete, welche der mystischen Anlage ein freundlicheres Antlitz gaben. Die Universität erweckte den Eindruck von ehrwürdiger Zeitlosigkeit. Als wäre sie vor Jahrhunderten aus der Erde geschlagen worden und hätte dem Lauf der Zeit mutwillig getrotzt. Sie wirkte uralt, geheimnisumwoben und modern zugleich.

Ich folgte der jungen Frau, während ich mich neugierig umsah. Immer wieder bemerkte ich hinter dem Glas wehende Schatten, die durch die Korridore huschten.

»Danke, dass du mich herumführst. Verrätst du mir deinen Namen?«, fragte ich meine Führerin, die sich rasch auf den Haupttrakt in der Mitte zubewegte und erwartete, dass ich mit ihr Schritt hielt.

»Oh, natürlich, entschuldige. Ich bin manchmal etwas zerstreut. Mein Name ist Keya. Ich bin hier eine von vielen Bediensteten.« Zum ersten Mal lächelte sie. Mir wurde etwas leichter ums Herz. Nan hatte immer gesagt, dass ein ehrliches Lächeln der Zugang zu jedem Menschen war. Zu jedem.

Keya deutete mit dem ausgestreckten Arm auf das Gebäude vor uns, das mit jedem Schritt, den wir auf es zugingen, größer und monumentaler zu werden schien. Wie sollte ich mich jemals darin zurechtfinden, wenn es von außen schon so beeindruckend war?

»Das ist die eigentliche Universität«, sagte Keya. »Dort sind die Lehrsäle, die Wohnräume der Studierenden und Lehrenden und die Mensa. In dem rechten Trakt vom Hof aus gesehen ist das Personal untergebracht. Hier lassen wir gerade ein Zimmer für dich herrichten, das ich dir gleich zeigen werde. Und auf der linken Seite befindet sich das Forschungsareal. Dort arbeitet auch Professorin Weisdorn, du musst dich also morgen früh dort einfinden.«

Wir folgten einem Kiesweg nach rechts, der zum Personaltrakt führte, welcher etwas kleiner war als die anderen beiden Gebäude. Zwischen den einzelnen Trakten gab es weitere Fußwege, und ich konnte auf dem ausladenden Gelände hinter der eigentlichen Universität, bestehend aus Wiesen und Bäumen, für einen kurzen Moment weitere Gebäude erkennen. Nein, keine Gebäude. Es waren … Gewächshäuser?

Tatsächlich. Mindestens ein Dutzend durchsichtige Häuser, in denen Menschen mit Schutzhauben und langen Kitteln geschäftig umherliefen, reihten sich aneinander. Ich wandte den Blick ab, weil Keya mir bereits einige Schritte voraus war, und beeilte mich, zu ihr aufzuschließen.

»Was genau wird hier erforscht?«, fragte ich.

»Dies ist eine naturwissenschaftliche Universität, die sich

mit der Erforschung der Dunkeldornen befasst«, erwiderte Keya. »Das ist dir doch sicher bekannt?«

»Ja, schon, aber …«

Keya unterbrach mich. »Von diesen Dingen müssen wir keine Ahnung haben, Opal. Wir müssen uns nur um die Anlage und die Menschen darin kümmern. Für die wichtigen Fragen sind die klugen Köpfe da.«

Wir erreichten eine unauffällige Eingangstür, die im Gegensatz zu den gewaltigen Portalen der Universität und des Forschungsareals nicht von Soldaten bewacht wurde.

Keya drückte sie auf und ließ mir den Vortritt. »Die Tür ist von Sonnenuntergang bis vier Uhr in der Früh verschlossen, ebenso wie die übrigen Eingänge. Da du neu bist, musst du dich erst beweisen, bis du einen eigenen Schlüssel bekommst. Halte dich also am besten an die Schließzeiten, damit du nicht draußen nächtigen musst.« Sie lächelte. »Aber normalerweise bekommt man seinen eigenen Schlüssel nach wenigen Tagen. Mit der Professorin hast du ja bereits eine Fürsprecherin.«

Im Inneren war es genauso eigenartig mystisch, wie es von außen den Eindruck erweckte. Die Wände waren aus felsengrauem Backstein gefertigt, und allein die vielen Fenster sorgten dafür, dass das Gebäude keine erdrückende Höhle war, die sich wie ein Schlund anfühlte.

Auch hier herrschte Emsigkeit. Durch den Gang liefen viele Frauen in ähnlicher hellblauer und weißer Kleidung, wie Keya sie trug. Nicht alle aber hatten eine Haube aufgesetzt. Sie schleppten Eimer, Geschirr oder Handtücher, Schrubber oder schmutzige Wäsche. Andere hingegen waren opulenter gekleidet, trugen geraffte dunkle Röcke und enge, taillierte Blusen mit hochgekrempelten Ärmeln. Auch sie hielten Tabletts in den Händen, aber was darauf gestapelt war, schien mir weitaus interessanter: enge, hohe Glasbehältnisse, an denen schwarze Reste einer Flüssigkeit oder eines Pulvers klebten, silbernes Besteck in seltsamen Formen und anderes Werkzeug.

»Hier unten sind hauptsächlich Lagerräume und Küchen, in denen die wissenschaftlichen Aushilfen, wie du eine sein wirst, die Utensilien, die die Studierenden und die Lehrkräfte für den Unterricht und für die Forschung benötigen, reinigen und wiederaufbereiten. Außerdem waschen wir, das eigentliche Hauspersonal, das du an der hellen Arbeitskleidung erkennst, die Wäsche und kümmern uns um alles, was zum Wohl der Studierenden beiträgt. Die Schlafräume sind ein Stockwerk weiter oben.«

Wir folgten einer Treppe in das erste Obergeschoss. Ich wagte es kaum, das Geländer zu berühren, so wertvoll erschien es mir. Der breite Handlauf aus dunklem Holz war mit einer Goldschicht verziert, die an manchen Stellen vom häufigen Gebrauch leicht abgegriffen war. Auch der Boden zeugte davon, dass viel Geld in diese Bauwerke geflossen war. Winzige Steinchen aus schwarzem, weißem und grauem Mosaik zierten die Gänge in einem fortlaufenden Blumenmuster.

Wie auch das Erdgeschoss bestand der erste Stock aus einem einzigen Hauptgang mit einer endlosen Reihe von Türen zur Rechten und zur Linken. Es waren so viele, dass ich sie nicht zählen konnte.

»Direkt neben der Treppe ist ein großes Bad mit mehreren Wannen und Schränken mit frischen Handtüchern und solcherlei Dingen. Hier kannst du dich immer bedienen. Jeder hat aber in seinem Zimmer ein eigenes kleines Waschbecken.«

Wir hatten etwa die Hälfte des langen Korridors durchquert, als Keya anhielt und einen kleinen Schlüssel aus der Schürzentasche fischte. Sie hielt ihn mir entgegen.

»Das ist dein Zimmer. Jedes hat eine eigene Nummer, merk sie dir also gut.«

Ich hatte keine Ahnung, was mich erwartete, als ich den Schlüssel ins Schloss steckte und ihn umdrehte. Mit einem leisen Klicken ließ sich die Tür aufdrücken. Das Zimmer war klein, aber besser ausgestattet, als ich erwartet hatte. Neben dem Notwendigen wie einem schmalen Bett, einer Kommode, einem Becken mit frischem Wasser und einem Fläschchen mit duftender, flüssiger Seife in öliger Konsistenz gab es einen bequem aussehenden Sessel mit einem winzigen Tisch, auf dem ein Stapel Bücher und eine hölzerne Schatulle für kleinere Habseligkeiten lagen.

»Deine Vorgängerin hat ein paar ihrer Sachen hiergelassen. Ich weiß nicht, ob du lesen kannst, wenn nicht, kannst du die Bücher auch im Gemeinschaftsraum abgeben. Irgendwer wird schon Verwendung dafür finden.«

»Ich kann lesen«, erwiderte ich. Nan hatte es mir beigebracht. »Ich … Woher kann ich Kleidung bekommen? Ich habe nichts bei mir außer dem, was ich am Leib trage.«

»Oh, das ist nicht viel«, entfuhr es Keya überrascht. Sie kniff die Augen zusammen. »Ich könnte dir nach Feierabend zeigen, wo du in der Stadt einkaufen kannst.«

Ich spürte, wie meine Wangen heiß wurden. »Ich habe auch kein Geld.« Ich hatte das Gefühl, dass Keya einige Fragen auf der Zunge brannten, aber ich hielt es ihr zugute, dass sie keine davon offen aussprach.

»In Ordnung, dann schauen wir einfach mal in der Wäscherei, ob wir nicht ein paar aussortierte Sachen finden.«

Ich brachte nicht noch ein weiteres Danke über die Lippen. Die andauernde Position der Bittstellerin verwandelte meinen Magen in einen schweren, unförmigen Stein, der mir unangenehm im Bauch lag.

Wir kehrten meinem künftigen Zuhause den Rücken. Ich verschloss die Tür und hielt den Schlüssel fest umklammert, da ich keine Schürze und keine Tasche zum Verstauen hatte. Keya bedeutete mir, weiter dem Korridor zu folgen. Tür um Tür flog an mir vorbei, der Gang schien nicht enden zu wollen. Ohne die Nummern wäre es fast ein Ding der Unmöglichkeit gewesen, sich zu merken, was sich hinter welcher Tür befinden musste.

Ganz am Ende angekommen, schloss Keya eine weitere Tür auf. Ein riesiger Raum mit hohen, weiß gestrichenen Regalen offenbarte sich mir. Darauf türmten sich stapelweise Kleidung, Bettwäsche und Stoffbahnen. Zielgerichtet marschierte Keya an den Regalen vorbei und steuerte auf einen Wäschekorb in einer Ecke zu, während ich im Türrahmen stehen blieb und mich untätig fühlte. Sie klappte den Deckel hoch und hob mit spitzen Fingern ein Kleidungsstück nach dem anderen hoch.

»Zu kaputt, zu groß, zu …«, murmelte sie vor sich hin und warf eins nach dem anderen auf den Boden. So ging das eine Weile, bis sie eine Handvoll Kleidung gefunden hatte, mit der sie zufrieden war. Diese knüllte sie unter dem Arm zusammen und kehrte zu mir zurück.

»Ich habe drei Hemden, zwei Röcke und zwei Schürzen für das Labor gefunden. Zusätzlich zu dem, was du trägst, sollte das fürs Erste reichen, oder? Allerdings müssen wir die Sachen in der Wäscherei abgeben, damit sie gewaschen und ausgebessert werden können. Die eine oder andere Stelle müsste geflickt werden. Natürlich musst du dich zukünftig selbst um deine Wäsche kümmern, aber ich denke, am ersten Tag drücken die Damen aus der Wäscherei ein Auge zu. Unsere klugen Köpfe und auch das Lehrpersonal, das mit dem Forschungsareal eng zusammenarbeitet, legen Wert darauf, dass ihre Aushilfen nicht in die letzten Lumpen gehüllt sind, wenn sie den Studierenden über den Weg laufen.«

»Das ist sehr nett von dir«, murmelte ich und nahm den Kleidungshaufen auf den Arm. Ein leicht muffiger Geruch schlug mir entgegen, der sich beim Waschen hoffentlich verflüchtigen würde.

Wir gingen den Gang wieder zurück, um die Sachen in der Wäscherei abzugeben. Dabei mussten wir uns dicht aneinanderdrücken, da uns immer wieder Menschen entgegenkamen.

»Was genau sind deine Aufgaben hier?«, fragte ich.

»Ich arbeite in der Mensa. Ich bin also für das leibliche Wohl der Studierenden und Lehrkräfte zuständig. Es gibt drei Essenszeiten am Tag, zu denen die Köche das Essen in der Küche hinter der Mensa vorbereiten. Dabei helfe ich, indem ich die Zutaten besorge, die Tische eindecke, die Studierenden bediene …«

»Bedienen?«, wiederholte ich fragend. Natürlich kannte ich niemanden, der jemals an einer Universität studiert hatte. Aber ich hätte nicht erwartet, dass man bedient wurde.

Keyas Augenbrauen wanderten nach oben. Sie senkte die Stimme.

»Du weißt schon, dass dieser Ort ein besonderer ist, oder? Und die Studierenden sind auch … besonders.«

»Du meinst, weil sie Dornenformer oder Dunkeldornmagier sind?«, fragte ich. Ich konnte nicht verhindern, dass leise Verachtung durch meine Worte tropfte. Ich hatte nicht vergessen, wie wir Knochenarbeit auf den Feldern geleistet hatten, der niemand Respekt zollte, während bei der Sichtung einer Dornenformerin jeder vor Ehrfurcht fast in die Knie gegangen war.

Keya starrte mich erschrocken an und warf sogleich einen panischen Blick über die Schulter, als hätte sie Angst, dass mich jemand gehört haben könnte.

»So darfst du nicht sprechen!«, wisperte sie. Ihre Finger krallten sich schmerzhaft in meinen Unterarm. Ich musste ein Stöhnen unterdrücken. Die Wunden, welche die Dunkeldornen überall auf meinem Körper hinterlassen hatten, waren noch nicht verheilt.

Ich versuchte, ihren Griff abzuschütteln, aber Keya ließ nicht locker. Sie wartete, bis ein blutjunges Mädchen, das uns gerade entgegenkam, an uns vorbeigelaufen war.

»Du musst deine Zunge hüten, versprich mir das!« Irrte ich mich, oder klang da ein Hauch von Panik in ihrer Stimme mit?

»Wovor hast du denn solche Angst?«, wollte ich überrascht wissen.

Keya drängte mich in den Rahmen einer Tür und beugte sich zu mir. »Sie sind heilig, verstehst du? Du darfst ihnen keinen Anlass zur Verärgerung geben. Sie … Ihr Wort wird immer über unserem stehen. Du darfst niemals jemanden verärgern, der Dunkeldornmagie beherrscht, *niemals.* Du kannst sie nicht mit den Dornenformern vergleichen. Die Dornenformer sind nichts gegen sie. Sie haben keine echte Macht. Die Dunkeldornmagier aber schon. Sie können … unfassbare Dinge tun. Also versuche, für sie unsichtbar zu bleiben. Nur dann bist du hier sicher.«

Ich unterdrückte ein Schnauben. Manche Dinge änderten sich offenbar nie, ganz gleich, an welchen Ort man kam. Manche Menschen waren eben einfach mehr wert als andere.

»Und was sollen sie mir tun, außer mich zu entlassen?«, fragte ich langsam. Als hätte ich noch irgendetwas zu verlieren. Was mir am Herzen lag, war bereits zu Staub zerfallen.

Keya sah mich an. Sie war mir so nahe, dass ich die hellgrauen Sprenkel in ihrer Iris sehen konnte. Ihre leicht geweiteten Pupillen. Die wenigen Sommersprossen auf ihrer blassen Haut.

»Sie können dir alles nehmen, Opal«, sagte sie todernst. »Alles.«

Ich erwiderte ihren Blick, ohne zu blinzeln. »*Alles* wurde mir längst genommen.«

Ich hatte Keya versprochen, fortan auf meine Zunge zu achten, wenn mich jemand hören konnte, und sie damit beschwichtigt. Bald war ihr Schritt wieder federleicht, und sie setzte die Führung über das Gelände fort. Wir gaben meine künftige Garderobe in der Wäscherei ab, in der ich die strenge Leiterin Natalia kennenlernte. Außerdem zeigte Keya mir im Erdgeschoss die Küche und den Speisesaal des Personals. Früh morgens und am späten Abend gab es ein gemeinsames Mahl, das vom Personalkoch für uns zubereitet wurde. Während unserer Arbeitszeit war es verboten, eine Essenspause einzulegen.

Keya führte mich auch durch die großen Kammern, in denen das Forschungs- und Unterrichtsmaterial gereinigt wurde. Einige davon befanden sich aus Sicherheitsgründen in unterirdischen Kellergewölben. Diese musste ich mir besonders gut einprägen, denn sie würden für meine Tätigkeiten wichtig sein. Als Gehilfin einer Wissenschaftlerin würde es zu meinen Aufgaben gehören, das Material, das Professor Weisdorn zum Forschen benötigte, zu pflegen und zu säubern. Manche Utensilien würde ich im Labor selbst reinigen können, andere wiederum mussten hier gesäubert und desinfiziert werden.

»Sie wird dir noch genau erklären, was du zu tun hast, denn mitunter kann es gefährlich sein, unwissend mit diesen Dingen zu hantieren«, sagte Keya ernst. »Deswegen werden die Utensilien der Wissenschaftler auch in den Kelleretagen gereinigt und aufbewahrt.«

Fernab der Forschungskräfte und angehenden Dunkeldornmagier, dachte ich. Fernab der wertvolleren Menschen.

Mein Blick wanderte durch die Kammer, in die wir nur durch den Türrahmen hineinspähten. Die Wände waren noch dunkler als in den oberen Etagen. Ganz oben an den hohen Wänden waren schmale Fenster eingelassen, durch die nur wenig Tageslicht einfiel. Stattdessen wurde die Kammer mit dem grellen Licht von Lampen erleuchtet, die ich noch nie zuvor gesehen hatte.

Keya hatte meine Ratlosigkeit bemerkt. »Das sind künstliche Lampen. Sie werden durch die Magie der Dunkeldornen betrieben. Ebenso wie das fließende und warm einstellbare Wasser und viele andere Unmöglichkeiten, die dir noch auffallen werden. Im ersten Moment ist es beängstigend, wenn man Dinge bemerkt, die nicht … natürlich sind, aber irgendwann gewöhnt man sich daran.«

Ich nickte, während ich das konzentrierte Arbeiten einiger anwesender Bediensteter beobachtete. In der Mitte der Kammer gab es zwei große Tische mit integrierten Einbuchtungen, in denen Wasser floss. Darin säuberten sie gerade dünne Glasrohre und befreiten sie von schwarzen Staubresten. Die Röhrchen wurden anschließend zum Trocknen auf ein Gestell gesteckt. Es gab noch mehr Gerätschaften, die ich keiner Verwendung zuordnen konnte, aber vermutlich würde ich das alles lernen.

»Komm, lass uns rausgehen. Ich muss dir noch die Universität und das Forschungsareal zeigen. Und meine Arbeit wartet schließlich auch auf mich.«

Keya beschleunigte ihre Schritte, als wir nach oben zurückkehrten und dort durch den Dienstboteneingang wieder nach draußen traten. Offenbar war sie fest entschlossen, den Rest der Führung zügiger abzuhandeln.

Oder vielleicht, dachte ich mit einem Seitenblick auf ihr Profil, habe ich es mir mit ihr auch verscherzt.

Der Kies knirschte leise unter meinen abgelaufenen Sandalen. Sie waren das einzige meiner Kleidungsstücke, das noch heil geblieben war. Die darum geschlungenen Leinen hatten das Leder gut genug geschützt, um sie weiterhin tragen zu können. Aber ein verstohlener Blick zu den Menschen, die über das Gelände liefen, bestätigte mir, dass alle anderen bessere und sauberere Kleidung hatten als ich, selbst die Bediensteten.

Keya griff wieder nach meinem Unterarm, als ich auf den Haupteingang des mächtigen Lehrgebäudes zusteuerte. Dieses Mal war sie sanfter.

»Nicht dort«, sagte sie leise. »An der rechten Seite gibt es einen Dienstboteneingang. Der Vordereingang ist nur für die Studierenden und das Lehrpersonal.«

Wir folgten einem Pfad, der gerade einmal breit genug für uns beide war und um das Gebäude herumführte. Hier konnte ich zwischen den Mauern der Universität und des Personaltrakts wieder einen Blick auf die Gewächshäuser ergattern, die sich auf der Wiese hinter der Universität erstreckten. Es waren mehr, als ich zunächst geschätzt hatte. Mehr als ein

Dutzend. Vielleicht sogar zwei. Ich würde sie zählen müssen. Ein Gewächshaus war doppelt oder dreimal so groß wie das Haus, in dem ich gelebt hatte.

So viele Dunkeldornen.

Ein heißer Schmerz durchzuckte mich. Warum hatten wir keine Gewächshäuser gehabt? Warum hatten wir keine schützenden Wände und Dächer und Böden um diese tödliche Pflanze herum errichten dürfen, damit ihr Staub nicht die Luft und uns verpestete und ihre Wurzeln nicht unser Wasser aufsogen und unsere Erde verdorren ließen?

Vielleicht wären sie alle noch am Leben, wenn wir diese Schutzmaßnahmen gehabt hätten. Vielleicht …

»Opal?«

Keyas besorgte Stimme drang vage zu mir durch. Mir wurde bewusst, dass ich mitten auf dem Trampelpfad stehen geblieben war und mit geballten Fäusten zu den Gewächshäusern hinüberstarrte.

Ich blinzelte, weil Tränen in mir aufkommen wollten. *Nicht jetzt, Opal, nicht jetzt und nicht hier.* In einer raschen Geste strich ich mir mit dem Handrücken über die Augen.

»Entschuldige«, murmelte ich mit heiserer Stimme. Keine Schwäche zeigen. Das hatte ich mir fest vorgenommen. Nan würde das von mir erwarten. Ich durfte schwach sein, wenn ich allein und nur für mich war.

»Beeilen wir uns«, sagte Keya leise und mit einer unterschwelligen Nervosität. Eine laute Glocke ertönte im nächsten Augenblick und dröhnte so ohrenbetäubend über das Gelände, dass ich erschrocken zusammenzuckte. Keya drängte mich zur Seite, runter von dem Trampelpfad, bis wir mit den Schultern direkt an den dunklen, von der Sonne gewärmten Ziegelsteinen der Universität standen.

»Sieh zu Boden«, zischte sie mir kaum hörbar zu und senkte den Kopf. Ich tat es ihr gleich, aber nicht so sehr, dass ich das Geschehen nicht hätte weiterverfolgen können. Dazu war meine Neugier zu groß.

Aus dem Gewächshaus strömte nun einer nach dem anderen nach draußen ins Freie. Ich war neugierig und angewidert zugleich. Das mussten Studierende sein. Junge Frauen und Männer, kaum älter als ich selbst, bewegten sich in unsere Richtung. Jetzt begriff ich, warum Keya mich vom Weg gezogen hatte. Wir mussten Platz machen.

Ich war mir meines schäbigen Aussehens, meiner von Professorin Weisdorns Salbe glänzenden, noch roten Haut und meiner zerfledderten Sandalen unangenehm bewusst, und gleichzeitig ärgerte ich mich darüber. Sie standen in der Hierarchie der Gesellschaft Tensias weit über mir, aber sie waren nicht *mehr* als ich. Nicht besser.

Dennoch hielt ich unwillkürlich den Atem an. Trotz meiner Abneigung gegen die Dornenformer war ich in dem Wissen aufgewachsen, dass sie etwas Besonderes, etwas Überirdisches waren. Etwas, das Menschen wie ich nur aus der Ferne bewundern durften, wenn überhaupt. Dornenformer waren für uns wie schimmernde Sterne, die in der Nacht glommen, so weit entfernt, dass wir sie niemals zu fassen bekämen. Aber wie Keya es bereits gesagt hatte: Sie waren nichts im Vergleich zu den Dunkeldornmagiern.

Sie würdigten uns keines Blickes, sondern marschierten an uns vorbei, als wären wir unsichtbar, und vielleicht waren wir das ja für Menschen, die für Höheres geboren waren. Trotzdem schlug mir das Herz bis zum Hals.

Zum ersten Mal bemerkte ich einen Unterschied zwischen den Studierenden, die uns passierten. Die einen trugen einfache braune Kleidung, schlichter als diejenige, die ich von der ausgelernten Dornenformerin kannte, die ihre Arbeit auf unserer Plantage verrichtet hatte. Die anderen waren hingegen in schwarze Kleidung mit juwelenbesetzten Gürteln gehüllt und hatten glänzende schwarze Stiefel an den Füßen. Ob es sich bei ihnen um besagte Dunkeldornmagier handelte? Um diejenigen, die mithilfe des gemahlenen Pulvers der Dunkeldornen … zaubern konnten? Es musste so sein, die Farbe ihrer Kleidung sprach für sich.

Die Dunkeldornmagier waren ein noch größeres Mysterium als die Dornenformer, die auch das gewöhnliche Volk hin und wieder zu Gesicht bekam. Man sagte den Dunkeldornmagiern nach, dass sie die Geschicke Tensias lenkten, selbst über den Kopf der Monarchenfamilie hinweg.

Wir warteten, bis etwa zwei Dutzend junger Leute an uns vorbeigezogen waren, dann trat Keya wieder auf den Weg.

»Wie kommt ihr denn in der Universität zum Arbeiten, wenn ihr jeder Person Platz machen müsst?«, wollte ich wissen.

Sie zuckte mit den Schultern. »Man gewöhnt sich an die Zeiten und weiß, wann sie zwischen den Stunden auf dem Gelände unterwegs sind. Außerdem ist man irgendwann unsichtbar für sie. Es ist egal, ob wir da sind oder nicht, solange wir ihnen nicht im Weg stehen. Na los, ich zeige dir die Universität.«

Wie immer ging sie vor, aber ich … ich wollte noch nicht weitergehen. Etwas hielt meine Füße auf der Stelle fest. Einem Impuls folgend, sah ich zurück, in Richtung Hof, wohin die Studierenden für die folgenden Unterrichtsstunden gegangen waren, um die Universität durch den Vordereingang zu betreten, der für sie, nur für sie, geschaffen worden war.

Ich wusste nicht einmal, warum ich mich in diesem Augenblick umgedreht hatte. Aber als ich es tat, begegnete mein Blick dem eines hochgewachsenen Studierenden, der sich ein Stück hinter den anderen treiben ließ. Mich durchfuhr der Gedanke, dass ich wegsehen, dass mein Kopf gesenkt und alles an mir unterwürfig sein sollte. Dass ich mir nicht an meinem ersten Tag schon Ärger einhandeln durfte. Immerhin gab es für mich keinen anderen Weg, den ich einschlagen konnte. Ohne die Stelle, die die Professorin mir verschafft hatte, gab es für jemanden wie mich nur noch den Weg in die Armut, den Hunger und die Bettelei auf den emsigen Straßen der Hauptstadt.

Aber ich konnte nicht. Ich konnte nicht wegsehen. Ich konnte den Blick nicht lösen, und wenn der des jungen Mannes aus Feuer gewesen wäre, ich hätte es nicht vermocht. Viel von mir war mit meiner Heimat gestorben. Aber ein Teil der alten Opal war noch da, und sie hatte auch im Anblick der Peitsche nie weggesehen.

Sein Gang war lässig, fast überheblich, als wäre selbst der Erdboden nicht gut genug für ihn. Er trug die Robe eines Dunkeldornmagiers, aber darunter verbargen sich ein teuer anmutendes Hemd und eine lederne Hose, die mir für Arbeiten in einem Gewächshaus unpassend erschienen. Die Haut, die sich über seine adeligen Gesichtszüge spannte, war sonnengebräunt. Die genaue Farbe seiner Augen konnte ich aus der Entfernung nicht erkennen, aber sie war hell, ungewöhnlich hell.

Ein, zwei Atemzüge dauerte der stillschweigende Blickkontakt an, und es traf mich kein Blitz vom Himmel, der mich für mein Vergehen bestraft hätte. Stattdessen verzogen sich die Mundwinkel des jungen Magiers zu einem Lächeln.

Es war kein freundliches, einnehmendes Lächeln, sondern eines von jener Sorte, die zeigte, dass dieser Mann genau wusste, was er alles damit erreichen konnte. Dieses Lächeln war typisch für Menschen, denen alles gehörte, die alles hatten und sich dessen bewusst waren.

In mir glühte etwas heiß und wütend auf. Er ging nun zügig weiter, und unser Blickkontakt brach ab. Ich konnte meine Sicht auf ihn nur noch für den Bruchteil einer Sekunde aufrechterhalten, ehe er um das Gebäude verschwunden war.

Aber was ich sah, war einprägsam. Seine Miene stellte eine solche herablassende Gleichgültigkeit zur Schau, wie ich sie mir immer in meinen Träumen ausgemalt hatte, wenn ich an die Dunkeldornmagier gedacht hatte.

Jemand wie er würde jemanden wie mich vergessen haben, sobald ich aus seinem Sichtfeld verschwunden war. Und bei all den Peitschenhieben, die ich ertragen hatte, bei all dem Staub, durch den ich schon gerutscht war, bei all den Befehlen, denen ich gefolgt war oder manchmal auch nicht: Ich wusste nicht, ob ich meines niederen Standes jemals zuvor so gewahr gewesen war wie in diesem Augenblick.

7

Dem Dunkeldorn so nahe

Es war Abend geworden.

Ich saß auf dem Stuhl in meinem überschaubaren Zimmer, die Hände zwischen meine Knie geschoben. Ich fühlte mich fehl am Platz und wusste nicht recht, was ich hier, in der plötzlichen Einsamkeit nach einem turbulenten Tag mit so vielen auf mich einprasselnden Eindrücken, mit mir allein anfangen sollte. Die Sonne war eben untergegangen, und nur ein paar Kerzen flackerten zur Erhellung des Raumes und warfen Schatten an die Wände. Magisches Licht gab es in den Räumen des Personals nicht.

Obwohl ich heute nicht hatte arbeiten müssen, war ich erschöpft. Keya hatte mir so viel erklärt und tausend Informationen in meinen Kopf gepflanzt, dass ich das Gefühl hatte, geradezu überladen zu sein. Ich war mir sicher, morgen die Hälfte wieder vergessen zu haben. Und wie sollte ich mir jemals all die Namen der Leute merken, die in diesem immer geschäftigen Ameisenhaufen arbeiteten?

Müde blickte ich mich in dem Zimmer um. Die Waschschüssel war nachgefüllt worden, außerdem hatte jemand eine

Karaffe frisches Trinkwasser vor die Tür gestellt und einen halben Laib trockenen Brotes sowie meine geflickte Kleidung dazugelegt. Letztere war noch feucht von der Wäsche, sodass ich sie über Stuhl und Bettkante hing, um sie über Nacht trocknen zu lassen. Sobald ich mit meiner Arbeit ein wenig Geld verdient hätte, würde ich in die Stadt laufen und meine Garderobe ergänzen. Die Aussicht darauf, Florentia zu erkunden, brachte etwas Aufregung in meine dunklen Gedanken.

Ich zog das zerschlissenste Hemd an, das ich vorerst als Nachthemd nutzte, und schlüpfte unter die kühle Bettdecke. Fest kniff ich die Augen zu und sehnte den Schlaf herbei. Schlaf brachte eine Pause von den Gedanken. Schlaf brachte Vergessen. Schlaf brachte den Morgen. Ich hatte zwar keine Ahnung, was der Morgen für mich bereithielt, aber es würde allemal besser sein als die Gedanken und Erinnerungsfetzen, die mir durch den Kopf jagten.

Schreie. Schwarzer Nebel. Noch mehr Schreie. Brennen überall. Stille. Stille. Stille.

Mein Herz schlug so heftig gegen die Rippen, als fürchtete es, wieder auf dem Feld zu sein, mitten in der Zerstörung. Dies würde die erste Nacht ohne Schmerzserum sein. Möglicherweise hatte die Professorin mir zuvor auch ein Beruhigungsmittel verabreicht, das meine Albträume auf ein erträgliches Maß reduziert hatte.

Wie also sollte ich diese Nacht in völliger Klarheit überstehen?

Richtiger Schlaf wollte sich nicht einstellen. Immer wieder dämmerte ich weg, aber jedes Mal, wenn ich in einen tieferen Schlaf glitt, wurden die Träume echt und lebendig und kaum aushaltbar, sodass ich wieder hochschreckte.

Irgendwann war das Kissen tränenschwer.

Als der Morgen graute und die Sonne sich hinter den hohen dunkelgrünen Hecken erhob, welche das weitläufige Universitätsgelände umschlossen, hatte ich mich frisch gemacht, die Zähne geputzt und mich angezogen. Ich war müde, aber froh, dass die Nacht endlich vorbei war. Meine Haare hatte ich sorgsam geflochten, sodass sie bei der Arbeit nicht hinderlich sein würden. Weil ich nicht sicher war, welche Kleidung Professorin Weisdorn erwartete, zog ich das über Nacht getrocknete, abgetragene Hemd, den geflickten Rock und eine Schürze an. Obwohl die Kleidung gebraucht war, war sie die kostbarste, die ich je getragen hatte. Der Rock fühlte sich ungewohnt an und bauschte sich um meine Beine. Ich mochte Hosen lieber, die meine Beine vor Luft und Blütenstaub schützten. Vor meiner Tür fand ich außerdem einen kleinen Korb, in dem weitere Sachen für mich steckten: vier Handtücher, drei Paar dicke Handschuhe, von denen ich eins in meine Schürze stopfte, und eine Brille. Auch die ließ ich in meiner Schürze verschwinden. Dazu lag ein Zettel auf dem Boden des Korbes.

> Professorin Weisdorn erwartet dich nach dem Frühstück in Raum 24, 2. Stock. Die Schutzausrüstung lässt sie dir überbringen. Die Handtücher habe ich für dich abluchsen können. Halt die Ohren an deinem ersten Tag steif!
> Keya

Frühstück? Die unruhige Nacht hatte meinen Appetit vertrieben, doch ich hatte nicht vergessen, dass die nächste Mahlzeit erst nach Feierabend auf dem Tagesplan stand. Ich musste also etwas essen, um bei Kräften zu bleiben. Mein Körper war ohnehin angeschlagen und noch nicht voll funktionsfähig.

Ich stieg die Treppe hinunter ins Erdgeschoss und visierte den Speisesaal an. Da jedes Stockwerk nur einen breiten Korridor besaß und um diese Uhrzeit fast alle zum Frühstück strömten, konnte ich mich zumindest nicht verlaufen. Als ich die Doppeltür zum Speisesaal durchquerte, sah ich, dass er bereits aus allen Nähten platzte. Fast alle Tische und Stühle waren mit laut schwatzendem Personal belegt, was mich überraschte, denn auf den Gängen wurde kaum oder nur leise gesprochen. Gerade so, als würden sich zwischen den mächtigen Säulen, welche die Decken stützten, heimlich Aufseher mit ihren Peitschen oder gar die gefürchteten Dunkeldornmagier verbergen. Aber hier schienen sich alle sicher und unbefangen zu fühlen.

Die Lautstärke nahm bei meinem Eintreten ab, und viele Blicke richteten sich neugierig auf mich. Ich gab mir Mühe, mit hocherhobenem Kinn durch die Reihen zu den Theken vor der offenen Küche zu gehen, auf denen Kannen mit dampfendem Tee, mit Milch und Wasser aufgereiht waren, und goss mir eine Tasse Tee ein. Dann nahm ich mir eine Scheibe helles Brot und ging mit beidem zu einem frei gewordenen Tisch in der Ecke. In der Küche belegten sich gerade einige Frauen ihre Brote mit Käse oder eingekochter Marmelade aus großen Gläsern oder schnitten sich Obst, aber ich verspürte weder Appetit noch die Lust, weiterhin im Mittelpunkt der Aufmerksamkeit zu stehen.

Die Blicke, die ich eben noch auf mir gespürt hatte, lösten sich zu meiner Erleichterung nach kurzer Zeit von mir. Offenbar waren meine langsam abheilenden Narben und ich schon wieder uninteressant geworden. Mühsam würgte ich das trockene Brot mit einigen Schlucken Tee herunter. Ich glaubte, dass mein Magen dagegen rebellieren würde, aber nach einigen Augenblicken gefährlichen Brodelns gab er Ruhe. Ich leerte die Tasse und brachte mein Geschirr in die Küche.

Dort nahm es mir ein junges Mädchen mit großen Augen ab. »Du kannst es einfach auf dem Tisch stehen lassen, wir holen es schon. Das Hauswirtschaftspersonal ist dem wissenschaftlichen Personal untergeordnet, weißt du? Solche niederen Arbeiten musst du nicht tun. Aber danke, dass du es uns bringst.«

»Entschuldigung, das wusste ich nicht. Ich bin noch neu«, erklärte ich. Die Rangordnungen innerhalb des Personals bereiteten mir Unbehagen. »Und wenn es euch die Arbeit erleichtert, macht es mir keine Umstände.«

Die Sonne war draußen höher gestiegen, und ich beeilte mich, den Personaltrakt hinter mir zu lassen und die Kieswege über den mittigen Hof zum Forschungsareal zu nehmen. Draußen war es noch merkwürdig still. Keine Studierenden weit und breit zu sehen. Nur das Personal wirbelte emsig zwischen den Gebäuden umher.

Meine Hände waren schweißnass vor Aufregung, als ich durch den Haupteingang des Forschungsareals trat. Ich wusste nicht, was mich hier erwarten, was Professorin Weisdorn von mir verlangen würde. Ich hatte Angst davor, und gleichzeitig freute ich mich auf sie. Sie war das einzig vertraute Gesicht hier.

Im Inneren der Eingangshalle blieb ich wie angewurzelt stehen. Dieser Trakt war so ganz anders als das nüchterne, aber wuchtige Personalgebäude mit den einheitlichen Zimmern oder die eigentliche Universität, die aus dunklen, monumentalen Sälen mit mannshohen Fenstern und zahllosen Tischen, Bänken und Bücherregalen bestand. Ich hatte noch nie so viel Glas gesehen wie hier. An den Wänden hingen Vitrinen mit antiken Gegenständen, getrockneten schwarzen Blüten und handgeschriebenen Notizen vergangener Lehrender und Forschender. Die Wände selbst bestanden aus dunklen Steinziegeln und Glas gleichermaßen. Auch die Türen, die zu den Räumen abgingen, waren aus Glas geschaffen. Manche von ihnen waren kristallklar, andere matt und fast schwarz, sodass sie die Sicht entweder erlaubten oder verboten.

»Raum vierundzwanzig, zweiter Stock«, murmelte ich. Das Treppenhaus führte von der Eingangshalle nach oben, also erklomm ich die Stufen in das zweite Geschoss. Ich drückte mich eng an die Wand, als mir wichtig aussehende Männer und Frauen in weißer Schutzkleidung und mit Brillen auf den Nasen, wie ich sie in meiner Schürze trug, entgegenkamen.

Oben wandte ich den Kopf in beide Richtungen, um das System der Raumnummerierung zu überblicken, und wandte mich dann nach rechts. Der Gang fühlte sich ebenso endlos lang an wie die in den anderen Gebäuden, und als ich Raum 24 endlich erreicht hatte, glaubte ich, einen halben Tagesmarsch unternommen zu haben und viel zu spät zu sein.

Die Tür war aus schwarzem Glas und kaum durchsichtig. An der Tür hing ein Schild:

Professorin 1. Grades Amaryl Weisdorn
Naturforscherin für den Bereich:
Experimentelle Dunkeldornenzüchtung

Zaghaft hob ich die Hand und klopfte gegen die kühle gläserne Oberfläche.

»Herein!«, hörte ich Professorin Weisdorns Stimme deutlich durch die geschlossene Tür. Ich drückte die Metallklinke herunter und öffnete die Tür. Ein stechender, vertrauter Geruch drang mir entgegen.

Schreie. Schwarzer Nebel. Noch mehr Schreie. Brennen überall. Stille. Stille. Stille.

Das Brot drohte erneut in meinem Magen aufzubegehren. Ich spürte einen bitteren Geschmack auf der Zunge. Mit reiner Willenskraft zwang ich die Übelkeit herunter und meine Füße vorwärts.

»Schließ bitte die Tür hinter dir, damit kein Windstoß Blütenstaub aufwirbeln kann«, befahl Professorin Weisdorn leise, ohne ihre Aufmerksamkeit von dem Geschehen auf dem Tisch vor ihr zu nehmen.

Ich tat wie geheißen, während ich versuchte, durch den Mund zu atmen. Langsam ließ sich die Übelkeit verdrängen.

»Auf dem Tisch dort hinten liegt eine Maske für Mund und Nase. Zieh sie bitte an. Ich glaube, du hast schon Schaden genug erlitten, das müssen wir nicht noch verschlimmern.«

»Ja, Professorin.«

»Handschuhe und Brille hast du bekommen, richtig? Bitte auch anziehen«, murmelte sie zerstreut.

Mein Blick wanderte durch den großen, hohen und sehr sauberen Raum. Die hellen Fliesen am Boden waren blitzblank, die schwarzen Fliesen an den Wänden ebenfalls. Die Glastüren der Vitrinen mit Holzrahmen, die an den beiden Seitenwänden postiert waren, glänzten und waren ohne jegliche Fingerabdrücke oder Staubschichten.

Ich ging zu einem der beiden massiven, von oben stark beleuchteten Holztische, die jeweils mit einer Marmorplatte überzogen waren, welche man gut sauber halten konnte. Die Maske war aus einem seltsamen Material und fühlte sich glatt und knisternd unter meinen Fingern an. Mehrere Lagen, jeweils mit so winzigen Löchern durchzogen, dass ich sie mit bloßem Auge kaum erkennen konnte, waren übereinandergenäht.

Ich legte sie über Mund und Nase und verband die elastischen Enden der Bänder hinter meinen Ohren. Der Geruch wurde sogleich erträglicher. Dann zog ich Schutzbrille und Handschuhe heraus und legte beides an. Die Brille fühlte sich ungewohnt auf meiner Nase an.

»Wie ist es dir ergangen? Konntest du heute Nacht Schlaf finden?« Die Professorin hob den Kopf und fand meinen Blick. Obwohl ich wegen Schutzbrille und Maske kaum etwas von ihrem Gesicht erkennen konnte, glaubte ich, einen Anflug von Mitgefühl in ihm ausmachen zu können.

»Ein wenig«, antwortete ich. Meine Stimme klang verdächtig erstickt.

»Deine Haut sieht auf jeden Fall schon sehr gut aus. Ich lasse dir heute Abend noch einmal eine Tube Salbe bringen, die du vor dem Schlafen auftragen kannst. Wenn deine Verletzungen weiterhin so erstaunlich schnell abheilen, wird bald nichts mehr von ihnen zu sehen sein.«

Fast wünschte ich mir, dass meine Wunden nicht so rasch heilen würden, damit wenigstens etwas von dem Schmerz, der in meinem Inneren wühlte, außen sichtbar bliebe. Aber das konnte ich der Professorin schlecht sagen.

»Danke«, murmelte ich stattdessen und wusste nicht, wohin ich blicken sollte. Noch ein freundliches Wort, und der mühsam in Schach gehaltene Damm meiner Tränen würde brechen.

Aber zum Glück kam es nicht so weit.

»Stell dich bitte dort drüben hin, Opal.« Professorin Weisdorn deutete auf die gegenüberliegende Seite des Arbeitstisches, an dem sie hantierte.

Ich umrundete den Tisch und stellte mich dort in Position, ehe ich mich leicht vorbeugte, um ihr Tun besser beobachten zu können. Vor der Wissenschaftlerin lagen winzige Vierecke aus Glas, fast ein Dutzend. Auf jedem lag das Innere einer Dunkeldornblüte, ein winziger Nektarzweig, an dem Blütenrückstände hingen. Ich hatte Caitlin, unserer Entstäuberin, zwar einmal über die Schulter geblickt, aber aus weitem Sicherheitsabstand, sodass ich dem Inneren der geöffneten Blüte jetzt so nahe war wie nie zuvor.

»Noch näher«, befahl die Professorin, und ich neigte mich ein Stück weiter nach vorne. Sie schob mir eines der Glasplättchen zu. Abneigung und Neugier wechselten sich in mir ab. Wie konnte etwas, das so klein und unscheinbar war, einen ganzen Ort zerstören?

»Nimm die Pinzette neben dir. Ich will dir deine Aufgabe erklären.«

»Ich soll den Nektar abkratzen?«

Die Professorin hob kurz den Kopf und musterte mich. Wegen ihrer Maske war es schwer, ihre Miene zu deuten. Dann nickte sie.

»Ich möchte, dass du den Inhalt der Blütenproben abkratzt und in diese kleinen Röhrchen füllst. Das wirst du jeden Morgen tun, und zwar, bevor ich meine Schicht beginne. Diese Proben sind meine Arbeitsgrundlage.«

»Wird daraus das Pulver gemahlen?«

Ich wusste nicht, wie aus den Dunkeldornen am Ende wirklich Magie wurde. Ich wusste nur, dass der Nektar dafür in die Hauptstadt gebracht und weiterverarbeitet wurde. Zu Dunkeldornpulver. Aber wie genau das vonstattenging und was anschließend damit gemacht wurde, davon hatten wir alle keine Ahnung gehabt.

»Aus diesen Proben nicht, nein. Ich konzentriere mich mehr auf die Samenkörner, die entnommen werden, um die Felder nach der Ernte zu besäen, wenn die Blütezeit vorbei ist.«

Die Professorin nahm ein Stück des Blütenkopfes, den sie gerade untersuchte, mit der Pinzette auf und hielt es zwischen uns.

»Komm noch ein bisschen näher, Opal. Sonst kannst du nichts von dem erkennen, was ich dir zeigen möchte.«

Ich musste meinen natürlichen Instinkt bekämpfen, der mir befahl, um diese Blüte einen weiten Bogen zu machen. Von klein auf war mir eingetrichtert worden, eine möglichst große Distanz zu den Dunkeldornen einzuhalten, deshalb fiel es mir jetzt schwer, diese alte Gewohnheit einfach über Bord zu werfen. Aber die Brille und die Mund-Nasen-Bedeckung waren offenbar ein ausreichender Schutz, sodass ich die Augen zusammenkniff und die schwarze Blüte näher in Augenschein nahm.

Mit einem metallenen Stab deutete Professorin Weisdorn auf den oberen Teil der Blüte. Feingliedrige schwarze Blütenteile zeigten sich zwischen den dunklen Blättern. »Das sind die Blütenorgane, die wir für spätere Zwecke ernten. Mich interessiert mehr der Fruchtknoten hier unten am Blütenboden, in dem sich der Samen verbirgt. Im Dunkeldorn befindet sich nur sehr wenig Samen, weshalb die Pflanze in der freien Natur ohne kontrollierten Anbau auch selten vorkommt, zumindest hier in Tensia, wo die natürlichen Wachstumsbedingungen nicht ideal für sie sind.«

»Aber sie stammt doch von hier, oder nicht?«

Ein schmallippiges Lächeln huschte über das Gesicht der Professorin. »Nein, das tut sie nicht. Sie wurde vor sehr langer Zeit einmal von den Dahlischen Inseln importiert. Und vielleicht stammt sie ursprünglich nicht einmal von dort, das wissen wir nicht genau, weil man sich auf den Inseln sehr bedeckt hält, wenn es um die Dunkeldornen geht. Die Menschen dort sehen es nicht gern, wenn man ihre Inseln betritt oder sie gar über die Dunkeldornen ausfragen möchte.«

Ich war überrascht, fast schockiert. In Elver hatte man uns immer gesagt, dass der Dunkeldorn das Wahrzeichen, das Herz Tensias war. Dass unsere Arbeit, so gefährlich und zehrend sie war, ein ehrenvoller Dienst an unserem Land war. Dass sie uns besonders machte, egal, wie nieder die Tätigkeit auch war. Professorin Weisdorns Aussage brachte mein Weltbild ins Wanken.

Auf der anderen Seite war sie schlüssig. Vieles fügte sich in meinem Kopf zusammen, was vorher nie so recht Sinn ergeben hatte: die hohen Aufwendungen, die wir betreiben mussten, um die Pflanze zum Wachsen und Gedeihen zu bringen und sie bis zur Blüte am Leben zu erhalten; das Land, das unter ihr ausdorrte, sodass jede anderweitige Verwendung unmöglich wurde.

Der Dunkeldorn war nie für Tensia gedacht gewesen. Oder Tensia nicht für den Dunkeldorn. Dass er geerntet wurde, war nur unserer harten Arbeit zu verdanken.

Und wir hatten dafür einen zu hohen Preis bezahlt.

Ich presste die Hände auf die Tischplatte, um ihr Zittern zu unterdrücken, während mein Blick fast glasig auf die Blüte geheftet war, damit die Forscherin keinen Verdacht schöpfte, dass meine Aufmerksamkeit nicht auf ihren Vortrag gerichtet war.

Aber Professorin Weisdorn durchschaute mich. »Nur weil

die Herkunft des Dunkeldorns eine andere ist, bedeutet das nicht, dass deine Arbeit sinnlos war, Opal«, sagte sie ruhig. »Das war sie nie, und sie ist es auch heute nicht, im Gegenteil. Sie ist wichtiger denn je. Der Dunkeldorn gibt dem Land genug Autorität an die Hand, damit es sich behaupten kann. Ich will dir einen Vortrag über Politik und das Machtgefüge unserer Nachbarländer ersparen, aber unsere Vormachtstellung haben wir deshalb, weil unser Volk sich so demütig und voller Einsatz um den Anbau kümmert. Vergiss das nie.«

Ich konnte das so nicht stehen lassen. »Aber all die Schwierigkeiten. Die Wasserknappheit, die Felder, die nicht bestellt werden können, die Verwundungen, die …«

»Still«, unterbrach Professorin Weisdorn mich. »Ich weiß, was du mir sagen willst. Glaub mir, die moralische Debatte über die Verhältnismäßigkeit wurde schon oft genug geführt, und zwar von wesentlich klügeren Köpfen als den unseren. Ohne den Dunkeldorn wären wir heute nicht da, wo wir sind. All unseren Fortschritt haben wir ihm zu verdanken. Diskutieren wir also nichts, was wir ohnehin nicht ändern können, sondern halten wir uns an das, was in unserer Macht steht: den Umgang mit dem Dunkeldorn kontrollierbarer und sicherer zu machen.«

»Ist es das, was Ihr erforscht?«, wollte ich wissen. Leise Hoffnung tat sich in mir auf. »Entwickelt Ihr Möglichkeiten, damit so etwas wie in Elver nicht wieder geschieht?«

»Wir geben zumindest unser Bestes. Habe ich deine Vorbehalte nun so weit ausgeräumt, dass wir uns wieder der eigentlichen Arbeit widmen können?« Ihre Stimme war kaum merklich sanfter geworden, und ich nickte langsam.

»Ja, Professorin.«

»Wunderbar. Also, wo waren wir?«

»Bei den Samenkörnern.«

»Richtig. Hier unten befinden sich die Fruchtknoten, die ich dir schon gezeigt habe. Auf dem Bestecktablett …«, sie wies mit dem Kinn auf ein silbernes Tablett, auf dem Pinzetten, Zangen, dünne Messer und anderes filigranes Werkzeug sauber und glänzend aufgereiht lagen, »… befindet sich ein Messer, mit dem du diese vorsichtig aufschneiden und die Samenkörner entfernen kannst. Sei bitte so achtsam, wie es möglich ist, denn die Samenkörner sind sehr fragil, wenn man sie entnimmt. Den Nektar kannst du, wie ich dir vorhin bereits aufgetragen habe, dann ebenfalls abtragen und in einem zweiten Röhrchen sammeln. Diese Proben übergibst du an das Kollegium der Dornenpulverforschung. Sie haben ihre Labore im ersten Stockwerk.«

»Wie viele Proben benötigt Ihr denn täglich?«

»Etwa ein Dutzend.« Sie schob das Tablett zur Mitte der Arbeitsplatte, sodass es nun in meiner Reichweite lag.

»Woher bekomme ich die Proben? Werden sie hierhergeliefert?«

»Nein, die Proben musst du selbst besorgen. Sie werden jeden Morgen an den Gewächshäusern ausgegeben. Ich nehme mal an, du hast die Gewächshäuser schon gesehen?«

»Aus der Ferne, ja.«

»Gut, dann weißt du, wohin du gehen musst. Die Ausgabe sollte kaum zu verfehlen sein. Die Proben holst du nach dem Frühstück, bringst sie hierher ins Labor und bereitest sie für meine weitere Forschung vor. Da wir zwei Tische haben, können wir gut nebeneinander arbeiten. Wenn wir mit der Arbeit fertig sind, reinigst du die Arbeitsplätze sowie das Besteck. Die Räumlichkeiten, in denen das Werkzeug gesäubert wird, hat Keya dir sicher bereits gezeigt.«

In den nächsten Stunden zeigte mir Professorin Weisdorn, wie ich Nektar und Samen am besten vom Rest des Blütenkopfes trennte. Die ersten drei Proben misslangen mir, weil meine Finger unter ihrer strengen Aufsicht vor Nervosität bebten. Aber nach einer Weile gelang es mir, die Proben ohne Verunreinigung und Schaden in die Röhrchen zu befördern. Als die Glocke zum Mittagessen für die Studierenden rief, war ich schweißgetränkt, obwohl ich viel härtere Arbeit gewohnt war.

Die Professorin schien es zu bemerken. »Mach Schluss für heute, Opal. Dein Körper hat noch mit den Nachwirkungen des Unglücks zu kämpfen. Du hast dich schon gut geschlagen. Man merkt, dass dir der Umgang mit dem Dunkeldorn nicht fremd ist. Nutze den Nachmittag, um dich umzusehen und dich mit dem Gelände vertraut zu machen. Die Reinigung des Materials werde ich heute noch mal jemand anderem übertragen. Hast du alles, was du brauchst, von Keya bekommen?«

Ich konnte nur stumm nicken. Ich hatte nicht alles, was ich brauchte, bei Weitem nicht. Aber ich wusste, dass sie das nicht gemeint hatte. Sie kümmerte sich darum, dass es mir körperlich gut ging, aber alles, was darüber hinausging, konnte sie nicht so einfach heilen.

Ich streifte Brille und Handschuhe ab. »Danke für den lehrreichen Vormittag, Professorin. Und für Eure Sorge.« Selbst in meinen eigenen Ohren klangen meine Worte hölzern.

»Bis morgen, Opal. Und denk an die Salbe, ja? Die ist sehr wichtig für die weitere Heilung.« Die Forscherin war schon wieder in ihre Arbeit vertieft und klang, als wäre sie mit ihrem Geist weit entfernt.

»Bis morgen.«

Ich schloss die Tür leise hinter mir. Als sie ins Schloss fiel, löste sich die Anspannung von mir. Ich hatte den ersten Tag überlebt. Irgendwie. Und obwohl ich es nicht gedacht hätte, hatte die Arbeit mich von den sich immer wieder im Kreis drehenden Gedanken abgelenkt.

Ich stopfte die benutzten Handschuhe in meine Schürze und machte mich auf den Weg in die Wäscherei, um meine Schutzkleidung dort zur täglichen Wäsche abzugeben. Als ich die Hand nach dem Geländer des Treppenhauses ausstreckte, bemerkte ich feine schwarze Rückstände auf meiner Haut.

Offenbar hatte ich die Handschuhe nicht ordnungsgemäß angezogen, und etwas Blütenstaub war durch den Stoff gedrungen.

Kurz kam Panik in mir auf, ich erwartete ein Brennen und rötliche Stellen. Aber zu meiner Überraschung spürte ich keinen Schmerz.

Rasch blies ich den Staub fort und betrachtete meine Hand.

Nichts. Die Wunden vom Plantagenunglück waren noch da und rosig, wo sie gerade verheilten, aber sonst … war da einfach nichts. Meine Haut war blütenrein und unverletzt. Ich hatte das Brennen der Pflanze nicht bemerkt.

Oder vielleicht … vielleicht war es nie da gewesen.

8

ALLES ZUM ERSTEN MAL

Am Morgen darauf war ich nicht mehr die gleiche oder zumindest eine weniger spannende Zirkusattraktion wie am Vortag und konnte das Frühstück ohne besondere Aufmerksamkeit hinter mich bringen. Nachdem ich mein Essen langsam gegessen hatte, weil ich mich an die hiesigen Portionen erst noch gewöhnen musste, machte ich mich auf den Weg zu den Gewächshäusern. Auf dem Arm trug ich ein Tablett, das ich in den Materialräumen mit allerlei Besteck, Röhrchen und kleinen Plättchen zum Sezieren befüllt hatte. Außerdem hatte ich mir einige Glasbehälter geschnappt, in denen ich die geernteten Proben nach oben in Professorin Weisdorns Labor transportieren konnte. Mit diesem Tablett bahnte ich mir nun einen Weg durch den Korridor und zum Dienstbotenausgang. Draußen war es bewölkt und nicht so drückend wie in den letzten Tagen, sodass ich tief einatmete. Die frische Luft hier roch anders als in Elver, nicht so trocken und stechend, sondern grüner und ein wenig süßlicher. Doch auch hier mischte sich der vertraute Geruch der Dunkeldornen dazu.

Ich folgte ohne Umwege den anderen Gehilfinnen, die sich wie ich zu den Gewächshäusern aufgemacht hatten. Wir alle liefen auf der dürren Rasenfläche neben dem Weg, denn gerade hatte die Universität zur ersten Stunde geläutet, und der zentrale Hof war mit all seinen Kieswegen von Studierenden überflutet, die ebenfalls zu den Gewächshäusern oder ins Innere des Gebäudes strömten. Einige Laborgehilfen beeilten sich sichtlich, zuerst bei der Probenausteilung anzustehen, ich hingegen ließ mir Zeit. Ich wollte die Wartezeit nutzen, mich ein wenig umzusehen.

Ich hätte mich gern tiefer in den Bereich hinter der Universität gewagt, hätte einen Blick in all die Gewächshäuser geworfen, deren Wände zu milchig waren, um das Innenleben genau zu beobachten. Die Probenausgabe erfolgte allerdings direkt am ersten Gewächshaus, sodass ich gezwungen war, mich hinter den anderen einzureihen und zu warten, bis ich dran war. Alles, was ich von dort aus sehen konnte, waren Schatten und Umrisse hinter den Wänden.

Das Tablett wurde allmählich schwer auf meinem Arm. Ich nahm mir vor, nach einer Umhängetasche Ausschau zu halten, wie sie manche andere Bedienstete trugen, oder mir selbst eine zu nähen, wenn ich irgendwie Stoff beschaffen konnte.

Es ging zügig voran. Bald war ich an der Reihe. Eine junge Frau in der braunen Robe einer Dornenformerin verteilte die Blütenköpfe der Dunkeldornen mit bloßen Händen in meine Probenröhrchen. Vermutlich gehörte das zu den Aufgaben der Dornenformer-Studierenden, weil sie die Einzigen waren, die die Proben völlig gefahrlos verteilen konnten. Ich hielt den Kopf gesenkt, wie ich es bei den anderen Bediensteten gesehen hatte, trotzdem riskierte ich hin und wieder einen verstohlenen Blick. So nahe wie in diesem Moment war ich noch nie einem dieser so einzigartigen Menschen gekommen.

Die junge Dornenformerin hatte rabenschwarzes Haar und stahlgraue Augen. Sie war nicht im klassischen Sinne hübsch, aber der Kontrast zwischen ihren glatten dunklen Haaren und den hellen Augen, die sich von ihrer hellbraunen Haut abhoben, war faszinierend, wie ich unwillig zugeben musste.

»Du bist neu hier, richtig?« Ich brauchte einen Moment, um zu begreifen, dass diese leicht gelangweilten Worte an mich gerichtet waren. Ich wusste nicht recht, wie ich reagieren sollte. Niemand hatte mir gesagt, wie man sich verhalten sollte, wenn man direkt angesprochen wurde. Also hob ich den Blick und erwiderte ihren fest.

»Ja, Dornenformerin.«

Sie verzog die Lippen zu einem dünnen Lächeln. »Ich bin eine Absolventin im Abschlussjahrgang, keine ausgebildete Dornenformerin. Der Titel steht mir also noch nicht zu.«

»Wie wünscht Ihr stattdessen angesprochen zu werden?« Ich hatte den Blick rasch wieder gesenkt, um das zynische Aufflackern darin zu verbergen.

Titel. Sie war jünger als ich, hatte das Universitätsgelände möglicherweise noch nie verlassen und sprach von Titel. Ich hatte keine Ahnung, wie ich mich je daran gewöhnen sollte, dass diese Menschen hier so weit über mir standen, obwohl ich schon vier Jahre Knochenarbeit hinter mir hatte.

»Du darfst mich bei meinem Namen nennen. Ich heiße Jasmin.« Sie reichte mir Blüte für Blüte und würdigte mich keines weiteren Blickes, bis ein Dutzend voll war. Dann machte sie eine ungeduldige Handbewegung, als wäre ich eine Fliege, die es zu verscheuchen galt. Trotzdem schien Jasmin mir nicht so überheblich wie die anderen, die mich und die übrigen Bediensteten wie Luft behandelten.

»Die Nächste bitte.«

Mit der nun noch wertvolleren Fracht auf dem Tablett machte ich einen Bogen um die kurze Schlange, die sich hinter mir aufgebaut hatte. Meine Finger verkrampften sich um die seitlich angebrachten metallenen Griffe, während ich das Tablett trotz meiner leicht schwitzigen Handflächen sicher festzuhalten versuchte.

Ich war nervös. Obwohl gestern mein erster offizieller Arbeitstag gewesen war, hatte ich das Gefühl, dass ich erst ab heute wirklich auf dem Prüfstand angekommen war. Ab sofort würde ich mich unter den Argusaugen von Professorin Weisdorn beweisen müssen. Und in der vergangenen unruhigen Nacht hatte ich mir eines fest vorgenommen, nein ich hatte es mir geschworen, und zwar auf Gedeih und Verderb: Ich würde bestehen. Ich würde mich lehren lassen. Ich würde mir Wissen aneignen. Ich würde jedes Wort der Wissenschaftlerin aufsaugen wie ein Schwamm. Ich würde lernen, wie ich noch nie zuvor gelernt hatte. Ich würde all das tun, um zu verstehen.

Um zu verstehen, wie meine Heimat zu Asche hatte werden können.

Ich hatte den Vordereingang zum Forschungsareal erreicht und vergaß dabei, dass ich eigentlich den Dienstboteneingang hätte nehmen müssen. Ich drehte mich halb zur Seite und wollte die massive Tür mit der Schulter öffnen, als sie bereits von innen aufgezogen wurde. Mit einem höflichen Lächeln wollte ich gerade den Mund zu einer Dankesbekundung öffnen, ehe mir die Worte im Hals stecken blieben.

Statt mich, die bereits in der Tür stand, vorbeizulassen, spürte ich einen heftigen Stoß an der Seite, der mich gegen den Türrahmen taumeln ließ. Einen Atemzug lang gelang es mir noch, das Tablett festzuhalten, dann aber war es zu spät: Mit einem lauten Scheppern fiel das silberne Tablett auf den Marmorboden, schlug eine winzige Kerbe hinein und verteilte seinen Inhalt in der Vorhalle. Glassplitter wurden in alle Richtungen geschleudert und glitzerten im Licht. Feiner schwarzer Staub wehte durch die Luft und segelte dann langsam zu Boden oder blieb an den umstehenden Regalen haften.

Ich war zu einer Statue erstarrt. Entsetzt blickte ich auf das Scherbenmeer zu meinen Füßen. Noch schlimmer aber war der Blütenstaub, der sich von den Proben gelöst hatte und nun eine Gefahr für jeden darstellte, der hier entlangkam. Mit dem unheilvollen Scheppern auf dem Marmor waren einige der Studierenden bereits instinktiv zur Seite gewichen.

Wütend wirbelte ich herum, um den Verursacher des Zusammenstoßes zur Rede zu stellen. Dabei vergaß ich, die vielbeschworene Demut an den Tag zu legen.

»Kannst du nicht aufpassen, wohin du gehst?«, fuhr ich den schwarz gekleideten jungen Mann an, der sich bereits nach draußen bewegt hatte, als ginge ihn das Unglück nichts an. Wollte er mich ernsthaft mit dem Schlamassel allein lassen, in den er mich gebracht hatte? »Bleib gefälligst stehen!«

Der Mann drehte sich zu mir um. In seiner herablassenden Miene las ich Ungehaltenheit und noch etwas anderes, das ich erst auf den zweiten Blick definieren konnte.

Es war Erstaunen.

»Was hast du gesagt?«, fragte er leise.

Ich erkannte ihn erst jetzt, als er mir das Gesicht zugewandt hatte. Es war derselbe junge Mann, der mir schon zwei Tage zuvor aufgefallen war. Mittlerweile war seine Miene nicht mehr nur ungehalten, sondern blass vor Zorn, als wäre er es nicht gewohnt, dass man ihm widersprach oder gar Befehle erteilte. Seine Lippen waren fest zusammengepresst, weil er sich offenbar beherrschen musste, keine Schimpftirade auf mich loszulassen. Eine unangenehme Gänsehaut breitete sich auf meinen Armen aus. Trotzdem wollte ich nicht einknicken. Das hier war nicht meine Schuld.

Mit dem Zeigefinger wies ich auf das Missgeschick. »Ich glaube, du hast mich schon richtig verstanden. Ich habe gefragt, ob du nicht aufpassen kannst. Du hast mich über den Haufen gerannt. Meinst du nicht, dass es dann unhöflich ist, einfach zu gehen und mich die Sauerei allein aufwischen zu lassen?« Ich atmete tief durch, um meine Wut im Zaum zu halten. Wenn man von Dunkeldornen umgeben war, konnte man nicht jeden anrempeln, der einem im Weg stand. Man musste vorsichtig und achtsam sein. Ob die Studierenden das, was uns vom Kleinkindalter an beigebracht wurde, nicht lernten?

»Du hättest jemanden verletzen können«, fuhr ich fort. »Ernsthaft verletzen. Immerhin hantiert hier jeder Zweite mit Dunkeldornen herum.«

Die Blässe des Mannes verschwand. Offenbar hatte er seine Fassung wiedergewonnen. Das bereits bekannte kühle Lächeln kehrte auf sein Gesicht zurück. Plötzlich wurde mir bewusst, dass wir im Mittelpunkt der Aufmerksamkeit standen. Ringsum waren andere junge Männer und Frauen stehen geblieben und musterten mich mit einer Mischung aus Neugier und Abscheu. Aus den Augenwinkeln sah ich einen Jüngling mit einem lockigen schwarzen Haarschopf und Handschuhen, Mundbedeckung, Besen, Kehrblech sowie Eimer heraneilen. Er musste noch sehr jung sein, denn er war einen Kopf kleiner als ich und leichenblass dazu.

»Ob *ich* aufpassen kann?« Die Stimme des Mannes war noch leiser geworden, sodass nur ich ihn hören konnte. »Habe ich dich da richtig verstanden?« Sein Blick war eiskalt, und mein Unbehagen wuchs, aber ich gab nicht nach.

»Das hast du«, antwortete ich trotzig.

Der Jüngling war schon zu Boden gekrochen und sammelte die Scherben ein. Mit fast ängstlicher Miene verfolgte er unser Gespräch und schüttelte immer wieder den Kopf in meine Richtung. Seine flehentliche Miene sagte mir deutlich:

Tu das nicht. Tu das bloß nicht.

Der angehende Dunkeldornmagier war auf mich zugetreten. Er wollte gefährlich wirken, das spürte ich, und vielleicht gelang ihm das sogar. Er überragte mich, und obwohl er keine bedrohliche Haltung einnahm, sprach seine Mimik Bände. Die schönen, aristokratischen Gesichtszüge traten in seiner Wut wie die Linien eines talentierten Malers hervor. Aber ich wich nicht zurück.

»Weißt du eigentlich, mit wem du redest?«

Mit einem aufgeblasenen Gockel.

Die Hände des Jungen neben uns zitterten mittlerweile. Obwohl er sich sichtlich Mühe gab, den Blütenstaub vorsichtig aufzukehren, wirbelte ein wenig davon auf, sodass er in der Folge noch hastiger versuchte, alles einzufangen. Trotzdem konnte er nicht verhindern, dass ein wenig Dunkeldorn die ungeschützte Hand des Studierenden berührte, der vor Schmerz leise zischte. Der Junge schien in sich zusammenzusinken. Sofort überzog ein rötlicher Schimmer die Hand des Mannes, der, wie ich ihm zugutehalten musste, keinen Fluch und kein Wort des Jammerns herausließ. Stattdessen betrachtete er seine Hand kurz wie einen Gegenstand, den er im Unterricht untersuchte.

»Verzeihung, Königsgleicher.« Die Stimme des Jungen verlor sich im großen Raum. Er nuschelte in seiner Aufregung.

Königsgleicher?

Ich kramte in meinem Gedächtnis nach den Informationen, welche ich über die Monarchenfamilie hatte, aber das war nicht viel. Streng genommen wusste ich außer dem Familiennamen kaum etwas. Sie verfügten, im Gegensatz zu dem in Wahrheit regierenden Dunklen Rat, über keine magischen Fähigkeiten, sondern hatten lediglich eine repräsentative Rolle gegenüber der einfachen Bevölkerung inne. Tratsch über adelige Familien und die Monarchen war bei uns auf den Feldern nie von Bedeutung gewesen.

Der Sohn des Dornenkönigs stand nun allerdings direkt vor mir, und ich hatte ihn angeblafft. Das war ganz sicher bedeutend schlimmer, als sich mit einem gewöhnlichen Absolventen anzulegen, selbst wenn er ein Dunkeldornmagier war.

Aber der Königsgleiche selbst … Das war eine andere Art von Vergehen. Ich mochte nicht viel über die Dornenfamilie wissen, dafür kannte ich natürlich die Mythen um den Königsgleichen. Nan hatte sie mir und den anderen Kindern erzählt, als wir noch klein gewesen waren, aber da draußen auf den Plantagen hatten diese Geschichten keine große Rolle gespielt. Der Königsgleiche war nur eine von vielen erhabenen Figuren in einem Machtgefüge, das wenig Berührung mit unserem einfachen Leben hatte.

Doch nun stand diese Sagengestalt vor mir. Wahrhaftig, groß, dunkel. Er wirkte viel älter und ernster und mystischer als die anderen Studierenden. Mir brach der Schweiß aus. Nicht nur, dass meine Proben zunichtegemacht worden waren, nein, ich hatte mich vermutlich in eine ziemlich verfahrene Situation hineingeritten. Ich hätte auf Keya hören sollen. Sie hatte mich davor gewarnt, die Studierenden herauszufordern.

Ich räusperte mich. Ein bitterer Geschmack lag mir auf der Zunge. Der Geschmack von Stolz, den man hinunterschlucken musste. Vielleicht erstickte ich einfach daran, dann musste ich wenigstens Professorin Weisdorn nicht gegenübertreten und ihr von diesem *Missgeschick* berichten.

»Ich wusste nicht, dass Ihr …« Ich räusperte mich wieder.

»Dass ich der Königsgleiche bin?«, beendete der Dornenprinz meinen Satz.

»Ja.«

Der Zorn wich allmählich aus seiner Miene. Zurück blieb eine merkwürdig distanzierte Kühle. Er betrachtete mich nun so unbeteiligt, als wäre ich selbst nicht mehr als eine wissenschaftliche Probe. »Bist du neu hier?«

Ich nickte.

»Nun, dann sei dir ausnahmsweise verziehen. Ich würde dir aber für die Zukunft raten, dich demütiger zu geben, sonst wird dein Aufenthalt in den heiligen Hallen der Universität von kurzer Dauer sein. Dafür würde ich höchstpersönlich sorgen. Respektlosigkeit wird hier nicht geduldet.«

Ich brachte nur ein weiteres Nicken zustande. Der Junge hatte mittlerweile völlig die Nerven verloren und kehrte den Blütenstaub wild durcheinander, anstatt ihn aufzusammeln. Die Anwesenheit des Dornenprinzen schien ihn aus der Fassung zu bringen. Ich kniete mich neben ihn, nahm ihm den Handbesen ab und kehrte die winzigen Scherben- und Blütenstaubreste, die er noch nicht zusammengeklaubt hatte, auf einer Stelle zusammen. Der schwindende Schatten auf dem Marmor zeigte mir, dass auch der Prinz sich zum Gehen gewandt hatte.

Rasch fegte ich die ruinierten Proben auf das Kehrblech und von dort aus in die wenigen heil gebliebenen, verschließbaren Röhrchen zurück, die ich nun erst wieder reinigen musste, ehe ich sie verwenden konnte. Danach gab ich Besen und Kehrblech an den Jungen zurück, der wie ein Häufchen Elend auf dem Boden hockte und die Glasscherben fahrig in einen Eimer fallen ließ.

Verstohlen rieb ich die feine, kaum sichtbare schwarze Schicht von meinen Handinnenflächen. Auch jetzt hatten sie auf meiner vernarbten Haut keinen weiteren Schaden angerichtet. Vielleicht war sie von dem Unglück in Elver so zerstört, dass das bisschen Blütenstaub ihr nichts mehr anhaben konnte?

Ich wischte die Hände ein weiteres Mal an meiner Schürze ab, auf der sie feine Schlieren hinterließen. Dann machte ich auf dem Absatz kehrt, um den Weg zurückzugehen, auf dem ich gekommen war: zurück zum Personaltrakt, um neues Werkzeug und Röhrchen zu besorgen. Zurück zu den Gewächshäusern, zurück in die Reihe aus Wartenden. Hoffentlich würde ich eine zweite Portion Proben bekommen. Ich wollte mir gar nicht ausmalen, was geschehen mochte, wenn dem nicht so wäre. Wenn ich Pech hatte, landete ich noch heute auf der Straße – ohne Arbeit, ohne Geld und ohne Perspektive.

Ich machte einen weiteren Schritt, dann blieb ich stehen. Der Königsgleiche war noch nicht fort, wie ich es erwartet hatte, ganz im Gegenteil. Er stand im Türrahmen, füllte ihn mit der finsteren Ausstrahlung eines Mannes aus, der wusste, dass ihn niemand zum Weitergehen auffordern würde, selbst wenn er den Weg noch für Stunden und Tage blockieren würde. Er kannte den Wert seines eigenen Willens, der über allen anderen stand. Seine Miene war konzentriert, ernst und mit einem Ausdruck von Faszination durchzogen.

Der Blick seiner hellgrauen Augen war mit solcher Intensität auf mich gerichtet, dass ich mich nicht rühren konnte. Er hing an meinen Augen, meinem Gesicht, als suchte er etwas darin, von dem er noch nicht wusste, was es war, und wanderte dann tiefer, bis er an den Schlieren auf meiner Schürze und an meinen bloßen, ungeschützten Händen zum Ruhen kam.

Ich hörte sein gedankenverlorenes Flüstern kaum, es war mehr die Ahnung seiner Worte, die zu mir schwebte. Ein dunkles Flüstern, das sich an meine Haut schmiegte und in dem eine hitzige Erwartung mitschwang.

Wie kann das sein?

Ich wollte etwas sagen. Irgendetwas. Wollte herunterspielen, was er gesehen hatte. Was er zu sehen *geglaubt* hatte. Aber wie sollte ich etwas erklären, das ich mir nicht einmal selbst erklären konnte?

Also erwiderte ich seinen Blick trotzig. Es war nicht jene Art von Blickkontakt wie zuvor, nicht dieses flüchtige Über-mich-Hinwegsehen seinerseits, nicht dieses Desinteresse, nicht diese Gleichgültigkeit.

Ich war nicht länger nichts.

Ich war nicht länger niemand.

Und plötzlich jagte der Gedanke, dass der Königsgleiche höchstpersönlich sein Augenmerk auf mich gerichtet hatte, mir eine Heidenangst ein.

9

Die dunklen Seiten

Die Enttäuschung der Wissenschaftlerin brannte wie ein Schandfleck auf mir. Als ich mit einer Stunde Verspätung und welken Proben im Labor von Professorin Weisdorn erschienen war, hatte ich mich zwar auf ein Donnerwetter gefasst gemacht, hätte mir aber nicht ausmalen können, wie gewaltig es sein würde.

Dabei war Professorin Weisdorns Zorn eher wie ein glatter, gefrorener See. Man sah die Gefahr nicht kommen, und in dem Augenblick, in dem man durch die plötzlich zersplitternde Oberfläche in das darunterliegende eiskalte Wasser stürzte, war es bereits zu spät.

»Ich hatte gedacht, ihr Feldarbeiterinnen seid aus härterem Holz geschnitzt«, sagte sie ungehalten, als ich mit meinem Bericht über das Geschehene fertig war und die letzten Proben, welche bei der Ausgabe noch übrig gewesen waren – und die sonst keiner hatte haben wollen –, auf dem Arbeitstisch ausbreitete.

»Es tut mir leid«, murmelte ich und besaß dabei den Anstand, die Augen niederzuschlagen. Es tat mir wirklich leid.

»Ist dir bewusst, dass mir ein kompletter Forschungstag

verloren geht?« Ihre Stimme war leise, aber messerscharf, als wollte sie nicht die Proben sezieren, sondern die Luft.

Ich nickte.

»Wie bitte?«

»Ja, Professorin.«

»Gut. Dann schmeiß dieses Zeug weg. Damit kann ich nichts anfangen.«

Ich wollte mich daranmachen, die Dunkeldornblüten wieder einzusammeln, doch die Professorin war noch nicht fertig.

»Wenn du damit fertig bist, kannst du gehen.«

Ich hielt in der Bewegung inne und wagte einen Blick in Professorin Weisdorns Gesicht. Es wirkte streng, vielleicht ein wenig verkniffener als gewöhnlich, aber nicht zornüberströmt. Hatte ich mich verhört, oder meinte sie das ernst?

»Wohin, Professorin?«

»Aus meinem Labor. Ich will dich heute nicht mehr sehen.«

Ich schluckte. »Aber … morgen wieder?«

»Das kommt ganz drauf an.« Die Forscherin band ihre Schürze los, nahm sie ab und faltete sie fein säuberlich zusammen, ehe sie sie neben mein Tablett legte. Ein unmissverständliches Zeichen, sie ebenfalls zu reinigen.

»Und worauf?« Ich konnte die Antwort beinahe schon erahnen. Die Professorin war enttäuscht von mir. Sie hatte mir von Anfang an klargemacht, dass ich alles tun musste, um ihren Erwartungen zu entsprechen. Und dass sie keine Skrupel hatte, mich ansonsten hinaus auf die staubigen Straßen zu werfen, auch wenn sie sich gut um mich gekümmert hatte. Aber ihre Arbeit war ihr Allerheiligstes, das durfte man nicht stören.

»Ich brauche einen Beweis, dass du es ernst meinst, Opal. Viele junge Mädchen aus Florentia würden für eine solche

Stelle, wie du sie innehast, alles geben. Sie würden sich ein Bein ausreißen! Ich hatte Mitgefühl mit dir, als du halb tot auf der Plantage lagst, aber ich bin auch professionell. Wenn Mitgefühl meine Forschung beeinträchtigt, ist kein weiterer Platz dafür – und somit für dich – mehr vorhanden.«

»Sagt mir, welchen Beweis Ihr braucht, Professorin.«

Die Wissenschaftlerin ließ sich zu einem knappen Lächeln hinreißen. »Wenn ich dir das sagen würde, wäre es kein Beweis mehr. Zeig mir, was dich besser macht als andere Anwärterinnen auf eine Stelle wie diese.«

Eine steinerne Faust legte sich um mein Herz. Wie sollte ich das schaffen? Wie sollte ich in einer fremden Stadt unter fremden Menschen beweisen, dass ich besser war als jene, die vermutlich *tatsächlich* besser waren als ich? Ich war doch nur eine Feldarbeiterin, ich besaß keine nennenswerten Fähigkeiten. Ich war körperlich stark, doch das brachte mir hier wenig.

»Ich werde es versuchen«, murmelte ich und legte Schürze, Werkzeug und Proben rasch auf dem Tablett zusammen.

Die Professorin nickte. »Das ist ein Anfang. Und bis ich weiß, was ich mit dir anstelle, wirst du dich in niederen Arbeiten verdingen. Ich werde Natalia ausrichten, dass sie dich entsprechend einteilen soll.« Ohne darauf zu warten, dass ich fertig war, verließ sie ihr Labor und ließ die Tür unheilvoll hinter sich zuknallen.

Als ihre Schritte verklungen waren, lehnte ich mich für einen kurzen Moment gegen die Arbeitsplatte und schloss die Augen.

Ich brauche einen Beweis, dass du es ernst meinst, Opal. Zeig mir, was dich besser macht.

Genauso gut hätte sie von mir verlangen können, dass ich die Sterne vom Himmel holte. Vielleicht sollte ich mich auf direktem Weg in mein Zimmer machen, meine dürftige Anzahl an Sachen zusammenpacken und verschwinden, bevor ich ihr am nächsten Tag noch einmal unter die Augen treten musste.

Niedergeschlagen reinigte ich die Arbeitsplatte, obwohl sie kaum genutzt worden war, und packte dann das Tablett. Mein Blick fiel beim Verlassen des Raumes auf die dunklen gläsernen Vitrinen, die leicht vom einstrahlenden Licht der hohen Fenster beschienen wurden. Eine Dunkeldornblüte schimmerte schwarz, wo das Licht auf ihre gebogenen Blätter traf. Sie trieb auf einer durchsichtigen Flüssigkeit, die vermutlich dafür gedacht war, sie zu konservieren, denn sie sah darin so schön und erhaben aus, als wäre sie vor einem Atemzug erst von einer Wiese gepflückt worden. Ich wandte den Blick ab, weil ich ihn nicht mehr ertragen konnte.

Der Dunkeldorn.

Immer wieder kam er zwischen das Leben und mich.

Immer wieder nahm er mir alles.

Am nächsten Morgen klopfte es so früh und so energisch an der Tür, dass ich erschrocken in die Höhe schoss. Mein Herz raste vor Schreck. Gefühlt war ich gerade erst eingeschlafen.

»Ja?«, rief ich fragend.

»Ich bin's«, ertönte Keyas Stimme dumpf durch das Holz. »Schläfst du etwa noch?«

Ich warf einen Blick auf die tickende Wanduhr. Bis Sonnenaufgang waren es noch anderthalb Stunden, eine Stunde früher, als ich sonst aufstand.

»Ja, ich … Warte einen Augenblick.«

Fahrig sprang ich aus dem Bett, griff nach der Arbeitskleidung von gestern und stieg hinein. Rasch putzte ich die

Zähne, wusch notdürftig Gesicht und Hände und band die Haare zu einem Dutt hoch. Wie auch am Vortag plagte mich leichte Übelkeit. Der fehlende Schlaf, die Erinnerungen, all das schlummerte wie ein dösendes Ungetüm in meinen Eingeweiden.

Mein Gesichtsausdruck schien meinen Gemütszustand widerzuspiegeln, als ich die Tür schließlich öffnete.

»Du siehst aus wie das blühende Leben«, murmelte Keya und hielt mir zwei Körbe entgegen.

»Ich wusste nicht, dass …«

»Natalia hat beschlossen, dass du mit in die Stadt gehen sollst. Wir müssen einige Dinge erledigen, und dabei sollst du dir ein paar Kleidungsstücke besorgen, um deine Garderobe zu vergrößern und einen ordentlichen Eindruck zu machen. Wie ich dir schon gesagt habe, ist es wichtig, dass wir vor den Studierenden in gutem Aufzug erscheinen, immerhin studieren hier die Kinder der reichsten und mächtigsten Leute des Landes. Sie hat mir dafür einen Gehaltsvorschuss für dich mitgegeben. Und so lernst du gleich die Stadt und alle Läden kennen, mit denen wir zusammenarbeiten. Die meisten beliefern uns zwar, aber manchmal benötigen wir eben auch Dinge außer der Reihe.«

Obwohl Keya geschäftig und betont munter klang, war ihre Miene düster. Vielleicht hatte sie keine Lust darauf, mich im Schlepptau zu haben. Ich nahm mir vor, alles zu tun, um ihr keine Bürde zu sein.

Ich lud die beiden Körbe auf meinen Arm, steckte die Münzen ein und folgte ihr erst in die Küche, um Proviant für unterwegs mitzunehmen, und dann nach draußen. Entgegen meiner Vermutung gab es keinen Wagen, der uns nach Florentia fuhr. Wir würden den weiten Weg laufen und alles, was wir kauften, zu Fuß heimtragen müssen. Deswegen waren wir also in aller Frühe aufgebrochen.

Eine Weile liefen wir schweigend nebeneinander her und verließen das Universitätsgebäude durch das schmiedeeiserne, geschwungene Tor, das von vier uniformierten Männern bewacht wurde, die uns keines Blickes würdigten. Es war kein angenehmes Schweigen zwischen Keya und mir. Es war lauter als das Knirschen unserer Schuhe auf dem kiesigen Weg und von jener tastenden, aushorchenden Art, bei der sich niemand sicher war, welche Worte die richtigen waren, um es zu brechen, und welche Fragen zu stellen erlaubt war. Ich war die Neue, die Unbekannte, aber ich machte mir keine falschen Vorstellungen. Mittlerweile musste sich herumgesprochen haben, woher ich kam und was mir widerfahren war.

»Frag«, sprach ich schließlich in die Dämmerung, die sich wie ein beginnender Brand über den Dächern der Stadt abzeichnete. Wir waren auf eine breite Straße getreten, die Hauptstraße zum Stadtzentrum, die von ungewöhnlich hellen Laternen erleuchtet wurde. Magisches Licht, in dessen Kernen winzige Pünktchen schwirrten wie Glühwürmchen.

Keya blickte starr nach vorne. Ich hätte schwören können, dass sie wie ertappt errötete.

»Was meinst du?«

»Ich meine, dass du fragen kannst, was dir auf der Seele brennt.«

»Ich weiß nicht so recht, wie …«

Wir gingen am Rande der Straße, denn hin und wieder ratterten Wagen und Kutschen an uns vorbei. Unsere Schultern berührten sich fast.

Ich hätte es dabei belassen können, dass Keya keine Worte

fand. Ich hätte nicht über das Grauen reden müssen. Aber ich war es müde, es permanent zurückzudrängen. Also erzählte ich, was in Elver passiert war. Ich erzählte von den Plantagen, meiner Familie und was von beidem noch übrig war: schwarze Asche und das Andenken in meinem Kopf.

Sie sagte nichts. Was konnte man auch darauf erwidern? Es gab keine angemessenen oder tröstenden Worte. Ich erwartete auch keine. Aber sie nahm kurz meine Hand und drückte sie.

»Ich habe für den Rückweg eine gute Flasche Met aus der Küche stibitzt«, sagte sie dann, als hätten wir über nichts derart Aufwühlendes gesprochen. »Als hätte ich es geahnt, dass wir ihn brauchen können.« Ein Lächeln schwang in ihrer Stimme mit, und ich nahm den Themenwechsel an. Die Last auf meiner Brust fühlte sich ein wenig leichter an.

Vielleicht war es seit meiner Ankunft hier, in der Dämmerung vor dem ansteigenden Lärmpegel einer riesigen Stadt, der erste Moment, in dem ich einen einzigen zaghaften Atemzug tun konnte, bei dem ich nicht glaubte, ersticken zu müssen.

Dabei konnte man in der Stadt ersticken, ja, wirklich. Von dem einen auf den anderen Augenblick war man mittendrin im Leben, am Puls einer Welt, wie ich sie mir manchmal ausgemalt, aber doch nie annähernd vorgestellt hatte.

Florentia war ein grüner Dschungel inmitten eines verdorrten Landes. Bäume säumten die mit regelmäßigen Pflastersteinen beschlagenen Straßen, Grundstücke waren mit Hecken und Sträuchern voneinander getrennt, überall blühten sattbunte Pflanzen und rankte sich dichter Efeu um die Dächer. Selbst zwischen dunklen Pflastersteinen kämpften sich Gräser, Klee und Unkraut trotzig hervor, als wäre auch ihre Existenz von Bedeutung. An vielen Fensterbänken entdeckte ich Gartenkräuter und Setzlinge, die ich nicht identifizieren konnte.

Keya hatte kein Interesse an der Vielfalt, die wir passierten. Vielleicht war sie das alles schon gewohnt, oder sie war sogar hier aufgewachsen und kannte nichts anderes, aber ich konnte mich kaum sattsehen an all den Blüten und Blättern und grünen Gewinden neben mir und über meinem Kopf.

»Es ist so grün hier«, stellte ich staunend fest. Ich fühlte mich ein wenig wie ein kleines Kind, das die Welt zum ersten Mal sah. »Habt ihr keine Dürre hier?«

»Dürre? Nein, nie.«

Ich kam ins Grübeln. Irgendwie hatte ich immer geglaubt, dass das Klima in Elver im gesamten Land herrschte. Aber offenbar war es nur dort so, wo die Plantagen angesiedelt waren.

»Erzähl mir mehr über die Stadt«, bat ich sie, nicht so sehr, weil ich tatsächlich einen Vortrag hören wollte, sondern vielmehr, um sie dazu zu bringen, langsamer zu gehen und mir ein paar Atemzüge zum Staunen zu geben.

Keya zuckte mit den Schultern. »Was willst du denn wissen, was du nicht ohnehin schon weißt? Florentia ist eine Stadt wie jede andere auch. Nur eben mit sehr vielen Menschen.«

Ich wusste sicher weniger, als sie annahm. Das wollte ich ihr allerdings nicht auf die Nase binden. Ich war nur eine Feldarbeiterin, und all mein spärliches Wissen hatte ich von Nan, die mehr herumgekommen war als meine Mutter oder gar ich.

»Nenn mir ihre dunklen Seiten.«

Keya warf mir einen Blick zu, den ich nicht deuten konnte. Eine Falte erschien zwischen ihren Augenbrauen, die sich kurz darauf wieder glättete. »Dunkle Seiten, hm? Nun, die hat Florentia wahrlich. Kennst du den Sharza?«

»Den Fluss, der bis an den Stadtrand fließt? Von dem hat doch jeder gehört.«

»Ja. Der Fluss.« Sie verstummte, als wüsste sie nicht, ob sie fortfahren sollte. Dann aber seufzte sie schicksalsergeben. Sie vergewisserte sich, dass uns niemand nahe genug war, um zu lauschen, bevor sie weitersprach. »Früher oder später hätte ich dich sowieso warnen müssen. Du darfst niemals das Wasser vom Sharza trinken. Vor allem in der Nacht nicht. Da auf gar einen Fall.«

»Und warum nicht?«, fragte ich neugierig.

»Weil es verflucht ist. Man nennt den Sharza nicht umsonst *Den Schlaflosen*. Es heißt, nachts verfärbt sich sein Wasser schwarz und vergiftet jeden, dessen Lippen es benetzt.«

»*Es heißt* … Hat das jemals einer überprüft? Das scheint mir eine Legende zu sein, deren Wahrheitskern man leicht herausfinden kann.«

»Ja, hat man. Sonst würde ich dich nicht warnen. Die Legende ist, dass niemand den Grund dafür kennt, zumindest nicht offiziell.«

»Und inoffiziell?«

»Nun«, atmete Keya durch und deutete auf ein riesiges Bauwerk vor uns. Unsere Füße hatten uns weitergetragen, ohne dass ich auf sie geachtet hatte. Der Sharza hatte mich gefangen genommen.

»Inoffiziell fließt der Sharza nicht nur an Florentia, sondern auch an der Zermahlerin vorbei. Man vermutet, dass er ihr Drecksloch ist. Dass sie die Dunkeldornabfälle hineinkippen.«

Die Zermahlerin.

Etwas klingelte in mir, aber ich konnte es nicht zuordnen. Ich hatte den Namen schon einmal gehört, da war ich mir sicher. Vielleicht hatte die Professorin ihn einmal erwähnt oder die Vorarbeiter auf den Plantagen.

Keyas Mund verzog sich zu einem freudlosen Lächeln. »Du wolltest etwas über Florentias dunkle Seiten wissen. Es gibt Tausende davon. Tausende, Opal. Und eine werden wir nun mit eigenen Augen sehen. Darf ich dir dieses imposante Bauwerk, genannt die Zermahlerin, vorstellen? Hier müssen wir hin und Pakete abgeben, das wirst du demnächst auch erledigen müssen.«

Bisher hatte ich gedacht, die Universität sei das eindrucksvollste Gebäude der Stadt, vielleicht nur übertroffen vom Sitz des Dornenkönigs. Doch dieses lang gezogene, oval geformte Monument stellte die Universität in den Schatten. Es war schwarz und kalt und bescherte mir eine Gänsehaut. Ein eiserner Zaun umschloss das Gebäude, das mir besser bewacht schien als die schäbigen Gefängnisse, in denen die Verbrecher verwahrt wurden, deren Delikte zu gering waren, als dass man sie hängen konnte.

Das hier war die dunkelste Seite von Tensia, hatte Keya gesagt, und sie sollte recht behalten.

In einer Welt hinter dem Wellengrab zu einer Zeit ohne Aufzeichnungen, nur von Mund zu Mund weitergetragen und hier und da verändert

Märchen haben immer einen Anfang, der oft ganz anders ist, als wir ihn kennen. Märchen beginnen zu Zeiten, an die wir uns heute nicht mehr erinnern können, an Orten, die wir später ausschmücken und mittels unserer eigenen Fantasie ergänzen.

Es war ein Tag, wie er so oft auf den Dahlischen Inseln war: friedlich. Sonnig. So wunderschön, dass man manchmal vergaß zu atmen, selbst wenn man hier lebte, selbst wenn man hier aufgewachsen war und die Schönheit kannte wie seine Westentasche. Sie wurde einem nie leid, diese Schönheit, man wurde ihrer nie überdrüssig, sie wurde nie selbstverständlich. Sie ließ einen bei jedem Sonnenaufgang lächeln und bei jedem Sonnenuntergang atemlos zurück. Die vielen kleinen Inseln glichen einander, als wären sie vom selben Bauherrn erschaffen worden, und doch war jede von ihnen einzigartig, jede mit anderen seltenen Pflanzen, Bäumen und Blumen übersät.

Die Bewohner der Dahlischen Inseln waren sich schon seit Jahrtausenden bewusst, dass es diese Schönheit zu schützen galt. Also taten sie etwas, das später zu einer Legende heranwachsen sollte; das zu den Märchen wurde, die wir uns heute erzählen, die wir Generation für Generation weitertragen und die unsere Kinder als Warnung eingetrichtert bekommen, um sie zur Vorsicht zu erziehen und ihnen hier und da Angst zu machen vor dem, was auf unseren Feldern lauert.

Die Bewohner der Dahlischen Inseln verwandelten die Schönheit ihrer zerklüfteten grünen Inseln in eine Waffe, mit der sie sich vor dem Rest der Welt abschirmen und Grausames bewirken konnten, sollte es jemals notwendig sein. Sie machten sich das Meer, das sie umgab, zu eigen. Sie verwandelten es in eine tödliche Falle für all jene, die es wagen sollten, mit bösen Absichten zu den Inseln zu segeln und sie ihrer Güter zu berauben. Denn ihre Güter waren wertvoll, das mochte von den Dahlischen Inseln bis nach Tensia und in andere Nachbarländer weitergetragen worden sein.

War es denn jemals notwendig? Nun, das sollten wir sehr bald herausfinden, wenn wir versuchen, Wahrheit und Märchen voneinander zu lösen und Schicht für Schicht die Illusion vom wahren Kern abzutragen.

Eine Gestalt ist uns noch immer bekannt, denn sie ist der Stoff, aus dem Mythen gemacht sind: Es ist Naemi Liliengrab, die wir heute als Die Giftschwinderin *kennen.*

Aber ihre Geschichte erzählen wir später.

Wir erzählen sie, wenn ihr bereit seid, keinen Atemzug vorher.

10

Die Zermahlerin

Die Straße, in welcher die Zermahlerin vor langer Zeit errichtet worden war, war die einzige, in der keine einzige Pflanze, nicht ein bisschen Grün, sich einen Weg durch Asphalt, Fugen oder über Hauswände bahnte. Die Wohnhäuser, die sich auf der gegenüberliegenden Seite zwischen vertrockneten Bäumen oder abgesägten Stämmen aneinanderreihten, hatten ihre besten Tage schon längst hinter sich gebracht: Ihr Mauerwerk war marode, Putz und Farbe abgebröckelt, die Vorhöfe voller Gerümpel und trostlos.

Und obwohl die Straße voller Menschen war, war es ungewöhnlich still. Keya würdigte die Leute, die in zerschlissenen, verdreckten Lumpen auf den Gehwegen hockten und die Hände nach uns ausstreckten, wenn wir sie passierten, keines Blickes. Viele von ihnen trugen Augenklappen oder schmutzige Lumpen, als fehlten ihnen Teile ihres Gesichts unter dem Stoff.

»Wer sind diese Menschen?«, raunte ich Keya verunsichert zu.

»Das sind die, die zu schwach für die Arbeit sind, aber noch zu stark, um zu sterben«, antwortete Keya kurz angebunden.

»Haben sie kein Zuhause, zu dem sie abends gehen können?«

Keya lachte hart. »Opal, du verstehst mich nicht. Die Zermahlerin ist keine gewöhnliche Arbeitsstätte. Wer dort arbeitet, tut dies unter Zwang. Eine solche Arbeit würde keiner freiwillig leisten. Für kein Geld der Welt, glaub mir.«

»Das kann doch nicht legal sein. Ich meine …«

»Nicht jetzt. Nicht hier. Das ist nicht der richtige Ort für diese Unterhaltung. Außerdem sind wir da.«

Tatsächlich waren wir an einem stählernen Zaun angelangt, der mindestens so hoch wie vier Mann sein musste und durch seine glatte Beschaffenheit kaum zum Klettern geeignet war. Keya holte ihre Tasche heraus und zeigte ein darin verborgenes, gefaltetes Stück Papier vor, das von einem Uniformierten in Augenschein genommen und dann wortlos an sie zurückgegeben wurde. Dann durften wir weiter auf das eigentliche Fabrikgebäude zusteuern.

»Was genau müssen wir denn abgeben?«, raunte ich ihr zu.

»Proben, nehme ich an«, gab sie knapp zurück. Sie schien hier und jetzt wirklich nicht reden zu wollen.

Wir wurden wie Gefangene in Empfang genommen. Barsche Finger von schwarz gewandeten, bulligen Männern tasteten grob unsere Körper ab und verweilten lange dort; so lange, dass ich die Hände zu Fäusten ballte, um sie nicht fliegen zu lassen. Wir mussten unsere wenigen Habseligkeiten am Eingang zurücklassen. Nur einen Samtbeutel, den Keya aus dem Korb gezogen hatte, und den darin enthaltenen Schrieb sowie die Proben durften wir mitnehmen, als wir durch das Eingangstor gewinkt wurden. Ich hätte gern gewusst, ob es sich bei den Proben um neue Forschungsergebnisse der Wissenschaftler handelte, aber natürlich ließ Keya sich kein Wort entlocken. Ihre Miene war so düster, dass ich es nach einem Versuch aufgab, mehr aus ihr herauspressen zu wollen.

Nachdem wir durch das Haupttor eingelassen worden waren, wurden wir kein weiteres Mal kontrolliert. Wir folgten einer fensterlosen Schleuse, die mindestens so lang war wie der Hauptgang im Personaltrakt, in dem wir wohnten, nur dass es weder Fenster noch Türen gab. Licht flackerte von grellen Deckenleuchten. *Magisches* Licht. Zum ersten Mal wurde mir wirklich bewusst, dass dieses Licht das Ergebnis meiner Plantagenarbeit war. Weil wir uns dort wund schufteten, konnten feine Menschen in feinen Städten Licht werden lassen.

In der Luft lag ein Gestank, wie ich ihn noch nie zuvor wahrgenommen hatte. Im ersten Augenblick hatte ich das Gefühl, mich übergeben zu müssen und gleichzeitig zu ersticken, weil der beißende Geruch sich wie Pech durch meine Luftröhre zog. Ich trug keinen Schal, den ich mir vor Mund und Nase hätte halten können, weshalb ich versuchte, möglichst flach durch die Lippen zu atmen. Es stank nach ungewaschenen Leibern, nach Schweiß und einer bittersüßen, fast verwesenden Note, die mich an die Dunkeldornen erinnerte.

Natürlich, es mussten Dunkeldornen sein. Das Dunkeldornpulver wurde hier hergestellt.

»Was zum Henker …«, setzte ich an, aber Keya legte den Zeigefinger auf die Lippen.

So zielsicher, als wäre sie schon oft Besucherin an diesem Ort gewesen, ging sie voran. Ein mürrischer Mann mit weichendem grauem Haaransatz ließ uns passieren, nachdem er einen Jüngling gerufen hatte, der uns führen sollte. Wir folgten einem breiten Korridor, in dem unsere Schritte laut von den stählernen Wänden zurückhallten. Immer wieder kamen uns Männer jeden Alters entgegen. Männer, die obenherum nackt und verdreckt waren, manche von ihnen ausgemergelt, viele mit Narben und Verbrennungen auf der Haut. Hin und wieder war auch eine Frau unter ihnen, sogar junge Kinder, bei deren Anblick mir das Herz brach.

Und eines hatten sie alle gemein. Der Blick war gesenkt, starr nach unten gerichtet, als fürchteten sie, versehentlich dem unsrigen zu begegnen.

Jeder hoffnungsvolle Gedanke in mir war erloschen. Ich war angespannt, fühlte mich, als wäre ich auf die Plantage zurückversetzt worden. Diese Menschen, die uns passierten, hatten mehr mit mir und meiner Heimat gemein als die in der Universität, aber es war eine dunkle Verbindung, die die schrecklichen Augenblicke vor dem Auslöschen meines ganzen Dorfes wieder ganz nah an die Oberfläche kommen ließ. Mein Mund war trocken. In mir erwachte ein Fluchtinstinkt, und gleichzeitig wollte ich die Fäuste ballen, weil ich mich so wütend und hilflos und berstend fühlte.

Der Gang war ewig lang, und als er endlich in eine Tür mündete, wechselten wir von einem kleinen Grauen in ein viel größeres, das mich beinahe erschlug. Eine Halle tat sich vor mir auf, die so groß und hoch und weit war, dass ich sie mit bloßem Auge kaum vollständig erfassen konnte. Von den Decken hingen lange, röhrenartige, viel zu grelle Lampen herab, welche das spärliche Tageslicht ergänzten, das durch dünne Fenstergitter weit oben einfiel.

Auf dem Boden aus dunklem Stein verteilten sich unzählige schwarz verschmierte Tische, an denen Menschen schweigend und gebückt standen und emsig wie Ameisen ihrer Arbeit nachgingen. Neben jedem Tisch befand sich ein Behälter, in welche Frauen und Männer stetig Nachschub aus kleinen Glasröhren füllten. Ich konnte einen Blick darauf erhaschen: Es waren dieselben Röhrchen, welche die Entstäuberinnen auf den Plantagen für den Nektar der Dunkeldornen benutzt hatten.

Hier landete also, wofür wir uns krumm und buckelig geschuftet hatten. Wofür wir ganz oder fast gestorben waren.

Keya hielt mich am Arm fest, als ich ziellos weitergehen wollte. Ich wusste nicht einmal, wohin, aber meine Füße waren rastlos.

»Warte, du brauchst den Schutz noch.«

Ich blinzelte verwirrt. »Schutz?«

Der Jüngling, der bislang noch kein Wort gesagt hatte, händigte uns ein dichtes weißes Tuch mit Schnüren aus. Keya band es sich um Mund und Nase und nickte mir auffordernd zu, bis ich es ihr gleichtat. Obwohl ich Probleme hatte, durch den dicken Stoff zu atmen, wurden der beißende Geruch und das ätzende Gefühl in meiner Kehle sofort gelindert.

»Danke, Misha«, lächelte Keya den Jungen an, der sofort wegsah, als könnte er sich an ihrem Lächeln verbrennen.

Er führte uns einmal quer durch die Halle, quer durch das Schweigen, durch die verstohlenen Blicke, die uns folgten und an unseren strahlend weißen Schürzen kleben blieben, während ich eiternde Wunden, aufgescheuerte Hände und striemige Rücken sah. In jeder Reihe trieb sich ein Aufseher herum, der die Leute bei der Arbeit hielt.

Aber nicht die Aufseher waren für die Verletzungen verantwortlich, jedenfalls nicht für die meisten.

Meine Hand zuckte, ballte sich wieder. Verkrampfte sich dann in den Stoff meines Rockes. Hier und da murmelten die Leute einander etwas zu, aber die meisten ignorierten uns. Ich senkte die Lider. Musterte den Boden. Und bemerkte, dass ich zuvor einen falschen Eindruck gewonnen hatte. Der Boden war nicht von Natur aus dunkel. Er war getränkt von feinem Blütenstaub und Blut, das in den Stein geronnen war.

Misha bog nach links ab und steuerte auf einen gewaltigen stählernen Tisch zu, an dem ein gewichtiger Mann vor einem riesigen Stapel Papiere saß und mit einem Füllfederhalter etwas niederschrieb. Der Schreibtisch war vollständig von Glas umgeben, ein abgetrennter Raum, der über eine Belüftungsanlage mit Luft versorgt wurde.

Der Junge verbeugte sich, obwohl der Mann ihn gar nicht beachtete, und ging dann in geduckter Haltung zu einem der Arbeitstische. Ich beobachtete, wie seine zarten, jungen Finger ein Röhrchen von der Ablage nahmen und den Pfropfen herauszogen. Ohne Ausstattung, ohne Pinzette, ohne irgendein Hilfsmittel außer abgetragenen Handschuhen, die schon bessere Tage gesehen hatten. Er kippte den getrockneten Nektar in einen Mörser und begann, ihn mithilfe eines Stößels zu zermahlen. Mehrfach musste er die Arbeit unterbrechen, weil er heftig husten musste. Das Zermahlen setzte ganz offenbar einen feinen Staub frei, der in seine Atemwege drang. Warum trugen nur die Aufseher und Keya und ich den Schutz, nicht aber all die Männer, Frauen und gar Kinder?

»Hast du wieder Nachschub für mich?«, fragte der Mann Keya, als er schließlich von seinem Papierberg aufsah. Seine Miene war geschäftig und kalt. Er war der Einzige, der keine Lumpen trug, sondern einen schwarzen Anzug um den beleibten Körper.

»Ja, Herr Schwarzbrandt. Von der Professorin höchstpersönlich mit der ausdrücklichen Warnung, die Ware nicht in den Handel abseits der Universität zu geben. Und ich übergebe sie Euch nur im Tausch gegen das Endprodukt zu den üblichen Konditionen.«

Herr Schwarzbrandts Blick aus trüben milchig blauen Augen wanderte kurz über mich. Ich wand mich. Kurz hatte ich Angst, dass der Mann mich meinte, als er von Nachschub sprach. Aber zu meiner Erleichterung zog Keya im nächsten Augenblick einen fest zugeschnürten Beutel heraus und übergab ihn einem bewaffneten Mann, der neben dem Glaskasten Wache hielt. Er öffnete ihn und hielt den Beutelinhalt vor die Glasscheibe.

Herr Schwarzbrandt nickte. »Nun gut. Ich lasse die Proben von meinen besonders fähigen Männern zügig verarbeiten. Dafür verwende ich die Hälfte der nächsten *gewöhnlichen* Lieferung, die die Universität bringt, für eigene Zwecke. Von den Sonderwünschen will ich nichts wissen.«

Ich spitzte die Ohren. Gewöhnliche Lieferung? Sonderwünsche?

»So sei es«, antwortete Keya förmlich.

Der Soldat verschwand mit dem Beutel hinter dem Glaskasten und kehrte kurze Zeit später mit einer verschlossenen Kiste zurück, die er Keya grob in die Hand drückte.

»Den Schlüssel hat die Professorin«, sagte Herr Schwarzbrandt mit einem warnenden Unterton. »Wir wollen ja nicht, dass das Zeug in falsche Hände gerät, nicht wahr?«

Er senkte den Blick wieder auf seinen Papierberg. Die Unterhaltung war für ihn beendet. Die Spannung wich aus Keyas Körper, und sie deutete mit der Hand nach hinten, um mir zu zeigen, dass wir denselben Weg wieder zurücknehmen würden.

Wir hatten die Tür beinahe erreicht, als es hinter uns laut wurde. Ein metallener Gegenstand prallte auf dem Boden auf, so heftig, als wäre er geworfen worden.

Ein junger Mann in meinem Alter mit blondem Haar und

winzigen punktartigen Narben im Gesicht stand mit geballten Fäusten und leicht geduckt an seinem Arbeitstisch, zu dem nun zwei Aufseher mit erhobenen Peitschen eilten. Vor dem Tisch kullerte ein Eimer mit dunklen Staubresten, den er offenbar heruntergeschmissen hatte. Daneben ergoss sich das Resultat seiner Arbeit auf die Steinplatten: halb zerstampftes Dunkeldornpulver, das sich bereits in die Haut seiner Füße und Beine fraß, die ungeschützt waren.

Die anderen Frauen und Männer taten so, als hätten sie den Vorfall nicht bemerkt, und hielten ihre Blicke starr auf ihre Mörser gerichtet. In manchen Gesichtern stand die blanke Angst vor dem geschrieben, was nun folgen sollte.

Von jeder Seite näherte sich ein Aufseher, einer von ihnen hatte seine Peitsche bereits drohend entrollt.

Der junge Mann war in die Hocke gegangen. Sein Gesichtsausdruck war gelassen, aber auch wild. Er hatte keine Angst, nicht wie all die anderen gebrochenen Seelen.

Was taten sie hier mit den Menschen? Was taten sie ihnen an?

Es gab kein Entrinnen, der junge Mann konnte in keine Richtung fliehen. Und er machte auch keine Anstalten, eine Flucht auch nur in Erwägung zu ziehen, als die Peitsche durch die Luft schnellte und ihr Ziel, die nackte, verwundbare Haut, traf. Er blieb stumm, kein gequälter Laut, kein Stöhnen kam über seine zusammengepressten Lippen. Wenigstens seinen Stolz schien er sich um alles in der Welt bewahren zu wollen.

Eine Hand packte mich fest am Oberarm und zerrte mich weiter. Die beiden Wachmänner, die an Herrn Schwarzbrandts Glaskasten positioniert waren, waren gekommen, um Keya und mich nach draußen zu geleiten. Was sich hier abspielte, war nicht für unsere Augen bestimmt.

Keyas Gesicht war kalkweiß. Bis gerade eben war sie so beherrscht gewesen, dass ich glaubte, das Elend käme nicht an sie heran und prallte einfach an ihr ab. Als interessierte es sie nicht.

Aber jetzt spiegelte sich eine Explosion aus Gefühlen in ihrem Gesicht. Wut, Hass, Verzweiflung. Und Hoffnung. So viel davon.

Einen Augenblick verharrte sie auf der Stelle, als klebten ihre Sohlen am Boden fest. Ihre Lippen bewegten sich, und auch wenn sie so leise sprach, dass es kaum möglich war, sie zu verstehen, tat ich es.

Erik.

Ich sah noch einmal über die Schulter zurück.

Der junge Mann, Erik, kauerte nun am Boden. Ein Aufseher hatte ihn in die Knie gezwungen und hielt seinen Kopf schraubstockartig umklammert, während ein anderer den Stiefel mit einem festen Tritt in seinen Magen stieß.

Nun war das Schweigen doch gebrochen und damit auch der Stolz. Ein leises Ächzen entwich Erik. Der Aufseher nutzte den Augenblick der Schwäche und öffnete so brutal seinen Kiefer, dass ich befürchtete, er müsse ihn ausgerenkt haben.

Kurz bevor die beiden Wachmänner uns durch die Tür in den Korridor schieben konnten, sah ich, wie die beiden Aufseher Erik schwarzes Pulver in den Mund kippten. Das konnte nur eines bedeuten. Mir wurde kalt.

Erik hustete. Feine Blutströpfchen sprenkelten den Boden.

Ich wollte mich gegen den Wachmann stemmen, um zu protestieren, doch er musterte mich so drohend, dass ich lediglich meinen Arm seiner Hand entriss.

»Er wird überleben, falls du das fragen willst, Mädchen«, sagte er beinahe gelangweilt.

»Ich habe einen Namen«, sagte ich kalt, »und der lautet sicher nicht *Mädchen.*«

Der Wachmann zuckte nur mit den Schultern und knallte uns die Tür vor der Nase zu. Ich griff nach Keyas Ellenbogen, um sie zu stützen, denn sie wirkte, als würde sie jeden Augenblick ohnmächtig zusammenbrechen.

»Kanntest du den jungen Mann, den sie …«, fragte ich, als wir wieder draußen waren und das Tor zur Unterwelt hinter uns zugefallen war. Obwohl ich wieder frei atmen konnte, saß die Beklemmung noch auf meiner Brust. Meinen Satz konnte ich nur in Gedanken beenden.

Den sie gefoltert haben.

»Nein«, sagte Keya. »Also ja, ein bisschen. Vom Sehen.« Ihre Stimme klang nun gefestigt, aber meinem prüfenden Blick wich sie aus.

Ganz offenbar log sie mich an. In der Zermahlerin … da war ihre Reaktion so eindeutig gewesen, als läse man in einem offenen Buch. Sie kannte den Mann. Sie hatte ihn beim Namen genannt. Aber aus irgendeinem Grund wollte sie nicht mit ihm in Verbindung gebracht werden.

»Der Tod ist besser, als in dieser Hölle eingesperrt zu sein.«

Sie sagte es leise, aber zugleich so nachdrücklich, dass ich glaubte, mir würde das Blut in den Adern gefrieren.

Wie ein grüner Dschungel mit feinen Farbtupfern, so breitete Florentia sich auf dem Rückweg vor mir aus, als hätte die Stadt etwas gutzumachen, als müsste sie den schwarzen Schlund, aus dem wir gerade entkommen waren, mit fliederfarbenen Blütenköpfen und warmen Sonnenstrahlen vergessen machen.

Aber so einfach werde ich es dir nicht machen, Florentia. Ich war keine Besucherin, die sich an kleinen Gassen und seltenen Pflanzen erfreute. Ich war eine Überlebende von den Plantagen. Ich hatte die Schnelligkeit, die List des Todes kennengelernt. So leicht ließ ich mich nicht täuschen.

Wir erledigten ein paar kleinere Besorgungen, die Natalia Keya aufgetragen hatte. In einem Geschäft, das sich auf wissenschaftliche Utensilien spezialisiert hatte, besorgten wir desinfizierendes Reinigungsmittel und Putztücher, die besonders langlebig sein sollten und die ätzenden Säuren der Dunkeldornen besser aushielten. Außerdem kauften wir auf dem Markt, der täglich von Händlern und Bauern besiedelt wurde, frisches Obst, das den besonders hochrangigen Lehrkräften und Studierenden vorbehalten war. Wie Keya berichtete, gab es abseits der Mensa, die für alle zugänglich war, noch ein exquisites Speisezimmer für Studierende, die königlicher und königsnaher Natur waren oder die ein besonders hervorstechendes Talent besaßen und in Zukunft unter den Dunkeldornmagiern eine tragende Rolle spielen könnten.

Überhaupt war Keya überraschend redselig. Ich behielt meine Vermutung für mich, dass sie so viel sprach, um mir nicht die Gelegenheit zu geben, mich nach der Zermahlerin und nach Erik zu erkundigen. Mir lagen so viele Fragen auf der Zunge, mit denen ich mich davon ablenken wollte, was wir eben gesehen hatten. Die Zermahlerin trieb das, was ich auf der Plantage erlebt hatte, auf die Spitze.

Erst zum Ende unseres Ausflugs verstummten wir allmählich. Wir unternahmen den Gang zu einem Schuhmacher, wo ich mir ein paar dunkle Lederschuhe kaufte, und zu einer Schneiderin, bei der ich Maß für ein neues Set Arbeitskleidung nehmen ließ, die ich in ein paar Tagen abholen sollte. Als wir uns endlich auf den Weg zurück zur Universität machten, stand die Sonne bereits tief über den Dächern der Stadt. Ihre Strahlen wärmten mich und vertrieben einen Teil der Kälte, den die steinerne Zermahlerin in mir hinterlassen hatte. Ich hoffte, die Erinnerung an das Elend bald vergessen zu können. In mir war bereits so viel Kälte, dass ich mir nicht noch mehr davon leisten konnte. Das Ertragen von Schmerz war ein endlicher Rohstoff.

Kurz bevor die Tore der Universität in Sichtweite waren, hielt Keya an.

»Komm mit«, sagte sie und verließ die Straße, um zwischen zwei gewaltigen Eichen im Zwielicht zu verschwinden.

Irritiert folgte ich ihr. Gut verborgen vor den neugierigen Blicken passierender Menschen, hatte sie sich im halbhohen Gras niedergelassen und eine Flasche entkorkt.

»Ich sagte ja, ich habe Met dabei«, meinte sie und schwenkte die Flasche. »Ich glaube, jetzt ist der perfekte Zeitpunkt dafür.«

Ich war mir nicht sicher, ob das so eine kluge Idee war, denn ich wollte mich nicht in noch größere Schwierigkeiten bringen. Allerdings war ich innerlich erschöpft. Ein Schluck würde keinen Schaden anrichten, sondern vielleicht eine Wärme zu mir durchdringen lassen, wie es die Sonnenstrahlen nicht vermochten.

Wir lehnten uns an die Baumstämme und atmeten einen Augenblick durch.

»Weißt du, mein Vater ist in dieser elenden Fabrik gestorben. Vor vielen Jahren schon. Aber jedes Mal, wenn ich da bin, kommt es wieder hoch.«

»Das tut mir leid«, sagte ich ehrlich. »So ein Mist.«

Keya nickte und hielt mir die Flasche ohne ein Wort entgegen. Ich hob sie an und roch an dem Inhalt. Der Met verströmte einen angenehm süßlichen, leicht betörenden Duft. Er erinnerte mich an den Honigwein, den ich an meinem letzten Abend mit meiner Familie getrunken hatte. Traurigkeit durchfuhr mich, die ich mit einem Schluck wegspülen wollte. Ich setzte die Flasche an die Lippen und nahm viel zu schnell einen tiefen Schluck, ehe ich sie Keya zurückgab, die das Gefäß aus mattdunklem Glas gedankenverloren schwenkte.

Ich wollte den Mund öffnen, um ihr zu sagen, wie köstlich der Met schmeckte, aber dazu kam ich nicht mehr.

Noch während die letzten Reste der Flüssigkeit meine Kehle hinabrannen, schnürten sie mir die Atemwege zu, als hätte jemand ein unsichtbares Seil von hinten um meinen Hals geworfen und zugezogen.

»Hilfe …«, wisperte ich mit dem letzten bisschen Luft, das ich aus meiner Lunge pressen konnte.

Und dann explodierte alles in mir.

11

Der Tod ist ein nachtragender Knecht

Ich war einmal beinahe gestorben, aber seinerzeit hatte ich es kaum gespürt. Der Tod hatte sich leise herangeschlichen, um uns alle zu packen und in den Abgrund zu stürzen, aus dem niemand mehr zurückkehrte. Er war unauffällig wie ein nächtlicher Schatten gewesen, gekleidet in das Dunkel seiner selbst. Heimlich, aber fast präzise. Sein einziger Makel war ich gewesen.

Dieses Mal war der Tod stolz. Er wollte nicht heimlich sein, aber dafür ganz und gar präzise. Ich war ein Fehler, den er ausmerzen musste. Er ließ mich im Gegensatz zu unserem ersten Aufeinandertreffen wissen, dass er da war, dass seine kalten Klauen gemächlich über meine Kehle wanderten, sie zudrückten, mir die Luft zum Atmen nahmen. Der Tod war ein nachtragender Knecht, und er konnte einen Fehler nicht stehen lassen.

»Opal! Opal, verdammt!«

In meinem Hals war ein glühendes Messer. Es verätzte alles, meine Luftröhre, meine Stimmbänder, meine Zunge.

Das Glas. Es klirrte noch immer ganz leise. Seine Splitter

bohrten sich in meinen Rücken, wo es zwischen mir und dem weichen Gras zerschlagen war. Der helle Wein ergoss sich auf den Untergrund und färbte ihn dunkel. All dies nahm ich fast überdeutlich wahr, während sich meine Kehle verengte und ich die Finger um sie schloss. Aber es half nichts. Mir wurde schwindelig.

Ein Schatten schob sich vor mein verschwimmendes Gesichtsfeld und drängte Keya zur Seite, die unablässig meinen Namen wimmerte.

War es der Tod?

»Opal, nicht ohnmächtig werden, hörst du?« Eine befehlende und zugleich samtene Stimme drang an mein Ohr. Ich rang nach Luft, als sich meine Kehle verengte. In meiner Panik versuchte ich, mich auf die Stimme zu fokussieren. Sie war vertraut, auch wenn ich sie in meiner Panik nicht erkannte. Sie klang nach einem Versprechen. Nach einem Versprechen, das irgendwo tief unten in einem Abgrund lauerte und darauf wartete, dass ich sprang.

Der Tod … Nein, das war nicht der Tod. Das war der Dornenprinz. Der Dornenprinz, sonst so herablassend und befehlend, klang nun ganz anders. Beunruhigt?

Aber vielleicht war es auch der Tod, der sich als Dornenprinz verkleidete, und er hatte mich seit Tagen verfolgt, um eine Gelegenheit zu finden, zuzuschlagen, und … Ich blinzelte, als mein Blick so verschwamm, dass ich nicht einmal mehr Schemen erkennen oder Licht von Schatten unterscheiden konnte. In meinem Brustkorb zerwühlte ein Messer meine Lunge, während ich keuchte und erfolglos nach Luft schnappte.

Und dann wurde es dunkel.

12

Ein weißer Raum

Es war eine seltsame Dunkelheit, in die ich dem Tod gefolgt war. Schwer wie Blei kauerte sie auf meinem Brustkorb, umklammerte mit kalten Fingern meine Kehle. Vielleicht war sie auch mit dem Met, den ich doch nur gekostet hatte, in mich gekrochen und verstopfte nun meine Luftröhre.

Doch im Gegensatz zu den Erzählungen über den Tod, die man einander nach langen Nächten mit Sommerwein zuflüsterte, die man beschämt und neugierig zugleich mit den Liebsten oder völlig Fremden teilte, wenn man gerade von einer Bestattung kam … Ja, im Gegensatz zu diesen Erzählungen war der Tod nicht leicht und schwebend.

Im Gegenteil. Er war wie eine Furie, kämpfte, biss, schlug um sich, riss an mir. Er war wie ein Sturm auf dem Meer, auf dem ich in einem kleinen, leckenden Boot ohne Segel und Paddel hilflos schaukelte.

Er zerrte an mir. Brüllte mir meinen Namen ins Ohr, bis ich erfüllt von seiner dunklen, dröhnenden Stimme war. Zerrte wieder an mir, bis ich das Gefühl hatte, dem Wind und Sturm und allem, was er aufbot, vollkommen unterlegen zu sein.

Du bist sein Makel. Er muss dich auslöschen, wenn er sein Gesicht nicht verlieren will. Du besudelst seinen Ruf, weil du die Plantage überlebt hast.

Ich wollte ihm entgegenschleudern, dass mir sein Ruf gleich war, sollte er doch tun, was er nicht lassen konnte. Aber ich konnte nicht sprechen, nicht einmal hier, in der Welt zwischen den Toten und den Lebenden. Kurz dachte ich an meine Familie. An Nan, an meine Mutter, an Sinah. Ich sah ihre Gesichter wie ein Leuchtfeuer vor mir, endlich wieder, wo ich sie doch jeden Tag mehr vergaß, ihre Konturen, ihr Lachen, alles entglitt mir. Und ich dachte an Julian. Vielleicht würde der Tod mir erlauben, sie alle wiederzusehen, selbst wenn ich ihm in die Quere gekommen war. Vielleicht könnten wir handeln, uns einigen: diese Erlaubnis gegen mein Aufgeben. Ich würde aufhören, gegen Gewalten anzukämpfen, gegen die ich ohnehin nichts ausrichten konnte, und ich würde es freiwillig tun.

Ich versuchte es noch einmal: das Sprechen, das Aufgeben, das Loslassen. Aber genau in diesem Augenblick geschah etwas Unerwartetes. Etwas Schweres legte sich auf meine Brust, drückte zu, ließ los, drückte wieder zu, verwirrte die Dunkelheit. Und dann, dann geschah das Unerwartete: Die Dunkelheit löste sich aus meiner Kehle, und ich erbrach Met, Magensäure und Blut.

Ein zweites Mal wurde es dunkel, aber diesmal war die Dunkelheit leicht wie eine Feder, die den Erdboden noch nie berührt hatte.

Als ich die Augen aufschlug, fühlte sich mein Körper an, als wäre jede Zelle in ihm wundgescheuert. Es war ein ähnliches Gefühl wie vor erst so kurzer Zeit, nach der Tragödie auf der Plantage, gleich geschunden und doch auf eine andere Weise. Was auch immer mir zugestoßen war, hatte sich wie eine Schlange durch die Innereien meines Körpers gewunden.

Ich richtete mich vorsichtig auf und wollte mich umsehen, doch das Licht war so grell, dass ich die Augen abschirmen musste. Dabei war es nicht einmal das Tageslicht, das den Raum so erhellte, denn es gab kein einziges Fenster. Das Licht aus künstlichen langen Röhrenlampen wurde von den weißen Wänden und den weißen Leinenbezügen von einem Dutzend Betten reflektiert. Neben jedem Bett stand ein nacktes Metalltischchen, auf dem Schalen und würfelartige Glasbehälter abgelegt worden waren. Außer mir befanden sich nur ein älterer grauhaariger Mann und ein junges Mädchen in dem Raum, beide schliefen tief und fest. Die rechte Gesichtshälfte des Mannes war fingerdick mit einer Paste bestrichen worden, während ich an dem Mädchen auf den ersten Blick keine Verletzungen erkennen konnte. Aber offenbar war dies die Krankenstation der Universität. Oder *irgendeine* Krankenstation?

Auf dem Metalltisch neben meinem Bett hatte jemand ein Glas Wasser für mich bereitgestellt, nach dem ich dankbar griff. Mein Hals fühlte sich an, als hätte ich einen ganzen Eimer purer Säure getrunken, viel schlimmer noch als nach dem Plantagenunglück.

Gleich beim ersten Schluck bemerkte ich, dass die klare Flüssigkeit ein Medikament in Tropfenform beinhaltete. Überraschenderweise schmeckte es weniger bitter, als ich erwartet hätte, also nippte ich mehrmals daran, bis das Schlucken zu schmerzhaft wurde. Eine lindernde Wirkung stellte sich binnen weniger Atemzüge ein, sodass ich mich erleichtert ins Kissen zurücklehnte.

Nun, da der Schmerz auf ein erträgliches Maß zurückgegangen war, begannen die Gedanken ihr rasendes Spiel: Was war geschehen? Das Letzte, an das ich mich erinnerte, war ein Sonnenuntergang auf der breiten Straße zur Universität. Keya, die die Flasche Met geöffnet und mir zum Trinken angeboten hatte. Gerade als ich die Flasche abgesetzt hatte, war ein flammendes Brennen durch meine Luftröhre geschossen, als würde mich jemand vom Hals bis zum Brustkorb aufschlitzen.

Und dann, in diesem Dämmerzustand zwischen Wachen und Bewusstlosigkeit, war noch jemand anderes da gewesen. Jemand, der sich über mich gebeugt und eindringlich auf mich eingeredet hatte. Ich hätte schwören können, dass es der Königsgleiche gewesen war, aber für jemanden von seinem Blut war ich nichts und niemand. Er hätte mir niemals geholfen und sich dabei die Finger schmutzig gemacht.

Oder irrst du da, Opal? Vielleicht ist nicht alles an ihm so dunkel, wie es im ersten Augenblick zu sein scheint.

Ich bemühte mich, mich zu erinnern, aber jeder Versuch bereitete mir starke Kopfschmerzen, also gab ich irgendwann auf. Vielleicht war in meinem Schmerzmittel nicht nur ein wundheilender Wirkstoff, sondern auch ein Schlafserum, jedenfalls spürte ich, wie meine Augenlider schwer wurden. Ich dämmerte weg, und noch in meinen Träumen schalt ich mich ein dummes Mädchen.

All die Geschichten über die Dornenfamilie, die ich kannte, erzählten nichts Gutes, nichts Reines über ihre Mitglieder, und die Tatsache, vom Königsgleichen gerettet worden zu sein, änderte nichts daran.

Als ich das nächste Mal wach wurde, waren das Mädchen und der Mann mit der Gesichtsverletzung verschwunden. Ich wunderte mich, dass sie offenbar so schnell genesen waren, doch dann spürte ich, dass auch ich mich schon viel besser fühlte. Was auch immer ich da getrunken hatte, es hatte Wunder bewirkt.

Beinahe lautlos öffnete sich die Tür, die wie der Rest des Raumes mit blütenweißer Farbe überzogen war und sich kaum von den Wänden abhob. Herein kam eine junge Frau in der Robe der Dornenformer. Das Gesicht kam mir bekannt vor, auch wenn ich einen Moment benötigte, ihm einen Namen zuzuschreiben. Es war Jasmin, die Studierende, die mir am Vortag die Proben für die Professorin ausgehändigt hatte. Es kam mir so vor, als wäre das vor einer Ewigkeit gewesen. Wie konnte es sein, dass ich innerhalb von nur wenigen Tagen so viele einschneidende Ereignisse erlebt hatte? Wie sollte ich da jemals wieder zum Atmen kommen?

»Hallo, Opal. Professorin Weisdorn hat mich geschickt, mal nach dir zu sehen. Alle anderen Dornenformer, die in Heilkunde bewandert sind, werden leider woanders gebraucht, aber offenbar haben deine Medikamente ja bereits Wirkung gezeigt. Du siehst besser aus«, sagte Jasmin forsch. Sie trat mit zusammengekniffenen Augen an die Seite meines Bettes und griff mit einer Selbstverständlichkeit nach meinem Handgelenk, die mir zeigte, dass sie es gewohnt war, nichts verwehrt zu bekommen. Und ein wenig verstand ich das: Mit ihren rabenschwarzen Haaren und den seeblauen Augen wirkte sie so zerbrechlich und stark zugleich, dass ich tief in mir den Wunsch verspürte, von ihr gesehen zu werden. Wenn sie sich bewegte, blitzte hin und wieder die Haut ihrer Unterarme auf und entblößte die feinen Narben, die von der Ausbildung der

Dornenformen zeugten, von dem langen Weg, den sie gingen, bis die Dunkeldornen ihnen nichts mehr anhaben konnten, bis sie sie nicht mehr wie den Rest von uns mit einem Windstoß verschlangen.

»Hallo«, krächzte ich. »Was ist passiert?«

Was ist passiert?

Es war diese Erinnerung, viel zu nahe dran, viel zu enganliegend, viel zu herzumschlingend.

Was ist passiert? – Sie sind alle tot, Opal. Alle.

Jasmins Stimme drang wie durch eine Nebelwand zu mir. »Du hast vergifteten Met getrunken.«

Das riss mich aus den Erinnerungen. »Vergifteten was?«

»Met«, half Jasmin mir auf die Sprünge, obwohl wir beide wussten, dass ich sie durchaus verstanden hatte. »Jemand hat Dunkeldorn in die Flasche getan. Er hat deine Bronchien und die Lunge angegriffen.«

Ihre kühlen Fingerspitzen lagen prüfend auf meinem flatternden Puls, der seit dieser Enthüllung schneller schlug.

Jasmin zählte lautlos meine Herzschläge, während sich meine Gedanken überschlugen. Dunkeldorn, um mich zu vergiften? Aber wieso? Und wer? Ich war doch gerade erst an der Universität angekommen. Hatte ich jemanden verärgert? So sehr, dass er mir den Tod auf den Hals gehetzt hatte?

»Niemand geht davon aus, dass du das eigentliche Ziel warst«, sagte Jasmin, als hätte sie meine Gedanken erraten. Vielleicht war meine Verwirrung auch deutlich an meiner Miene ablesbar.

Ich atmete vorsichtig aus. »Das würde mich zwar beruhigen, allerdings hätte ich nicht erwartet, dass man an einer Universität mit Giftanschlägen rechnen muss.«

Jasmin ließ mein Handgelenk los und sah mich lange an.

»Man sollte meinen, du hättest deine Unschuld verloren, nach dem, was du erlebt hast.«

Das versetzte mir einen Stich. Es waren harte Worte. Und sie hatte recht.

»Weiß man, wer das getan hat?«

»Nein«, antwortete sie kopfschüttelnd. »Die Flasche, die deine Freundin hat mitgehen lassen, war eine anonyme Spende, die eigentlich in einem, nun ja, *besonderen* Speisezimmer hätte aufgetischt werden sollen. Dass damit Schlimmeres verhindert wurde, ist vermutlich der einzige Grund, warum sie nicht sofort ihre Stelle verloren hat.«

Deine Freundin. Natürlich.

»Wie geht es Keya?«, fragte ich. »Ist sie auch verletzt?«

»Nicht dass ich wüsste. Sie ist nicht auf die Krankenstation gebracht worden, also scheint ihr nichts zugestoßen zu sein«, antwortete Jasmin.

Ich wollte die Augen schließen und alles ausblenden. Die Universität hatte eine Art Neuanfang werden sollen, nein, werden müssen. Wie konnte gleich zu Beginn so viel schiefgehen? Wie konnte ich mich bei Professorin Weisdorn unbeliebt machen, indem ich schlechte Arbeit verrichtete, mich mit Keya in Schwierigkeiten bringen lassen und *wieder* beinahe sterben?

Alles, was du anfasst, wird schwarz, Opal, flüsterte eine leise, gemeine Stimme in meinem Kopf. *Alles, was du anfasst, verdirbt und verrottet. Deine Familie, deine Freunde und irgendwann auch du selbst.*

»Wann kann ich gehen?«, fragte ich Jasmin tonlos.

»Öffne bitte den Mund, damit ich mir deinen Rachen und die Atemwege noch mal ansehen kann.«

Ich tat wie geheißen. Ich wollte raus hier. Irgendwohin, wo ich in Ruhe nachdenken konnte. Ungestört.

Jasmins Ozeanblick wanderte von dem leeren Wasserglas, in dem sich die Medizin befunden hatte, zu meinem Gesicht. Ich las etwas darin, das ich nicht erwartet hatte: ein kurzes Aufbäumen von Unglauben.

»Nun, das …«, murmelte sie gedehnt. »Es ist so: Du kannst sofort gehen. Die Heilung ging erstaunlich schnell.« Ihre eigentlich positiven Worte wurden von einem skeptischen Blick begleitet.

Ich stieß vor Erleichterung einen tiefen Seufzer aus und richtete mich auf, um die Decke zurückzuschlagen. »Danke.«

Aber Jasmin ließ mich noch nicht ziehen. »Warte, ich …«

Fragend hob ich eine Augenbraue, als sie ihren Satz nicht fortführte. »Ja?«

»Du hättest tot sein müssen. Die Dunkeldornmagier haben die Reste des Mets untersucht, und … du hättest tot sein müssen.«

Mir wurde unwohl unter ihrem eindringlichen, mich durchleuchtenden Blick. Sie suchte nach einer Lösung, nach einer Antwort, suchte sie in meinen Augen, an meinen Haaren, an meinen nicht sichtbaren Verletzungen.

»Ganz offenbar bin ich es nicht«, sagte ich mit aufgesetzter Fröhlichkeit.

»Nein, ganz offenbar nicht«, wiederholte sie. Aber hinter ihrer Stirn arbeitete es.

»Wenn du dich gut genug fühlst, bringe ich dich rüber zu den Wohnbereichen der Studierenden. Ich bin mir sicher, dass du dich bedanken willst.«

Ich hielt fragend inne. »Bedanken? Bei den Heilkundigen?«

Jasmin stieß ein Schnauben aus. Bei keinem anderen Menschen hätte ein solches Schnauben derart anmutig geklungen wie bei ihr.

»Nein, bei dem Königsgleichen.«

»Was sagst du da?«

Sie kniff die Augen zusammen. »Na, es wäre höflich, sich angemessen zu bedanken. Ivar Hohenfels hat dir das Leben gerettet.«

Ich wusste nicht, wie ich darauf reagieren sollte. Auf der einen Seite war ich verblüfft, auf der anderen Seite fühlte sich diese Aussage nicht wie eine neue Erkenntnis an, hatte ich sie im Stillen doch bereits gewusst.

»Ich kann nicht«, sagte ich trotzdem.

Jasmin schien brüsk etwas erwidern zu wollen, überlegte es sich dann aber anders. Sie zog einen Stuhl neben mein Bett und setzte sich darauf. Ihre linke Hand legte sie lose auf meiner Bettdecke ab, ganz in die Nähe von meiner, als wollte sie mir Trost spenden, ohne dabei zu viel Nähe zu zeigen.

»Ich weiß, dass der Königsgleiche eine beängstigende Person sein kann«, sagte sie erstaunlich sanft. »Aber er hat dich gerettet. Was also sollte er dir jetzt antun, wenn er dich zum Sterben hätte liegen lassen können?«

»Ich habe keine Angst vor ihm«, widersprach ich.

»Was ist es dann?«

Wie sollte ich es ihr begreiflich machen? »Du verstehst das nicht«, murmelte ich müde. »Du bist dieses Leben hier gewohnt. Diesen Prunk, die Macht, dieses … dunkle Glitzern überall. Für mich ist all das wie ein Minenfeld. Jeder falsche Schritt bedeutet für mich, im nächsten Augenblick ohne alles auf der Straße sitzen zu können. Ich will nicht dauernd mit diesen mächtigen Personen zu tun haben, die so weit über mir stehen.« Jetzt, da es ausgesprochen war, begriff ich erst, wie sehr ich unter Anspannung stand, wie sehr der Giftanschlag meine dünnen Nerven weiter belastet hatte.

Jasmin betrachtete mich eine Weile schweigend, ehe sie doch nach meiner Hand griff und sie mit ihren kühlen Fingern kurz drückte.

»Nur weil du es anderen Menschen nicht ansiehst, bedeutet das nicht, dass sie nicht genauso ängstlich, verletzlich und unsicher sind wie du. Jede Maske verbirgt geheime Ängste, und sei sie noch so eisern. Auch Menschen wie ich. Sogar Menschen wie der Königsgleiche. Vergiss das nie, Opal.«

13

Im Schein des Königsgleichen

Ich war bislang eine Unsichtbare gewesen. Vom ersten Tag in der Universität an hatte ich für die Hochrangigen im Schatten gelebt wie die anderen Bediensteten, war vom Weg abgewichen, wenn einer der Hochgeborenen dort entlanggehen wollte.

Aber jetzt war ich keine Unsichtbare mehr, auch wenn ich mich in den Schatten zurückwünschte. Als Jasmin mich von der Krankenstation fortführte, begegnete ich unzähligen Blicken.

Neugierigen Blicken. Irritierten Blicken. Angewiderten Blicken, und davon vielen. Ich hielt meinen eigenen gesenkt, um ihnen auszuweichen. Ich war immer eine von vielen gewesen, in Elver, auf der Plantage und auch hier, und ich wollte nicht im Mittelpunkt der Aufmerksamkeit stehen.

Da ist sie … diese Frau vom Land.

Die, die zweimal überlebt hat …

Was stimmt nicht mit ihr?

An der ist doch nichts Besonderes, alles nur Glück.

Der Boden unter mir war weißer Marmor. Weißer Marmor mit einem ganz eigenen Muster, unter jedem Schritt ein anderes, welches das Schicksal unvergleichlich in den Stein gehauen hatte.

Hatten sie recht? Stimmte etwas nicht mit mir? Wäre es nicht besser gewesen, der Dunkeldorn hätte mir endgültig den Garaus gemacht, um mich mit meiner Familie zu vereinen?

Oder hatte es einen Grund, dass der Tod und ich unser Spielchen spielten, das Gleichgewicht auf einem Seil haltend wie zwei Artistinnen?

Der weiße Marmor flog an mir vorbei, ich konzentrierte mich so sehr auf ihn, dass die tuschelnden Stimmen und Blicke in Vergessenheit gerieten. Die Krankenstation befand sich im Lehrtrakt, da man dort offenbar auch die Krankheiten und Verletzungen behandelte, welche die Dunkeldornen auslösten. Jetzt stiegen wir Stufen hinauf. Viele Stufen, bis ganz nach oben zum Dachgeschoss.

Am Treppenabsatz hielt Jasmin an. Ihre Hand ruhte sachte auf dem Geländer aus dunklem Ebenholz.

»Ich lasse dich jetzt allein. Den Rest des Weges findest du selbst. Der Königsgleiche bewohnt diese Etage mit seiner Dienerschaft. Man darf sie nur mit einem Anliegen betreten. Sonst ist es jedem verwehrt, auch nur einen Schritt auf diesen Boden zu setzen.«

Ich blickte den Korridor entlang. Mindestens ein Dutzend Türen fiel mir ins Auge. »Wie soll ich …«

»Du kannst ihn nicht verfehlen«, unterbrach Jasmin mich.

Ich fühlte mich unwohl und auch ein wenig verletzlich, äußerlich wie innerlich. Obwohl ich mich *besser* fühlte, fühlte ich mich nicht *gut genug*, jetzt dem Sohn des Dornenkönigs entgegenzutreten. Als Jasmin sich abwandte und die Treppe hinunterschwebte, hatte ich das Gefühl, dass wir beide auf unterschiedlichen Seiten eines Abgrunds standen und zwischen uns gerade die einzige Brücke gen Endlosigkeit krachte.

Ich atmete ein paarmal tief durch. Es brachte ja nichts, ich musste es hinter mich bringen. Danke sagen, lächeln, gehen. Danke sagen, lächeln, gehen. So schwer konnte das nicht sein.

Mit einer straffen Körperhaltung, die mir optisch mehr Selbstbewusstsein verlieh, als ich gerade tatsächlich besaß, marschierte ich den Gang entlang. Hatte ich gedacht, dass das Forschungsareal, in dem die gewichtigen Wissenschaftler Dinge von Bedeutung austüftelten, prunkvoll war, so war es nichts im Vergleich zu diesem Stockwerk. Der weiße Marmor war auch hier allgegenwärtig, die Türrahmen vergoldet und die Türen mit dunklem Mahagoniholz verkleidet. Geschwungene Säulen mit Edelsteineinsätzen stützten das Deckengewölbe.

Eine Tür stach besonders hervor. Sie war größer als die anderen, weil sie zwei Flügel aufwies. In dem dunklen Holz glitzerte es, je nachdem, wie das kühle Licht der künstlichen Lampen darauf fiel. Jetzt erkannte ich, was Jasmin gemeint hatte.

Als ich näher kam, bemerkte ich auch die Ursache für das sanfte schwarze Flackern. In dem Holz waren unzählige schwarze Edelsteine eingearbeitet. Ein Edelstein, aus dem auch die beiden Griffe geschliffen worden waren. Ein Edelstein, der beinahe denselben Namen hatte wie ich: Schwarzer Opal.

Ein schwarzer Ring aus Eisen war ebenfalls an der Tür angebracht. Ehe ich es mir anders überlegen konnte, hob ich die Hand, umschloss das kalte Metall und klopfte an.

Danke sagen, lächeln, gehen. Danke sagen, lächeln, gehen. Ganz einfach.

Nichts geschah. Ich horchte in die Stille. Auf der anderen Seite waren keine Schritte, keine Geräusche zu vernehmen, doch vielleicht war die Tür auch so breit und dämpfte alles jenseits ihrer Grenze ab.

Nun, ich war hier gewesen. Ich hatte damit genug Höflichkeit an den Tag gelegt. Mehr, als es zu versuchen, konnte ich schließlich nicht tun.

Ich ließ den glänzenden Ring los, drehte mich um und machte mich auf den Weg zurück zur Treppe. Ich wollte raus aus diesem Trakt. Raus an die frische Luft. Raus nur.

»Willst du etwa schon gehen?«

Eine Gänsehaut machte sich auf meinem ganzen Körper breit. Die Erinnerung, die im Unterbewusstsein gewartet hatte, kehrte mit einem Schlag zurück und bestätigte, was Jasmin bislang nur angedeutet hatte. Diese Stimme, ich hatte sie gehört, als der Dunkeldorn in mir gewütet hatte. Sie hatte meinen Namen gerufen. Der Königsgleiche war wirklich da gewesen.

Ich drehte mich langsam zu ihm um. Er hatte die linke Flügeltür, die offenbar so gut geölt war, dass sie keinen Mucks von sich gegeben hatte, einen Spalt aufgeschoben und lehnte lässig gegen die andere Tür. Wie immer trug er Schwarz, aber da der Unterricht schon vorbei war, hatte er die Robe über seiner Kleidung abgelegt, die Ärmel seines Hemdes hochgekrempelt und einige Knöpfe an der Vorderseite geöffnet, sodass seine gebräunte Haut entblößt war.

Danke sagen, lächeln, gehen.

»Du siehst aus, als läge dir etwas auf dem Herzen?«, fragte er, als ich nicht antwortete.

Danke sagen, lächeln, gehen.

»Gehen«, sagte ich wie aus der Pistole geschossen.

Der Königsgleiche hob eine Augenbraue. »Wie bitte?«

Ich hätte mich ohrfeigen können. Noch nie war ich gegenüber höherrangigen Personen unterwürfig oder tollpatschig gewesen, und jetzt fühlte ich mich genau so.

»Entschuldigt«, sagte ich rasch. »Ich dachte, Ihr wärt nicht da … Eure Hoheit«, schob ich nach, da ich nicht wusste, wie man einen Königssohn korrekt ansprach.

»Ich sehe, du bist mit den Formalien nicht vertraut. Mein offizieller Titel ist tatsächlich Königsgleicher«, verbesserte er mich und verstärkte das Gefühl in mir, klein und unbedeutend zu sein.

Er stieß sich von der Tür ab. »Willst du reinkommen? Damit wir über das reden können, was geschehen ist?«

Nein. Auf keinen Fall. Aber ich brachte keinen Ton heraus. Stattdessen nickte ich. Ich wusste nicht, warum es mir so sehr widerstrebte, dem Königsgleichen auch nur einen Schritt näher zu kommen. Es fühlte sich an, als wären tausend Ameisen in und auf meinem Körper auf Reise, alles kribbelte und pikte und stach.

Der Königsgleiche hatte kein Zimmer wie die meisten anderen Studierenden. Er hatte eine ganze Wohnung, die einen beachtlichen Teil des Stockwerks einnahm. Ein Großteil der Samtvorhänge vor den Fenstern war zugezogen, sodass der Wohnraum im Zwielicht lag. Zwei verschlossene Türen führten in andere Räume, auf die ich keinen Blick erhaschen konnte. Die Einrichtung war überschaubar. Ein Sofa und zwei Sessel standen um einen ovalen Tisch, dazu gab es einen Sekretär und ein schmales Bücherregal in einer Ecke, in der der Königsgleiche vermutlich seine Studienarbeiten vollzog. Weiter hinten war ein Labortisch mit einigen verschlossenen Röhrchen und Flaschen aufgestellt.

Die Tür fiel leise und ohne menschliches Zutun hinter mir ins Schloss, und ich fühlte mich wie ein Wildtier, das von Jägern in eine Ecke getrieben worden und nun von knurrenden Hunden umzingelt war.

»Ich wohne nur wenige Tage in der Woche hier«, sagte der Königsgleiche, als hätte er meine Gedanken erraten. »Daher ist es eher schlicht eingerichtet.«

»Was für Euch schlicht ist, ist für jemanden wie mich das pure Gegenteil, Königsgleicher«, murmelte ich und hoffte, nun die korrekte Anrede gebraucht zu haben.

Er ging zu seinem Sekretär und goss sich ein Glas mit einer golden schimmernden Flüssigkeit ein. Dann nippte er daran und schloss für einen Augenblick genüsslich die Augen.

»Kann ich dir ein Glas anbieten? Aber ich muss dich warnen, das Zeug ist stark. Vermutlich ist dein Hals zu wund dafür.«

»Nein danke«, lehnte ich höflich ab. »Von anderen Menschen etwas zu trinken anzunehmen werde ich erst einmal bleiben lassen.«

Die Mundwinkel des Königsgleichen zuckten. »Das kann ich gut verstehen.«

Danke sagen, lächeln, gehen.

»Ich wollte mich bedanken. Man sagte mir, Ihr hättet dafür gesorgt, dass ich diesen … unangenehmen Met überlebt habe. Ohne Euch wäre mein Leben wohl verloren gewesen.«

»Unangenehm, hm?« Der Königsgleiche nippte ein weiteres Mal, verzog das Gesicht und stellte das Glas in einer sorgsamen Bewegung auf der Tischplatte ab.

Er machte ein paar Schritte auf mich zu, wobei er sich dabei so langsam und fließend vorwärtsbewegte, dass mir die Nähe zu ihm erst bewusst wurde, als er dicht vor mir stand.

»Du kannst von Glück reden, dass ich zufällig gerade auf dem Weg in die Stadt war«, sagte er leise. Der Blick seiner hellen Augen war durchdringend und intensiv, als versuchte er, etwas herauszufinden, von dem ich nicht wusste, was es war. Als versuchte er, in meinem Gesicht, in meinen Augen, irgendwo nur, einem Rätsel auf die Spur zu kommen. Ich war keine dieser undurchsichtigen Personen, die in Mythen gekleidet waren und Geheimnisse mit sich herumtrugen. Ich war nur eine Feldarbeiterin. Eine Feldarbeiterin mit einer gehörigen Portion Glück vielleicht, je nachdem, wie man meine jüngste Vergangenheit deuten mochte.

»Das kann ich wohl«, erwiderte ich vage. Das Blut rauschte laut in meinen Ohren, als mir klar wurde, dass ich jetzt gerade, in diesem Moment, vielleicht die Möglichkeit hatte, ein paar Antworten zu bekommen. »Wie ist es Euch gelungen, mich zu retten, Königsgleicher? Ich wünschte, ich könnte mich besser erinnern, aber jedes Mal, wenn ich versuche, Euch und die Erinnerung zu greifen, entwischt sie mir.«

Der Blick des Königsgleichen wanderte tiefer, über meine Wangen hinunter zu meinem Hals. Von außen war meine Haut makellos und unverletzt, die Medikation der Professorin hatte ihre Wirkung voll entfalten können. Was der Dunkeldorn darunter angerichtet hatte, konnte ich nur erahnen. Er hob die Hand, als wollte er meine Haut berühren, um sich zu vergewissern, dass das, was er sah, ihn nicht trog. Aber er beließ es dabei. Vielleicht konnte jemand so Wertvolles wie er jemanden wie mich nicht berühren, wenn es nicht unumgänglich war.

»Dunkeldornmagie«, sagte er knapp. »Dir das zu erklären würde zu viel wertvolle Zeit in Anspruch nehmen. Einfache Bedienstete verstehen davon nichts.«

Einfache Bedienstete. Ich versteifte mich. Natürlich. Mehr war ich für ihn nicht. Eine einfache Bedienstete, die unterwürfig knickste und ihm sagte, wie froh sie war, von ihm gerettet worden zu sein.

Danke sagen, lächeln, gehen.

Ich lächelte knapp. »Ich verstehe. Verzeiht mir, dass ich Euch mit diesen Fragen bedrängt und zu viel Eurer kostbaren Zeit in Anspruch genommen habe. Habt Dank, Königsgleicher. Ich werde nie vergessen, was Ihr für mich getan habt.«

Mit der rechten Hand tastete ich hinter mir nach dem Türgriff, um an ihm zu ziehen, aber die Hand des Königsgleichen schnellte nach vorne. Er umfing mein Handgelenk und hielt mich fest.

»Königsgleicher …«, setzte ich an, doch er schüttelte langsam den Kopf. Sein Daumen strich beinahe hypnotisch langsam und beruhigend über meinen Handrücken.

»Warte«, sagte er leise. »So war das nicht gemeint.«

Mir schlug das Herz vor Aufregung bis zum Hals. Diese plötzliche körperliche Nähe überforderte mich. Ich zerrte leicht an meiner Hand, aber er ließ nicht los. Und obwohl ich es niemals zugegeben hätte, ging mir diese Berührung durch Mark und Bein. Sie brachte etwas in mir zum Explodieren, brachte die Ameisen dazu, wild durcheinanderzurennen und alles über den Haufen zu schmeißen, was sie sorgsam aufgebaut hatten. Da war etwas, was mich zu ihm zog. Und zugleich war da etwas, was mich dazu bringen wollte zu rennen. Weit weg zu rennen, ans andere Ende der Welt, nur weg von ihm.

»Es tut mir leid, Opal«, sagte er. Er lächelte zerknirscht, während der Ausdruck in seinen klaren grauen Augen ernst geblieben war. »Es ist nur so … Irgendetwas ist anders an dir, und ich bin noch nicht darauf gekommen, was es ist. Vielleicht, dass du dich gegen alles stellst, was vermeintlich mächtiger ist als du. Gegen Königsgleiche oder eben gegen den Tod selbst. Ist dir bewusst, wie ungewöhnlich es ist, den Dunkeldorn zweimal zu überleben? Selbst mit Hilfe?«

Ich wusste nicht, was ich sagen sollte. Dieses Eingeständnis jagte mir eine Heidenangst ein. Ich zerrte noch einmal fast panisch an meiner Hand, und jetzt ließ der Königsgleiche sie endlich los und entließ mich aus seinen Fängen. Seine Finger hatten einen zartrosafarbenen Abdruck um mein Handgelenk hinterlassen, ein feines, aber sichtbares Mal. Es würde verblassen, das wusste ich, und trotzdem hatte es sich auf eine merkwürdige Weise eingebrannt, wenn es auch nur in meinem Kopf war.

»Ich werde jetzt gehen. Ich bin müde und sollte mich ausruhen, um morgen wieder meiner Arbeit nachkommen zu können«, sagte ich mit fester Stimme. »Gute Nacht, Königsgleicher.«

Der Königsgleiche lächelte. Sein Lächeln wirkte unschuldig und zugleich ein wenig verwegen. Aber unter seinem schönen Gesicht lauerte stetig etwas Suchendes, Dunkles, das mir Angst machte.

»Gute Nacht, Opal. Du hast recht, du solltest dich ausruhen. Der Dunkeldorn kann einen manchmal noch bis in die Träume verfolgen, auch wenn es scheint, dass man von ihm vollständig geheilt ist. Aber er hinterlässt immer etwas in uns. Aus Begegnungen mit ihm gehen wir nie unbeschadet hervor.«

Danke sagen, lächeln, gehen. Jetzt, Opal, geh jetzt!

Als ich die Tür hinter mir zugezogen hatte, schloss ich kurz die Augen. Mein Herz hämmerte wie Paukenschläge.

Seine Worte gingen mir nahe. Aber in seiner Stimme war auch etwas Finsteres, etwas Verlangendes, etwas Warnendes, etwas Besitzendes gewesen.

Es sagte mir, dass ich dem Königsgleichen besser fernblieb, bevor das Dunkel in seinen Augen noch schwärzer wurde.

14

Ein Augenblick des Durchatmens

Am nächsten Morgen wachte ich lange vor dem Morgengrauen auf. Ich war schweißgebadet. Der Königsgleiche hatte recht behalten: Der Dunkeldorn hatte mich bis in meine Träume verfolgt. Darin hatte mich ein diffuser schwarzer Nebel umgeben, der sich zwischen meine Lippen hatte schieben und in mein Innerstes vordringen wollen, um mich von innen heraus zu zerfetzen. In dem Nebel hatte ich Schreie gehört; Schreie von nur allzu bekannten Stimmen, die mich triefend im Saft meiner eigenen Panik hatten aufschrecken lassen.

Schwer atmend saß ich an der Bettkante, das Gesicht in den Händen vergraben, unfähig, zu denken oder gleichmäßig zu atmen. Der Schmerz, mein mittlerweile vertrauter Weggefährte, hielt mich fest in den Klauen und ließ erst los, als der erste zarte Lichtschimmer am Ende des Horizonts erschien.

Ich wusch mich und zog mich an, obwohl es viel zu früh war. Aber ich hätte keine Sekunde länger Ruhe finden können. Also beschloss ich, nachdem ich erfolglos nach Keya gesucht hatte, heute die Erste bei der Probenausgabe zu sein und der Professorin die besten Dunkeldornblüten für ihre Arbeit zu bringen. Ich hatte bei ihr noch einiges gutzumachen, und wenn ich schon keinen greifbaren Beweis für meine Arbeitskraft bieten konnte, so würde ich auf guten Willen und Fleiß setzen.

Ich stand eine geschlagene Stunde vor dem Gewächshaus, in dem schon einige Studierende an den Pflanzen arbeiteten. Da es draußen noch dämmrig, aber das Innere des Gewächshauses mit Lichterketten und Magielicht erhellt war, konnte ich dabei zusehen, wie sie Blütenkopf für Blütenkopf mit einer Präzision, als würden sie Glas verarbeiten, in die Röhrchen schoben und diese auf den Tabletts stapelten, welche von jungen Laufburschen zum gläsernen Eingang gebracht wurden.

Heute gab ein hagerer rothaariger Dornenformer die Proben aus. Er drückte sie mir schweigend in die Hände, ohne mich sonderlich zu beachten.

»Die Nächste bitte«, sagte er mit gelangweilter Stimme und machte eine unwirsche Handbewegung, als wollte er nach einer Wespe schlagen. Ich beeilte mich, mitsamt des Tabletts Platz für die anderen Bediensteten zu machen, und trat den Weg zur Professorin an. Nach den bisherigen Erfahrungen war ich besser gewappnet als beim letzten Mal, achtete darauf, wohin meine Füße traten, und noch mehr darauf, einen großen Bogen um die anderen Menschen zu machen, wobei ich das Tablett so fest umklammert hielt, dass meine Fingerknöchel weiß hervortraten.

Als ich vor dem Labor von Professorin Weisdorn angekommen war, war mir schlecht vor Nervosität. Ich war sogar noch aufgeregter als vor zwei Tagen, weil ich nun wusste, dass jeder Fehler Folgen haben und ich beim nächsten falschen Handgriff endgültig meine Stelle verlieren würde. Also klopfte ich zaghaft an und lauschte angestrengt in die Stille.

Es dauerte einige Atemzüge, bis ich ein leises Klirren und dann eine Antwort hörte. »Herein!«

Ich drückte die Klinke mit dem Ellenbogen herunter und betrat das Labor. Es roch so streng nach verbrannten Dunkeldornen, dass mir sofort Tränen in die Augen schossen. Ich bereute, Brille und Mundschutz nicht aufgesetzt zu haben. Daran hätte ich denken sollen. Aber ich hatte nicht damit gerechnet, dass Professorin Weisdorn bereits vor mir da sein würde.

»Deine Schutzkleidung, Opal«, sagte die Professorin kurz angebunden, die vertieft in ihre Arbeit zu sein schien. Ich nickte, stellte das Tablett auf dem freien Tisch neben ihrer Arbeitsplatte ab und zog mir Brille und Mundschutz an. Der beißende Geruch wurde merklich schwächer, verschwand allerdings nicht ganz.

Eine Weile stand ich tatenlos neben der Professorin und wusste nicht, was ich mit mir und meinen Händen anfangen sollte, weil sie mich ignorierte und bereits Proben vorliegen hatte. Offenbar hatte eine andere Gehilfin sie während meiner Abwesenheit mit Proben versorgt. Also beobachtete ich, was sie tat. Mit einem hauchdünnen Skalpell zerschnitt sie gerade ein Samenkorn, das sie unter einem Mikroskop konzentriert betrachtete. Schließlich stieß sie ein leises Seufzen aus.

»Noch nicht ausgereift genug«, murmelte sie vor sich hin. Sie streckte den Rücken durch und nahm mich endlich in Augenschein.

»Du bist wieder da«, stellte sie fest. »Als ich sagte, dass du mir einen Beweis liefern sollst, hatte ich übrigens nicht gemeint, dass du dich fast umbringen lassen solltest.« Noch während ich darüber nachgrübelte, ob sie das als Vorwurf meinte, lächelte sie nachsichtig. »Nehmen wir den Vorfall als Lektion der … besonders harten Sorte. Ich denke, du hast verstanden, dass du hier, wo du von Dunkeldornen umgeben bist, in jeglicher Hinsicht immer achtsam sein musst. Auch wenn dieser Ort nicht so erscheint, ist er doch sehr gefährlich. Nicht minder gefährlich als die Plantagen, auf denen du aufgewachsen bist. Vielleicht sogar noch gefährlicher, weil die Gefahr sich unsichtbar macht oder edel kleidet.«

»Ich werde besser aufpassen«, versprach ich.

»Gut«, sagte die Professorin zufrieden. »Wie fühlst du dich denn? Jasmin sagte mir zwar bereits, dass es dir gut zu gehen scheine, aber das mag ich nicht so recht glauben. Wenn man Dunkeldorn trinkt oder einatmet, führt das wirklich zu verheerenden und oft bleibenden Schäden. Du hattest zwar aufgrund der Nähe zur Universität das Glück, dass dir ein Dunkeldornmagier zu Hilfe eilen und das Schlimmste verhindern konnte und man dich direkt in unsere Krankenabteilung brachte. Aber trotzdem verspürst du sicher noch leichte Schmerzen beim Schlucken oder Atmen, nehme ich an?«

Sie hatte die behandschuhten Hände in die Seiten gestemmt und musterte mich, als wäre ich eines ihrer Forschungsobjekte.

»Nein, eigentlich … eigentlich fühle ich mich gut. Was auch immer man mir verabreicht hat, hat mir geholfen.«

Professorin Weisdorn kniff die Augen zusammen. »Wirklich? Du kannst mir gegenüber ehrlich sein, Opal. Ich bin Wissenschaftlerin, für mich bedeuten Schmerzen keine Schwäche. Sie sind eine ganz normale Schutzreaktion unseres Körpers.«

Allmählich beschlich mich das Gefühl, dass ihr meine Antwort nicht gefiel. Ich räusperte mich.

»Es geht mir gut. Wirklich. Ich habe keine Schmerzen. Zwischendurch bin ich noch etwas heiser, aber das ist alles.«

»Hm.«

Ich begann, die Proben, die die Professorin bereits achtlos zur Seite geschoben hatte, einzusammeln, um Platz für die neuen zu schaffen.

»Das ist doch ein gutes Zeichen, oder nicht?«, fragte ich. »Es bedeutet, dass die Heilkundigen der Universität ihr Handwerk verstehen.«

Auf den Plantagen hatten wir uns meistens mit Pflanzenheilkunde beholfen. Kamillentee und Ringelblütensud, um Entzündungen und Verletzungen zu reinigen, Pfefferminze zum Kühlen, Nadelöl gegen Schmerzen.

»Ja, das ist ein gutes Zeichen«, bestätigte die Professorin nachdenklich. Sie nahm ihr mit Leder eingebundenes Notizbuch und schrieb mit einem Bleistift einige Bemerkungen hinein. Dann steckte sie es vorne in ihre Schürzentasche. Vermutlich war das, was sie aufschrieb, zu wichtig, um es einfach so im Labor herumliegen zu lassen, wo Bedienstete wie ich es lesen könnten.

»Gut, Opal, dann schlage ich vor, dass du dich jetzt wieder einigen Aufgaben widmest, die ich für dich habe. Es gibt viel zu tun. Die Materialien von gestern müssen gereinigt werden, da ich heute ein paar Dunkeldornvarianten erhalten habe und entsprechend viele Probeobjekte untersuchen muss. Außerdem brauchen wir zwei, besser drei Wärmelampen. Schau bitte, ob du welche auftreiben kannst. Im Schrank da hinten befinden sich auch einige spezielle Glasscheiben, die man nutzen kann, um das Wärmelicht besser zu leiten.«

Ich versuchte, mir alle Anweisungen zu merken und sie innerlich nach Priorität zu sortieren. Da ich nicht wusste, was die Professorin genau vorhatte, begann ich damit, die Lampen und Glasscheiben zusammenzusammeln, denn das Reinigen der benutzten Utensilien vom Vortag würde längere Zeit in Anspruch nehmen. Die Räumlichkeiten im Keller waren gut besucht, denn die Aushilfen der anderen Wissenschaftler nutzten diese ebenfalls.

Es war ein ruhiges Arbeiten, und ich begrüßte die Stille. Sie bot mir ein wenig Normalität, ein wenig Alltag. Nacheinander alles zu erledigen, was die Professorin mir aufgetragen hatte, beruhigte meine oft so rastlosen Gedanken und gab meinen unruhigen Händen eine Aufgabe. Ich dachte nicht an die Plantage. Ich dachte nicht an das, was ich verloren hatte. Ich dachte nicht an den Königsgleichen, der nicht wusste, was er mit mir anfangen sollte, und von dem ich nicht wusste, was ich mit ihm anfangen sollte.

Ich dachte einfach nur an fließendes heißes Wasser, mit dem ich die pulverigen Rückstände der Dunkeldornen in den Abfluss spülte. Ich wollte die Professorin in ihrer Arbeit unterstützen, so gut es nur ging. Wenn es ihr gelang, die Welt endlich sicherer vor den Dunkeldornen zu machen, dann wollte ich alles dafür tun, dass sie so bald wie nur möglich den Durchbruch erzielte.

Irgendwann, als ich ins Labor zurückgekehrt war, wagte ich es, die Stille zu unterbrechen, weil die Professorin immer wieder leise vor sich hin fluchte. Das war etwas, was ich von dieser sonst so beherrschten Frau nicht kannte.

»Gibt es ein Problem?«, fragte ich.

Die Professorin schien im ersten Augenblick erzürnt zu sein, dass ich sie bei der Arbeit störte, aber dann hielt sie inne und legte die Lupe zur Seite, durch welche sie seit geraumer Zeit auf einen Blütenkopf starrte.

»Ich weiß nicht, woran es liegt, aber die Blüten lassen sich dieser Tage kaum öffnen, sodass ich große Probleme habe, die Samenkörner zu entnehmen. Ich muss die Köpfe bis ins Kleinste zerteilen und verletze oft mit dem Messer die Körner. Meistens sind sie dann unbrauchbar, und ich muss sie wegwerfen.« Die Stirnfalte zwischen ihren Augenbrauen zeugte von einer nur schwer unterdrückten Frustration.

Ich wog kurz ab, ob es klug war, meine Hilfe anzubieten. Schließlich wollte ich der Professorin nicht den Eindruck vermitteln, sie bevormunden zu wollen.

»Ich hätte da vielleicht eine Idee, die helfen könnte«, sagte ich schließlich und nahm meinen Mut zusammen.

Die Professorin musterte mich abschätzend. »Wirklich?«

Ich nickte und deutete auf die letzten beiden Proben vor ihr auf der Arbeitsplatte. »Darf ich?«

Sie trat einen Schritt nach hinten. »Bitte sehr.«

Ich wusch mir die Hände und nahm ihren Platz ein.

»Wisst Ihr, wir hatten auf der Plantage Entstäuberinnen, die mit der Zeit gelernt hatten, dass es einige Kniffe gibt, mit denen der Blütenstaub leichter abgeerntet werden kann, auch wenn sie keine Dornenformerinnen waren.« Ich beugte mich über den Dunkeldornkopf und ließ meine behandschuhten Finger über ihm schweben. »Diese Pflanzen sind klug. Sie haben eine Seele, das wissen wir auf den Plantagen. Vielleicht sind sie nicht gut, nicht rein, wer weiß das schon, aber eine Seele haben sie. Und wie jede andere Seele kann man ihr schmeicheln.« Ich strich mit der Spitze des Zeigefingers ganz zart über die in sich verschlossenen Blätter, während ich den Blick der Professorin in meinem

Rücken spürte, ehe sie an meine Seite trat, um mir über die Schulter sehen zu können.

Erst geschah nichts, doch ich ließ mich nicht beirren. Und dann, nach einigen Atemzügen, erschlafften die Blätter und ließen sich einfach auseinanderziehen, um ihr Innerstes zu entblößen.

»Das ist erstaunlich!«, rief die Professorin aus. Anerkennung schwang in ihrer Stimme mit. »Gut gemacht, Opal! Du hast mir wirklich weitergeholfen.«

Die Sonne war schon längst untergegangen, als ich die Tür des Labors hinter mir abschloss und das Schloss noch einmal auf sein Funktionieren überprüfte. Die Professorin war schon vor einer Stunde nach Hause gegangen – sie besaß eine Wohnung in Florentia, die sie oft ihrem Reich an der Universität vorzog –, und ich hatte mich damit abgemüht, die letzten Spuren ihrer Arbeit zu beseitigen, indem ich auf den Knien über den verstaubten Boden gerutscht war und die Fliesen geschrubbt hatte. Mir tat jeder einzelne Knochen von dieser harten Arbeit weh, aber der Schmerz war von der guten Sorte, die jenen tief in mir drin vergessen ließ. Wenn der Körper erschöpft war, konnten die Gedanken, die er beherbergte, nicht so schnell rasen und sich drehen und einen schwindeln lassen.

Ich war eine der Letzten, die noch auf den Gängen unterwegs war. Selbst draußen war niemand mehr, während ich hinüber zum Personaltrakt huschte. Ich bemühte mich, leise zu sein, um die anderen nicht mit meinen klackernden Schuhen zu wecken, denn der nächste Morgen war bereits in greifbarer Nähe.

Weil es so dunkel war, hätte ich den weißen Briefumschlag,

der halb unter meine Tür geschoben worden war, beinahe übersehen. Ich bückte mich, um ihn aufzuheben, und nahm ihn mit in mein Zimmer. Voller Neugier trat ich ans Fenster und schob den Vorhang zur Seite, damit das Mondlicht einfallen und ich besser sehen konnte.

Ich riss den Umschlag auf und zog ein schlichtes Stück Papier heraus. Mit kantiger, fast nachdrücklicher Handschrift war etwas darauf notiert:

> Komm bitte morgen in der Früh vor Dienstbeginn zu den hinteren Gewächshäusern. Pass auf, dass Dich niemand sieht, und bewahre Schweigen über das Treffen.
>
> IH

IH? Ich brauchte einen Augenblick, bis mir die Erkenntnis kam, zu wem diese Initialen gehörten. *Ivar Hohenfels.*

Die Nachricht war vom Königsgleichen.

Ich las das Geschriebene ein zweites Mal, dann riss ich es in kleinste Fetzen. Ich streckte die Hand zum offenen Fenster hinaus und ließ die winzigen Papierteilchen los. Überließ sie dem beißenden Wind, einfach so. Wartete, bis er die Einzelteile in alle Richtungen wegtrug. Die Nachricht des Königsgleichen.

Mein Mund war trocken vor Nervosität. Ein Teil von mir war fasziniert von der Frage, was der Königsgleiche wohl mit mir zu besprechen hatte, vor allem im Heimlichen und Dunkeln.

Aber ein anderer Teil von mir hatte das beunruhigende Gefühl ihm gegenüber noch nicht vergessen und war auf der Hut. Den Grund konnte ich nicht festmachen, aber ich hatte die dunkle Vorahnung, dass es nichts Gutes bedeuten konnte, mich abseits der Arbeit in die Fänge des Königsgleichen zu begeben. Er war einer von ihnen, ein Dunkeldornmagier. Und ich wollte nichts anderes, als mich auf die Arbeit zu konzentrieren, nun, da die Professorin mir offenbar verziehen hatte und ich wieder bei ihr arbeiten durfte. Wo sich unser Verhältnis weiter verbesserte, was mir erstaunlicherweise guttat.

Und vielleicht, vielleicht wollte ich mich auch nur ein wenig selbst schützen. Ich war noch nicht so weit, wieder jemanden in mein Leben treten zu lassen, auf welche Weise auch immer.

Ich war noch lange nicht so weit.

15

EIN LAUERNDES UNHEIL

In den nächsten Tagen spielten wir uns ein, die Professorin und ich. Sie war nicht ganz einfach im Umgang und erwartete sehr schnell von mir, sie zu verstehen, ohne dass sie eine klare Anweisung geben musste. Manchmal machte sie bloß wirre Gesten oder sprach leise vor sich hin und gebrauchte dabei Begriffe, die ich weder verstand noch jemals in meinem Leben irgendwo gehört hatte. Aber mit jedem Tag wurde es leichter zwischen uns: nicht nur die Arbeit, sondern auch das Zusammensein. In den Pausen erkundigte sie sich nach meinem Befinden und wie ich mich in der Universität eingewöhnt hatte. Nur über Elver und meine Familie sprachen wir nicht. Ich brachte es nicht übers Herz.

Mit der Zeit wurde es zudem einfacher, einen gemeinsamen Tagesablauf zu finden, in dem wir uns auch ohne viele Worte und Befehle zurechtfanden. Je mehr Routine ich in der täglichen Reinigung der Instrumente, der Präparation der Proben und der Nachbereitungen bekam, desto schneller wurde ich und desto besser konnte ich kurze Augenblicke zwischen meinen Tätigkeiten dazu nutzen, der Professorin verstohlen bei der Arbeit zuzusehen. Am Anfang hatte ich keinen blassen Schimmer, doch allmählich wurde ich schlauer und konnte das, was sie tat, und das, was sie vor sich hin murmelte, zusammensetzen. Wie sie mir an meinem ersten Tag bereits erklärt hatte, versuchte sie, das Wachstum des Dunkeldorns besser zu kontrollieren und seine Gefahren dabei einzudämmen. Gerade arbeitete sie daran, die ideale Umgebung zu finden, in welcher die Pflanze wachsen und sich verbreiten konnte. Dabei untersuchte sie unterschiedliche Licht- und Wärmeeinstrahlungen, kontrollierte die Umgebungstemperaturen und zersetzte die Pflanze in verschiedenen Stadien ihres Wachstums, um herauszufinden, welche Teile für die Magie und welche für die Zerstörung zuständig waren. Dabei arbeitete sie eng mit einer Gruppe von talentierten Dornenformer-Absolventinnen zusammen, die neue Setzlinge zu genau den Bedingungen im Gewächshaus aufziehen sollten, welche Professorin Weisdorn vorgab.

Alles, was darüber hinausging, verstand ich nicht mehr. Die Professorin kritzelte mit Kreide auf einer Tafel herum, schrieb Formeln auf, schob Zahlen und Buchstaben hin und her, die für mich keinen Sinn ergaben, und wischte am Abend, bevor sie nach Hause ging, alles wieder fort, nachdem sie es in ihr persönliches Notizbuch übertragen hatte. Sie ließ niemals die Ergebnisse ihrer Erkenntnisse und Versuche im Labor zurück, sondern trug sie immer bei sich, gut beschützt und dicht am eigenen Körper.

Eine Woche nach meinem zweiten Treffen mit Knecht Tod hatte ich meine Begegnungen mit dem Königsgleichen schon beinahe wieder vergessen. Hin und wieder sah ich ihn aus der Ferne, wenn er – zu seiner Sicherheit stets umringt von ausgebildeten Dunkeldornmagiern – über das Gelände schritt, als wäre er der Mittelpunkt der Universität.

Nun, vielleicht war er das in gewisser Weise auch. Obgleich

ich bewusst versuchte, ihm aus dem Weg zu gehen, kam ich nicht umhin, das Getuschel anderer Studierender oder Bediensteter zu hören. Ein paarmal schon hatte ich aufgeschnappt, dass ihm eine strahlende Zukunft vorhergesagt wurde. Im Gegensatz zum Rest seiner Familie besaß er die Gabe der Dunkeldornmagie und war damit der Erste der Dornenfamilie, der möglicherweise einen Anspruch auf einen Platz im Dunklen Rat geltend machen konnte, zu dem die Familie normalerweise keinen Zutritt hatte. Das konnte ihn zu einem gefährlichen Gegenspieler innerhalb des Dunklen Rates machen, der die tatsächliche Herrschaft über Tensia innehatte und die Dornenfamilie schon vor vielen Jahrhunderten auf einen repräsentativen Platz verdrängt hatte.

Der Königsgleiche besaß seinen ungewöhnlichen Titel also nicht ohne Anlass: Er war ein Königlicher mit königlichen Fähigkeiten. Das machte ihn zu einem Mann mit dem Potenzial, zu großer Macht zu gelangen.

Manchmal fühlte ich mich aus der Ferne von ihm beobachtet, aber nachdem ich die Nachricht dem Wind überlassen hatte, hörte ich nicht wieder von ihm. Vielleicht hatte der Wind nicht nur seine Nachricht, sondern auch das kurzweilige Interesse an meiner Person ins Nirgendwo verweht.

Einige Tage später kam ein zweiter an mich adressierter Brief an, den Natalia mir persönlich mit unheilverkündender Miene aushändigte. Sie fing mich während einer kurzen Mittagspause auf dem Weg in mein Zimmer ab und folgte mir hinein, da sie nicht auf dem Flur mit mir darüber sprechen wollte. Worum auch immer es ging, es war offenbar nicht für jedermanns Ohren bestimmt.

»Du musst zu einer Anhörung«, erklärte sie leise. Ich hatte

Probleme, sie zu verstehen, da sie flüsterte, als fürchtete sie, dass jemand an der Tür lauschte.

»Zu einer was?«, fragte ich. Ich glaubte, mich verhört zu haben.

»Zu einer Anhörung.«

Eine Anhörung. Das kannte ich nur aus Erzählungen, aber es klang nicht gut. Anhörungen besagten, dass man mit einem Verbrechen in Verbindung gebracht wurde.

»Du weißt doch, worum es geht, oder?« Natalias strenge Miene wirkte heute noch strenger.

Ich nahm ihr den Brief ab. Der Umschlag war rabenschwarz und matt, ein helles Siegel in Form eines sich nach oben schlängelnden Dunkeldorns hielt ihn verschlossen. Ich überflog ihn.

Verehrte Frau Erlbaum,
bitte findet Euch am ersten Tage der kommenden Woche um 10 Uhr in der Früh am Gerichtsgebäude Florentias, 2. Stock, Zimmer 37 ein. Betreff: Giftanschlag gegen den Königsgleichen Ivar Hohenfels, den Dornenprinzen
Im Verhinderungsfall bitten wir um rechtzeitige Mitteilung an unseren Rechtspfleger, dessen Kontaktdaten Ihr auf dem umseitigen Beiblatt findet. Triftige Gründe für ein Verhindern sind: schwere Krankheit, Tod.

Erleichterung durchströmte mich. Natürlich, der Vorfall mit dem vergifteten Met. Ich hatte ihn weitgehend verdrängt, aber Jasmin hatte während meines Aufenthalts auf der Krankenstation davon gesprochen, dass ich nicht das eigentliche Ziel gewesen war. Vermutlich wurde ich also lediglich für eine Zeugenaussage vorgeladen, nicht als Beschuldigte. Wenn ein

Königsgleicher das Ziel war, dann musste man jeden befragen, der irgendwie zur Lösung des Falls beitragen konnte.

»In Ordnung, danke, dass du mir den Brief übergeben hast.«

Natalia schien meine Erleichterung nicht unbedingt zu teilen. Sie knetete beunruhigt ihre Schürze mit beiden Händen.

»Sprich bitte mit Professorin Weisdorn, ja?«, trug sie mir auf. »Du musst dich zum einen von der Arbeit freistellen lassen, und außerdem … Ich …« Sie brach ab.

»Ja?«, hakte ich nach.

»Nun ja, den Vorsitz bei solch heiklen Angelegenheiten führt in der Regel jemand aus dem Rat der Dunkeldornmagier. Und es ist kein Geheimnis, dass die uns gewöhnlichen Menschen nicht gerade freundlich gesonnen sind. Nimm dich in Acht.«

Ich runzelte die Stirn. »Aber was soll das bedeuten? Ich habe doch nichts getan. Ich war vielmehr das Opfer, wenn auch unbeabsichtigt.«

»Ich weiß, ich weiß. Ich will dich auch nicht ängstigen, ich will nur … Meine Güte, es gibt so viele Schauermärchen, ich will dich wirklich nicht ängstigen.« Natalia rückte ihre Haube zurecht, aus der sich eine dunkelgraue Strähne gelöst hatte. »Die Dunkeldornmagier sind eine Sorte für sich, und es kann nicht schaden, eine gesunde Portion Vorsicht an den Tag zu legen. Vor allem wenn sie über einen zu Gericht sitzen.«

Vor allem wenn sie über einen zu Gericht sitzen.

Der Satz hallte den ganzen Tag in mir nach und wühlte auf, was Keya bereits bei meiner Ankunft gesagt hatte. Ich hatte sie wiederholt aufsuchen wollen, aber sie war seit Tagen nicht auffindbar, und niemand konnte mir sagen, wo sie steckte.

Krank, hatten einige gemutmaßt, aber in ihrem Zimmer war sie auch nicht. Nicht einmal Natalia wusste etwas, oder sie täuschte Unwissenheit vor. Ich machte mir Sorgen um Keya. Und ich machte mir Sorgen wegen der Warnungen, die in meinem Kopf herumspukten.

Sie sind heilig, verstehst du? Du darfst ihnen keinen Anlass zur Verärgerung geben. Sie … Ihr Wort wird immer über unserem stehen.

Ich schüttelte den Gedanken ab. Es würde bei dieser Anhörung nicht um mich gehen, also brauchte ich mir auch keine Sorgen zu machen. Sie hatten mittlerweile den wahren Täter ausfindig gemacht, irgendeinen Banditen oder Feind der Dunkeldornmagier. Kurz zog ich in Erwägung, der Professorin von dem Termin zu erzählen, wie Natalia es mir nahegelegt hatte, entschied mich allerdings dagegen und bat nur darum, den besagten Vormittag freizubekommen, um einige Angelegenheiten regeln zu können. Ich wollte nicht schon wieder Probleme bereiten, die mich am Ende meine Arbeit kosten könnten. Da ich ohnehin von dem ersten mageren Wochenlohn, den ich ausgezahlt bekommen hatte, – mir blieb nur ein Viertel, der Rest floss in die Unterkunft, meine Schuld bei Professorin Weisdorn und meinen Vorschuss von Natalia – noch nützliche Dinge für den Alltag besorgen sowie die bestellte Kleidung abholen wollte, würde ich alles zusammen erledigen.

Die Professorin war nicht begeistert, sah aber den Zustand meiner gebrauchten Kleidung und daher auch die Notwendigkeit, den Makel möglichst zügig zu beheben. Also gewährte sie mir den freien Vormittag zähneknirschend und würde mich dafür an meinem einzigen freien Tag am Wochenende schuften lassen, was ich klaglos über mich ergehen ließ.

Am Morgen der Anhörung wünschte ich tatsächlich, schon neue Kleidung zu besitzen, um mich nicht so schäbig und heruntergekommen zu fühlen. Dass Kleider Leute machten, da war schon etwas dran, zumindest gaben sie einem ein gewisses Maß an Größe, die man in Situationen wie dieser gebrauchen konnte. Ich hatte die Sachen, die ich von Keya bekommen hatte, gewaschen und über Nacht über der Fensterbank ausgelegt. Sie waren noch immer leicht feucht, aber da sich ein sonniger, warmer Tag ankündigte, würden sie auf dem Weg in die Stadt im Nu trocken sein.

Zum ersten Mal seit meiner Ankunft trug ich meine halblangen Locken offen und nicht zu einem Zopf gebändigt und genoss den Wind in meinen Haaren, als ich losmarschierte. Natalia hatte mir erklärt, wie ich das Hohe Gericht finden würde: Da es zum Schwarzen Kolosseum gehörte, in welchem der Dunkle Rat seine Regierungssitzungen abhielt, würde ich es kaum verfehlen können. Auch wenn man glauben könnte, dass das Anwesen des Dornenkönigs der Mittelpunkt Florentias war, so war es in Wahrheit das Schwarze Kolosseum, an dem die Straßen der Stadt spinnwebengleich zusammenflossen. Überall standen von Efeu umrankte Holzwegweiser, die den Weg dorthin wiesen – ich brauchte also keine Angst zu haben, mich zu verlaufen, wie Natalie mir versichert hatte.

Als ich die schützenden Mauern der Universität hinter mir gelassen hatte, atmete ich die nach Morgen duftende Luft tief ein. Auch wenn ich es mir nicht eingestehen wollte: Ich hatte Angst vor meiner ersten offiziellen Begegnung mit einem Dunkeldornmagier, mit den eigentlichen Herrschern über Tensia und die Dunkeldornen. Und ich hatte Angst davor, dass man in mir lesen konnte wie in einem offenen Buch. Dass man in meinen Augen sehen konnte, dass ich jeden, der von den Dunkeldornen profitierte und sie für seine eigenen Zwecke nutzte, der glaubte, sie kontrollieren zu können, dafür verantwortlich machte, dass meine Familie und Julian und all die anderen nun irgendwo unter der Erde verscharrt waren.

Dass man auf den ersten Blick erkennen konnte, dass die Dunkeldornmagier nichts für mich waren … dass ich ihnen misstraute und mich auch vor ihnen fürchtete.

Aber, dachte ich, vielleicht waren die Geschichten über sie nichts weiter als Gerüchte. Vielleicht waren die Dunkeldornmagier wie wir Menschen, nur eben mit ein wenig Magie, mit der sie Licht und Schatten herbeirufen konnten.

16

Das Schwarze Kolosseum

Am äußeren Rand von Florentia hielt ich nach den Wegweisern Ausschau. Schnell wurde mir klar, dass ich nicht die Einzige war, deren Ziel das Schwarze Kolosseum war. Zahlreiche andere Menschen strömten durch die Straßen, die offensichtlich ebenfalls dorthin wollten, weil sie ein Anliegen hatten oder einen Blick auf das berühmte Bauwerk werfen wollten.

Mit jeder Kreuzung, die ich passierte, wuchs meine Aufregung. Meine Handflächen waren schwitzig, und ich wünschte, ich hätte eine Flasche Wasser eingesteckt, denn mein Hals war trocken. Die Spuren des Giftanschlags waren vollständig abgeheilt, es war nur die Nervosität, die das Kratzen in meiner Kehle verursachte.

Ich folgte einer breiten Allee, die von mächtigen Eichen gesäumt und zu deren Seiten riesige Anwesen erbaut worden waren, in denen vermutlich reiche Leute lebten. Um meine Aufregung vergessen zu machen, sann ich darüber nach, welche Leben sie wohl darin führten, wie der Tag einer wohlhabenden Dame ablief und ob sie nicht vor Langeweile darbte, wenn sie den ganzen Tag nur durch das Fenster etwas von der Welt mitbekam. Ich konnte mir ein solches Leben nicht wirklich vorstellen. So hart meines auch immer gewesen war, ich war wenigstens nie eingesperrt gewesen und wollte es auch nie sein, selbst wenn die Wände aus weißem Marmor oder Gold wären.

Die Sonne stieg über die Dächer zum Zenit, und es wurde spürbar heißer. Ich krempelte die Ärmel meines Hemdes höher, wobei ich aufpassen musste, sie nicht zu zerknittern, weil ich einen ordentlichen Eindruck vor dem Hohen Gericht machen wollte. Ich war gespannt, was man mich wohl fragen würde, denn wenn ich ehrlich war: Ich hatte kaum noch Erinnerungen an das Ereignis. Das Letzte, was ich noch deutlich vor mir sah, war, wie ich von der Straße abging, mich an einen Baumstamm lehnte und Keya mir die Metflasche entgegenstreckte. Alles ab diesem Moment bis zu meinem Aufwachen in der Krankenstation war verschwommen.

Ich erinnerte mich nur undeutlich an die drängende Stimme des Königsgleichen. An grobe Berührungen. An ein kurzes sternenhelles Aufleuchten. An einen warmen Atem auf meiner Haut, an kühle Fingerspitzen. Das war alles. Ich hatte keine Ahnung, wie oder wem dieses spärliche Wissen weiterhelfen sollte. Aber vielleicht hatte ich ja ein winziges Mosaikteilchen beizusteuern, das half, ein fertiges Bild zusammenzusetzen.

Wenn man erst einmal in den sattgrünen Kern Florentias vorgedrungen war, konnte man das Schwarze Kolosseum unmöglich verpassen. Mit seiner riesigen ovalen Form, die aus matt schimmerndem schwarzem Stein wie von magischer Hand aus dem Erdboden gestampft worden war, erhob es sich weit in den Himmel und war eines der höchsten Gebäude der Stadt. Ich hatte in Erfahrung gebracht, dass nicht nur das Hohe Gericht von Florentia im Schwarzen Kolosseum ansässig war, sondern dass es zugleich auch die Wohn- und Wirkstätte der Dunkeldornmagier darstellte, die gemeinsam den Dunklen Rat bildeten. Umso strenger war es bewacht. Mehrere Ringe umgaben das festungsgleiche Gebäude. Ringe aus Mauern, Eisentoren und mit Schwertern bewaffneten Männern. Einige Uniformierte trugen sogar Gewehre, was nicht einmal den Aufpassern auf den Plantagen gestattet gewesen war – oder vielleicht war für ihre Ausstattung nicht genug Geld da gewesen.

Oder man hatte keine Angst vor ein paar mageren Feldarbeitern. Wogegen sollten die auch rebellieren? Und mit welchen Waffen? Schaufeln und Harken?

Auf den beiden langen Seiten des schwarzen Kolosseums gab es jeweils einen Haupteingang. Ich stellte mich in eine Reihe Wartender und blickte mich verstohlen um. Die meisten Schaulustigen, die zuvor mit mir hierhergeströmt waren, blieben in einiger Entfernung stehen und starrten neugierig herüber. Mit mir hatte sich etwa ein Dutzend anderer Frauen und Männer zum Eingang begeben, um Einlass zu erbitten. Als ich sah, wie eine ältere grauhaarige Dame in Reithosen und mit einer Gerte in der Hand vor mir heftig mit einem Uniformierten – so nannten sich die Wachen des Schwarzen Kolosseums, die zugleich auch die Leibwachen der Dunkeldornmagier waren – debattierte, zerrte ich mit zittrigen Fingern die Einladung aus der Rocktasche, die mich zu meinem Termin beorderte. Ich war froh, mich so früh auf den Weg gemacht zu haben, denn die Prozedur, mit welcher jene, die eingelassen wurden, nach Waffen durchsucht und nach ihrem Anliegen befragt wurden, zog sich in die Länge. Mit jedem Schritt, den ich mich der Kontrolle näherte, wurden meine Handflächen feuchter. Ich wünschte, ich hätte ein vertrautes Gesicht an meiner Seite. Jemand, der mich erden konnte.

Nan. Nan war immer mein Ruhepol gewesen. Ich vermisste sie so sehr, vor allem in Situationen, in denen ich mich nur auf mich selbst verlassen konnte. Doch selbst meine quirlige Schwester wäre mir jetzt lieb gewesen, auch wenn sie mich hier in dieser Lage nur noch mehr aufgeregt hätte.

Als ich an der Reihe war und ein Uniformierter meinen Namen wissen wollte, musste ich mich zuerst räuspern, weil meine Kehle staubtrocken war.

»Mein Name ist Opal Erlbaum«, sagte ich dann. »Ich wurde vom Hohen Gericht vorgeladen.« Ich hob den Kopf. Der Uniformierte war ein Hüne und überragte mich deutlich. Der Ausdruck in seinem vernarbten, bärtigen Gesicht war grimmig. Wie die übrigen Uniformierten war er in Schwarz gekleidet, trug Stiefel mit Stahlabsätzen und war schwer bewaffnet. Ein goldener Dunkeldorn war auf den schwarzen Stoff genäht und prangte auf seiner Brust, eine stolze Zurschaustellung seiner Loyalität.

»Als Zeugin«, fügte ich beinahe trotzig hinzu. Ich wollte nicht, dass jemand dachte, ich hätte etwas verbrochen. Ich wollte nur helfen, das aufzuklären, was vor einer Woche passiert war.

Wortlos riss der Soldat mir die Einladung aus der Hand und studierte sie. Er starrte so lange darauf, dass ich mich fragte, ob wohl etwas in einer geheimen Codierung oder mit unsichtbarer Tinte vermerkt worden war, das mir entgangen war, aber dann gab er mir das Schreiben zurück.

»Trägst du Waffen bei dir?«, fragte er in herrischem Tonfall.

Ich schüttelte den Kopf und hob die Arme leicht an. Ich hatte bei den anderen schon gesehen, was jetzt kam. Obwohl es mich innerlich schüttelte, ließ ich es mit zusammengebissenen Zähnen über mich ergehen, wie seine schwieligen Hände mich grob durch den dünnen Stoff abtasteten. In Gedanken spielte ich kurz durch, was ich auf den Plantagen getan hätte, wenn jemand es gewagt hätte, mich anzurühren: Ich hätte dem Kerl ordentlich zwischen die Beine getreten.

Aber der Uniformierte hatte genug Anstand, seine Hände nicht länger als nötig auf meinem Körper ruhen zu lassen. Schließlich trat er zurück und brummte etwas, das ich nicht verstand.

»Wie bitte?«, fragte ich nach.

»Ich sagte, du sollst mitkommen. Ich führe dich zum Eingang des Gerichtssaals. Dorthin darf niemand ohne Begleitung gehen.«

Ein zweiter Uniformierter löste sich aus einem Trupp, der das Tor umzingelte. Die beiden nahmen mich in ihre Mitte und bedeuteten mir mitzukommen. Dabei legten sie ein Tempo vor, bei dem es mir schwerfiel, mit ihnen mitzuhalten, obwohl ich von den Plantagen gewohnt war, mit schweren Gewichten zügig auf deutlich unebenerem Boden zu gehen. Wir ließen den ersten Ring aus breiten, blickdichten Mauerziegeln rasch hinter uns und näherten uns dem zweiten, der aus engmaschigem Gitterdraht bestand. Die Soldaten verhandelten kurz mit den dortigen Wachen, dann wurden wir durchgewinkt. Als ich durch das Tor trat, glaubte ich, ein leises Summen aus der Nähe des Gitters zu vernehmen. Spannung lag in der Luft. Ein weiterer Zaun aus Magie?

Erst jetzt konnte ich das Schwarze Kolosseum in all seiner Pracht bestaunen. Der Stein, aus dem es errichtet worden war, musste uralt sein, älter als alles, was ich je gesehen hatte – auch wenn das zugegebenermaßen nicht viel war. Die Witterung hatte den Stein zu ihren eigenen Bedingungen geformt, hatte feine Kerben und Risse hineingeschlagen und ihn an vielen Stellen kaum merklich ausgeblichen. Die Geschichten all jener Schicksale, über die im Inneren des Kolosseums entschieden worden war, waren vielleicht in dem Stein verewigt.

Und noch etwas anderes fiel mir auf: Über den schwarzen Stein schlängelten sich einige ebenso nachtschwarze Pflanzen und reckten hier und da trotzig ihre halb geöffneten Blütenköpfe. Die Dunkeldornen. Mir wurde übel. Ein heftiger Windstoß konnte den Blütenstaub weit tragen und große Schäden anrichten. Wieso entfernte niemand die Pflanzen? Sah man denn nicht, wie gefährlich das war? Oder hielten die ansässigen Dunkeldornmagier sie in Schach? Waren sie ein weiterer Abwehrmechanismus?

Nun, da wir alle Sicherheitsstationen durchschritten hatten, lockerte sich die angespannte Haltung der Uniformierten, und einer der beiden löste sich aus unserer kleinen Gruppe, um den Rückweg anzutreten und weitere Besucher mit einem Anliegen in den inneren Kreis zu geleiten.

»Das Hohe Gericht tagt direkt hinter dem Haupteingang, folge einfach den Stufen nach oben«, knurrte der verbliebene Uniformierte. »Und wage es nicht, anderen Fluren zu folgen. Sie sind magisch geschützt, du würdest einen falschen Schritt nicht überleben. Gewöhnliche Menschen können nur jene Räume betreten, die ihnen erlaubt sind. Alle übrigen sind den Dunkeldornmagiern und deren Personal vorbehalten.«

Ich nickte. Der Uniformierte starrte mich abwartend an.

»Ja, habe ich verstanden«, sagte ich laut und deutlich.

Die Eingangstür zum Hohen Gericht war nicht wirklich eine Tür. Sie war ein Monument für sich, bestand aus einem grauen Bogen mit hellen Sprenkeln, der mit steinernen, ineinander verschlungenen Pflanzen verziert war, und hob sich damit vom Rest des düsteren Bauwerks ab. Ich steuerte darauf zu und schritt mit vor Staunen offenem Mund durch den Bogen. Die beiden Schiebetüren waren geöffnet und mit Holzriegeln an den Außenwänden verankert, damit der Wind sie nicht zuschlagen konnte.

Vor mir hatte sich eine Handvoll Menschen in der kleinen Halle versammelt, deren einziger Nutzen zu sein schien, die Besucher die breite Treppe nach oben zu lotsen. Die Anwesenden redeten aufeinander ein, und obgleich sie sich bemühten, leise und gedämpft zu sprechen, hallten ihre Stimmen an den hohen Wänden wider.

Weil ich nicht zu spät kommen wollte, hastete ich die glatten Stufen nach oben. Die Treppe war so breit, dass ein Dutzend Personen oder mehr sie bedenkenlos nebeneinander erklimmen konnten. Je höher ich stieg, desto heftiger schlug mein Herz. Oben angekommen, warf ich einen Blick auf die Vorladung, um mich zu vergewissern, dass ich nach dem richtigen Raum Ausschau hielt.

Aber tatsächlich gab es nur zwei Räume, zu denen ich gelangen konnte. Hinter diesen beiden erspähte ich eine weitere Abtrennung aus Eisen und Stahl, die mit dicken Schlössern abgeriegelt war.

Die Tür zum Gericht war verschlossen. Ein Schild mit der Aufschrift *Nicht stören!* hielt mich davon ab, einfach einzutreten.

Zwei lange, blanke Holzbänke waren rechts und links neben der Saaltür aufgestellt; auf ihnen saßen zwei Frauen, eine jünger als ich, die andere beinahe grauhaarig, in sich zusammengesunken. Ihre Gesichter kamen mir vage bekannt vor, vielleicht arbeiteten sie auch an der Universität. Es gab dort so viele Bedienstete, dass ich nicht mal ansatzweise alle beim Namen kannte – oder eben bei ihrem Gesicht.

Freundlich begrüßte ich beide, aber sie ignorierten mich und starrten mit zusammengepressten Lippen und fahlen Wangen auf die gegenüberliegende Wand. Die Ältere von ihnen knetete ihren Rock mit den Fingern.

Ich nahm am Rand der Bank Platz, die mir am nächsten war, und lehnte mich mit dem Rücken gegen die kühle Wand. Noch während ich meine Gedanken sortierte und die Eindrücke verarbeitete, wurde die Tür aufgerissen. Ein beleibter Uniformierter steckte den Kopf raus.

»Frau Zierle bitte eintreten.«

Die kleine, rundliche Frau, die soeben noch ihren Rock malträtiert hatte, sprang auf die Füße, wobei sie fast ins Stolpern geriet, und eilte in Richtung Tür. Ihre Wangen waren noch blasser geworden, beinahe blutleer.

Die andere junge Frau, unter deren Haube aschblondes Haar zum Vorschein kam und die neben mir auf der Bank kauerte, stieß einen leisen Laut aus, den ich nicht recht deuten konnte.

»Ist alles in Ordnung?«, fragte ich betont freundlich. Vielleicht war ihr die Hitze zu Kopf gestiegen. Oder sie war genauso aufgeregt wie ich, konnte es aber weniger gut verbergen. Nach dem, was mir auf den Plantagen widerfahren war, gab es wenig, was mich noch von den Füßen reißen konnte. So war das, wenn man nichts mehr zu verlieren hatte. Man wurde wagemutig. Oder kalt. Oder beides.

»In Ordnung?«, wiederholte sie mit hoher, piepsiger Stimme. Dann lachte sie schrill. »Du weißt schon, wo wir hier sind?«

»Das ist wohl kaum zu übersehen.« Ich zuckte mit den Schultern.

»Dann frag nicht so naiv.«

Ich kniff die Augen zusammen. »Ich wollte bloß nett sein. Du siehst aus, als würdest du jeden Augenblick in Ohnmacht fallen.«

»Das wäre ein Geschenk des Himmels.« Sie fächelte sich mit der Vorladung in ihrer Hand Luft zu.

Ich wandte den Blick ab. Auch wenn offenbar die Nervosität aus meiner jungen Kollegin sprach, hatte ich wenig Lust, mich anblaffen zu lassen. Trotzdem ließ mich die Panik in ihrer Miene nicht los.

Das wäre ein Geschenk des Himmels.

Was hatte sie damit gemeint? Bevor ich darüber nachgrübeln oder sie gar fragen konnte, flog die Tür ein weiteres Mal auf, und sie wurde hineingebeten. Sie hielt kurz inne und sandte ein Stoßgebet gen Himmel, ehe sie dem Befehl Folge leistete.

Ich blieb allein in dem Gang zurück. Hin und wieder trippelten einige Leute durch den Flur, die vermutlich am Hohen Gericht arbeiteten, aber keiner von ihnen nahm von mir Notiz, und auch ich achtete nicht weiter auf sie. Einige von ihnen schlossen das Eisengitter auf, schlüpften hindurch, wobei es einen eigenartigen leisen Zischlaut gab, und huschten den Gang entlang.

Ich war tief in Gedanken versunken, weil sich langsam, still und leise eine Frage von hinten angeschlichen hatte, die ich in der Zeit, in der ich nun an der Universität weilte, immer ignoriert hatte. Ich trug so viel Unglück und klumpenartigen Schmerz in mir, dass sich keine weiteren Quälgeister in mir hatten breitmachen können. Für sie war schlichtweg kein Platz mehr gewesen.

Aber sie hatten mich alle gewarnt. Schon damals auf den Plantagen und hier in Florentia ebenfalls:

Hüte dich vor den Dunkeldornmagiern.
Halte dich fern von ihnen.
Ziehe niemals ihren Zorn auf dich.

Und jetzt saß ich auf einer harten Holzbank im Hohen Gericht von Tensia und wartete darauf, einem von ihnen gegenüberzutreten. Einem echten Dunkeldornmagier, nicht nur einem Studierenden, der vielleicht noch weit entfernt von seiner wahren Macht war, sollte er sie jemals erlangen. Ich hatte mir keine Gedanken darüber gemacht, selbst dann nicht, als ich aus Versehen in die Schusslinie des Königsgleichen geraten war.

Aber ich hätte es tun sollen. Ich hätte mir verdammt viele Gedanken machen sollen.

Die Wand in meinem Rücken fühlte sich von Augenblick zu Augenblick immer härter und kälter an und drückte unangenehm gegen meine Knochen. Ich wartete, doch nichts geschah. Meine beiden Vorgängerinnen kehrten nicht zurück, und auch sonst verließ niemand den Gerichtssaal. Es schien, als verschluckte er die Menschen, die ihn betraten, ohne sie wieder auszuspucken.

Das ist normal, redete ich mir gut zu. *Wenn das Verfahren vorbei ist, können alle gehen. Nicht vorher. Erst muss jeder seine Aussage machen.*

Nach einer schieren Ewigkeit öffnete sich endlich die Tür. Ich war schon auf die Beine gesprungen, bevor der Uniformierte das Wort an mich richten konnte. Ich wollte meine Aussage endlich hinter mich bringen.

»Opal Erlbaum?«, fragte er mit hochgezogener Augenbraue. Sein kahl geschorener Schädel glänzte in dem matten Licht.

»Die bin ich.«

»Dann kommt herein. Die Hohe Rätin Malefizia ist bereit für Eure Zeugenaussage.«

Ich wappnete mich. Was auch immer mich im Gerichtssaal erwarten würde, ich würde mich nicht aus der Ruhe bringen lassen. Ich würde meine Aussage machen, meine Erinnerungsbrocken nach draußen werfen, und dann konnte das Hohe Gericht damit anstellen, was es wollte. Ich würde schneller wieder an der Universität sein und meinem geregelten Alltag an der Seite der Professorin nachgehen, als ich blinzeln konnte.

Das dachte ich zumindest.

17

AUSEINANDERGENOMMEN

Es war eine Dunkelheit in dem Raum, die mich beim Betreten sofort erschlug. Eine Dunkelheit, die ich weder greifen noch benennen konnte, die nichts mit dem Dunkeldornnebel auf der Plantage und nichts mit der Dunkelheit des Todes gemein hatte.

Im ersten Atemzug dachte ich, dass ich diese Dunkelheit so sehr in meinen Gliedern spürte, weil der Raum völlig schwarz war. Alle Wände, der Boden, die sich weit über mir spannende Decke – alles war schwarz. Über den Köpfen der Anwesenden schwirrten unzählige winzige künstliche Lichtquellen, die den Raum in ein Zwielicht tauchten und ihn gerade hell genug erleuchteten, dass Schreiber und Gerichtsdiener ihre Arbeit verrichten konnten. Was aber wirklich dafür sorgte, dass sich meine Eingeweide zusammenzogen: Die Bänke, auf denen Zuschauer und Mitwirkende des Prozesses Platz genommen hatten, waren aus dunklem Ebenholz und Knochen geformt.

Knochen. Menschenknochen?

Stimmten die Geschichten über die Dunkeldornmagier, die man sich auf den Straßen zuflüsterte? Was taten sie wirklich, wenn sie sich hinter den undurchdringlichen Mauern des

Schwarzen Kolosseums verbarrikadierten und die Welt aussperrten? War es so, wie meine Kolleginnen es sich manchmal in unbeobachteten Augenblicken erzählten? Dass sie keine Gnade kannten, wenn man ihnen im Wege stand, dass sie jeden politischen Feind zur Seite schafften, dass sie besonders gut darin waren, heimlich, still und leise zu foltern oder gar zu töten, wenn ihnen jemand ein Dorn im Auge war?

Aber neben diesem Wall aus Düsternis hing noch etwas anderes in der Luft, das ich nicht fassen oder beschreiben konnte. Etwas, das sich auf meine Haut legte wie der feine Blütenstaub der Dunkeldornen, der sich ganz langsam und genüsslich hindurchfressen wollte bis auf die Knochen.

»Da vorne.«

»Was?«, fragte ich.

»Ihr müsst Euch da vorne hinsetzen. Da ist der Stuhl für die Befragten.«

»Ach so, natürlich«, erwiderte ich hastig und schalt mich eine Närrin.

Ich folgte der Richtung, in welche der Uniformierte stumm wies. Ein Gang führte mitten durch den Raum, zu dessen Seiten jeweils mehrere Reihen der Knochenbänke platziert waren. Die meisten waren leer, nur wenige Frauen und Männer hockten dort in sich zusammengesunken, darunter auch die beiden Zeuginnen, die vor mir ausgesagt hatten. Und noch jemand war da, jemand, dessen Anwesenheit mich nicht hätte überraschen dürfen, es aber dennoch tat. Unsere Blicke begegneten sich für den Bruchteil eines Atemzugs. Eine steile Falte hatte sich zwischen den Augenbrauen des Königsgleichen gebildet, welche seinen bitterernsten Gesichtsausdruck nur verstärkte. Er brach den Blickkontakt ab, ehe ich es tun konnte. Von zwei anderen finster dreinblickenden Männern, vermutlich einer Art königlicher Leibgarde, umringt, saß er etwas abseits vom gewöhnlichen Volk auf einer Bank mit Polstern und musterte mich, als ich nach vorne stolperte. Sein Anblick hatte mich ein wenig aus der Fassung gebracht. Ich sah geradeaus. Da war ein Stuhl direkt vor das Pult der Hohen Rätin gerückt worden. Vor die Dunkeldornmagierin. Dorthin sollte ich. Etwas in mir widersetzte sich so stark, dass ich meinen Körper zu jedem Schritt zwingen musste.

Obwohl das Pult die Hälfte ihres Körpers verdeckte, war die Hohe Rätin eine imposante Erscheinung. Sie trug eine schwarze Kutte mit goldenen Fäden und Ornamenten und einem hohen weißen Kragen. Ihr rabenschwarzes Haar schien noch einen Ton schwärzer als alles andere im Raum zu sein. Auch durch ihr Haar zogen sich goldene Strähnen, aber möglicherweise war das nur ein Trick oder Magie. Um den Hals trug sie eine dünne goldene Kette mit einem Anhänger, der wie eine Ampulle anmutete. Ich meinte, schwarzes Pulver darin zu erkennen. Schwarzes Pulver, das so dunkel war, dass es das Licht, das darauf traf, zu absorbieren schien.

Der Gang durch die Bankreihen fühlte sich endlos an, doch schließlich nahm ich vor dem Richterpult auf einem kalten, ungepolsterten Holzstuhl Platz, der so hoch war, dass meine Füße ein Stück über dem Marmorboden schwebten. Vielleicht war es ja gewollt, dass man als Befragte unter den Füßen keinen festen Boden hatte, dass man sich unwohl und haltlos fühlte, dass man zu fallen glaubte. Vielleicht gab man dann mehr preis, wenn man nichts hatte, an dem man sich festhalten konnte, seien es Wahrheiten oder Lügen. Und vielleicht war das die erste fragile Zurschaustellung dessen, was man über die Dunkeldornmagier sagte: dass sie ihre Macht in jedem noch so kleinen Ding und jeder noch so winzigen Geste äußerten.

Gebannt starrte ich zur Hohen Rätin, die in vielerlei Hinsicht weit über mir stand, mindestens aber in diesem Raum auf dem Richterpodest. Sie war nicht diejenige, die das Wort an mich richtete, auch wenn ihr Blick mich mehr zu durchleuchten schien, als jede bohrende Frage es vermocht hätte. Zu ihren Seiten saßen zwei Gerichtsdiener, eine junge Frau mit strengem Knoten und noch strengerer Miene, die eifrig Protokoll schrieb, und ein Mann mit schmierigen Haaren und einer dicken Brille, der sich nun vernehmlich räusperte.

»Beginnen wir mit den Personalien. Wie heißt Ihr?«

»Opal Erlbaum.«

»Wo befindet sich Euer Wohnort?«

Ich zögerte. Wohnort? Die Universität fühlte sich nicht wirklich wie ein Zuhause an. Aber das war auch nicht seine Frage gewesen.

»An der Universität von Florentia.«

»Wer hat Euch eingestellt?«

»Professorin Weisdorn.«

»Welche Tätigkeit übt Ihr dort aus?«

»Ich helfe der Professorin bei ihren Laborarbeiten.« Ich wusste nicht, ob ich meine Tätigkeiten weiter ausführen sollte, aber offenbar war meine Antwort ausreichend.

Der Mann nickte. »Geburtsort?«

Die Frage traf mich wie ein Blitz. *Das* war Zuhause.

»Elver.«

»Wie bitte?«, hakte er nach.

»Ich komme aus Elver«, wiederholte ich lauter, obgleich ein Kloß in meinem Hals saß. Ich hatte den Namen meines Heimatortes seit jenem Tag nicht mehr in den Mund genommen.

Ein leises Raunen ging durch den Gerichtssaal.

Der Gerichtsdiener hielt inne und runzelte die Stirn, während er etwas abhakte, das eine Art Fragenkatalog zu sein schien. »Ich verstehe.«

Nein, tust du nicht. Kein bisschen.

»Wie alt seid Ihr?«

»Einundzwanzig.«

Der Fragenkatalog, der meine Person betraf, schien somit abgearbeitet zu sein, jedenfalls schob der Gehilfe den Papierbogen der Hohen Rätin zu und lehnte sich in seinem Sitz zurück.

»Weißt du, warum du hier bist, Opal?«, wandte sich nun die Hohe Rätin an mich. »Ich darf dich doch duzen, oder?«

Ich schluckte. Alles in mir wehrte sich dagegen, *Ja* zu sagen. Ich war alt genug, nicht mehr wie ein Kind angesprochen und klein gehalten zu werden, also wollte ich auch nicht, dass sie sich dieses Recht, diese weitere leise Machtdemonstration herausnahm. Aber durfte man einer Dunkeldornmagierin eine Bitte abschlagen?

Ich beließ es bei einem knappen Nicken.

»Gut. Also?«

Kurz konnte ich ihr nicht folgen. Ah ja, sie hatte mich zuvor etwas gefragt …

»Ja, das weiß ich.« Außerdem stand es auf der Vorladung, dachte ich irritiert. »Wegen des … Vorfalls mit dem vergifteten Met.«

»Richtig, wegen des *Vorfalls*. Interessante Bezeichnung«, sagte sie mit einem schmallippigen Lächeln, das ihre Augen nicht erreichte.

»Kennst du die Angeklagte?«

Die Hohe Rätin wies auf einen Käfig in der Ecke zu ihrer Linken, dem ich erst jetzt meine Aufmerksamkeit schenkte.

Auch der Käfig war aus Knochen, fein geschwungenen, geschliffenen, sauberen, grässlichen, spitzen Knochen.

Es gab so viel zu sehen, so viel zu fürchten, dass ich ihn vorher einfach nicht bemerkt hatte. Oder vielleicht hatte ich ihn nicht sehen wollen, wegen dem, was darin war. Oder wegen *der* …

Grundgütiger, nein …

»Keya?«, brachte ich stockend hervor.

Vielleicht waren es das künstliche Licht und die fensterlosen Wände, die keine Sonne einließen, aber Keya sah aus wie der Tod. Sie war leichenblass, und ihr helles, mit Flecken übersätes Kleid verstärkte den Eindruck noch. Ihre Wangen waren eingefallen, ihre Finger krampfhaft ineinander verschränkt, das Haar glanzlos und dünn. Was war mit ihr geschehen? So hatte sie doch nicht ausgesehen, als wir uns zuletzt begegnet waren, als … Ja, wann war das gewesen? Ich hatte mir Sorgen um sie gemacht. Wo war sie nur die ganze Zeit gewesen? Etwa hier? Im Gefängnis?

Die Dunkeldornmagierin trommelte ganz leise mit ihren Fingerspitzen auf dem Holz ihres Pultes. In meinen Ohren klang es so laut wie das Hufdonnern einer Stierherde.

»Ich … ja.«

»Ja, du kennst sie?«, hakte die Dunkeldornmagierin nach, auch wenn meine Antwort eindeutig genug sein musste.

»Ja. Das sagte ich bereits.«

»Du klangst verunsichert. Woher kennt ihr euch?«

»Wir arbeiten zusammen. Und wir waren an jenem Tag gemeinsam unterwegs …«

»An welchem Tag? Sprich präzise.«

»An dem Tag, an dem ich vergiftet worden bin.«

»Inwiefern arbeitet ihr zusammen?«

Ich hob das Kinn. »Na ja, wie man eben als Bedienstete zusammenarbeitet … Man läuft sich hier und da über den Weg.«

Zu spät kam mir der Gedanke, dass Dunkeldornmagier sich wohl schwerlich vorstellen konnten, wie der Alltag des gewöhnlichen Dienstpersonals wohl aussah. Sie bekamen immer nur die Ergebnisse zu sehen, den gedeckten Tisch, die sauberen Laken oder das duftende Essen. Was davor und danach kam, ahnten sie vielleicht nicht einmal.

Die Hohe Rätin warf Keya, die immer weiter in sich zusammenzusinken schien, einen Blick zu, den ich nicht deuten konnte. Ich wollte Keyas Blick ebenfalls auffangen, aber sie hielt den Kopf gesenkt und starrte zu Boden, als ginge sie das hier alles nichts an. Als säße sie nur zufällig in diesem Käfig aus Knochen, und jeden Augenblick würde ihn jemand öffnen, und alles wäre bloß ein großer, schrecklicher Irrtum.

In was war ich hier nur hineingeraten?

»Hier und da also«, sagte die Dunkeldornmagierin sanft. »Dann erzähl mir mehr von dem Tag, an dem du beinahe gestorben wärst. Die Heilkundigen der Universität sagten, es habe sehr ernst um dich gestanden und du hättest nur durch das beherzte Eingreifen des ehrenwerten Dornenprinzen überlebt. Du kannst wohl dem Himmel danken, dass du das Glück seiner Anwesenheit hattest.«

Ich hätte den Königsgleichen gern angesehen, hätte seine Reaktion auf diese Bemerkung studiert, hätte seine Hilfe gebraucht, wagte es aber nicht, mich umzudrehen. Vielleicht hätte er mir einen Hinweis geben können, was ich sagen oder tun durfte.

»So war es, Hohe Rätin. Zumindest wurde es mir berichtet.«

»Bitte schildere mir, was an dem Tag passiert ist, und zwar von dem Moment an, an dem ihr die Universität verlassen habt.«

Ich hatte das pochende Gefühl, dass hier etwas gehörig schieflief, konnte aber nicht fassen, woran es lag und was ich dagegen tun konnte. Welche Worte die richtigen waren oder ob ich womöglich etwas aussprechen könnte, womit ich Keya unwissentlich schaden würde. Denn dass sie unschuldig in diesem … Knochending saß, davon war ich überzeugt. Sie war die Einzige gewesen, die sich vom ersten Tag an um mich bemüht hatte. Ich wollte nicht glauben, dass sie etwas mit dem Giftanschlag zu tun hatte. Das konnte nicht sein, so schlecht war meine Menschenkenntnis nie gewesen, eher im Gegenteil. Ich hätte es geahnt, wenn Keya zu solch einer Tat imstande gewesen wäre.

Hätte ich das?

Ich holte tief Luft und tat, was die Hohe Rätin verlangte. So gut es mir mit meiner bruchstückhaften, verschwommenen Erinnerung möglich war, berichtete ich von unseren Erledigungen, dem Besuch in der Zermahlerin, dem Weg zurück, der kurzen Pause, die wir einlegen wollten, bevor die Arbeit rief, und dann … dann stockte ich. Je näher ich dem Augenblick kam, an dem ich die Flasche angesetzt hatte, desto dunkler wurde es in meinem Kopf. Die Gedanken fühlten sich klebrig an.

»Ab hier wird es schwierig«, sagte ich schließlich. Es kribbelte in meinem Nacken, fast so, als bohrten sich dort Blicke in meine Haut. An dieser Stelle hätte der Königsgleiche einspringen müssen, der aus heiterem Himmel zu meiner Rettung aufgetaucht war und irgendetwas Magisches, Wundersames, vielleicht Dunkles getan hatte, damit das Gift mich nicht umbrachte. Seine Anwesenheit sagte mir, dass er seine Aussage schon getätigt hatte.

»Berichte noch einmal ausführlicher von dem Moment an, in dem die Angeklagte dir die Flasche gereicht hat. Was hat sie zu dir gesagt? Wie hat sie sich verhalten? War da etwas Auffälliges, an das du dich erinnern kannst?«

Nein, Hohe Rätin. Wir haben etwas Schlimmes gesehen, haben über Schlimmes gesprochen und wollten einfach nur trinken.

»Nein«, sagte ich. Ich konnte mich beim besten Willen an nichts *Auffälliges* erinnern. Unser Gespräch davor, der Gang in die Zermahlerin, die Arbeiter, die sich abrackerten, Keyas stille Verzweiflung danach, *das* hatte meine Gedanken überschattet.

»In Ordnung. Wenn du dich so schlecht erinnern kannst, versuchen wir es mit einer einfacheren Frage.«

Die Spitze gegen mich war für alle greifbar. Ich tat so, als hätte ich überhört, dass die Hohe Rätin mich offenbar für ein dummes Ding hielt. Vielleicht war ich das ja auch in den Augen der Anwesenden. Was war eine junge Frau aus dem aussterbenden Elver schon im Vergleich zu Wissenschaftlerinnen und Dunkeldornmagierinnen? Was war das Wort einer Bediensteten im Vergleich zu dem eines Königsgleichen?

»Was genau war der Grund für euren Besuch in der Fabrik?«

Ich benötigte einen Augenblick, bis ich begriff, dass sie die Zermahlerin meinte. *Fabrik.* Das klang so harmlos, so freundlich für ein Gebäude, welches Grauen beherbergte, um weiteres Grauen herzustellen. Ein Gebäude, in dem eine Waffe hergestellt wurde, die zu tragen nur wenigen vorbehalten war.

»Wir haben dort etwas abgegeben.«

Die Hohe Rätin zog eine Augenbraue hoch. »Und was?«

Ich zögerte. »Ich weiß es nicht, ich … Es waren Erledigungen für die Universität, die wir getätigt haben. Aber was genau Keya übergeben hat, kann ich nicht sagen. Es war das erste und einzige Mal, dass ich sie begleitet habe. Aber ich bin mir sicher …«, ich wagte einen Blick in den Käfig, in dem Keya sich nicht geregt hatte. »Ich bin mir sicher, dass es nichts *Auffälliges* war. Fragt die Professoren an der Universität. Oder die Vorstehende des Personals, die werden Euch das gewiss bestätigen.«

»Oh, sei versichert, dass ich genau weiß, wen ich in dieser Verhandlung was fragen werde.« Die Dunkeldornmagierin beugte sich kurz zur Seite und besprach leise etwas mit dem Gerichtsdiener, der daraufhin aufstand und mit viel zu lautem Getöse etwas hinter dem Pult hervorkramte.

Ich ahnte bereits, was er da vor sich hertrug, bevor ich es zu Gesicht bekam: Es war die Flasche, aus der ich den Met getrunken hatte. Oder zumindest eine Flasche, die genauso aussah.

»War das die Flasche, aus der Ihr den vergifteten Met getrunken habt?«, fragte er, während er das Gefäß so fest vor mir auf einem Beistelltisch abstellte, dass ich glaubte, das Glas würde auf der Stelle zerspringen und den giftigen Inhalt im Raum verteilen.

»Ich denke schon. Sie sieht zumindest so aus.«

»Seht Ihr die leichte Verfärbung am Flaschenhals?«

Ich kniff die Augen zusammen und lehnte mich vor. Jetzt, da er es angesprochen hatte, bemerkte ich es auch. Dort, wo der runde, geschwungene Flaschenhals endete, wirkte das Glas matt und abgeschabt, als hätte ein ätzender Stoff ihn versengt. Ich musste keine Professorin sein, um zu wissen, dass dies das Ergebnis einer Berührung zwischen dem Glas und dem Dunkeldorn war. War mir das beim Trinken nicht aufgefallen? Nun, da ich auf die Stelle aufmerksam gemacht worden war, stach sie mir förmlich ins Auge. War die Verfärbung vielleicht erst später hinzugekommen? Möglicherweise in dem Moment, in dem ich den Met getrunken hatte?

»Ja.« Mir erschloss sich allerdings nicht, was daran so besonders sein sollte: Wenn der Met mit Dunkeldorn versetzt worden war, schien es mir logisch zu sein, dass sein Gift Spuren hinterlassen hatte. Ein bisschen Glas hielt ihn nicht davon ab zu zerstören.

Er nickte zufrieden, und ich hatte das seltsame Gefühl, reingelegt worden zu sein, ohne es begründen zu können. Er kehrte an seinen Platz zurück und setzte sich schwungvoll hin. Die Stuhlbeine quietschten unangenehm, als er sie über den Marmor zog.

Ich war verwirrt. Was genau war mir gerade entgangen?

Die Hohe Rätin las mir die Irritation vom Gesicht ab. Ihre Mundwinkel verzogen sich zu einem kühlen Lächeln, welches das stechende Blau ihrer Augen nur noch kühler wirken ließ. Als wäre ihr Lächeln eine Mauer, an der alles abprallte, als wäre es eine Waffe, todbringender noch als ihre Dunkeldornmagie.

»Zeigt ihr, was gemeint ist«, befahl sie, und ohne dass sie sich direkt an eine gewisse Person hatte wenden müssen, lösten sich zwei Uniformierte und öffneten den Knochenkäfig, in den sie Keya gepfercht hatten. Grob packten sie ihre Arme und zerrten Keya heraus. Sie schleiften sie ein paar Schritte weiter und ließen sie nur wenige Fußbreit vor mir los. Weil Keya zu schwach auf den Beinen war, knickten ihre Knie unter ihrem Körper ein, und sie fiel hart zu Boden, ohne sich abstützen zu können. Ich zuckte zusammen, obwohl ich ihren Schmerz nur erahnen konnte.

Ein kurzes Zucken glitt über das Gesicht der Dunkeldornmagierin, beinahe, als rümpfte sie die Nase. Dann aber hatte sie ihre Miene wieder fest im Griff und setzte einen Ausdruck auf, den sie vielleicht als Neutralität empfand, ich aber als Frost.

»Die Hände, Angeklagte.«

Keya wimmerte leise. Ihre Lippen bewegten sich, sie murmelte immer wieder dieselben Worte, dieselben Laute, und keinen davon verstand ich.

»Zeig deine Hände.« Die Stimme der Hohen Rätin durchschnitt die Luft. Ich fror ob der Kälte darin, ob der Kälte im Gerichtssaal, die aus dem Mauerwerk des Schwarzen Kolosseums und den Knochen und möglicherweise sogar aus der Dunkeldornmagierin selbst in mich hineinkroch. Sie duldete keinen Widerspruch, weder die Dunkeldornmagierin noch die Kälte.

Ich wusste nicht, ob Keya nicht mehr in der Lage war, dem Befehl zu gehorchen, ob sie zu gebrochen war, als dass sie auch nur ein Wort von dem begriff, was um sie herum gesprochen wurde. Ob man ihr etwas angetan hatte, um die schützenden Mauern, die jeder Mensch um sich herum errichtet hatte, zum Einsturz zu bringen. Oder ob da noch ein Funke Rebellion in ihr zurückgeblieben war? Ein schwacher, zündelnder Funke, der verglimmen würde, sollte auch nur der leiseste Windhauch durch den Raum fegen.

Ein Windhauch aus Schwärze und Knochen.

Totenstille hatte sich über die Anwesenden gelegt, die wie die berüchtigte Ruhe vor dem Sturm war. Es war dieses Gefühl, das in einem aufkam, wenn man auf einem weiten

Feld stand und die dunklen Wolken aus der Ferne langsam näher kommen sah; wie sie sich zusammenrauften und formierten und zu einer grauschwarzen Masse wurden, die über dem eigenen Kopf zerbersten wollte.

Die Dunkeldornmagierin war der Sturm und Keya ein kleiner Grashalm auf einer ungeschützten Wiese. Wir alle wussten, wie das enden würde, ich ganz besonders, weil ich diese Art Sturm selbst erlebt hatte. Ich hatte in solch einem Sturm gestanden, in seinem Zentrum, im Mittelpunkt einer Welt aus Tod.

Dieser Tag, an dem ich in den Prozess geraten war, der nur vom Namen her, nicht aber von Rechts wegen einer war, dieser Tag war jener, an dem ich zum ersten Mal sah, was Dunkeldornmagie war … wie Magie wirkte, die von einer tödlichen Pflanze erschaffen worden war.

»Zeig. Deine. Hände.«

Irgendetwas war grundfalsch, so falsch, dass ich mehrere Atemzüge brauchte, bis ich erkannte, was es war: Die Stimme erfüllte nicht den Raum, sondern meinen Kopf. Sie war in mir, füllte mich aus, ließ diesen schwarzen Frost, der mir bereits vertraut war, durch meine Adern fließen.

In den aufgerissenen Augen der anderen Zeugen las ich denselben Schrecken, der auch mich durchfuhr, denselben Widerwillen, dieselbe Übelkeit. Die lang gezogene Stimme der Hohen Rätin schlängelte sich durch meine Gedanken.

Zeig deine Hände.

Ich schloss für einen Moment die Augen.

Nein, du Miststück. Du wirst nicht in meinen Gedanken herumwühlen. Es reicht.

Ich wollte sie aus meinem Kopf werfen, mich von innen abriegeln, alle Türen ins Schloss fallen lassen und sie mit

Eisen und Stahl verkleiden. Ich dachte an Elver, an die kargen, abgeernteten Flächen, auf denen meine Schwester und ich früher spielten, über die wir mit unseren kleinen Füßen rannten, bevor die Dunkeldornen ihre nächste Saison erreichten. Ich dachte an Nan, die sich aus dem Fenster unseres Häuschens lehnte und uns zum Abendessen rief.

Und tatsächlich … Es wurde ein wenig wärmer in mir, als wäre irgendwo tief in meinem Körper ein winziges Kerzenlicht entzündet worden. Dann war dieses Gefühl, sich von sich selbst entfremdet zu haben, plötzlich völlig verschwunden, so als stünde ich nicht länger im Mittelpunkt der dunklen Aufmerksamkeit. Dieser Zwang, der mich umklammert hatte, war fort. Oder … er war auf jemand anderen übergegangen.

Keya stieß einen erstickten Schrei aus, während sie mit den Händen an ihre Kehle fasste. Aus irgendeinem Grund bekam sie schlecht Luft, konnte nicht richtig atmen. Die Uniformierten standen nicht unmittelbar neben ihr, niemand berührte sie. Es konnte kein Einfluss von *außen* sein, der da auf sie niederdrückte. Ich wollte nach vorne stürzen und ihr helfen. Wollte irgendetwas tun, weil ich wusste, wie es war, wenn jemand ein unsichtbares Seil um den eigenen Hals schlang und es zuzog. Schließlich war das der Grund, warum wir hier waren, Keya in einem Käfig aus Knochen und ich in einem Käfig aus Machenschaften, die ich nicht durchschaute.

Ein süßlicher Geruch breitete sich im Gerichtssaal aus, ein Duft, der mir in Fleisch und Blut übergegangen war. Der Dunkeldorn war unter uns.

Und mit Entsetzen erkannte ich nun auch, wo er war. Der Dunkeldorn umgab die Hohe Rätin wie einen düsteren Schatten, der auf ihrer Haut klebte, ihre Gesichtsfarbe noch fahler und ihre Augen schwarz werden ließ. Aus jeder ihrer Poren schien Dunkeldornmagie auszutreten, die Hohe Rätin wie eine Blase aus schwarzem Staub zu umgeben. Dieser zerstörerische Staub machte etwas mit der Frau. Er ließ sie wachsen, obwohl sie keinen Deut größer geworden war, aber es fühlte sich so an, als wäre sie in die Höhe geschossen, als knisterte die Macht, die von ihr ausging, wie ein Blitz, der einen rabenschwarzen Himmel zerteilte und ihn in Bruchstücken zurückließ.

Woher kommt das so plötzlich?

Ich ließ den Blick an ihr herunterwandern und entdeckte, zwischen den Falten ihrer Robe hervorlugend, die schmale Ampulle, die an der goldenen Kette um ihren Hals hing. Schwarze Staubreste klebten an dem matten Glas. Der Inhalt war leer. Was hatte sie damit getan?

Keyas Schreie verebbten so abrupt, wie sie gekommen waren. Sie sackte wie eine leblose Puppe in sich zusammen … eine Marionette, deren Fäden man zerschnitten hatte und deren Zeit auf der Bühne nun vorbei war.

Eine Gänsehaut zog sich über meine Arme, die nichts mit der Kälte des Raumes zu tun hatte. Dieser Schatten, welchem die Dunkeldornmagierin anheimgefallen war, umwaberte nun auch Keya. Ihr Blick war leer, und ihre Hände … ihre Hände waren nach vorne ausgestreckt. Schlaff hingen sie in der Luft, als würden sie lediglich von einer unsichtbaren Kraft gehalten.

Das war nicht ihr Wille, niemals.

Ein grober Stoß gegen meine Schulter ließ mich aufschrecken. Einer der Uniformierten musterte mich grimmig und deutete mit dem Kinn unwirsch zum Richterpult.

Die Hohe Rätin musterte mich erwartungsvoll, ein triumphierendes Lächeln auf den Lippen.

»Ich habe gefragt, ob du sehen kannst, was wir alle sehen?« Irrte ich mich, oder klang die Stimme der Dunkeldornmagierin noch finsterer, noch dumpfer, noch saalerfüllender als zuvor?

Ich zwang mich, den Blick auf Keyas Hände zu richten. Ich sah verblassende zartrosa Wunden, manche großflächiger, manche wie winzige Insektenstiche. Ich sah alte Wunden und auch frische. Wunden, wie ich sie Tag für Tag an der Universität bemerkte.

Ich wusste, worauf die Hohe Rätin abzielte, und es fiel mir schwer, ihr meine Antwort nicht ins Gesicht zu schleudern. »Das kann alles und nichts sein.«

»Alles und nichts?« Sie zog missbilligend die Augenbrauen hoch.

»Wir arbeiten jeden Tag mit Dunkeldornen. Jeder von uns hat Verletzungen. Geht zur Universität, schaut Euch die anderen an. Ihr werdet diese Art von Verletzung überall finden.«

»Dann zeig mir deine Hände, Opal.«

Ich sah auf meine Hände hinunter. Auf meine makellosen Hände, auf denen die alten Narben von der Plantage bereits verheilt waren. Professorin Weisdorn hatte gute Arbeit geleistet, nur noch frische rosafarbene Haut und wenige frühere Narben zierten die einst zerstörten Stellen.

Ich hob sie dennoch hoch. »Bitte sehr«, murmelte ich fast trotzig.

»Sind das die Überreste von dem Vorfall auf der Plantage? Als dein Heimatdorf zerstört wurde?«

»Ja. Aber auch während der Arbeit bei Professorin Weisdorn habe ich mir Verletzungen zugefügt. Das ist normal. Das kann immer passieren.«

Du lügst, Opal. Bislang hat der Dunkeldorn dich nicht wieder verletzt. Aber sei's drum.

Die Gesichtszüge der Hohen Rätin verzogen sich zu einer ungeduldigen Miene. »Genug jetzt. Das Hohe Gericht ist durchaus in der Lage, die Glaubhaftigkeit von Beweisen zu erkennen und zu bewerten. Die Verletzungen der Angeklagten passen dazu, wie die Flasche verwendet und präpariert worden ist. Du kannst dich setzen, Opal. Deine Befragung ist beendet.«

»Aber ...«, begann ich.

»Ich sagte, deine Befragung ist beendet.« Ihre mit Finsternis unterlegte Stimme drang durch den gesamten Raum. Alle übrigen Zeuginnen kauerten sich noch mehr zusammen. Alle bis auf den Königsgleichen, den die Dunkelheit der Hohen Rätin nicht zu berühren schien, weil er seine eigene in sich trug.

Ich presste die Lippen aufeinander, erhob mich und steuerte auf eine der hinteren Bänke zu. Keya hatte wieder zu schluchzen begonnen. Ihr Körper wiegte sich langsam vor und zurück. Sie schien wie weggetreten zu sein, als wäre ihr Geist weit fort, an einem Ort, an dem man ihr mit Dunkeldornmagie nicht folgen konnte. Oder hatte die eben angewandte Magie sie sogar dorthin befördert? Was hatte sie ihrem ohnehin schon gebrochenen Geist angetan?

»Kommen wir zur Urteilsverkündung.«

Urteilsverkündung? Ohne die Angeklagte für ein Schlussplädoyer zu Wort kommen zu lassen? Ohne Anwalt? Ohne Beweise, die am Ende fein säuberlich zusammengetragen wurden? Eine Urteilsverkündung, die auf schwachen Indizien fußte? Ich war sprachlos. Was die Aufpasser oder die durch

Elver reisenden Menschen und Kaufleute uns erzählt hatten, hatte immer völlig anders geklungen. Sie hatten mir Florentia als modern und fortschrittlich und bunt und gerecht verkauft. Wenn wir uns auf den Plantagen abrackerten, dann geschah das immer zum Wohl von Tensia, zum Wohl aller, für eine gerechtere Welt, zu der die Dunkeldornen den Menschen verhelfen sollten. Aber der Prozess, den das Hohe Gericht hier abhielt, war nicht einmal die Bezeichnung wert. Er war ein Schauprozess, ohne handfeste Beweise, gar ohne Logik. Sie brauchten einen Sündenbock, den sie den Hunden zum Fraß vorwerfen konnten. Da war die abgetragene Kleidung an meinem Leib mehr wert als die Gerechtigkeit in diesem knöchernen Saal.

Man hätte eine Stecknadel fallen hören können, so still war es geworden. Mir kam es so vor, als hätten die Leute sogar aufgehört zu atmen, um bloß kein Geräusch zu machen, das diese Stille irgendwie hätte durchbrechen können. Als wollte niemand derjenige sein, der die Schmach auf sich zog, diesen gewichtigen Augenblick zu stören oder die Aufmerksamkeit der Hohen Rätin und ihres Schattens auf sich zu ziehen.

Die Dunkeldornmagierin warf einen mitleidslosen Blick in Keyas Richtung, ehe sie sich räusperte und der Gerichtsdiener zu ihrer Seite hektisch auf die Füße sprang. Die Anwesenden taten es ihm eilig nach, und da ich nicht die Einzige sein wollte, die sitzen blieb und damit vielleicht ein ungeschriebenes Gesetz brach, erhob auch ich mich widerwillig.

Als die Hohe Rätin sprach, hatte der hallende Klang ihrer Stimme, die zuvor bis in meine Gedanken vorgedrungen war, nachgelassen, aber sie erfüllte noch immer den letzten Winkel des Saales. Es war deutlich zu spüren, dass sie seine Herrin und es gewohnt war, über ihn und die hier oftmals verzweifelt nach ihrem Recht suchenden Menschen zu herrschen. Die Erinnerung daran, sie so nahe bei mir gefühlt zu haben, ließ Übelkeit in mir aufsteigen.

»Hiermit verurteilt das Hohe Gericht von Tensia mit Sitz in der erhabenen Hauptstadt Florentia, Stadt und Heimat des erlauchten Dunkeldornkönigs und seiner untertänigsten Helferinnen und Helfer, der Dunkeldornmagier, die Angeklagte Keya Baumgard wegen versuchten Mordes ersten Grades an dem Königsgleichen Ivar Hohenfels und tatsächlicher Körperverletzung an Opal Erlbaum zu lebenslanger Zwangsarbeit in der Dunkeldornfabrik ›Zermahlerin‹. Die Möglichkeit auf Begnadigung wird aufgrund der Heimtücke, die ein Mordversuch mittels Gifts mit sich bringt, auf Lebenszeit ausgesetzt. Weiterhin weist das Hohe Gericht die Möglichkeit auf eine Neuverhandlung zurück und erklärt das Urteil mit dem heutigen Tage für rechtskräftig. Der Vollzug der Strafe erfolgt im Anschluss an diese Verhandlung.«

In den Mienen vieler Anwesenden las ich, was sich in meinem Inneren abspielte: Unglauben darüber, wie ungerecht der Prozess abgelaufen war, dass es keine Beweise, nicht einmal Indizien gegeben hatte. Traurigkeit. Wut. Das alles ergab keinen Sinn. Wenn Keya den Königsgleichen wirklich hätte töten wollen, warum hatte sie mir die Flasche dann gegeben? Diese Frage schienen sich auch andere im Saal zu stellen, aber niemand wagte es, sie auszusprechen. Wir alle hatten Angst, und zwar jede Menge davon. In meinem Kopf war ich eine dieser Heldinnen, die nun aufsprang und lautstark widersprach, die mit geballten Fäusten aufbegehrte, die ihre Meinung kundtat, dass das nicht angemessen war und weit entfernt von dem, was man im Volksmund unter einem gerechten Prozess verstand.

Aber ich war keine Heldin, das hatten wir schon mal gehabt. Ich war nur die blutjunge Frau von den Plantagen, die zufälligerweise überlebt hatte. Ich war dem Tod zweimal entkommen, und wenn ich jetzt in die kalten Augen der Dunkeldornmagierin sah, wusste ich, dass ich bei allem brodelnden Zorn in meinem Innern und bei aller Ohnmacht ein drittes Mal nicht provozieren wollte.

Ich traute der Dunkeldornmagierin, die soeben, ohne mit der Wimper zu zucken, ein Leben zerstört hatte, zu, dass sie das ohne jede Gewissensregung auch mit weiteren Leben tun würde. Also verhielt ich mich, als wäre ich unsichtbar.

Ich war still und verabscheute mich dafür.

Sie brachten die wie am Spieß schreiende Keya nach draußen, bevor auch wir den Gerichtssaal verlassen durften. Es brach mir das Herz zu sehen, wie man sie an Haaren und Extremitäten hinauszerrte, wie sie aus ihrer Starre erwacht war, als sie das Wort *Zermahlerin* gehört hatte, wie die Hoffnung in ihren Augen auf der Stelle erloschen war. Tränen rollten über ihr Gesicht, und sie gestanden ihr nicht einmal die Würde zu, sie wegzuwischen und sich zu sammeln oder den Saal auf ihren eigenen Beinen zu verlassen. Ich konnte nur erahnen, wie es in ihrem Innern aussehen musste, und die Ohnmacht darüber, ihr nicht helfen zu können, war so überwältigend, dass ich so schnell wie möglich nach draußen eilte, weil die stickige Luft im Schwarzen Kolosseum mich schier erdrücken wollte. Es gab nichts, was ich tun konnte, und damit fühlte sich der Moment an wie auf der Plantage. Überall war Verderben und ich mittendrin, machtlos und klein.

Draußen flüchtete ich blindlings in irgendeine Richtung und ignorierte die Uniformierten, die mich aus der Ferne misstrauisch beäugten, die sich fragten, wohin diese junge Frau mit den verquollenen Augen und dem taumelnden Schritt nur wollte. Ich verkroch mich in den dürftigen Schatten einer vertrockneten Eiche. Hauptsache, weg, Hauptsache, Entfernung zwischen mich und die Dunkeldornmagier bringen, die dieses Gebäude und jeden, der sich ihm näherte, vergiftete. Es stimmte, was man über sie sagte. Sie dachten nicht wie gewöhnliche Menschen, sie fühlten nicht wie gewöhnliche Menschen. Sie standen weit, weit über uns, und allein das war ihre Legitimation dafür, all das zu tun, wonach ihnen der Sinn stand.

Keya war weg und ich wieder allein. Die einzige Person, die ich gerade angefangen hatte, in mein Herz zu schließen, war mir genommen worden, würde für immer weggesperrt werden, und vielleicht war auch das alles nur meine Schuld. Vielleicht war ich am Ende genauso zerstörerisch für alle Menschen, die ich liebte, wie der Dunkeldorn selbst.

Eine Hand griff nach meiner Schulter und zog sachte an mir. Ich hob den Kopf und blinzelte gegen die Sonne.

Der Königsgleiche blickte mit seinen hellen Augen auf mich herab, während das Sonnenlicht wie Irrlichter in seinen Iriden tanzte.

»Komm mit, ich bringe dich hier weg«, sagte er erstaunlich sanft. Er legte seine Hand ganz leicht um meinen Ellenbogen.

Weg war gut. Ich wollte nichts als weg von diesem Ort.

In einer Welt hinter dem Wellengrab zu einer Zeit ohne Aufzeichnungen, nur von Mund zu Mund weitergetragen und hier und da verändert

Naemi stand weit oben auf den Klippen. Das ehrwürdige Wellengrab toste gegen den Felsen, wütete, als wollte es den Stein brechen und die Insel verschlingen. Der Wind war stark und blies kräftige Böen über die Insel, sodass Naemi nicht zu nahe an den Rand der Klippen treten durfte, um nicht von einem Windstoß hinterrücks in die Tiefe geschleudert zu werden.

Gewöhnlich war der Wind auf ihrer Seite. Er war ein loyaler Freund, denn er wusste, dass sie als Dienerin des Dornentempels Leib und Leben für die Insel geben würde: für jeden Bewohner, für jedes Getier, für jede Pflanze, und sei es ein einfacher Grashalm. Sie war – wie ihre Brüder und Schwestern des Tempels – ihr Untertan und hatte mit ihrem Blut unterschrieben, jeden Schaden abzuwenden.

Aber heute war der Wind verärgert. Er zog und zerrte an ihr, als wollte er sie bestrafen. Sie wusste, womit sie ihn verärgert hatte, womit sie die ganze Insel gegen sich aufgebracht hatte:

Naemi Liliengrab hatte versagt. Sie, als Wächterin der Dahlischen Inseln, als Herrin über die Dunkeldornen, als Hüterin einer Pflanze, die so leicht als Waffe verwendet werden konnte, hatte versagt.

Hätten sie zerstören sollen, was die Leute auf diesen Schiffen ihnen stehlen wollten?

Am Horizont konnte Naemi die Umrisse der Schiffe erkennen, die sich beinahe träge über die Wasseroberfläche des Meeres schleppten. Es waren keine gewöhnlichen Segelschiffe, sondern massige Kriegsmaschinen, erbaut, um zu töten, zu zerstören, um ihr Ziel in Schutt und Asche zu zerlegen. Wie hatten sie das Wellengrab bezwungen? Wie hatten sie den tödlichen Ozean überqueren können? Warum hatte das tückische Meer, das ihnen immer beschützender als jedes Bollwerk und jeder Graben vorgekommen war, ihnen erlaubt, es zu befahren? Hatte sich am Ende gar der Ozean gegen sie gewandt? Hatte sie, Naemi, auch ihn im Stich gelassen, ebenso wie den Wind und die Dahlischen Inseln, sogar die Dunkeldornen selbst?

Ein Kanonenschuss ertönte in der Ferne. Er war Warnung und Drohung zugleich. Naemi wandte sich ab. Sie musste zurück zum Tempel. Sie durften die Dunkeldornen nicht in die Finger bekommen, niemals, auf gar keinen Fall. Eher würde Naemi sterben, als das zuzulassen.

Ein weiterer Kanonenschuss zerteilte die Stille, diesmal näher.

Sie kommen.

18

Ivar, der Königsgleiche

Der Königsgleiche war allein. Die anderen Dunkeldornmagier, die ihn im Gerichtssaal noch flankiert hatten, waren fort oder zumindest so gut verborgen, dass ich sie bei meinen flüchtigen Blicken nicht ausmachen konnte.

Er stand so, dass die Sonne in seinem Rücken war und der Kontrast ihn noch finsterer erscheinen ließ, als er ohnehin war, obwohl er für den Gerichtsprozess seine Robe abgelegt und durch ein schlichtes schwarzes Hemd ersetzt hatte. Vielleicht hatte er dort, im Hohen Gericht, nicht zu viel Aufmerksamkeit erregen wollen, aber der Königsgleiche konnte sich so simpel kleiden, wie er wollte, er würde immer aus der Menge hervorstechen wie eine verdunkelte Sonne am Himmel. Ich wusste nicht, warum das so war; vielleicht wurde man als Königlicher einfach mit einem Leuchten im Blut geboren.

»Gehen wir ein paar Schritte?«

Sein Arm hielt noch immer meinen Ellenbogen. Die Berührung war federleicht und zugleich so stützend, dass ich glaubte, nicht fallen zu können, selbst wenn der Boden sich unter mir auftun würde, solange er mich nur so festhielt.

»Wohin denn?«, fragte ich mit Mühe. Meine Stimme drohte wegzubrechen. Ich konnte noch nicht glauben, was gerade im Gericht passiert war. Vor unser aller Augen.

»Woandershin«, murmelte er so leise, dass ich ihn kaum verstand. Warum sprach er nicht lauter? Wir waren doch allein. Das waren wir doch, oder?

»Woandershin ist gut.«

Überall, nur nicht hier war gut.

Er führte mich über einen anderen Weg fort vom Hohen Gericht. Die Uniformierten beäugten mich misstrauisch, die Hände an den Läufen ihrer Gewehre oder an den Schwertscheiden, aber niemand wagte es, dem Königsgleichen in den Weg zu treten oder ihm gar Anweisungen zu erteilen. Wir folgten der langen Seite des Schwarzen Kolosseums, immer im Schatten der hohen Mauer, neben der ich mich klein wie eine Ameise unter freiem Himmel fühlte.

Ich hatte keine Ahnung, wohin wir gingen. Vor meinem inneren Auge wollte das Bild der verängstigten Keya nicht weichen, die genau wusste, dass sie auf dem Weg nach draußen, auf dem Weg in die Zermahlerin das letzte Mal die frische Luft der Freiheit atmen würde.

Der Tod ist besser, als in dieser Hölle eingesperrt zu sein.

Das waren ihre Worte gewesen. Hätte ich damals gewusst, hätte ich doch nur geahnt …

»Hör auf damit.«

»Was?«

»Ich sagte, du sollst aufhören.« Obwohl der Königsgleiche fast gelangweilt nach vorne sah, fühlte ich mich beobachtet und analysiert. Als würde er meine Gedanken lesen, wie es die Dunkeldornmagierin hatte tun wollen.

Vielleicht kann er das auch. Vielleicht ist er besser darin als sie, und du merkst es nicht einmal. Heißt es nicht, er hätte außergewöhnliche Kräfte?

»Man sieht es dir an. Man sieht dir viel an, weil deine Emotionen zu offensichtlich sind, aber das ganz besonders: wie du dich in deiner Schuld wälzt und suhlst und an ihr erstickst. Hör auf damit.«

»Ich soll … aufhören?« Mir blieb beinahe die Luft weg. Wie konnte er so etwas sagen? Wie konnte er es wagen?

»Ich kann es gern ein viertes Mal sagen.« Nun endlich schenkte er mir einen Blick, einen Augenblick seiner majestätischen Zeit.

»Ihr habt leicht reden. Ihr seid nicht derjenige, der abgeführt wurde.«

»Nein«, sagte er mit der Andeutung eines Lächelns, das seine kantige, ernste Miene weicher wirken ließ. »Aber ich bin derjenige, der getötet werden sollte. Zählt das auch?«

Ich hätte es gelten lassen müssen, aber etwas in meinem Innern widerstrebte es. »Ihr seid ein Dunkeldornmagier. Euch kann der Dunkeldorn nicht töten.«

»Doch, das kann er. Ich bin kein Dornenformer. Wir sind nicht immun gegen die Pflanze. Wir können ihre Magie verwenden, aber sie kann mich genauso stark verletzen wie jeden anderen normalen Menschen.«

Der Blick, den er mir dabei zuwarf, war intensiv, brannte sich regelrecht in mich ein, als wollte er sämtliche Mauern durchbrechen und meine Gedanken lesen. Womöglich dachten wir in diesem Augenblick beide an die Situation, als ich mich an dem Dunkeldorn hätte verbrennen sollen und es nicht getan hatte.

Ich beschloss, nicht darauf einzugehen. »Ich glaube dennoch nicht, dass man jemanden wie Euch so leicht töten kann. Man hört viele Geschichten über Euch, Königsgleicher.«

Seine Mundwinkel verzogen sich zu einem spöttischen Lächeln. »So, tut man das? Welche Geschichten erzählt man sich denn unter den Bediensteten so über mich?«

Ohne dass es mir aufgefallen war, hatte der Königsgleiche mich am Schwarzen Kolosseum vorbeigeführt, und wir waren in einer Wohnsiedlung gut betuchter Einwohner Florentias angekommen. Eine geräumige Stadtvilla aus dunkelgrauem Gestein reihte sich an die nächste, umgeben von hübschen Gärten und Schatten spendenden Blumen, von sauberen Straßen und Hunden, die wohl erzogen waren, statt zu streunen und jeden anzukläffen, der an ihnen vorbeiging.

Ich wich seinem stechenden Blick aus. »Dies und das«, murmelte ich vage.

Er lachte leise und tief. Sein Lachen ließ etwas in mir vibrieren, unangenehm und doch seltsam sehnsüchtig.

»Lass gut sein, Opal. Ich kenne die Geschichten. Glaubst du mir, wenn ich dir versichere, dass die meisten nicht wahr sind?«

Ich kniff zweifelnd die Augen zusammen. »Damit tue ich mich schwer, Königsgleicher.«

»Das ist weise von dir.« Er senkte die Stimme zu einem verschwörerischen Wispern. »Die echten Geschichten sind noch schlimmer als die geflüsterten.«

Ein zweites Lachen schwang in seinen Worten mit. Ein Lachen, das seine Augen nicht einmal im Ansatz erreichte, die mich prüfend und hart unter die Lupe nahmen.

Mein Instinkt riet mir, von hier an meinen eigenen Weg zu nehmen, irgendwo klammheimlich abzubiegen. Ich würde den Rückweg zur Universität schon finden. Keya hatte mir immerhin einen beträchtlichen Teil der Stadt gezeigt.

Keya. Mein Hals zog sich zusammen. Himmel, mein Herz schien nur noch aus Verlust und nichts anderem zu bestehen.

Mir kam ein Gedanke. »Königsgleicher?«

»Ja?«

Ich zögerte kurz angesichts der möglichen Konsequenzen, dann brach es aus mir heraus. »Ihr habt mir vor einigen Tagen eine Nachricht geschickt. Ging es da um den Prozess? Wusstet Ihr, dass es einen geben würde?«

»Es ging auch um den Prozess. Aber nicht hauptsächlich.«

Mir stockte der Atem. »Ihr habt es also wirklich gewusst?«

»Nicht gewusst«, korrigierte er. »Geahnt. Ich hatte sogar in Erwägung gezogen, dass sie es dieser Dienerin in die Schuhe schieben würden, um eine echte Ermittlung zu verhindern. Aber dass sie es tatsächlich in die Tat umsetzen …«

Sie? Wer?

Ich öffnete den Mund, um nachzubohren, aber meine Kehle war eng, von Tränen verschnürt. Ein Teil von mir wollte meine hochkochende Wut auf ihn fokussieren und alles auf ihn abwälzen. Er hätte zu mir kommen müssen. Persönlich. Er hätte mich, vielmehr noch Keya, vorwarnen müssen. Aber da war auch dieser andere Teil in mir, der nun mit einem Schlag viel gewichtiger geworden war: der Teil mit der Schuld, die ohnehin schon laut brüllend auf meiner Schulter saß.

Hätte ich die Nachricht des Königsgleichen nicht ignoriert, wäre ich zu dem Treffen gegangen, hätte ich seine Bitte nicht achtlos fortgewischt …

Hätte, wäre, hätte.

Jetzt war es zu spät.

Ich war stehen geblieben und in die Hocke gegangen. Die Schuld auf meiner Schulter fühlte sich so überwältigend an.

Die leise Stimme in meinem Ohr war zu einem Orkan angeschwollen, der nicht mehr höhnisch flüsterte, sondern meine Gedanken niederschreien wollte.

Hätte, wäre, hätte.

Du hättest Keya retten können.

Du hättest sie warnen können.

Hätte, wäre, hätte.

»Komm hoch.«

Hochkommen? Wie sollte das gehen mit dieser Last? Hatte er überhaupt eine Ahnung, wie schwer sie wog? Dass sie mich vielleicht für immer hier auf der Straße festnageln oder mich gar durch den Asphalt in die Tiefe zerren würde?

Nein, Opal, nein! Es ist nicht allein deine Schuld. Da steht der Königsgleiche vor dir, mit diesem kühlen Lächeln, als ginge ihn all das nichts an. Dabei ist er der Mittelpunkt dieses Unglücks, in das er dich, in das er Keya hineingezogen hat. Sie ist seinetwegen verurteilt worden. Weil irgendwer es auf ihn abgesehen hat. Weil er sie und dich nicht rechtzeitig gewarnt hat!

Ich streckte die Knie durch, um aufzustehen. Nur diese brennende Mischung aus Verzweiflung und Zorn hielt mich in einer aufrechten Position.

»Ich …«, setzte ich an, aber er unterbrach mich sanft.

»Einen Moment noch, Opal. Wir sind gleich da. Dann können wir in aller Ruhe reden.«

»Wo ist ›da‹?«

»Das wirst du gleich sehen, ich verspreche es dir. Ich will dich nicht länger auf die Folter spannen. Bitte vertrau mir, wenn ich dir sage, dass ich das gern in einem privaten Bereich besprechen möchte.«

Auf unserem Weg durch diesen Teil der Stadt, den ich vermutlich kein zweites Mal betreten würde – wozu auch, ich war nicht reich –, begegneten uns nicht viele Leute zu Fuß, aber wenn sie es taten und einen Blick auf den Königsgleichen erhaschten, erbleichten manche, andere verbeugten sich, und wieder andere richteten im Vorbeigehen freundliche Worte an ihn, die in meinen Ohren zu höflich, zu schmeichelnd klangen. Aber so war das wohl, wenn man versuchte, die Aufmerksamkeit einer Person mit Einfluss zu ergattern.

Ich achtete nicht auf den Weg. Wo ich die Stadt mit jedem Atemzug inhaliert hatte, als ich sie mit Keya zum ersten und einzigen Mal erkundet hatte, war mir nun gleich, was ich zu Gesicht bekam. Ich hatte keinen Sinn mehr für die abwechslungsreiche Flora, für all die Pflanzen und Blumen, die sich inmitten des Stadtlebens behaupteten, für die Architektur der Häuser. Nichts davon reizte mich noch.

Je öfter der Königsgleiche von jemandem angesprochen wurde, desto ungehaltener wurde er. Er antwortete zunehmend leise und gedankenverloren und gleichzeitig so fokussiert, als bündelte er den stählernen Zorn, der in seiner tiefen Stimme mitschwang, als wollte er ihn gegen etwas schleudern, bis es zerbrach.

Bitte nicht gegen mich, Ivar. Bitte nicht. Ich bin schon zerbrochen genug.

Wir berührten uns beim Gehen nicht, aber dennoch wehte mir, je nachdem, wie kräftig die Windböen waren, die durch die Straßen bliesen, der Geruch des Königsgleichen in die Nase. Er hatte – wie die anderen Dunkeldornmagier auch – den süßlichen Duft der Dunkeldornen an sich, der mich normalerweise abstieß, an ihm jedoch nicht kräftig genug war, seinen eigenen herben, ein wenig nach Finsternis anmutenden Geruch zu überdecken.

Auch der schier übermächtige Palast der Dornenfamilie

war näher gerückt und nur noch einige Straßenblöcke entfernt. Wie ein dunkelgrauer Steinwall aus Türmen, Fenstern und Toren breitete er sich vor uns aus. Kurz flackerte die Panik in mir auf, der Palast könnte das Ziel des Königsgleichen sein, als dieser plötzlich von der Straße abbog, die den passenden Namen *Palast-Allee* trug. Er betrat das schmale Vorgartenstück eines hübschen weißen Hauses mit dunklen Holzbalken und bedeutete mir, ihm zu folgen, wo er den schmalen Pfad aus runden Pflastersteinen einschlug. Vor uns befand sich ein gusseisernes Tor, das sich verspielt und schnörkelig in einen ebenso gusseisernen Zaun einfügte. Efeu und andere Kletterpflanzen hatten den Zaun für sich beansprucht und hielten ihn mit ihren Ranken umklammert. Der von Wind und Wetter gezeichnete Pfad führte zu einer Tür aus demselben Holz wie die Balken, die das Haus stützten.

Der Königsgleiche musste seine Hand nicht an das Holz legen, um zu klopfen oder aufzuschließen. Die Tür wurde von innen geöffnet, als hätte jemand nur auf sein Kommen gewartet.

Und tatsächlich stand dort ein adrett gekleideter älterer Herr mit schütterem weißem Haar, einem schwarzen Anzug und gepflegtem Bart, der ihm etwas Gutmütiges verlieh.

»Eure Königliche Hoheit«, sagte der Herr und verbeugte sich sichtlich geübt, ehe er die Tür ganz öffnete und wartete, bis der Königsgleiche in den Flur getreten war.

Ich zögerte, ihm in den schummerigen Korridor zu folgen.

»Ein paar Schritte noch, Opal«, sagte der Königsgleiche sanft.

Ich zwang mich, über die Türschwelle zu treten. Eine seltsame Kühle durchfuhr mich, als ich auf Höhe des Türrahmens war, aber die verzog sich im nächsten Augenblick.

»Entschuldige den kühlen Hauch«, murmelte der Königsgleiche. »Wir haben den Eingang mit Dunkeldornmagie verstärkt, damit niemand Unbefugtes eindringen kann.«

Der Flur war klein und mit dicken, weichen Teppichen ausgelegt, die unsere Schritte dämpften. Der Königsgleiche führte mich zur Tür am Ende des Flurs in ein überraschend geräumiges Wohnzimmer mit niedriger Decke, einem Kamin, vor dem sich Holzscheite stapelten, zwei Sofas und einem Tisch, auf dem ein Haufen Bücher lag.

»Wo sind wir?«

Ich war auf der Hut. Ich wusste nicht, was ich davon halten sollte, dass ein Plantagenmädchen und der Königsgleiche allein unterwegs waren, und dann noch zu einem Ort, welcher ihm offenbar etwas bedeutete. Das hier war kein schlechtes Märchen, es war echt, und deswegen gab es immer einen Haken. Nan hatte mir beigebracht, auf der Hut zu sein, wenn Menschen allzu offensichtlich versuchten, mein Vertrauen zu gewinnen.

»Das«, sagte der Königsgleiche mit hochgezogener Augenbraue, »ist eines meiner Verstecke. Ein Rückzugsort, wenn ich Zeit zum Nachdenken brauche und keinen Wirbel um meine Person gebrauchen kann.«

Bevor ich darauf etwas erwidern konnte, bat er den älteren Herrn um Tee für uns.

»Sehr gerne, Eure Königliche Hoheit«, sagte dieser und verschwand durch eine Durchgangstür.

»Nimm doch Platz, Opal«, sagte der Königsgleiche nach einer Weile leise.

Ich wollte mich jedoch nicht setzen. Mir brannten Vorwürfe auf der Seele, die ich loswerden wollte, die endlich rausmussten.

»Ihr hättet mich warnen müssen. Ihr hättet Keya vorwarnen müssen!«

Obwohl ich mich innerlich heftig dagegen wehrte, schossen mir wieder Tränen in die Augen, und ich musste mich an der Sofalehne festhalten, damit meine Knie nicht ein zweites Mal unter mir nachgaben. Da war so viel Wut in mir, ich wusste nicht, wohin ich sie lenken sollte, damit ich nicht an ihr erstickte.

Meine Vorwürfe und mein Zorn prallten am Königsgleichen ab, als stünde eine unsichtbare Mauer zwischen uns: eine Mauer aus Gleichgültigkeit und Kühle.

Ist er das wirklich? Ist er wirklich so gleichgültig, wie er tut?

Er war ein paar Schritte auf mich zugegangen, als sich meine Finger fester in die weiche Sofalehne krallten. Er schien Sorge zu haben, dass ich jeden Augenblick umfallen könnte.

»Ich habe versucht, diesen Prozess abzuwenden und selbst herauszufinden, wie und von wem genau der Anschlag auf mich geplant worden ist, aber sie sind mir zuvorgekommen. Sie waren im Zugzwang, verstehst du?«, erklärte er ungewohnt behutsam. »Sie mussten eine Schuldige präsentieren, um nicht selbst verdächtigt zu werden. Ein Mordanschlag auf ein Mitglied der Dornenfamilie ist Hochverrat, egal, wer ihn tätigt, egal, wie hochrangig die Person ist. Ich hatte bereits eine Ahnung, dass so etwas passieren könnte, und wollte Vorsorge treffen, aber sie sind gerissen, Opal. Und sie haben Angst vor mir. Sie haben Angst vor dem, der ich morgen oder nächstes Jahr sein könnte. Es tut mir leid, dass ich es nicht verhindern konnte.«

Er war noch näher gekommen, so nahe, viel zu nahe, ich konnte es kaum ertragen, und doch wollte ich mich in seine Arme fallen lassen, einmal nur gehalten werden, einmal nur nach all der Zeit voller Einsamkeit und Verlust. Er war da, ich war so wütend auf ihn, aber er war, wo niemand sonst war: hier.

»Wir hätten sie retten können«, flüsterte ich. »Ihr und ich, wir hätten sie retten können.«

»Ich weiß«, sagte er. »Ich weiß.« Ein Eingeständnis, leise und brüchig zwar – aber von einem Königsgleichen war dies vielleicht die beste und einzige Entschuldigung, die ich bekommen konnte.

»Wer sind *sie?*«

»Wie bitte?« Der Königsgleiche schien für einen Augenblick in ferne Gedanken versunken gewesen zu sein. Seine sonst so eiserne, oft kühle Miene wirkte zugänglicher, als bröckelte der Putz in den Mauern um ihn herum.

»Ihr habt soeben von *sie* gesprochen. Wen meintet Ihr damit?«

»Die Dunkeldornmagier. Vielmehr noch den Dunklen Rat.«

Seine Antwort überraschte mich nicht, denn immerhin war ich vorhin selbst Zeugin der Machtdarbietung einer Dunkeldornmagierin geworden, und zugleich überraschte sie mich doch.

»*Ihr* seid doch ein Dunkeldornmagier. Ihr gehört zu ihnen.«

Der Königsgleiche warf mir einen Blick zu, der mich erstaunte. Zum allerersten Mal überhaupt glaubte ich, Unsicherheit darin zu erkennen. Unsicherheit vom Königsgleichen selbst, von *ihm*, der sich bislang immer ein wenig überheblich, ein wenig kontrollierend, ein wenig über dem Erdboden schwebend gegeben hatte.

Er blieb vor einem der beiden Sofas stehen, die schon bessere Tage gesehen hatten. Der Stoff war verblasst, an manchen

Stellen lösten sich einzelne Fäden. Trotzdem nahm er Platz. *Er*, der immer nach Perfektion und Sauberkeit verlangte, dem nichts gut genug war. Der sich in der Universität bedienen ließ, der darauf beharrte, dass man vom Weg wich, wenn er kam, der keinen Handschlag selbst machte, wenn ich den anderen Bediensteten Glauben schenken konnte.

Aber jetzt schien die Einfachheit dieses Hauses ihn nicht zu stören, im Gegenteil. Der Königsgleiche wirkte gelöster als in der Universität, nicht so ernst und verbissen. Er bedeutete mir, mich zu ihm zu setzen. Ich zögerte. Er war noch immer nicht *irgendein* Mensch. Ich fürchtete mich vor der Nähe zu ihm. Vielleicht verbrannte ich mich an seinem dunklen Licht.

»Bitte. Du solltest sitzen, wenn ich dir das erzähle.«

Eine leichte Gänsehaut zog sich trotz der wohligen Wärme der Wohnstube über meinen Rücken. Ich hatte für heute genug von Geschichten mit einem schlechten Ende. Trotzdem setzte ich mich auf die Kante des Sofas ihm gegenüber.

Plötzlich wirkte der Königsgleiche erschöpft, abgekämpft. »Die Dunkeldornmagier sind mächtig, Opal, vor allem der Dunkle Rat, der unser Land regiert und für seine Zukunft sehr … sagen wir, ambitionierte Pläne hat. Du ahnst gar nicht, *wie* mächtig sie sind. Diese Macht wollen sie unter allen Umständen behalten, und dafür sind sie darauf angewiesen, dass es genügend Dunkeldornen gibt, ganz gleich, wie hoch der Preis ist. Selbst wenn sie dafür versuchen müssen, mich zu beseitigen.«

»Aber ich verstehe immer noch nicht … Wieso will man Euch beseitigen?«, fragte ich geradeaus.

Ein Schatten flog über seine Miene. »Dass die Dornenfamilie eigentlich keine magischen Fähigkeiten besitzt, ist dir bekannt, oder?«

Ich nickte.

Der Königsgleiche stieß ein leises Seufzen aus. Die Sonnenstrahlen, die durch das Fenster der Stube fielen, umspielten sein Profil, brachen sich in seinen hellen Augen, die meinen Blick gefangen hielten.

»Ich weiß, wie das klingen wird, aber ich muss es einmal aussprechen. Ich bin der Erste in meiner Familie, der mit der Fähigkeit der Dunkeldornmagie geboren wurde. Meine Eltern, meine Großeltern und all jene meiner Vorfahren, die sich in unserer Linie zurückverfolgen lassen, waren gewöhnliche Menschen. Adelige Menschen, ja, aber gewöhnliche. Niemand von ihnen besaß eine Form der Dunkeldornmagie, sie waren nicht einmal Dornenformer.«

»Und wieso dann ausgerechnet Ihr?« Im selben Moment, in dem ich das aussprach, bemerkte ich, wie schroff ich klingen musste.

Sein Mundwinkel zuckte, aber seine Augen blieben distanziert. »Ich versuche, diese Frage nicht als Beleidigung aufzufassen. Es gab vor einigen Jahrzehnten eine Prophezeiung, dass es einmal ein Kind der Dornenfamilie zu wahrer Größe schaffen würde, dass seine Magie die der anderen überstrahlen sollte und den Klammergriff des Dunklen Rates brechen würde. Niemand wollte dem Glauben schenken, weil es zu abwegig erschien, aber offenbar bin ich der lebende Beweis, dass die Vorhersage wahr ist.«

»Das beantwortet meine Frage nicht: Wieso ausgerechnet Ihr?«

Ich sah, wie die Hand des Königsgleichen sich anspannte, als wollte sie sich instinktiv zu einer Faust ballen, wie sich seine Kiefermuskulatur bewegte, als er andere Worte wählte als die, die er vielleicht ursprünglich hatte sagen wollen.

»Das weiß ich nicht. Und am Ende gibt es nie eine Erklärung dafür, warum die einen Helden werden und die anderen nicht, obwohl vielleicht viele Menschen das Potenzial dazu hätten. Vielleicht ist es Schicksal, vielleicht auch nur ein simpler Zufall, der nichts zu bedeuten hat.«

Ich dachte über das nach, was er mir erzählt hatte. Manches hatte ich bereits von meinen Kolleginnen mitbekommen, wenn sie in leeren Ecken der Flure getuschelt hatten; anderes war so bekannt, als trügen die Winde es durch die Lüfte. Aber wenn ich ehrlich war, interessierten mich diese Erzählungen, die so fern von meinem eigenen Leben waren, nur zweitrangig. Vielmehr brannten in mir die offenen Fragen danach, wie es zu dem Unfall auf den Plantagen hatte kommen können, woran die Universität genau forschte und welche Rolle der Königsgleiche darin spielen mochte.

»Könnt Ihr mir erklären, wie genau das Wirken von Dunkeldornmagie funktioniert? Wie verwendet man das Pulver?«, fragte ich schließlich.

Der Königsgleiche wandte den Kopf zu mir und lächelte. Dieses Mal war es ein dunkles, verlockendes Lächeln. »Ich mag dich, Opal. Aber ich verrate dir nicht all meine Geheimnisse, nur weil du nun eines oder zwei kennst.«

Ich starrte fast trotzig zurück. »Ich verstehe aber noch immer nicht, warum Ihr mir das alles erzählt. Ich bin keine naive junge Frau, ich habe mein Leben lang hart gearbeitet. Ich habe unzählige Menschen sterben sehen. Ich weiß, dass Menschen einander nur Dinge erzählen, wenn sie sich davon etwas versprechen, es sei denn, sie sind Familie oder Freunde.« Ein Stich durchzuckte mich. Ich hatte beides nicht mehr. Meine Familie war tot und Julian auch, der irgendwie immer beides gewesen war. Allein der bloße Gedanke an ihn brachte mich beinahe dazu zu zerbrechen, daher schob ich ihn weit von mir weg.

»Und Ihr und ich, wir sind beides nicht«, fuhr ich leiser fort.

»Nein, das sind wir nicht«, bestätigte der Königsgleiche. Er war aufgestanden und auf meine Seite gekommen, wo er vor mir in die Knie gegangen war. Er war auch in dieser Position noch einen halben Kopf größer als ich. Seine Arme hatte er auf den Knien abgestützt, und seine Hände berührten beinahe meine eigenen Knie.

Aber nur beinahe. Die winzige Distanz, die noch übrig war, knisterte. Wenn nur einer von uns eine falsche Bewegung machte, würden zwischen uns Flammen emporlodern.

»Aber wir könnten es sein. Du und ich, wir könnten alles sein, Opal. Wir könnten alles sein.« Seine Augen waren kristallklar. Das Hellgrau war wie das Wasser eines ruhigen Sees an einem windstillen, sonnigen Tag, an dem sich die Sonnenstrahlen auf der Wasseroberfläche spiegelten. Da schimmerten keine List, keine Finsternis, die ich sonst manchmal darin zu finden glaubte, weil ich sie in mir selbst fand. Aber was wusste ich schon von der Fähigkeit des Königsgleichen zu schauspielern?

»Und warum glaubt Ihr das?« Ich brach den Blickkontakt ab. Er schuf eine Nähe, die ich nicht wollte, die mir zu viel war. Ich wusste zu gut, dass ich angreifbar war, nachdem jeder einzelne Mensch aus meinem Leben geschieden war, der mir etwas bedeutet hatte.

»Weil ich glaube, dass du etwas Besonderes bist. Nicht nur als Mensch …«, er lächelte zerknirscht, »… sondern auch mit deiner Begabung. Ich habe gesehen, dass der Dunkeldorn dich nicht zerbrochen hat. Als du das Tablett zu Boden geworfen hast.«

Begabung? Wovon sprach er da?

Meine Gedanken drohten meinen Kopf zum Explodieren zu bringen. Alles war zu voll, zu dröhnend, zu schrill. Ich sprang hastig auf die Beine und brachte Abstand zwischen uns.

Der Königsgleiche hob die Hände zu einer abwehrenden Geste. »Entschuldige, Opal. Ich wollte dich nicht überfordern. Aber ist dir wirklich neu, was ich dir hier sage? Spürst du nicht selbst, irgendwo tief in deinem Inneren, dass dort etwas ist, das danach verlangt, freigelassen zu werden?«

Der Königsgleiche war mir gefolgt. Eine Wolke hatte sich draußen vor die Sonne geschoben und das helle Licht in ein dämmriges Zwielicht verwandelt, das sich wie ein Mantel um den Königsgleichen legte.

Ganz langsam, als wollte er mich nicht verschrecken, hob er die rechte Hand und fasste an seinen runden Hemdkragen, der, je nach Bewegung, ein wenig gebräunte Haut und das dünne Silber einer Kette entblößte. Dann zog er eine winzige Ampulle hervor. Es war die gleiche Ampulle, die auch die Hohe Rätin getragen hatte. In ihr schimmerte Dunkeldornpulver.

Sofort regte sich Widerwillen in mir.

»Was habt Ihr vor?«, fragte ich warnend, als der Königsgleiche noch dichter aufrückte und der Duft des Dunkeldorns und sein eigener mich gleichermaßen umhüllten, mich gleichzeitig zum Schreien und zum Augenschließen bringen wollten.

»Ich will etwas ausprobieren.« In seinem Blick lag ein Ausdruck, der mich in Alarmbereitschaft versetzte: Neugier und eine Art wissenschaftliches Interesse, das ich bereits von Professorin Weisdorn kannte.

»Und was?«

»Gib mir deine Hand«, sagte der Königsgleiche, ohne auf mich einzugehen. Er hatte die Ampulle mit den Fingerspitzen umschlossen und hielt sie in meine Richtung. Ich wollte zurückweichen, doch die Außenkante des Sofas ließ keine Flucht nach hinten zu.

»Nein«, widersprach ich. Ein Schauer des Unwohlseins lief über meinen Rücken.

»Ich bitte dich, Opal«, sagte der Königsgleiche leise. Seine hellgrauen Augen fixierten meinen Blick auf fast hypnotische Weise. »Ich verspreche dir, dass dir nichts geschehen wird. Ich passe auf, dass du unversehrt bleibst. Versprochen.«

»Ich weiß nicht, was man auf die Versprechen eines Königssohns geben kann«, murmelte ich. »Ich kenne nicht so viele.«

Der Königsgleiche lächelte kaum merklich. Das Lächeln beruhigte mich, und ich entspannte meine steife Haltung. Er würde nichts tun, was mich in Gefahr bringen würde. Immerhin hatte er mir das Leben gerettet. Das wäre sonst völlig umsonst gewesen, nicht wahr?

Ich streckte die Hand nach seiner aus, die er mit nach oben geneigter Handfläche in der Luft hielt. Als sich unsere Finger berührten, hatte ich das Gefühl, dass heißes Sonnenlicht durch meinen Körper raste und mir die Luft zum Atmen nahm.

Der Königsgleiche umschloss meine Finger mit der Hand und führte sie langsam zu der Ampulle um seinen Hals. Ich meinte zu spüren, wie das Sonnenlicht in meinen Venen hitziger wurde und ein leises Summen sich in meinem Kopf ausbreitete.

Wir hielten beide den Atem an. Starrten beide wie gebannt auf meine Finger, die im nächsten Augenblick das dünne Glas berührten.

Im selben Atemzug zerbrach es. Es zischte laut auf, als wäre etwas in Flammen aufgegangen, dann segelte das Dunkeldornpulver zwischen uns auf den Boden.

Es war nicht mehr schwarz. Es war graue Asche.

Der Königsgleiche betrachtete den übrig gebliebenen Haufen auf dem Boden. Seine Mimik gab nichts her, keine Reaktion, kein Gefühl, keinen Gedanken.

»Was hat das zu bedeuten?«, brach ich die Stille nach einem atemlosen Moment.

Der Königsgleiche hob den Blick und fing meinen ein. Diesmal lächelte er nicht. »Es hat zu bedeuten, was du und auch ich vielleicht schon eine Weile geahnt haben. Irgendetwas an dir ist besonders. Aber was es ist … das müssen wir noch herausfinden.«

19

Experimente jenseits des Lichtes

Ich warf mich Hals über Kopf in die Arbeit. Sie war das Einzige, was mir noch geblieben war. Das Einzige, auf das ich meine Gedanken richten konnte, ohne verrückt zu werden und an all die Verluste der letzten Wochen zu denken, die tief in mir brodelten wie ein Vulkan, der kurz davor stand, auszubrechen und alles um sich herum zu verätzen und dem Erdboden gleichzumachen.

Die Professorin wusste, dass ich im Schwarzen Kolosseum gewesen war, da war ich mir sicher. Ich sprach nicht mit ihr darüber, weil ich das Gefühl hatte, in dem Moment, in dem ich noch einmal von der Verhandlung erzählen musste, endgültig die Fassung zu verlieren. Die bestand ohnehin nur noch aus einem Funken Disziplin und dem Wunsch, genug von Professorin Weisdorn zu lernen, um selbst einschätzen zu können, wie man die Gefahr durch die Dunkeldornen – und die Dunkeldornmagier – bannen konnte. Was sie Keya angetan hatten: Das hatte mich nachhaltig zerstört und jede Illusion gleich mit.

Trotzdem war ich mir der Blicke der Professorin bewusst:

wie sie mich musterte, wenn sie glaubte, ich wäre zu tief in die Arbeit versunken. Nachdenklich, bohrend, mich inspizierend, als wäre ich eines ihrer Experimente auf dem Tisch. Anerkennend, wenn sie spätabends das Labor verließ und ich noch immer dabei war, Böden, Tischplatten und Wände zu schrubben, um mich erst dann in mein Zimmer schleichen zu müssen, wenn alle anderen bereits in ihren Betten lagen.

Ich wollte niemanden mehr sehen. Nicht den Königsgleichen, nicht die anderen Bediensteten. Es war genug über mich getratscht worden, seitdem ich vom Schwarzen Kolosseum zurückgekehrt war. Hier und da schlug mir in den Gängen Feindseligkeit entgegen. Ich wusste nicht, was man sich erzählte, aber es war offenkundig, dass man mir eine Mitschuld an Keyas Schicksal gab. Oder vielleicht sagte man mir auch einfach nur nach, dass mir, wo immer ich war, das Pech auf dem Fuß folgte.

Und so war es auch. Beides enthielt einen Funken Wahrheit, den ich nicht leugnete.

Der Professorin musste das alles zu Ohren gekommen sein. Sie war immer bestens darüber informiert, was an der Universität vor sich ging. Sie stand im regen Austausch mit den anderen Wissenschaftlern, mit dem Lehrpersonal und den Studierenden.

Aber die Professorin wäre nicht die Professorin gewesen, wenn das Tuscheln über mich einen Einfluss auf sie gehabt hätte. Für sie zählte am Ende des Tages meine Leistung, und damit tat sie mir den größten Gefallen, den sie mir tun konnte.

»Sag mir, Opal, empfindest du Mitgefühl für Tiere?«, fragte sie an diesem Morgen, als sie mit forschem Schritt das Labor betrat, das ich schon vorbereitet hatte.

»Ich denke, ja. Warum fragt Ihr?«

Professorin Weisdorn tippte sich mit dem Zeigefinger ans Kinn. »Wir werden heute einige Versuche an Feldmäusen machen. Hältst du das durch?«

Ich wusste, dass sie kein Nein hören wollte, auch wenn sie höflichkeitshalber nach meinen Vorbehalten fragte. Am liebsten hätte ich genau das geantwortet, aber ich wollte sie nicht wieder enttäuschen. Unser Verhältnis hatte sich so gebessert, dass ich inzwischen gern in ihrer Nähe war und es mochte, mit ihr über die Dunkeldornen zu fachsimpeln und ihr von dem Alltag auf den Plantagen zu berichten.

Ich nickte. »Aber wozu sind Tierversuche auf Eurem Gebiet notwendig? Welche Erkenntnisse könnt Ihr daraus für die Zucht der Dunkeldornen schließen?«

»Ich lasse mein Fachgebiet heute ausnahmsweise ruhen und helfe einer Kollegin bei einigen Experimenten, deren Ergebnisse sie dringend benötigt«, erwiderte sie knapp. Sie rechtfertigte sich nicht gerne vor mir. Oder überhaupt vor jemandem. »Holst du bitte die Käfige aus dem Nebenzimmer?«

Angrenzend zum Labor unterhielten wir mittlerweile eine Art Lagerraum. Mir war die Idee gekommen, die einstige verstaubte Besenkammer zu nutzen, um dort Werkzeuge und Materialien zwischenzulagern, die man ohne Gefahr, ohne Kühlung oder sonstige nötige Sicherheitsmaßnahmen abstellen konnte. Auch wenn sie es niemals zugegeben hätte, so kam es mir vor, als hätte Professorin Weisdorn sich darüber geärgert, nicht selbst auf die Idee gekommen zu sein. Aber nach der Umräumaktion hatte sie mich immerhin gelobt, etwas, das nicht so häufig vorkam.

Ich ging nach nebenan, ohne zu wissen, was mich erwartete. Was mich selbst anging, hätte ich behauptet, abgehartet zu sein – nach allem, was ich erlebt hatte. Aber als ich die kleinen, hin und her huschenden knopfäugigen Feldmäuse hinter den Gittern sah, wurde mir bange zumute. Was hatte die Professorin wohl mit diesen winzigen Wesen vor?

Ich nahm den ersten Käfig auf den Arm und raunte den Mäusen mit dem glattbraunen Fell beruhigende Worte zu. Sonderlich viel bewirkten diese nicht, denn die kleinen Nager rannten trotzdem panisch durch das Gehege. Ich konnte es ihnen nicht verübeln. Tiere hatten in der Regel ein außergewöhnliches Gespür für Gefahr. Und hier, inmitten einer Oase der Dunkeldornen und einem experimentierfreudigen Forschungsteam, wimmelte es nur so davon.

»Dahin bitte«, wies die Professorin mich an, als ich die Tür zum Labor mit der Hüfte aufgestoßen hatte und eingetreten war. Ich stellte den Käfig dort ab, wo sie ihn haben wollte. Dann trat ich einen Schritt zurück. Mir schlug das Herz bis zum Hals, obwohl nicht ich diejenige war, die sich fürchten musste.

Während ich nebenan gewesen war, hatte die Professorin eine Reihe winziger Glasplättchen mit Dunkeldornpulver auf der Tischplatte zurechtgelegt. Ich kontrollierte den Sitz von Brille und Handschuhen. Die einzelnen Dosen an Dunkeldornpulver waren so überschaubar, dass sie keinen größeren Schaden anrichten konnten. Ich war mittlerweile gut genug geschult, um das zu erkennen. Und mit »keinen größeren Schaden« meinte ich: Sie konnten nicht töten oder sehr schwer verletzen. Und auch wenn ich das mittlerweile wusste, so fragte ich mich, ob und wann der Königsgleiche mir mehr darüber verraten konnte, wieso das so war, wieso ich diese Begabung hatte, die mir sonst noch nie begegnet war und die außergewöhnlich zu sein schien. Diese innere Unruhe angesichts meiner Unwissenheit begleitete mich seit unserem Gespräch.

»Nimm bitte ein Tier heraus.«

Ich öffnete die Klappe, die an der Vorderseite des Geheges befestigt war, und griff nach der ersten Maus. Mit den klobigen Handschuhen war es schwieriger als gedacht, das flinke Tier einzufangen und zu bändigen, sodass es mir nicht aus der Hand in die Freiheit sprang. Kurz zog ich genau das in Erwägung: es vor lauter *Unachtsamkeit* in die Freiheit springen lassen. Aber dann würde ein anderes Tier dran glauben müssen, das war mir klar.

Vielleicht wird es gar nicht schlimm, dachte ich. Bestimmt will Professorin Weisdorn nur etwas Simples prüfen. Da ist so wenig Dunkeldornpulver, das wird bei den Mäusen schon keinen oder wenn, dann nur wenig Schaden anrichten.

Aber tief in meinem Innern wusste ich, dass das nicht stimmte. Ich sah es an Professorin Weisdorns Miene. Sie hatte den analysierenden, interessierten Blick einer Forscherin aufgesetzt. Vielleicht hatte sie Mitgefühl irgendwo in sich drin, aber wenn es so war, verbarg sie es gut hinter wissenschaftlicher Neutralität.

»Näher bitte. Unter das Licht.«

Ich hielt die kleine Maus, die in meinen Handschuhen noch winziger anmutete, unter den grellen Lichtstrahl, bis sie die Knopfaugen zukniff und sich zusammenrollte, als sie merkte, dass es aus meinem Griff keinen Ausweg und kein Entrinnen gab. Sie stellte sich tot.

Die Professorin beugte sich über meine Hände, eine kleine Spritze ohne Nadel in der Hand, in welche sie die Dosis eines der durchnummerierten Glasplättchen aufzog.

»Noch etwas dichter unter die Lampe.«

Ich hob die Hände ein Stück höher. Die Augen der Maus waren nur noch zwei zusammengepresste Striche, und ihr Brustkorb flatterte beim Atmen.

»Halte sie so, dass ihr Kopf und vor allem ihr Nasenbereich zu mir gewandt sind. Ich muss sie das Pulver inhalieren lassen.«

Die Professorin drückte von oben auf die winzige Spritze, und ein kaum sichtbarer Nieselregen aus schwarzem Blütenstaub trat aus. Für einen Augenblick geschah nichts, und ich wollte schon erleichtert aufatmen.

Doch nur eine Sekunde später stieß die Maus ein hohes, schmerzerfülltes Kreischen aus und strampelte so heftig in meinen Fingern, dass ich sie kaum bändigen konnte. Mit ihren Vorderpfötchen rieb sie sich über Augen und Schnäuzchen, wo der feine Staub in ihrem Fell klebte. Obwohl das Teufelszeug sie gerade erst berührt hatte, konnte ich bereits nadelspitzengroße kahle Flecken in ihrem Fell erkennen, und ihre Augen bekamen einen trüben, milchig weißen Schimmer.

Die Feldmaus war erblindet.

Ihr Atem ging nun so schnell, dass ich ihre Atemzüge nicht mehr zählen konnte, und ihr Herz pumpte so heftig, dass ich es selbst durch die groben Handschuhe ertastete.

Mit einem letzten, herzzerreißenden Fiepen bäumte sie sich auf, dann wurde sie starr. Ohne ihren Körper sezieren zu müssen, wusste ich, woran sie gestorben war.

Der Dunkeldorn hatte sie von innen zerfressen.

Ich kämpfte gegen aufsteigende Tränen an.

Reiß dich zusammen, verdammt.

Doch das war leichter gesagt als getan. Ich konnte den

Blick nicht von dem zerstörten Körper abwenden. »Warum tun wir das überhaupt?«, fragte ich unvermittelt.

Die Professorin runzelte die Stirn. »Was meinst du?«

»Ich meine, wozu überhaupt versuchen, den Dunkeldorn unter Kontrolle zu bekommen? Wieso ihn überhaupt erst züchten? Wieso ihn nicht vernichten? All das Leben, das er nimmt – ist es Euch das wert?«

Ich hatte die Professorin noch nie überrumpelt gesehen, doch jetzt war sie es. Ich hatte das Gefühl, dass sie meinen direkten Blick scheute, denn sie starrte nur gedankenverloren auf den Mäusekörper.

»Leg es auf dem Nebentisch in einem sauberen Tuch zur Seite, und füge bitte eine Notiz mit der Probennummer hinzu. Man wird es später sezieren.«

Es.

Sie ignorierte meine Frage einfach. Ich war sprachlos und hatte Mühe, das Zittern meiner Hände zu unterdrücken, als ich die tote Feldmaus zur freien Arbeitsplatte zu meiner Linken trug. So viele Gedanken schossen mir durch den Kopf. Wieso antwortete sie nicht? Sah sie nicht, was für ein Leid der Dunkeldorn über das Land brachte, über Mensch und Tier gleichermaßen? Die kleine Maus war kein *Es*. *Sie* war ein Lebewesen gewesen, das hatte fühlen, das Angst und Schmerz und vielleicht auch Freude hatte empfinden können.

Wie der Mensch mit den Wesen umgeht, die gezwungenermaßen mit uns ihren Lebensraum teilen, sagt viel über ihn aus, hatte Nan mal gemeint, und nie hatte ich so sehr verstanden, was sie hatte ausdrücken wollen, wie in diesem Augenblick.

Ich wusste, dass die Professorin diesen Teil ihrer Arbeit nicht tat, weil sie Freude an Quälerei gehabt hätte. Ich konnte in ihren Augen lesen, dass sie keinen Spaß dabei hatte. Sie tat es, weil es ihr Beruf war, weil sie glaubte, dass dies notwendig sei, um Größeres, Besseres zu erschaffen.

Aber musste man so sein, so etwas tun, wenn man hoch hinauswollte? Musste man sein Herz abschalten, um dem Verstand zu erlauben, dass er über uns allen flog? Musste man sich abkapseln, um wissenschaftliche Erfolge zu erzielen? Unauffällig forschte ich in der Miene der Professorin. Ich glaubte, eine traurige Stirnfalte zu erkennen, als sie das Tier in meinen Händen musterte, aber vielleicht irrte ich mich auch, vielleicht *wollte* ich einfach sehen, dass sie ein Herz hatte.

Ich legte die tote Maus so behutsam ab, als wäre sie noch am Leben und würde jeden Augenblick aufspringen und tollend nach draußen ins Sonnenlicht entschwinden. Obwohl ich wusste, dass es nichts änderte, legte ich voller Demut ein weiches, doppelt eingeschlagenes Papiertuch unter ihren erstarrenden Körper und deckte ihn damit zu. Der Dunkeldorn hatte das kleine Wesen in Windeseile übel zugerichtet. Wenn Professorin Weisdorns Kollegin versuchte, eine Dunkeldornvariante zu züchten, die nicht so gefährlich war wie jene auf den Plantagen, dann war sie nicht sehr erfolgreich darin.

»Kannst du mir bitte ein weiteres Tier fangen, Opal?«

Mir sank das Herz, als ich einen letzten Blick auf die verendete Maus warf, die auf dem sterilen Tisch so verloren, so verletzlich aussah. Ich wusste nicht, wie viele Runden ich das ertragen würde. Konnte ich einfach gehen, alles stehen und liegen lassen? Aber ich ahnte, dass das nichts bringen würde, außer dass die Professorin sich dann eine andere Gehilfin suchen würde, die ihr dabei assistierte, den Mäusen das Leben auszuhauchen.

Ich angelte vorsichtig die nächste Maus aus dem Gittergehege. Sie schien zu ahnen, was ihr blühte, denn ihre Fluchtversuche waren panischer als die ihrer Vorgängerin. Sie biss in meine Hände, und ich spürte den Druck ihrer spitzen Zähnchen, mit denen sie sich gegen mich zu wehren versuchte. Hätte ich keine Handschuhe getragen, hätte sie mich verletzen können.

Viel zu schnell waren wir bei der Professorin angekommen. Ich hielt die Maus unter die Lampe, bemüht, meinen angewiderten Gesichtsausdruck unter Kontrolle zu bekommen, während ich mich zutiefst schuldig fühlte.

Denk an die Plantage. Denk dran, dass sich solche Unglücke vielleicht verhindern lassen.

Aber es half nichts. Es fühlte sich nur so an, als würde ich das eine Leid gegen ein anderes aufwiegen, eines runterreden, kleinmachen.

»Willst du es einmal probieren?«, fragte die Professorin, während sie vorsichtig nach der nächsten Dosis griff.

»Nein.«

Kurz flog Überraschung über ihre Miene. »Ich dachte, du interessierst dich für die Forschung. Jedenfalls war das bislang mein Eindruck.«

»Das stimmt auch, Professorin Weisdorn. Für *Eure* Forschung.«

»Das Ergebnis ist dasselbe. Meine Kollegin und ich betreiben die gleiche Forschung lediglich in unterschiedlichen Stadien. Diese Pflanzen …«, sie wies mit dem Kinn auf die Tischplatte mit den Proben, »… sind die Ergebnisse meiner Züchtung. Bisher nicht sonderlich erfolgreich, muss ich zugeben, aber früher oder später müssen wir nun einmal testen, wie gut – oder wie schlecht – wir die Nebenwirkungen des Dunkeldorns herauszüchten konnten.«

»Ich weiß.« Ich atmete durch und zwang meine Hände zur Ruhe. Die Maus darin zappelte noch immer. Sie war eine Kämpferin. »Aber deswegen muss ich das hier nicht selbst tun.«

»Ob du nun die Waffe führst oder danebenstehst, wir sind alle auf die gleiche Weise schuld«, murmelte die Professorin knapp, und sosehr ihre Worte stachen: Sie hatte recht. Ich *war* genauso schuld.

Schweigend fuhren wir fort. Und obwohl die kleine Feldmaus, die ein bisschen heller, ein bisschen sonnengebleichter war als ihre Vorgängerin, ein Kämpferherz hatte, konnte sie gegen den übermächtigen Dunkeldorn nicht bestehen.

Sie kämpfte, und innerhalb weniger Atemzüge hatte sie gegen ihren übernatürlichen Gegner verloren.

Während ich den zweiten toten Körper, der binnen Sekunden nicht nur kahle Stellen, sondern auch seltsam schwarze Punkte im Fell entwickelt hatte, in meinen Händen zum Ablagetisch brachte, wurde mir zum ersten Mal bewusst, dass wir, die Menschen auf den Plantagen, nicht die Einzigen waren, die dem Dunkeldorn zum Opfer fielen. Es waren auch all jene Lebewesen unter der Erde, die von ihrem tödlichen Staub erstickt, sowie jene, die durch die Luft flogen und von ihrem aufgewirbelten Blütenstaub getroffen wurden. Jene, die vom Wasser im Boden oder in den Flüssen und Seen tranken, welche vom Dunkeldorn verseucht wurden, weil ihr Abfall darin versenkt wurde oder der Staub es bis dorthin schaffte.

Wofür zahlten wir alle den Preis? Welcher Zweck war so heilig, dass er diese Mittel rechtfertigte? All die unterdrückten negativen Gefühle, die seit dem Unglück auf der Plantage unter meiner Oberfläche brodelten, drohten angesichts der beiden toten Mäusekörper überquellen zu wollen.

Was in Tensia geschah, war ungerecht.

Tödlich.

Tödlich für all jene, die nicht die Stärke, das Geld, die Macht hatten, sich zu schützen, deren Schwäche man ausnutzte, um sie auf den Feldern schuften zu lassen.

Aber wofür? Wofür nur? Nicht ein Mal, seit ich in Florentia war, hatte ich das Gute gesehen, das der Dunkeldorn angeblich bewirken sollte.

Nicht.

Ein.

Einziges.

Verdammtes.

Mal.

Was der Dunkeldorn anrichtete, war viel tiefgreifender, als ich erahnt hatte. Und ich glaubte, von dieser Erkenntnis erdrückt zu werden.

»Die nächste Maus, bitte.«

Langsam kehrte ich zum Gehege zurück, inständig betend, dass eine der nächsten Proben vielversprechender wäre, dass sie harmlos und ungefährlich wäre und den Mäusen lediglich ein schwaches Niesen bescherte, weil der Staub in ihren Näschen kitzelte. Ich wollte, dass die Professorin es mit dieser Probe geschafft hätte. Dass diese himmelschreiende Ungerechtigkeit ein Ende nahm und ich nicht immer wieder dazu verdammt war, anderen beim Sterben zusehen zu müssen, ohne dass der Tod nach mir greifen konnte.

Aber auch die dritte Probe war nicht vielversprechender. Die vierte und fünfte ebenfalls nicht. Nach einem Dutzend gaben wir auf, und ich glaubte, die Professorin noch nie so frustriert erlebt zu haben. Als wir fertig waren, war auch ihr Gesicht müde und abgekämpft. Sie warf einen Blick auf den

Tisch, auf dem ich die verendeten Mäuse in einer Reihe abgelegt hatte, und für einen kurzen Augenblick huschten Bedauern und Schmerz über ihre Miene.

Sie überließ mir schweigend die Aufräumarbeiten, und ich schrubbte den Boden, die Tische, die Instrumente, alles, während auf dem Tisch ein Dutzend zerschundener Mäusekörper lag und darauf wartete, zum Sezieren abgeholt zu werden.

Der Schaden, den wir angerichtet hatten, würde mich in dieser Nacht nicht schlafen lassen.

In einer Welt hinter dem Wellengrab zu einer Zeit ohne Aufzeichnungen, nur von Mund zu Mund weitergetragen und hier und da verändert

Sie waren schneller da, als Naemi, die noch nie so gewaltige Schiffe gesehen hatte, erwartet hatte. Wo eben noch schwarze Punkte, dann dunkle Kleckse am Himmel gewesen waren, gewann der Feind nun an Kontur, rückte viel zu dicht an die Inseln heran. Die Schiffe wirkten aus der Nähe noch viel furchterregender als am Himmelsrand, ganz anders als die wendigen Fischerboote, mit denen die Männer und heranwachsenden Knaben ein paar Bootslängen ins Meer paddelten. Nie wagten sie sich weiter hinaus, auch wenn das Wellengrab ihnen nichts antun würde.

Man ließ lieber Vorsicht walten. Dem Ozean war nicht zu trauen. Selbst dann nicht, wenn man einander freundschaftlich gegenüberstand.

Wie schwimmende Festungen trieb die kleine Kriegsflotte, die wundersamerweise den Ozean überquert hatte, auf der Wasseroberfläche, während unzählige Leitern aus Seilen über Bord in Beiboote geworfen wurden. Uniformierte kletterten über die Reling hinab in die wankenden Boote, gedeckt von mächtigen Kanonenrohren, die auf die Strandufer der Insel gerichtet waren.

Wie haben sie bloß Geleit durch das Wellengrab gefunden?, fragte sich Naemi zum wiederholten Mal. Der Ozean war ihr Beschützer, ihr ganzes Leben lang hatte sie in seinem Dienst gestanden. Wieso hatte er sie und all die anderen verraten? Welches Verbrechen gegen ihn hatten sie begangen?

Oder hatte das Wellengrab seine Treue zu ihnen gebrochen? Was hatten die Fremden ihm bieten können, das sie nicht konnten? Menschenopfer? Zahllose Tote für den Meeresgrund?

Die Männer und Frauen, die tapferen Dahlier, rannten kampfeslustig am Ufer entlang und versuchten auszumachen, wo die Fremden an Land gehen wollten, um sie mit Feuer, Speeren und behelfsmäßigen Messern zu empfangen. Sie alle hatten geahnt, dass dieser Augenblick eines Tages kommen würde, dafür hatten sie keine Hellseherin gebraucht. Deswegen gab es einen Plan, und Naemi bewunderte, mit welchem Mut, mit welchem Eifer, mit welcher Tapferkeit sich die Menschen an diesen Plan hielten. Denn sie hatten es gewusst, sie hatten nur gehofft, dass es noch nicht heute, nicht in diesem Leben, geschehen würde:

Eines Tages würden die anderen Länder angreifen. Sie würden sich das holen, von dem sie glaubten, einen Anspruch darauf zu haben. Auf ihre *Kostbarkeit. Auf das, was viele Jahrhunderte unerzählt und im Verborgenen auf dieser Insel seinen Platz gehabt hatte, ohne dass jemand jenseits der Meeresgrenzen davon Kenntnis gehabt hatte. Aber irgendwann hatte sich die Kunde verbreitet und war bis zu ihren Ohren vorgedrungen. Das, von dem die Fremden glaubten, dass es in den Händen der Dahlischen Inseln vergeudet sei. Sie würden es sich nehmen. Weil sie glaubten, ein Recht darauf zu haben. Vielleicht auch, weil sie glaubten, es mehr verdient zu haben als alle anderen auf dieser Welt.*

Davor aber, dass sie kommen und kämpfen und verletzen und töten würden, hatte Naemi keine Angst. Sie hatte sich ein Leben lang auf diesen Moment vorbereitet. Sie alle hatten das, vom jüngsten Kind bis zur Greisin. Sie fürchtete den Tod nicht.

Es war etwas anderes, vor dem sie schreckliche Angst hatte.

Vor dem Schaden, den die Fremden anrichten würden, sollten sie das, was nur auf Dahlischem Boden wuchs, jemals in die Finger bekommen.

Dann, dachte Naemi, würde die Welt brennen, und sie, sie war tot und konnte die Flammen nicht mehr ersticken.

20

Die verwurzelte Bibliothek

Die Feldmäuse hatten mich einige Nächte lang in meinen Träumen verfolgt. Sie rannten darin in einem von schwarzem Staub bedeckten Feld auf und ab, rannten zwischen den Beinen meiner schreienden Familie entlang, bis sie entweder von panisch umherrennenden Füßen zerquetscht oder von Dunkeldornen erstickt wurden.

An diesem Morgen war mir klar, dass das mit den Verlusten nicht so weitergehen konnte. Ich hatte mir vorgenommen, Licht ins Dunkel zu bringen. Die Professorin hatte mir zwar schon das eine oder andere beigebracht, aber bis heute war ich mir nicht sicher, ob ihre Ziele tatsächlich so edel waren, wie sie behauptete. Sie verbarg ihre Gefühle und Absichten so gut, dass ich nicht hinter die Fassade blicken konnte, sosehr ich mich auch abmühte. Die Tests mit den Mäusen hatten mir den Rest gegeben: Konnte jemand, der eine solch schreckliche Arbeit an Tieren verrichtete, denn Mitgefühl für einfache, in seinen Augen ungebildete Menschen auf den Plantagen haben? War es wirklich ihr Wille, ihre Arbeit ungefährlicher zu machen? Oder ging es um etwas ganz anderes? Ging es vielleicht doch um *mehr*? Mehr Dunkeldorn, mehr Macht, mehr von allem?

So hatte ich mir in den Nächten, in denen ich von den Feldmäusen und meiner Familie träumte, einen Plan zurechtgelegt. Ich würde zwei Fragen auf den Grund gehen. Zwei Fragen, die mir im Kopf herumspukten.

Erstens: Mit welchen Zielen forschten die Universität und ihre Wissenschaftler wirklich am Dunkeldorn? Gab es Auftraggeber für diese Studien? Investoren? Und wenn ja, wer?

Zweitens: In welchem Stadium befanden sich diese Forschungen?

Vielleicht waren das hochtrabende Fragen für eine Gehilfin, die keine Ahnung von Wissenschaft hatte. Aber auch wenn ich von all den Zahlen und Thesen nichts verstand, die Professorin Weisdorn in ihr Notizbuch schrieb, das sie jeden Abend gewissenhaft in ihre Schürzentasche packte – sie hatte es nicht ein einziges Mal vergessen oder mir die Möglichkeit gegeben, einen verstohlenen Blick hineinzuwerfen –, so wusste ich doch mehr über den Dunkeldorn als viele der Studierenden. Ich war mit ihm aufgewachsen, ich kannte sein Gebaren wie meine Westentasche. Und das hatte auch einen Wert.

Außerdem waren da die Worte des Königsgleichen, die sich hartnäckig in meinen Gedanken festgebissen hatten:

Die Dunkeldornmagier sind mächtig, Opal. Du ahnst gar nicht, wie *mächtig. Diese Macht wollen sie unter allen Umständen behalten, und dafür sind sie darauf angewiesen, dass es genügend Dunkeldornen gibt, ganz gleich, wie hoch der Preis ist.*

Heute war mein freier Tag. Ich hatte vor, ihn sinnvoll zu nutzen und all meinen Fragen auf den Grund zu gehen, ohne dass jemand davon Wind bekam.

Streng genommen war der Lehrtrakt für mich tabu, wenn ich nicht ausdrücklich zum Dienst darin eingeteilt war. Ich war Professorin Weisdorns persönliche Assistentin, und damit war mein Dienstort penibel festgelegt. Zwar durfte ich den Lehrtrakt, in dem die Studierenden unterrichtet wurden, in ihrem Auftrag betreten … Aber eben nur dann.

Jetzt stand ich mit wackeligen Knien vor dem breiten Eingangstor, das mich an die Peinlichkeit des ersten Zusammentreffens mit dem Königsgleichen erinnerte. Eben hatte ich mich noch für eine furchtlose Entdeckerin von Geheimnissen gehalten, und jetzt steckten meine Füße auf dem gepflasterten Weg fest, als bestünde der Untergrund aus Treibsand.

Nun geh schon, Opal. Du hast ganz andere Dinge überlebt, murmelte eine ironische Stimme in meinem Kopf, der ich uneingeschränkt zustimmen musste.

Ich kleidete mich in das Selbstbewusstsein, das nötig war, um mich unbescholten bewegen zu können, ohne dass mich jemand ansprach, ohne dass mich jemand nach meinem Anliegen fragte. Ich betete, nicht der Professorin oder Natalia über den Weg zu laufen, denn beide hätten sofort gewusst, dass ich hier heute nichts verloren hatte.

Meine Schritte hallten leise auf dem marmornen Boden, als ich durch die hohe Eingangshalle lief, den Blick möglichst unauffällig gesenkt. Ich hatte mich zuvor umgehört, um herauszufinden, wo die Bibliothek der Universität ansässig war. Wenn man Antworten auf Fragen fand, dann immer in Bibliotheken, da war ich mir sicher. Und obwohl ich des Lesens mächtig war, war ich nervös. Ich hatte noch nie eine Bibliothek von innen gesehen und kannte sie nur von Erzählungen. Die schiere Anzahl von Hunderten, gar Tausenden Büchern erschien mir unwirklich. Bücher waren so teuer. Wer konnte sich Tausende davon leisten?

»Brauchst du Hilfe? Du siehst so verloren aus.«

Ich unterdrückte einen leisen Fluch, ehe er mir durch die Lippen entweichen konnte. Nicht er, das hatte mir gerade noch gefehlt.

»Nein, Eure Königliche Hoheit«, murmelte ich und hielt den Blick eisern gesenkt.

»Eure Königliche Hoheit?«, fragte der Königsgleiche bissig. »Seit wann wieder so förmlich?«

Ich versteifte mich. »Ich bin im Dienst, Königsgleicher.« Mein Puls schlug schneller. Hoffentlich schluckte er das, ohne nachzubohren.

»Natürlich«, sagte er freundlicher. »Ich dachte nur, du könntest Hilfe gebrauchen, weil du suchend umhergeblickt hast.«

Als ich mir sicher war, dass meine Miene möglichst neutral war, sah ich auf. Es war ungewohnt, den Königsgleichen wieder in der Robe der Universität stecken zu sehen, aber so fiel es mir leichter, nicht an Keyas Prozess zu denken. Ich war mir noch immer nicht sicher, welche Rolle der Königsgleiche in diesem ganzen Desaster spielte, wusste nicht, welche Ziele er genau verfolgte. Also musste ich Antworten auf die Fragen suchen, die mich hierhergeführt hatten, bis ich es wusste.

Der Königsgleiche trat einen Schritt näher heran, zu nahe, als dass es schicklich gewesen wäre, aber wer war ich, das vor den Augen der neugierigen Studierenden rings um uns zu kommentieren?

»Bitte«, wisperte ich warnend. »Ich sagte doch …«

»Dass du im Dienst bist, ich weiß.« Sein Atem berührte meine Wange, als sein stechender Blick meinen auffing. Ich spürte, wie ich unruhig wurde. Ich hatte neutral wirken, nicht zeigen wollen, dass seine Nähe mich durcheinanderbrachte. Dass er diesen Wunsch in mir weckte, ihn in alles einzuweihen und seine Magie, seine Fähigkeiten, sein Wissen, einfach alles in mich aufzusaugen. Und gleichzeitig roch er immer nach Gefahr, nach dieser Dunkelheit, die auch sein manchmal so verschmitztes Lächeln nicht überdecken konnte. Dieses Lächeln, das sich viel zu selten in seinen kühlen Augen widerspiegelte.

Ich deutete einen Knicks an, bei dem ich dummerweise einen Moment noch dichter an ihm war. Der sich leicht bewegende Stoff seines Mantels streifte meine Wange, sein Geruch war noch viel intensiver. Wie konnte ein Mensch sogar nach Nacht riechen? Dunkel, schwer, süßlich.

Er ist ein Dunkeldornmagier, Opal. Sie riechen alle so. Sie riechen wie diese vermaledeite Pflanze.

»Darf ich mich entfernen, Königsgleicher?«, fragte ich und richtete mich wieder auf.

Die Gefühle auf seinem Gesicht waren widerstreitend, doch er nickte. »Irgendwann bist du nicht mehr im Dienst, Opal. Vielleicht läufst du dann nicht wieder weg.«

In meinen Ohren klang es wie eine Drohung. Oder wie eine Verlockung? Oder … beides?

»Vielleicht nicht, Königsgleicher. Oder vielleicht dann noch viel weiter.«

Die Bibliothek befand sich im Keller, wo – so sagte man mir – die Bücher am besten vor der Hitze des lang anhaltenden Sommers geschützt wären. Viele waren sehr alt und brüchig, sodass man, wenn man die Bibliothek betreten wollte, dünne Handschuhe tragen musste.

Zu den Tageszeiten, zu denen auch gelehrt wurde, stand das Tor zur Bibliothek offen, sodass ich ohne Probleme hineinschlüpfen konnte. Auch wenn die ältere Dame, die an einem Tisch neben dem Eingang saß – einem kleineren Raum, den man erst durchqueren musste, bis man in die eigentliche Bibliothekshalle kam – und gerade einen Stapel Bücher katalogisierte, ihre Brille hochschob und mich skeptisch musterte. Sie trug einen knallroten, schicken Schal über den Schultern, was ich angesichts der Kühle hier unten nachvollziehen konnte.

»Ich soll in einem Fachbuch etwas für Professorin Weisdorn nachschlagen«, sagte ich schnell und entschuldigte mich in Gedanken für meine Lüge. Hoffentlich flog diese nicht auf.

»Ich habe dich noch nie hier gesehen, Kind«, sagte die Bibliothekarin streng. »Lies dir bitte die Regeln durch, die in diesen heiligen Hallen gelten. Sie stehen dort hinten auf der goldenen Tafel.«

»Das werde ich tun, danke für den Hinweis.«

Ich passierte den Tisch aus Mangoholz, an dem sie saß, und wand mich unter ihren Argusaugen, während ich mir ein Paar dünner Handschuhe schnappte, die neben der besagten Tafel auf einem Stapel aufeinandergeschichtet waren. Dann richtete ich meine Aufmerksamkeit auf die Regeln, die jemand mit weißer Kreide auf einer goldumrandeten schwarzen Tafel niedergeschrieben hatte.

Verehrte Studierende,
um Euch und Euren Mitstudierenden das Lernen zu erleichtern und zugleich einen angemessenen Umgang mit den Büchern zu gewährleisten, bitten wir um die Beachtung folgender Hinweise:

1. *Tragt während Eures Aufenthalts Handschuhe.*
2. *Bitte sprecht nicht oder nur, wenn es unumgänglich ist.*
3. *Reserviert Tische nur dann, wenn sich der Andrang in Grenzen hält.*
4. *Es ist erlaubt, Abschriften anzufertigen.*
5. *Es ist nicht erlaubt, Bücher aus der Bibliothek zu entwenden.*
6. *Der Bibliothekarin ist es erlaubt, Taschen beim Verlassen der Bibliothek zu durchsuchen.*
7. *Die verborgenen Abteilungen sind nur mit Erlaubnis des Lehrpersonals oder der Professorinnen und Professoren zu betreten. Wendet Euch an die Bibliothekarin, wenn Ihr eine Berechtigung erhalten habt.*

Ich hatte die Hinweise lediglich überflogen, bis ich am letzten Punkt angelangt war. Verborgene Abteilungen? Das erweckte sofort mein Interesse. Sicher fand ich dort am ehesten die Antworten, die ich suchte. Aber woher eine Berechtigung nehmen? Ob ich Professorin Weisdorn darum bitten konnte?

Egal, darüber konnte ich mir später den Kopf zerbrechen. Erst einmal wollte ich mich umsehen und mir einen Überblick verschaffen. Also verließ ich den kleinen Empfangsraum und trat hinter zwei schwatzenden Studierenden durch die runde Bogentür, die zur eigentlichen Bibliothek führte.

Und es verschlug mir den Atem.

Vor mir tat sich eine riesige dunkle Halle mit Hunderten Regalen auf, die mindestens zwei Mann hoch waren und an denen rollende Leitern befestigt waren, um die obersten Reihen erreichen zu können. Die Halle war so groß, dass sie sich unmöglich in den Grundriss des Gebäudes einfügen konnte, wie ich ihn grob im Kopf hatte. Sie war viel zu gewaltig, viel größer als die angrenzenden Räume, viel zu hoch, um … Alle Proportionen erschienen mir falsch. Dieser Raum musste mindestens die Hälfte des Lehrtraktes ausmachen, aber das konnte nicht sein.

Die beiden Studierenden, die vor mir gegangen waren, kicherten leise. »Sieh nur, wie verdattert sie schaut. Ob sie noch nie Magie gesehen hat?«

Ich ignorierte den verächtlichen Unterton. An ihrer Robe erkannte ich, dass es sich um angehende Dunkeldornmagierinnen handelte. Ich knickste. »Ich bin auf den Plantagen aufgewachsen, verzeiht meine Unwissenheit. Was meintet Ihr, als Ihr von Magie spracht?«

Die eine warf ihre langen schwarzen Haare nach hinten und funkelte mich neugierig an. »Auf den Plantagen, sagst du? Bist du das arme Ding, das diesen Zwischenfall in dem einen Kaff überlebt hat?«

Zwischenfall. Kaff.

Heiße Wut flammte in mir auf. Erinnerungsfetzen. Gefühle, die ich unter einer Schicht aus Eisen vergraben hatte.

Nicht daran denken, Opal. Einfach nicht daran denken.

Ich nickte nur.

»Spannend«, sagte die andere, ein hübsches Mädchen mit einem geflochtenen blonden Zopf und einer Stupsnase, die ihr einen eingebildeten Gesichtszug verpasste.

»Wollen wir sie jetzt erlösen?«, flüsterte sie ihrer Freundin betont laut zu. »Sie ist doch so interessiert, das sieht man ihr an der Nasenspitze an! Sicher ist sie froh, dass sie nun nicht mehr auf diesen Feldern arbeiten und sich zu Tode langweilen muss.«

Sich zu Tode langweilen?

Ich ballte die Hände zu Fäusten, was den beiden nicht entging. Sie stießen einander die Ellenbogen in die Seite und kicherten wieder.

»Schert euch von dannen«, sagte jemand hinter mir, und ein erschrockener Ausdruck huschte über die Gesichter der beiden jungen Frauen. Kurz argwöhnte ich, dass der Königsgleiche mir gefolgt war, dass er sich wieder an meine Fersen geheftet hatte und überall auftauchte, wo ich war, aber die Stimme hatte höher geklungen.

Als ich mich umdrehte, erkannte ich, dass Jasmin fast auf meiner Höhe angekommen war.

»Danke, doch das wäre nicht nötig gewesen.«

»Ich weiß.« Sie zuckte mit den Schultern. »Aber ich kann die beiden sowieso nicht leiden.«

Jasmin umrundete mich und trat einige Schritte in die Bibliothek hinein, ehe sie sich abwartend umdrehte und eine ungeduldige Geste mit der rechten Hand machte.

»Worauf wartest du? Willst du noch länger im Weg herumstehen?«

»Nein, natürlich nicht.« Ich beeilte mich, zu ihr aufzuschließen, um den Eingang nicht weiter zu blockieren. »Ich muss mich nur orientieren, ich war noch nie hier.«

»Verstehe. Am Anfang ist die Halle etwas erdrückend, finde ich. Als ich mit meinem ersten Literaturverzeichnis hier stand, dachte ich, ich würde niemals auch nur ein einziges Buch in dieser Masse finden. Aber man gewöhnt sich dran. Was suchst du denn?«

So unschuldig Jasmin ihre Frage gestellt hatte, so wissend schien ihr Blick, der aufmerksam auf mich gerichtet war. Mir schoss die Röte in die Wangen. »Ich, ähm …«

Die Dornenformerin warf ihr schwarzes Haar zurück und lächelte. »Schon gut, Opal. Versuch nur nicht so verloren auszusehen, dann kommt auch niemand auf die Idee, dich nach deinem Anliegen zu fragen. Soll ich dich herumführen?«

Ich schüttelte den Kopf. »Das ist freundlich von dir, aber ich komme zurecht. Heute ist mein freier Tag, ich habe also keine Eile.«

»Daran habe ich keinen Zweifel. Im Gegensatz zu meinen Mitstudierenden finde ich nämlich, dass einiges dazugehört, dem Tod mehrfach von der Schippe zu springen und das durchzumachen, was du überstehen musstest. Da werden dich ein paar alte Bücher auch nicht herausfordern.«

Ich erwiderte ihr Lächeln. Ich mochte Jasmin. Hinter ihrer ruppigen Art schien sich ein weicher Kern zu verbergen. Und sie sah im Gegensatz zu den anderen Studierenden nicht auf mich herab oder glaubte, etwas Besseres zu sein. Das rechnete ich ihr hoch an.

Aber trotz meiner Sympathie stapfte ich in die Richtung der weniger stark besuchten Bereiche, weil ich mich ohne neugierige Blicke anderer umsehen wollte.

Die Bibliothek war fensterlos, was ich erst jetzt bewusst wahrnahm. Eigentlich hätte sie nachtfinster sein müssen, so ohne jedes Tageslicht, das ihren schwarzen Mauerwänden Leben und Licht einhauchte. Aber dennoch war sie angenehm hell erleuchtet, und als ich den Kopf in den Nacken legte, begriff ich auch, warum: Unzählige Kerzenlichter schwebten frei in der Luft. Viele bewegten sich exakt über den Köpfen der Studierenden, die gerade durch die Gänge schlurften. Das Kerzenlicht hatte etwas Unnatürliches: Es war hellweiß, von kühlem Ton, nicht in der Farbe von Feuer. Magisches Licht.

Dieses weiße Licht prallte gegen Glas. In jede Regalreihe, so erkannte ich rasch, fügte sich eine fast mannshohe Glasvitrine ein, hinter deren Wänden ein ungewöhnlich hochgewachsener Dunkeldorn seine Blütenköpfe stolz nach oben reckte, als fühlte er sich hier, im Halbdunkel, viel wohler als draußen auf trockenen, sonnigen Plantagen. Der Rest der Pflanze verschwand unter einem mauerartigen Sockel, der keinen Blick auf das Wurzelgeflecht oder die Erde, in der sie stecken musste, zuließ.

Und auch sonst war die Bibliothek von Magie getränkt. So viel Dunkeldornmagie wie hier hatte ich noch nicht zur selben Zeit erlebt, nicht einmal im Schwarzen Kolosseum. Und zum ersten Mal bekam ich einen wirklichen Eindruck davon, wie Dunkeldornmagie war: gewaltig, aber mit einem Hauch Fäulnis umgeben, mit diesem süßlichen, leicht widerlichen Geruch der Pflanze, den ich so verabscheute.

Durch die hohen hölzernen Regale rankten sich dünne, feingliedrige schwarze Äste, die den Studierenden, die die Leitern nicht nutzen wollten oder konnten, die Bücher reichten, an die sie nicht aus eigener Kraft gelangen konnten. Zweige mit dünnen schwarzen Knospen schlängelten sich auch zwischen die Bücher, stützten sie oder schoben sie den Studierenden mit einem ungelenken Schubs entgegen, wenn sie nach ihnen greifen wollten. Hier und da wuchs wie von Zauberhand ein modrig aussehender Baumstumpf aus dem Boden, der als Fußtritt diente, wenn jemand zu klein für die mittleren Reihen war.

So kam es mir vor, als wäre die Bibliothek am Leben, selbst wenn sie ohne Menschen wäre. Sie regte sich, knarzte und ächzte wie eine Greisin und ließ ihre knochigen Finger durch die Lüfte gleiten.

Ich sah mich verstohlen um, da ich mich fragte, wer die Quelle für die Dunkeldornmagie war. Waren es die Studierenden? Die Bibliothekarin? Lehrkräfte? Oder war es die Bibliothek selbst? Waren es die Dunkeldornen, die wie Wächter an jedem Regal thronten?

Ein schrecklicher Gedanke durchzuckte mich, während ich langsam Reihe für Reihe ablief, ohne mich auf die Titel auf den Buchrücken konzentrieren zu können.

Was, wenn die ellenlangen, intelligenten Zweige, die diese niederen Arbeiten verrichteten, Teil der Dunkeldornen in den Vitrinen waren? War das möglich?

Nein, Opal. Das kann nicht sein. Jetzt wirst du langsam verrückt und bildest dir Unmögliches ein. Du hast jahrelang auf den Plantagen gearbeitet. Du weißt, wie der Dunkeldorn aussieht, du kennst ihn besser als die meisten Studierenden hier. Wenn diese verdammte Pflanze plötzlich Zweigarme hätte, wüsstest du das.

Aber wüsste ich das wirklich? Woher sollte ich denn wissen, wozu die Pflanzen wirklich imstande waren? Ich hatte sie nur wachsen gesehen, und wenn die Blüte kam, waren sie geerntet worden. Woher sollte ich wissen, was die Dunkeldornen vermochten, wenn man sie ihrer Magie nicht beraubte? Vielleicht waren sie dann tatsächlich in der Lage, diese Dinge hier zu bewirken.

Ich blieb stehen, atmete einmal tief durch und begann, mich auf mein ursprüngliches Anliegen zu konzentrieren: Ich wollte lesen. Lesen und lernen und mehr über den Dunkeldorn und die Wissenschaften hier herausfinden. Dafür musste ich mir einen Überblick über die vorhandene Lektüre machen.

Es dauerte eine Weile und mehrere schlendernde Runden durch die Reihen, bis ich ein Gespür für die Ordnung bekam.

Die Bibliothek war viergeteilt. Es gab vier gleich große Bereiche, von denen jeder in Form von Dutzenden Regalen einen eigenen Themenkomplex abdeckte. Geteilt wurden sie von einem durch die Halle verlaufenden, kreuzartigen Wegemuster, bestehend aus einem senkrechten und einem waagerechten Gang. Diese Gänge führten zur Mitte der Bibliothek und ließen dort viel Platz für Bänke, Sitzecken und Schreibtische. Da waren die Studierenden in ihre Abschriften vertieft oder blätterten mit spitzen Fingern in verstaubten Büchern, ohne diejenigen zu beachten, die auf Zehenspitzen an ihnen vorbeiliefen.

Ich machte mich unsichtbar, wann immer ich von einem Quadrat ins nächste huschte. Aber eigentlich hätte ich mir keine Mühe geben müssen, ich *war* unsichtbar. Meine Dienstkleidung war wie ein Schild, der mich mit meiner Umgebung verschmelzen ließ. Nur einmal wollte ein älterer Absolvent, dass ich ihm ein Buch anreichte, obwohl er selbst keine drei Armlängen von dem dazugehörigen Regal entfernt saß.

Schnell hatte ich die Beschilderungen entdeckt, welche den vier Bereichen ihre Themen zuordneten:

Der Dunkeldorn – Wie er wächst und gedeiht
Der Dunkeldorn – Woher er stammt
Der Dunkeldorn – Wie man ihn erforscht
Tensia – Das Land der Dunkeldornmagie

Kaum jemand schien sich dafür zu interessieren, welche Ursprünge der Dunkeldorn hatte, denn in dem dortigen Bereich hielt sich so gut wie niemand auf. An den äußeren Rändern der Quadrate gab es weitere Sitz- und Lerngelegenheiten für jene, die besonders viel Ruhe haben wollten.

Ich wusste nicht, ob es dem Personal erlaubt war, sich an einem dieser Plätze niederzulassen, aber da sonst keiner da war, nahm ich mir die Freiheit heraus. Ich hatte Ewigkeiten gebraucht, mir ein Buch auszusuchen, in das ich mich nun vertiefte: *Horus Malectus: Vom Samen bis zur Blüte – ein Lexikon über den Dunkeldorn.*

Ich konnte es mir nicht erlauben, den Wälzer ganz zu lesen, da mir dazu die Zeit fehlte. Stattdessen blätterte ich durch die Seiten, überflog die Kapitelüberschriften und die eng beschriebenen Zeilen. In vielen Kapiteln waren Zeichnungen ergänzt worden, welche die verschiedenen Abschnitte der Pflanze zeigten. Ich hatte gehofft, etwas Neues darin zu finden, vor allem, was genau dem Dunkeldorn seine Magie bescherte, aber das Buch schien mir auf den ersten Blick nichts zu vermitteln, was mir Professorin Weisdorn nicht bereits viel anschaulicher erklärt hatte.

Ich klappte es wieder zu, allerdings gaben die dicken Buchdeckel einen lauteren Knall von sich als beabsichtigt. Zwischen den Reihen raunten mir mehrere Studierende wütend zu, dass ich gefälligst still sein oder mich nützlich machen solle. Auf Zehenspitzen stellte ich das Buch zurück und durchkämmte aufs Neue die Reihen. Ich blieb alle paar Schritte stehen und studierte einen Buchrücken nach dem anderen. Vieles schien interessant zu sein, vieles reizte mich, weil mein Wissensdurst gewaltig war. Aber all dies war nicht das, was ich suchte.

Ich wollte … mehr.

Und plötzlich blieb ich stehen. Natürlich! Ich wusste, warum ich nicht fündig wurde. Keines dieser Bücher handelte von der Dunkeldornmagie. Aber warum gab es kein Lehrbuch dazu? Die Studierenden waren doch aus ebendiesem Grund hier an der Universität. Wie sollten sie die Dunkeldornmagie ohne Bücher lernen?

Etwas Spitzes streifte meine Schulter. In mir zogen sich meine Eingeweide vor Ekel zusammen, als wäre mir ein übel riechender Duft in die Nase gestiegen. Als ich mich schnell umdrehte und erwartete, dort einem Studierenden ins Angesicht zu sehen, der mich zu einer meinem Rang entsprechenden Arbeit verdonnern wollte, wurde ich allerdings enttäuscht.

Es war einer der knochigen Äste, der mich angetippt hatte. Ich war sprachlos und wusste nicht, was ich davon halten sollte. War es ein Versehen gewesen? Stand ich dem Ast im Weg, wollte er nach einem Buch hinter mir greifen? Doch der Ast, an dessen Ende dünne schwarze Knospen hingen und durch den hell schimmernde, nein leuchtende Adern verliefen, machte eine auffordernde Geste in eine Richtung, immer wieder, bis ich verstand: Er wollte, dass ich diese Richtung einschlug. Aber warum? Und von wem wurde der Ast gelenkt?

Ich blickte mich um, aber ich war allein in dieser Regalreihe.

Jetzt bist du vollends verrückt, Opal. Weil du keinen Menschen mehr zum Reden hast, glaubst du, dass ein Ast mit dir kommuniziert. Erzähl das bloß niemandem, sonst stecken sie dich gleich in die Zermahlerin.

Ich ging ein paar Schritte. Der Ast folgte mir zu meiner rechten Seite, was mein Gefühl des Unwohlseins verstärkte. Die Magie bewirkte offenbar, dass der Ast in seiner Größe nicht beschränkt war. Er folgte mir, wuchs, war bald länger als das Regal, um dessen Metallstreben er sich gewunden hatte. Als das Regal endete, schlängelte er sich nach unten und kroch wie ein wirbelloses Tier über den Boden, vorbei an der Glasvitrine mit einem besonders prächtigen Dunkeldornexemplar, das er beinahe liebevoll mit seinen Knospen streifte. Dann wand er sich in schleichenden Bewegungen über den schwarzen, glanzpolierten Marmorboden zwischen zwei weiteren Regalen hindurch. Ich warf einen raschen Blick auf die Beschilderung. Wir liefen durch die Abteilung *Der Dunkeldorn – Wie er wächst und gedeiht*, die, wie ich zugeben musste, für mich reizvollste Abteilung. Aber der Ast interessierte sich nicht für die Bücher, an denen wir vorbeikamen. Wo ich anfangs noch gedacht hatte, dass er die stummen Fragen, die ich mir auf der Suche nach einem passenden Titel gestellt hatte, vielleicht *gehört* hatte und mir passende Lektüre zeigen wollte, so wurde ich jetzt immer irritierter. Was genau hatte der Ast im Sinn … und war es etwas Gutes?

Wir bewegten uns auf den äußersten Rand, die letzten Bücherreihen der Abteilung zu, und ich blieb stehen. Ich hatte ein ungutes Gefühl. Keiner der Studierenden war bis hier hinten vorgedrungen, und ich wollte nicht allein mit diesem … *Ding* sein. Dunkeldornen waren durch und durch verdorben. Was auch immer sie – oder ihre Handlanger – vorhatten, ich wollte nicht daran beteiligt sein.

Dieser Dunkeldorn aber wich nicht von seinem Willen ab, und er ließ sich auch nicht abschütteln. Der knorrige Ast wartete einige Augenblicke, dann stieß er wie eine zuschnappende Natter vor. Das dürre Holz wirkte auf mich so fragil, dass ich es eigentlich mit einer Hand hätte zerbrechen können, aber als es sich wie eine Schlinge um meinen Knöchel rollte und daran zog, spürte ich seine gewaltige Kraft.

Das war kein gewöhnliches Holz. Das war Dunkeldornmagie, in etwas Banales gekleidet, aber es war viel mehr, viel stärker, viel finsterer. Meine Haut fühlte sich eiskalt an, wo sie von diesem Ding berührt wurde.

»Lass los«, wisperte ich erschrocken und versuchte, meinen Fuß mit einem Ruck aus dem Klammergriff zu lösen, doch der Dunkeldorn ließ nicht locker, im Gegenteil: Der Druck um mein Gelenk nahm zu, bis es wehtat und ich einen leisen Aufschrei unterdrücken musste. Sollte ich schreien? Um Hilfe rufen?

Der Dunkeldorn zog noch einmal ruckartig an mir, sodass ich ins Straucheln geriet und beinahe nach hinten umgefallen wäre. Aber dann löste er wider Erwarten seinen Griff und blieb ganz ruhig auf dem Boden liegen. Still, regungslos. Abwartend.

Ich bückte mich und rieb die schmerzende Stelle, an welcher der Ast einen rötlichen Abdruck hinterlassen hatte. Dabei behielt ich das Ding misstrauisch im Auge, aber es machte keine Anstalten, sich noch einmal an meinem Knöchel zu vergehen.

Ich richtete mich wieder auf. Das Ding setzte sich langsam in Bewegung und kroch weg von mir, hielt an, kroch weiter, hielt wieder an.

Es wartete auf mich.

Ich wusste, dass ich es sehr wahrscheinlich bereuen würde, dass ich besser kehrtmachen und wegrennen sollte, wo ich doch am eigenen Leib gespürt hatte, wie stark es war. Aber ich war neugierig. Ich wollte wissen, was der Dunkeldorn mir zeigen wollte. Also tat ich etwas Unkluges.

Ich folgte ihm.

21

Verborgen hinter Gift

Manche Einzelheiten sieht man erst dann, wenn man willens ist, sie zu sehen. *Wirklich* zu sehen, nicht bloß über sie *hinweg*zusehen, weil man glaubt, dass das, was einem ins Auge springt, nur gewöhnlich ist und sich nichts Besonderes dahinter verbirgt. Das Ungewöhnliche liegt meistens unter einer dicken Schicht Normalität, die man abstauben und verstauen muss.

So war es auch hier: Die Wände der Bibliothek waren pechschwarz, mit einem hellen Schimmer darin, der glänzte, wenn das Kerzenlicht sie traf.

Ich stand vor einer solchen Wand, und zwar jener auf der anderen Seite der Bibliothek, weit entfernt vom Eingang. Zumindest dachte ich das, bis der Ast sich zunächst entlang der Wand nach oben gehangelt hatte und dann in ihr verschwunden war.

Verschwunden? Ja, wirklich. Von dem einen auf den anderen Moment wurde das kriechende Ding von einem schwarzen Schlund verschluckt.

Mir war das ganz und gar nicht geheuer. Wenn die Pflanze doch hätte sprechen und mir mitteilen können, was ihr Anliegen war. Ich begriff noch immer nicht, was sie mit mir vorhatte. Ich kniff die Augen zusammen und trat vorsichtig einige Schritte näher heran, bis ich lediglich eine Armlänge von der Wand entfernt war. Mein Blick wanderte forschend über die glatte Oberfläche und … Ich kniff die Augen noch fester zusammen und fokussierte den Blick auf eine Unregelmäßigkeit im Mauerwerk. Da war, und zwar so fein, dass ich es selbst bei genauem Hinsehen nur erahnen konnte, ein feiner Spalt in der dunklen Schwärze der Steine. Er begann unten am Boden, verlief dann gerade nach oben, knickte nach rechts ab und … Da erkannte ich es: Er malte die Umrisse eines Türrahmens.

Ich zögerte, dann trat ich ganz nahe heran. Die Oberfläche unterschied sich, obgleich die Farbe dieselbe war, vom Rest des Mauerwerks. Sie wirkte unruhiger, körnig, uneben, als ob eine Schicht darauf läge, die dem Rest der Steine fehlte. Eine Art *Staub*schicht. Eine Blütenstaubschicht.

Ich hob die Hand, um sie mit den Fingerspitzen flüchtig zu berühren. Um zu ertasten, was da anders war. Ich tat es, bevor ich nachdenken konnte. Bevor ich auch nur überlegen konnte, ob es vielleicht gefährlich war, eine gut verborgene Tür in einem Raum voller Dunkeldornmagie zu berühren.

Ich tat es einfach, weil ich das Gefühl hatte, es tun zu müssen. Es tun zu *dürfen*.

Unter meinen Fingerkuppen kribbelte es, als wütete hinter der Wand – oder in ihr drin – ein Feuer und würde mir Hitze entgegenwerfen. Aber es war kein schmerzhaftes Gefühl. Unangenehm ja, aber auszuhalten.

Ein leises Knistern lag in der Luft, so als stünde ein Blitz kurz davor, sich zu entladen und irgendwo mit Wucht in den Boden zu fahren.

Das eingerahmte Stück Wand vor mir veränderte sich, und

ich zuckte erschrocken zurück. Das Schwarz der Oberfläche verlor sich, wurde heller und durchscheinender wie eine abgedunkelte Scheibe aus mattem Glas, durch die ich mit etwas Mühe spähen konnte. Ein Schriftzug hob sich ab, er flimmerte leicht wie die weite Ebene der Plantage an einem heißen Sommertag. Die Schrift war Magie.

Der Dunkeldorn –
Wie man ihn beherrscht,
ohne dass er dich beherrscht

Wissenschaftliches Archiv –
Aufbewahrung, Archivierung und Datensicherung
wissenschaftlicher Forschung [Streng geheim]
Betreten auf eigene Gefahr und nur für Erlesene.
Für Verletzungen und Todesfälle wird keine
Haftung übernommen.

Die verborgenen Abteilungen. Hier mussten sie sein.

Mir wurde heiß. Ich war mir sicher, dass dies genau der Ort war, zu dem ich wollte. Dort mussten alle Informationen zu finden sein, die streng vertraulich waren. Ein wissenschaftliches Archiv! Das klang wie Musik in meinen Ohren.

Aber wie kam ich hinein? Es gab keinen Türgriff, keine Einkerbung, nichts, was auf einen Mechanismus hindeutete, mit dem ich die Tür aufziehen könnte. Probeweise stemmte ich die Hände dagegen, wobei das unangenehme Kribbeln sofort in meine Arme wanderte. Ich presste, bis ich außer Atem war, aber die eingezeichnete Tür hatte sich nicht einen Millimeter bewegt oder auch nur ansatzweise unter meinem Gewicht nachgegeben.

Ich trat wieder zurück und verschränkte die Arme vor dem Brustkorb, während ich darüber rätselte, wie ich in den Raum hinter der Wand gelangen konnte. Es *musste* einen Weg hinein geben.

Es hat einen Grund, dass du nicht hineinkommst, Opal. Was hinter diesem dunklen Glas liegt, ist nur für wichtige Menschen bestimmt. Für Studierende der Dunkeldornmagie und Wissenschaftlerinnen und ganz sicher nicht für dich.

Ich stieß einen Laut der Frustration aus. Natürlich würde ich nicht hineingelangen, wenn ich nicht doch in Erwägung zog, die Professorin zu fragen. Aber mein Bauchgefühl riet mir davon ab; ich würde erklären müssen, wieso ich hineinwollte, und dafür war ich zu misstrauisch. Abgesehen davon: Es gab nicht einen guten Grund, wieso sie mir erlauben sollte, in die verborgenen Abteilungen eingelassen zu werden.

Vielleicht musste ich mich geschlagen geben. Vielleicht waren die Antworten direkt vor meiner Nase, und ich würde sie doch niemals zu Gesicht bekommen.

Am liebsten hätte ich gegen irgendetwas getreten, aber ich wagte es aus Respekt gegenüber den alten Büchern nicht, die voller Weisheit steckten und bei meinem Anblick sicher den Kopf geschüttelt hätten, wäre es ihnen möglich gewesen.

Ich wollte mich gerade abwenden, als ein vertrautes knarzendes Geräusch erklang. Der kriechende Ast kam aus den verborgenen Abteilungen heraus, indem er sich anmutig über den Boden schlängelte. Ich ging in die Hocke, um zu prüfen, ob es dort einen Spalt gab, durch den ich mehr von der anderen Seite erhaschen konnte – als die matte, dunkle Glasscheibe einfach *verschwand*.

Ich blinzelte. Wo ich eben nur die Umrisse von etwas Gewaltigem hatte erahnen können, war mir jetzt ein direkter

Blick vergönnt. Ein kostbarer Blick, der mich überforderte. Glasvitrine um Glasvitrine zwischen den Ästen und ineinander verschlungenen Zweigen eines majestätisch großen Dunkeldorns, welche die Bücher anstelle von Regalböden hielten. Ganz hinten, sodass ich sie kaum erkennen konnte, stapelten sich in Leder eingebundene Notizbücher, wie sie Professorin Weisdorn nutzte, in mit seltsamen Riegeln versehenen Glaskisten. Die Zweige des Dunkeldorns waren mit goldenen Sprenkeln übersät und immer in Bewegung, und mit ihnen die Bücher, die sie trugen.

Doch der Moment, der mir erlaubt war, war mit dem nächsten Atemzug schon wieder vorbei. Meine Sicht wurde von zwei jungen Männern in der Robe der Dunkeldornmagier gestört, die durch die eingezeichnete Tür schritten. Sobald sie auf meiner Seite der Wand waren, wurde das Glas wieder matt und dann ganz schwarz, sodass die eingezeichnete Tür kaum mehr zu erkennen war.

Der eine der Männer war der Königsgleiche selbst. Natürlich gehörte er zum elitären Kreis derjenigen, die Zutritt zu den verborgenen Abteilungen hatten – immerhin war er nicht nur der Königsgleiche, sondern auch ein angehender Dornenkönig mit magischer Begabung. Auch der andere schmächtige junge Mann, der den Königsgleichen begleitete, kam mir bekannt vor; er war während Keyas Prozess an seiner Seite gewesen.

Der Königsgleiche und ich starrten uns an. Ich hatte ihn zuvor bei meinen schlendernden Runden nicht in der Bibliothek gesehen.

Die Hand des Dunkeldorns schlängelte sich in unruhigen, schnellen Bewegungen über den Boden, als wüsste sie nicht, wohin sie sich nun wenden sollte. Der Königsgleiche warf ihr einen Blick zu, der mich irritierte. Da lag Beunruhigung in seinem sonst so beherrschten Gesicht, und er flüsterte etwas durch zusammengepresste Lippen, das nicht ich, dafür aber sein Begleiter verstand. Hatte der Königsgleiche etwa *Angst* vor dem Dunkeldorn? Das konnte ich mir nicht vorstellen, immerhin war er gerade dabei, ihn beherrschen zu lernen.

»Das ist kein Ort, vor dem die niederen Bediensteten sich herumtreiben sollten. Hast du nichts zu arbeiten?«, fragte der Königsgleiche kühl.

Es dauerte einen Augenblick, bis ich begriff, dass er mich meinte. Ich wollte ihn fragen, warum er sich diesen Tonfall herausnahm, als mir das stechende Eisgrau in seinen Augen bewusst wurde. Er tat nicht nur so, als wären da wieder Welten zwischen uns, weil er sein Gesicht wahren wollte, nein. In diesem Augenblick meinte er seine Worte wirklich so.

Die Erkenntnis traf mich stärker, als ich erwartet hätte.

Ich zwang mich zu einem Knicks; dem tiefsten, den ich jemals vor ihm getätigt hatte. Vielleicht sah er meine Verletzung darin.

»Natürlich, Eure Königliche Hoheit. Es gibt immer jemanden, dem man die Stiefel putzen muss«, murmelte ich. Eine leichte Schärfe in meiner Stimme konnte ich nicht unterdrücken.

Ich war dem Königsgleichen keine Antwort wert. Er stapfte an mir vorbei, wie er es am ersten Tag getan hatte. Sein Begleiter beeilte sich, ihm auf dem Fuße zu folgen.

Ich musterte die eingezeichnete Tür noch einmal sehnsuchtsvoll, ehe ich mich von ihr abwandte, um dem Königsgleichen in ausreichendem Abstand in Richtung Ausgang zu folgen. Ich wusste nicht, wie ich es anstellen sollte, aber ich musste entschlüsseln, wie ich die verborgenen Abteilungen betreten konnte. Ich vermochte es nicht zu erklären, aber mein Instinkt sagte mir, dass ich dort die Antwort auf alle Fragen finden würde, die in mir tobten. Und ich wusste, dass ich mich auf mein Bauchgefühl verlassen konnte.

Ein leises Schleifgeräusch verriet mir, dass das endlos lange hölzerne Ding mir folgte. Langsam kroch es hinter mir her, und jedes Mal wenn ich mich zu ihm umdrehte, blieb es weiter zurück.

Ich konnte mich des Gefühls nicht erwehren, dass es nicht wollte, dass ich ging, es aber nicht wagte, mich ein weiteres Mal festzuhalten, weil wir Aufmerksamkeit auf uns gezogen hatten.

Als ich ihm einen letzten Blick zuwarf, hatte es sich um eine Glasvitrine gewunden, und der Dunkeldorn, der darin eingeschlossen war, hatte seine Blüten weit geöffnet. Feiner Staub klebte an den dicken Innenwänden des Glases. Ich war mir ziemlich sicher, dass der Zweig zu diesem Dunkeldorn gehörte. Sein Kopf blickte in meine Richtung, und auch wenn ich geschworen hätte, dass der Dunkeldorn keine Augen hatte, fühlte es sich an, als sähe er direkt in mich hinein.

22

PRÜFUNGSOBJEKTE

Ich hätte alles dafür gegeben, Zeit zu haben. Zeit, um Antworten zu finden, Schlupflöcher, geheime Gänge. Irgendeinen Weg, nur um in die verborgenen Abteilungen zu gelangen. Sie verfolgten mich bis in meine Träume, und nach jedem Traum erschien mir das, was sie vor uns gewöhnlichen Menschen verbargen, begehrenswerter.

Aber die nötige Zeit, um den Mechanismus des Eingangs auszutüfteln, blieb mir verwehrt. Als ich am nächsten Morgen meinen Dienst antrat, verkündete Professorin Weisdorn mir mit gerunzelter Stirn, dass meine Arbeitskraft zunächst woanders dringender gebraucht würde.

»Aber wo?«, fragte ich widerstrebend. Ich *wollte* hier sein, wollte die Professorin bei ihrer Forschung unterstutzen, von ihr lernen, mir alles abschauen.

»Du hast doch sicher mitbekommen, dass der höchste Jahrgang nächste Woche seinen Abschluss feiert, oder?«

Ich nickte vage. »Ich habe davon gehört, aber da ich wenig mit den Studierenden in Berührung komme, weiß ich nicht, wie genau das vonstattengeht.«

»Nun, diese Woche werden die Absolventen geprüft und müssen ihre Fähigkeiten unter Beweis stellen. Für all jene, die die Prüfungen erfolgreich gemeistert haben, wird es eine Abschlusszeremonie geben, in welcher sie offiziell zu Dunkeldornmagiern und Dornenformern erklärt werden.«

»Und jene, die nicht bestanden haben?«

Die Professorin zuckte mit den Schultern. »Die werden von der Universität verwiesen. Es gibt keine zweite Chance. Wer nicht würdig ist, die Aufgaben zu bewältigen, ist nicht würdig, die Titel zu tragen.«

Ich schaute wehmütig hinüber zu den blank polierten Arbeitsplatten, die darauf warteten, benutzt zu werden. »Und wo wird nun meine Hilfe gebraucht?«

»Einige Gehilfinnen werden für die Vorbereitungen für die Zeremonie benötigt, andere für die Durchführung der Prüfungen selbst. Lass dich bitte von Natalia einweisen. Sie hat den Dienstplan erstellt und weiß Näheres. Ich nehme an, du wirst im Lehrtrakt gebraucht, um dort bei den Vorbereitungen zu helfen.«

Ich konnte einen leisen Seufzer nicht unterdrücken.

Zu meiner Überraschung lächelte Professorin Weisdorn, was ihrem strengen Gesicht Wärme verlieh. »Du leistest gute Arbeit hier, Opal. Ich bin zufrieden mit dir. Und ich weiß, dass du Freude an deinen Aufgaben hast und lieber mir helfen würdest. Aber sei gewiss, die Zeit des Abschlusses ist schneller vorbei, als du denkst, und dann stehst du schon wieder im Labor.«

Ich konnte nicht anders, ich erwiderte ihr Lächeln strahlend. Das waren die nettesten Worte, die ich seit Langem vernommen hatte, und ich spürte erst in diesem Augenblick, dass meine wunde Seele sie aufsaugte wie ein Schwamm.

»Danke, Professorin Weisdorn. Das ist sehr freundlich von Ihnen.« Beinahe hätte ich einen Knicks vollzogen, rief mich aber im letzten Moment zur Ordnung. Immerhin war sie keine Adelige.

Ich machte mich auf den Weg in den Hauswirtschaftsraum von Natalia, um mir dort meine Anweisungen abzuholen. Draußen schien die Sonne und versprach einen warmen Frühlingstag. Ich atmete den frischen Geruch von Bäumen, Blumen und Gräsern ein und dachte an Professorin Weisdorns Worte. Ich würde im Nu wieder im Labor stehen und die Abschlusszeremonie hinter mich gebracht haben.

Ich ahnte nicht, dass ihre Worte mehr hatten aussagen sollen; dass da etwas zwischen den Zeilen mitgeschwungen hatte, das mir erst später bewusst werden würde.

Hätte ich das Lächeln so strahlend erwidert, wenn ich es geahnt hätte? Hätte ich mein ganzes Vertrauen in sie gesetzt?

Hätte ich weiterhin so unerschütterlich an sie geglaubt?

Zehn junge Bedienstete und Aushilfen standen in einer geordneten Reihe vor Natalia, die unsere Namen nacheinander aufrief und sie auf der Liste durchstrich, die auf einem Klemmbrett in ihrer Hand steckte.

Wir waren ausnahmslos Frauen und Mädchen, weshalb ich zu meinem Überdruss davon ausging, dass die Arbeiten, zu denen wir eingeteilt werden sollten, Tätigkeiten im hauswirtschaftlichen Bereich waren. Wieso mussten immer wir dafür herhalten?

Im Gegensatz zu den anderen war meine Schürze von schwarzem Feinstaub übersät und nicht strahlend weiß. Ich hielt die Hände unauffällig über die schlimmsten Flecken, aber es half nichts. Natalia hatte mein Erscheinungsbild bereits mit einem Stirnrunzeln quittiert.

»Opal, dich habe ich bei den Prüfungen für den heutigen Tag eingeteilt. Ich denke, du bist stark genug dafür.«

Stark genug? Für Prüfungen?

Neben meinem zählte sie vier weitere Namen auf. Die jeweiligen Bediensteten machten ein Gesicht, als hätten sie gerade von einem Todesfall im engsten Familienkreis erfahren, während die anderen in der Reihe bemüht leise, aber doch vernehmlich aufatmeten.

»Um welche Tätigkeiten geht es denn genau?«, fragte ich in die unangenehme Stille hinein.

Niemand schien so recht antworten zu wollen, daher bedachte ich Natalia mit einem auffordernden Blick, unter dem sich die sonst so gestrenge Personalvorsteherin wand.

»Es ist mir verboten, über den Ablauf der Abschlussprüfungen zu sprechen. Informationen dürfen nur das Lehrpersonal oder die Prüfenden selbst herausgeben«, murmelte sie schnell. Zu schnell.

»Ich dachte, es handelt sich um simple Hilfstätigkeiten«, bohrte ich nach.

»So ist es auch. Ihr sollt assistieren.«

»Ja, aber was bedeutet …«

»Genug jetzt«, unterbrach mich Natalia harsch. »Macht euch bitte frisch, zieht euch saubere Kleidung an, und trefft mich in einer Stunde vor dem Lehrtrakt. Ich bringe euch dann zu den Prüfungsräumen.«

Sie wirbelte herum, und ich konnte mich des Eindrucks nicht erwehren, dass ihr Abgang eine Flucht war; Flucht vor den Antworten, die ihr auf der Zunge lagen, die sie mir aber nicht geben durfte oder wollte.

Ich war die Erste, die sich vor dem Lehrtrakt eingefunden hatte und nun auf die anderen wartete. Ich hatte keine Ahnung, was mich erwartete, doch ich war aufgeregt und musste meine schwitzenden Handflächen ein paarmal an meiner gewechselten Schürze abwischen.

Ich denke, du bist stark genug dafür.

Dieser Satz geisterte in meinem Kopf herum, und mit jedem Mal, den ich ihn in Gedanken aussprach, wurde er bedrohlicher und ließ mehr Spielraum für dunkle Fantasien.

»Mit ›stark‹ meinte sie wahrscheinlich einfach nur meine körperliche Stärke«, sprach ich mir selbst Mut zu, und je länger ich darüber nachdachte, desto mehr Sinn ergab es. Natürlich. Ich war eine Feldarbeiterin. Ich war schwere, ausdauernde Arbeit gewohnt. Es war klug, dass ich bei möglicherweise anstrengenden Prüfungen zur Hand gehen sollte, da ich nicht nur körperliche Tätigkeiten gut ausführen konnte, sondern durch die Arbeit auf dem Feld und im Labor auch im Umgang mit dem Dunkeldorn geübt war.

Nach und nach versammelten sich die anderen Prüfungshelferinnen in meiner Nähe, und schließlich erschien auch Natalia mit Grabesmiene.

»Folgt mir«, sagte sie kurz angebunden und ohne Begrüßung. Sie würdigte keine von uns eines Blickes, und so stapften wir im Gänsemarsch hinter ihr her.

Im Eingangsbereich der ehrwürdigen Universität war es ungewöhnlich still. Offenbar hatten alle Studierenden, die nicht zu den Abschlussprüfungen antreten mussten, diese Woche frei oder lernten auf ihren Zimmern, jedenfalls begegneten uns nur vereinzelte Dienstkräfte, die im eiligen Laufschritt Materialien von hier nach da schleppten.

Es wunderte mich nicht, dass Natalia uns nach unten in die

kühlen Kellergewölbe führte. Die Stimmung war bedrückt, die anderen Bediensteten warfen sich immer wieder Blicke zu, die meine Beunruhigung zurückkehren ließen.

Sie hatten Angst. Diese Angst hing greifbar in der Luft.

»Was geht hier eigentlich vor sich?«, fragte ich Natalia, die den Zeigefinger hob und auf ihre Lippen legte.

»Psst. Hier werden Prüfungen abgehalten, Opal. Schweigen ist oberstes Gebot.«

Am liebsten hätte ich dieses Schweigen zertrümmert und darauf beharrt, dass sie ihr Wissen mit uns teilte. Ich wollte erfahren, was mich erwartete. Ich wollte nicht absichtlich in Unwissenheit gehalten werden.

Wir stiegen mehrere Stufen hinab und landeten im Kellergeschoss, in welchem auch die Bibliothek angesiedelt war, nur um weitere Treppen hinabzusteigen, die mir zuvor noch nicht aufgefallen waren. Sie waren doch am Vortag noch nicht da gewesen, oder? War auch das Magie?

Wendeltreppe um Wendeltreppe stiegen wir in die Tiefe hinab, und ich fühlte mich, als würde ich Schritt für Schritt ein kleines bisschen mehr von einem schwarzen Schlund verschluckt werden, in dem es keine Laute mehr gab außer dem Klackern unserer Schuhabsätze auf dem feuchten Gestein.

Stufe

Um

Stufe

Hinab.

Wo wir am Ende auch landeten … Wir waren so tief unter der Erde, dass uns niemand mehr finden würde, da war ich mir sicher.

An der letzten Stufe angelangt, blieb Natalia stehen und bedeutete uns mit einer ungeduldigen Handbewegung weiterzugehen. »Von hier aus müsst ihr allein zu den Prüfungsräumen gelangen, da mir der Zutritt verwehrt ist. Ich warte oben in der Eingangshalle auf euch. Seid stark und zeigt euren Willen mitzuarbeiten, dann … ist es leichter.«

Natalia griff nach dem Metallgeländer und trat den Rückzug an, ehe wir etwas erwidern konnten.

Nun waren wir also auf uns gestellt. Niemand sagte ein Wort, niemand machte auch nur Anstalten, sich in Bewegung zu setzen und diesem schwarzen steinernen Gang zu folgen, der auf eine runde schwarze Tür zulief, die einzige Tür hier unten im Abgrund.

»Was nun?«, durchbrach ich das Schweigen.

Ein jüngeres Mädchen, das neben mir zitterte, deutete mit dem Zeigefinger auf die unheilvolle Tür. »Wir müssen dort klopfen.«

Eine andere, die zum nächtlichen Reinigungstrupp des Forschungsareals gehörte und der ich manchmal begegnete, wenn ich das Labor abschloss, nickte zustimmend. »Bringen wir es hinter uns. Wenn wir sie zu lange warten lassen, wird es nur noch schlimmer, das haben die vom letzten Jahrgang gesagt.«

»Die vom letzten Jahrgang?«, wiederholte ich verwirrt.

»Na, die Bediensteten, die letztes Jahr die Ehre hatten, bei den Prüfungen zu *helfen*.«

Ich öffnete den Mund, aber sie unterbrach mich, bevor ich meine Frage stellen konnte.

»Lass es. Du erfährst es früh genug. Glaub mir, ich wünschte, ich wäre so unwissend wie du.«

Sie marschierte an mir vorbei, als hätte sie sich in den Kopf gesetzt, alles möglichst schnell hinter sich zu bringen, ohne darüber zu sprechen. Wir folgten ihr dicht auf den Fersen, als gäbe uns die Nähe zueinander Halt, und vielleicht war das auch so.

Als ich den steinernen Gang entlanglief, sah ich mich verstohlen um. Seit meinem Besuch in der Bibliothek war ich empfindlicher für die Magie geworden, die mal mehr, mal weniger stark die Universität durchtränkte. Und hätte ich nicht diese besondere Entdeckung, die der Dunkeldorn selbst mir gezeigt hatte, in der Bücherhalle gemacht, so wäre mir vermutlich nicht aufgefallen, dass auch dieser Gang Magie beinhaltete.

Wo die anderen Bediensteten, die sich aufgeregt an den Händen hielten, den Blick nur auf die dunkle, deutlich sichtbare Tür gerichtet hatten, fiel mir etwas anderes ins Auge, dem sie keine Beachtung schenkten: Rechts und links passierten wir Tür um Tür. Fast ein Dutzend eingezeichnete Türen lagen da auf jeder Seite tief im Stein verborgen, schmiegten sich an die dunklen Wände; die hellen Striche, die ihre Umrisse zeichneten, stachen nur für jene hervor, die wussten, wonach sie Ausschau halten mussten.

Noch mehr Türen, die nur mit Magie zu öffnen waren.

Mich packte die Aufregung. Noch mehr Geheimnisse, noch mehr zu entdecken, noch mehr …

Aber jetzt war nicht der Augenblick dafür. Die runde schwarze Steintür öffnete sich ohne menschliches Zutun vor uns, und ein in Schwarz-Gold gehüllter Dunkeldornmagier trat durch den Türrahmen, der so niedrig war, dass er den Kopf einziehen musste, um nach draußen zu uns in den hallenden Korridor zu gelangen.

Man konnte nicht viel von seinem Antlitz sehen. Er trug eine Kapuze, die durch ihre Größe einen Schatten auf sein Gesicht warf und nur eine kantige Kinnpartie mit Bartstoppeln und einem Schnurrbart auf den dünnen Lippen entblößte.

»Ihr seid die Helferinnen, nehme ich an?« Seine Stimme war schwer, feierlich und ein wenig schläfrig machend, als läge da ein Zauber in seinen Worten, der uns einhüllte und uns ruhig und gefügig machen konnte. Sofort fühlte ich mich leichter und wollte mich entspannen. Hier passierte doch gar nichts Schlimmes, oh nein, alle Angst und alle Aufregung waren umsonst gewesen.

Nein, Opal, lass das nicht zu, das ist Dunkeldornmagie. Lass sie nicht wieder in deinen Kopf. Wehr dich, du kannst das! Du hast dich schon einmal gegen eine Dunkeldornmagierin zur Wehr gesetzt, hast sie aus deinem Kopf verbannt, weißt du noch?

Meine Gedanken fühlten sich an, als hätte sie jemand in Watte gepackt. Immer wenn ich versuchte, sie zu fassen zu bekommen oder mich auf etwas zu fokussieren, entwichen sie mir. Es kam mir so vor, als wäre mein Kopf unter Wasser getaucht. Alles war schummrig und zwielichtig und rauschte leise. Um uns herum wurden Worte gesprochen, meine Füße bewegten sich wie von selbst, obwohl ich mich nicht daran erinnern konnte, ihnen den Befehl dazu gegeben zu haben.

Wehr dich, Opal, gib dir Mühe!

Von allen Seiten erdrückten mich Flüstern und Wispern. Eine leichte Übelkeit machte sich in mir breit, weil diese ungefilterten Eindrücke mich orientierungslos machten.

Wehr.

Dich.

Verdammt.

Ich dachte an Keya. An Malefizia. An den schwarzen Schatten, der sie umgeben hatte, an das Schwarze Kolosseum.

An Keya. An Keya auf dem Boden, auf ihren Knien, in dem Knochenkäfig. Noch mehr an Keya.

Das schaffte Klarheit in meinen umnebelten Gedanken. Wann immer sie mir zu entgleiten drohten, dachte ich an Keya. An Nan. An meine Mutter, an meine Schwester. An Julian.

Oh, Julian. Julian, den ich am allermeisten verdrängte. Julians Lächeln. Julians Stimme. Julians Ruhe, seine Wärme, seine Hände, die mir Gewicht von den Schultern nahmen; echtes Gewicht, aber manchmal auch das auf meinem Herzen.

Ein letztes Mal.

Der eintretende Schmerz schärfte meine Gedanken. Wie ein Messer fuhr er durch sie hindurch und zerriss mit Wucht die Watte, den Nebel, das Flüstern.

Ein letztes Mal.

Diese Worte, *unsere* Worte, die ich in den letzten Wochen in einer inneren Gruft vergraben hatte, waren plötzlich wieder da, hingen wie ein rettender Anker in der Luft, nach dem ich die Arme ausstrecken und der mich durch das dunkle Gewässer zurück an die Oberfläche ziehen konnte.

Ein letztes Mal. Ein letztes Mal würde ich mich von anderen kontrollieren lassen. Ein letztes Mal *hatte* ich mich von anderen kontrollieren lassen.

Jetzt.

Nie.

Wieder.

Ich blinzelte. Obwohl ich die Augen die ganze Zeit offen gehalten haben musste, konnte ich erst jetzt *wirklich* sehen und die Umgebung wahrnehmen. Ich hatte eben noch im Gang gestanden, aber nun war ich, ohne zu wissen, wie ich dorthin gekommen war, in einem Gewölbe, dunkel wie die Nacht, dunkel wie die Magie, die hier praktiziert wurde. Ich konnte sie riechen, schmecken, ja atmen, die Dunkeldornmagie. Sie füllte den steinernen Raum aus. Sie steckte in jeder Pore, jedem Loch, vielleicht sogar schon längst in uns allen.

Vorsichtig ließ ich den Blick schweifen, ohne mich zu auffällig aus meiner bisherigen Starre zu lösen. Neben mir befand sich das junge Mädchen, das eben noch vor Angst gebebt hatte. Auch sie musste in eine Art Trance versetzt worden sein, denn ihr Blick war emotionslos nach vorne gerichtet, ihre Arme hingen schlaff zu ihren Seiten herab.

Wo aber waren die anderen? Ich wagte es nicht, den Kopf zu bewegen, um jede Ecke des Raumes in Augenschein zu nehmen, da ich nicht wusste, was geschehen würde, wenn jemand bemerkte, dass ich nicht mehr gefügig war. Nicht mehr unterworfen.

Aber da waren nur noch das Mädchen und ich übrig geblieben. Nur noch sie und ich im Angesicht eines Dutzends Dunkeldornmagier. Die meisten vermochte ich nicht zu erkennen, weil es so dämmrig war und die Gesichter vom Schatten verborgen waren.

Nun, da sich meine Augen aber langsam an die schummrige Dunkelheit gewöhnt hatten, konnte ich mich besser orientieren. Der Gewölbekeller mutete auf den ersten Blick an wie ein gewöhnlicher Unterrichtsraum, so wie ich sie im Lehrtrakt hin und wieder im Vorbeigehen durch offen stehende Türen gesehen hatte. Die Prüflinge und einige interessierte Männer und Frauen aus dem Forschungs- und Lehrpersonal hatten in den hinteren Bankreihen Platz genommen, um das Schauspiel zu beobachten. An einem Pult saßen zwei Männer und eine Frau in schwarzen Roben und stellten einem Absolventen, den ich einige Male auf dem Gelände gesehen hatte, Prüfungsfragen.

»Was tust du, wenn dir ein Zauber misslingt, Nicolas?«, fragte die Frau, die gerade ihre Brille zurechtrückte.

»Ich lenke die Magie auf ein anderes Ziel, Prüferin.«

»In welcher Priorität?«

»Boden, Gegenstand, Getier, Mensch. Keinesfalls auf einen anderen Dunkeldornmagier.«

»Deine Dozentin sagte uns, dass du Probleme mit den Sicherheitszaubern hast. Traust du dir die praktische Prüfung dennoch zu?«

Nicolas nickte eifrig. Voller Tatendrang hatte er sich die breiten Ärmel seiner Robe hochgekrempelt, als könnte er es kaum erwarten, endlich loszulegen.

»Dann eine Freiwillige bitte.«

Freiwillige. Beinahe hätte ich laut und gackernd gelacht. Freiwillige. Wie sie hinter schönen Worten ihre Verbrechen verbargen. Hinter »Freiwillige« und »Gerichtsprozess«.

Einer der beiden männlichen Prüfer erhob sich von seinem Stuhl und ging auf mich und das Mädchen zu. Er griff nach ihrem Arm und zog sie langsam in die Mitte des Raumes, wo auch Nicolas mit einem merkwürdigen Glitzern in den Augen stand und wartete. Das Mädchen ging mit schlurfenden Schritten und gesenktem Kopf, den Blick ins Leere gerichtet.

Ich wünschte, ich hätte mich umdrehen und fliehen können, aber in meinem Rücken war nichts als nackter, kalter Stein, der mir ins Ohr flüsterte, dass es kein Entkommen gab. Das Entsetzen in meinen Eingeweiden lähmte mich.

Mir blieb nichts anderes übrig, als Zeugin zu werden. Ich war wie eine unfreiwillige Zuschauerin in den Arenen, in denen wilde Tiere auf zum Tode geweihte Menschen losgelassen wurden, um sich unter lautstarkem Applaus gegenseitig zu zerfleischen.

»Welchen Zauber soll ich ausführen, Prüferin? Habt Ihr Präferenzen?«, fragte Nicolas. Seine Stimme zitterte vor Aufregung, aber es war keine kindliche Aufregung, sondern eine, in der eine so schauerliche, dunkelfreudige Note mitschwang, dass mir schlecht wurde.

Auch wenn es niemand aussprach, wusste ich, dass die Dunkeldornmagie, die gewirkt werden sollte, nichts Gutes, nichts Heilendes, nichts Leuchtendes sein würde.

»Die Entscheidung obliegt dir, Nicolas.«

Nicolas lächelte. »Umso besser.«

In einer Welt hinter dem Wellengrab zu einer Zeit ohne Aufzeichnungen, nur von Mund zu Mund weitergetragen und hier und da verändert

Schenk mir Rat, du heilige Dornenmutter, sage mir, was ich tun soll. Sie sind so stark, so schnell, sie haben Schwerter und Waffen, die explodieren. Was sollen wir tun? Wie sollen wir uns wehren? Ich habe dir immer mit Leib und Seele gedient, bitte sage uns, wie wir deine Heiligtümer vor den Dieben da draußen verteidigen sollen.

Die Geräusche des Kampfes waren selbst hier drinnen zu hören, obwohl Naemi hinter den dicken Steinmauern des Tempels auf den Knien lag und zu höheren Mächten betete. Schreie, Klirren und laute Knalle drangen zu ihr durch, während sie die Dornenmutter anflehte, ihr Leben im Tausch für die Rettung der Dahlischen Inseln anbot, ja alles für einen Handel in den Ring warf.

Aber es half nichts. Die Dornenmutter schwieg an diesem Tag.

Naemi konnte es kaum fassen. Dort, wo sonst in ihrem Inneren die wohlige Wärme, die Gewissheit der Anwesenheit der Dornenmutter leuchtete, war nun nichts als Leere, als hätte die Heilige beim ersten Anblick des drohenden Unheils die Flucht ergriffen. Und sie, ihre Dienerin, hatte ihr bereits alles angeboten, was sie besaß. Es gab nichts mehr, womit sie die Dornenmutter noch hätte locken können.

Naemi erhob sich aus ihrer knienden Position. Ihre nackten Fußsohlen und die Haut an ihren Beinen waren an manchen Stellen vom schnellen Rennen über Stock und Fels aufgeschürft und bluteten leicht. Sie wusste, dass ihre Brüder und Schwestern draußen alles gaben, dass sie bis aufs Blut kämpfen würden, um den Tempel und sie, die oberste Dienerin der Dornenmutter, zu beschützen, aber Naemi war klar, dass sie früher oder später fallen würden.

Naemi zog das Messer hervor, dass sie an ihrem Oberschenkel festgeschnallt hatte. Sie wollte kein Blut vergießen, wenn es nicht nötig war, aber heute ging es nicht anders. Ihr Heiligstes wurde attackiert, und, viel schlimmer, man würde es stehlen.

Wir hätten sie zerstören sollen, als wir es noch konnten.

Naemi wirbelte herum. Auf den unteren Stufen des Tempeleingangs stützte sich Juri mit einer Hand gegen eine Statue. Er war blutbeschmiert, sein Gesicht erschöpft und kampfeswillig zugleich. In seinen Augen loderte ein Feuer, das Naemi Angst machte.

Wie hätten wir sie je zerstören können?, *flüsterte Naemi.* Sie ist ein Geschenk der Dornenmutter.

Und jetzt zahlt die ganze Welt den Preis, und wir zuallererst.

Sie wusste, dass Juri vielleicht recht hatte. Dass sie nicht hätten warten dürfen, dass sie … Aber niemand verstand das Wesen ihres Heiligsten so gut wie die Bewohner der Dahlischen Inseln. Niemand verstand, dass etwas, das in ein dunkles Gewand gehüllt war, dennoch Licht und Hoffnung sein konnte. Dass man dieses Licht nur nicht zerstören und lediglich die Dunkelheit übrig lassen durfte.

Was sollen wir jetzt tun, Juri?

Beten.

Das habe ich schon. Es hilft nichts.

Dann, *sagte Juri*, bleibt dir nur eine Wahl.

Naemi wusste, wovon Juri sprach. Tief in ihrem Herzen war ihr klar, dass es keinen anderen Weg gab, den sie noch beschreiten konnte. Und sie wusste auch, dass diese Wahl zu treffen ihr mehr abverlangte, als ihr eigenes Leben zu geben.

Sie musste Licht und Dunkelheit gleichermaßen zerstören, sie niederbrennen, bis nur noch Asche übrig war.

Doch wie, um der Dornenmutter willen, sollte sie das Herz der Dahlischen Inseln in Schutt und Asche verwandeln?

Naemi starrte mit Tränen in den Augen hoch zum Altar, zu der Statue der Dornenmutter, die dort auf einem steinernen Podest stand und mit fernem, entrücktem Gesichtsausdruck einen Punkt am Horizont musterte, den sie, die Irdischen, nicht kannten.

Aber die Dornenmutter schwieg. Offenbar war es ihr egal, wenn sie ihre *Erschaffung dem Erdboden gleichmachten.*

Sie schwieg noch immer, als Naemi sich zu Juri umdrehte und sie den Schmerz in seinen Augen sah, der ihren eigenen widerspiegelte.

Sie hatte keine Wahl.

23

Der Schatten in mir, Feind und Freund gleichermaßen

Ich wusste nicht, ob ich den Blick auf das Mädchen gerichtet halten sollte. Ich wusste nicht, ob ich ihre Demütigung damit noch größer machen oder ob ich ihr auf diese Weise Halt geben würde. In mir hatte sich wieder das beißende, allzu vertraute Gefühl von Ohnmacht eingenistet und alles andere wie ein Kuckuckskind vertrieben.

Die Trance war aus ihr gewichen, sie war nun ebenso bei Bewusstsein wie ich und imstande, jede Grausamkeit, die man an ihr verüben wollte, zu erleben.

Nicolas' Stimme klang wie aus einem fernen Sturm, als wäre er hinter einer Wand aus Wind und Krach verborgen, als würde er mit aller Gewalt austeilen, ohne selbst getroffen werden zu können.

»Ist der Illusionszauber genehm, verehrtes Prüfungskomitee?«

Stühle wurden gerückt. Dreifaches Nicken. Neugierige Blicke. Nach vorne gelehnte Körper. Offenbar war der Illusionszauber Dunkeldornmagie der schwierigen Sorte, jedenfalls war das Komitee beeindruckt und gespannt.

»Er ist genehm. Aber sei vorsichtig, Nicolas. Wir können eingreifen, aber je nachdem, wie ungeschickt du bist, können wir einen möglichen Schaden nicht mehr reparieren.«

Einen möglichen Schaden. Die Übelkeit in mir verstärkte sich. Ich hatte nicht so sehr Angst darum, was sie wohl mit mir vorhatten, sondern sorgte mich vielmehr um das Mädchen, das viel zu jung für solche Erfahrungen war. Für solche skrupellosen Menschen.

Das Mädchen war vor Panik erstarrt. Sie hätte auch nicht fliehen können, denn in den Wandnischen des Gewölbekellers lauerten Schatten. Lebendige Schatten in schwarzen Roben, die jeden aufhalten würden, der flüchten wollte. Uns blieb nur auszuhalten. *Durchzuhalten.*

Nicolas umrundete das Mädchen. »Wie ist dein Name?«, fragte er schmeichelnd.

Das Mädchen wich einen Schritt zurück. Sie betrachtete ihn mit vor Angst weit aufgerissenen Augen. »Nele«, wisperte sie erstickt.

»In Ordnung, Nele. Du musst dich nicht fürchten. Ich passe auf, dass dir nichts geschieht, ja? Du musst nur stillhalten, verstehst du das?«

Nele konnte nicht stillhalten. Ihr Körper bebte und zitterte und waberte, als wäre er von einem Erdbeben erschüttert.

»Es ist wichtig, dass du stillhältst. Sag mir, dass du das verstanden hast, Nele.« Seine zuvor so samtene Stimme hatte einen ungeduldigen Beiklang bekommen. Er wollte sich nicht mit einem verängstigten Mädchen aufhalten. Er wollte loslegen, sich beweisen. Das konnte ich ihm an der Nasenspitze und den blitzenden Augen ansehen.

Nele schien das zu spüren, schien zu ahnen, dass es ihre

Lage nur noch schlimmer machte, wenn sie ihre vermeintliche Zustimmung verweigerte. Sie antwortete so verloren, dass es mir das Herz brach. »Ich habe verstanden.«

Nicolas' Grinsen vertiefte sich und wurde selbstgefällig. Ich überlegte, ob es eine Option war, durch den Raum zu hechten und ihm die Nase zu brechen. Aber angesichts all der Anwesenden – sicher doch mehr als ein Dutzend, wenn ich die interessierten Dunkeldornmagier und Lehrenden in den Zuschauerrängen zählte – würde ich wohl kaum drei Schritte weit kommen.

Nicolas zog eine Ampulle aus seinem Ärmel, die mit schwarzem Pulver gefüllt war. Die Ampulle eines Dunkeldornmagiers. Er öffnete den Verschluss mit langsamen, behutsamen Bewegungen. Ich kniff die Augen zusammen, denn das Dämmerlicht erschwerte mir eine gute Sicht auf das Geschehen. Und ich wollte unbedingt sehen, was er mit dem Dornenpulver anstellte, wo es mir bei der Hohen Rätin doch entgangen war.

Der angehende Dunkeldornmagier aber schluckte das Pulver zu meiner Überraschung nicht hinunter. Er drehte die Ampulle, bis sie kopfstand und der zermahlene Dunkeldornnektar hinausglitt. Er fiel nicht zu Boden, sondern schwebte in der Luft. Unter Nicolas' konzentriertem Gesichtsausdruck formte sich das Pulver zu einem Schatten, der ihn langsam umhüllte, ihn machtvoll und furchteinflößend werden ließ – es war genau wie bei der Hohen Rätin.

Es war dieselbe Dunkelheit, die sie umgeben hatte, die ihrer beider Stimmen bedrohlicher, ihre Haut blasser und ihre Gestalten gewaltiger hatte erscheinen lassen.

Er ließ die leere Ampulle achtlos los. Mit einem leisen Klirren fiel sie zu Boden und kullerte ein Stück zur Seite. Nicolas achtete nicht darauf, sondern trat so nahe an Nele heran, bis sie nur noch eine Armlänge voneinander trennte.

Ich hielt den Atem an. Wartete auf eine Art Zauberspruch, eine verräterische Handbewegung, aber nichts. Dunkeldornmagie wurde nicht ausgesprochen. Sie wirkte aus dem Schatten heraus, welcher dem Dunkeldornmagier ihre Stärke einverleibte. Nicolas hob die rechte Hand und hielt sie Nele vors Gesicht. Er spreizte die Finger auf Höhe ihrer Augen, die eigenen geschlossen und seine Miene hoch konzentriert. Beide regten sich nicht.

»Was siehst du, Mädchen?«, wollte die Prüferin wissen, die sich nicht einmal Neles Namen gemerkt hatte. Das war einer von vielen Nadelstichen, die dafür sorgten, dass ich mich vor Wut wand.

»Feuer. Ich sehe Feuer. Einen brennenden Berg, ich …« Nele brach ab, ihre Augen waren noch weiter aufgerissen, als jagte ihr das, was man ihr in ihrem Kopf aufzwang, eine Heidenangst ein.

»Wie wäre es mit etwas Freundlicherem, Nicolas?«

»Aber natürlich«, presste er hervor, aber es war deutlich zu erkennen, dass ihm die Aufforderung nicht gefiel. Seine Körperhaltung wurde steifer, angespannter. Offensichtlich musste er sich nun weit mehr anstrengen.

Seine rechte Hand bebte ein wenig. Er öffnete die Lippen und atmete Nele ganz sachte an, als wollte er ihr die Magie einhauchen und ihr so seine Illusion überstülpen.

Aber nun war etwas anders: Der Schatten, der seinen Körper dicht umwaberte, als wäre er ein undurchsichtiges Tor zu einer anderen Welt, flackerte. Er wurde blasser und schrumpfte mehr und mehr in sich zusammen.

»Nein«, sagte Nicolas so leise zu dem schwindenden Schatten, dass nur Nele und ich ihn hören konnten. »Du bleibst hier. Ich befehle es dir.«

Und da begann das Schreien. Es erfüllte das Gewölbe hundertfach und dröhnte in meinen Ohren, dass ich die Hände darauf pressen musste. Im selben Moment knickten Neles Beine ein, und sie fiel zu Boden. Noch während des Falls glitten ihre Hände zu ihrem Gesicht, aber wir alle hatten es gesehen, bevor sie es bedecken konnten.

Sahen das Blut.

Das Blut, das aus ihren Augenhöhlen tropfte. Die trüben Iriden, aus denen jede Farbe, jedes Licht erloschen war.

Mir stockte der Atem. Er hatte sie erblinden lassen. Er hatte sie wahrlich erblinden lassen, und die anderen hatten tatenlos zugesehen, ohne rechtzeitig einzuschreiten. Nacheinander bohrte ich meine Blicke in die Gesichter des Prüfungskomitees, aber nicht einen Anflug von Bedauern konnte ich ausmachen. Nicht einen einzigen. Sie beachteten mich nicht einmal und gingen davon aus, dass ich noch in meiner Trance gefangen war.

Sie trugen das Mädchen fort. Ihr Körper war schwach und blutüberströmt, zuckte aber noch leicht, als wäre ein letzter Funke Rebellion in ihm. Ich flüsterte ihr tonlos zu, dass ich in Gedanken bei ihr sei. Ich wünschte, ich hätte sie nach draußen begleiten und ihre Hand halten können.

Aber jetzt war ich an der Reihe.

Den Anschein, noch unter völliger Kontrolle zu sein, hatte ich mittlerweile fallen gelassen. Mit stolzer, trotziger Miene trat ich in die Mitte des Saals, wo nur noch ein letzter Prüfling übrig geblieben war. Als sie die Kapuze aus der Stirn schob, erkannte ich ihr Gesicht. Es war eine der beiden Absolventinnen, die in der Bibliothek über mich gelacht hatten.

Sie musterte mich mit einem breiten, schadenfreudigen Lächeln. Offenbar konnte sie es kaum erwarten, mit der Prüfung zu beginnen. Sie warf ihre langen blonden Haare über die Schulter und grinste mich an.

»Na, sieh an …«, murmelte sie und zog eine Augenbraue hoch. »Ich würde gerne den Schwebezauber vorführen«, sagte sie dann laut und deutlich.

Das Prüfungskomitee beriet sich kurz, ehe die Vorsitzende den Kopf schüttelte. »Bitte wähle einen anderen aus. Das Risiko ist zu hoch, dass das Prüfungsobjekt dabei zu Schaden oder gar zu Tode kommt.«

Ein leises Räuspern aus den Zuschauerrängen war zu vernehmen, dann erhob sich die Professorin. Ja, *meine* Professorin. Sie war hier. Sie war hier, um ihre schützende Hand über mich zu halten. Ich war dankbar, sie dort stehen zu sehen, aufrecht und mit einer Entschlossenheit, die ihr ins Gesicht geschrieben stand. Obwohl ich mir einredete, keine Angst zu haben, musste ich meinen Körper regelrecht dazu zwingen, nicht in unkontrolliertes Zittern auszubrechen.

Natürlich hatte ich Angst. Eine Scheißangst.

Aber die Professorin … Sie würde mich beschützen, wie sie es in Elver schon einmal getan hatte, würde mich aus diesem bösartigen Schlamassel retten. Denn genau dafür war sie ja hier und arbeitete an ihrer Forschung: Sie wollte die Welt, in der die Dunkeldornen unter uns waren, besser, sicherer machen.

»Verzeiht die Störung. Sie ist meine Aushilfe. Ich sehe Eure Bedenken, daher möchte ich Euch die Entscheidung erleichtern. Ich möchte hiermit die Erlaubnis geben, den von der Prüfenden gewünschten Zauber durchzuführen.«

Die Anwesenden tuschelten miteinander, während ich

starr vor Entsetzen war. Ich glaubte, den Boden unter den Füßen zu verlieren. Sie erlaubte … was?

Die Vorsitzende bedachte sie mit einem zweifelnden Blick. »Seid Ihr Euch da sicher? Der Zauber ist waghalsig. Ich möchte die Verantwortung dafür nicht tragen.«

»Mir ist es ernst«, sagte die Professorin. »Nehmt den Schwebezauber. Sie hält ihn aus. Ich trage gerne dafür die Verantwortung, sollte etwas passieren.«

Ich trage gerne dafür die Verantwortung, sollte etwas passieren.

In meinem Kopf breitete sich Leere aus. Nicht die Leere, die die Dunkeldornmagie bewirkt hatte, kein Nebel, keine Watte.

Ich fühlte mich verraten. Mein Blick begegnete dem von Professorin Weisdorn. Ich wartete darauf, dass sie ihre Worte zurücknahm, dass sie zur Besinnung kam, dass sie erkannte, dass *ich* es war, die sie da so großzügig den anderen zum Fraß vorwarf, ihre Gehilfin, die hier im Mittelpunkt der Prüfung stand, nicht irgendeine willkürlich ausgewählte Fremde, nicht irgendein Tier; dass sie wenigstens den Anstand hatte, diesen Blickkontakt abzubrechen und beschämt gen Boden zu sehen, zu erröten oder auch nur irgendein Anzeichen zu geben, dass sie Mitgefühl für mich empfand.

Aber da war dasselbe Interesse in ihrem Blick, mit dem sie auch die Feldmäuse begutachtet hatte. In ihrer Hand hielt sie ihr kleines Notizbuch und einen Stift. Würde sie es etwa wagen, sich Anmerkungen zu den Prüfungen zu machen? Darüber, was man mit den anderen und mir anstellte? Was die Prüfung mit mir anrichten würde? Nein, das würde sie nicht wagen.

Doch, das würde sie.

Die Vorsitzende des Prüfungskomitees lehnte sich für einen

kurzen Wortwechsel mit ihren beiden Kollegen zur Seite. Gedämpft besprach sie mit ihnen die mögliche Freigabe, während sie wild mit den Händen gestikulierte. Schließlich zuckte sie mit den Schultern und wandte sich der Absolventin zu.

»Es sei dir erlaubt, Soraya. Bedank dich bei Professorin Weisdorn.«

Die Absolventin deutete einen Knicks in die Richtung der Professorin an. »Vielen Dank für Eure Fürsprache, Professorin«, sagte sie mit sichtlicher Begeisterung.

Professorin Weisdorn nickte und setzte sich hin, um dem Geschehen mit Adleraugen zu folgen.

Nun gab es nichts mehr, was den ungleichen Kampf zwischen Soraya und mir aufhalten konnte. Aber ich würde mich ihr nicht unterwerfen, ihr keinen Laut, keinen Schrei, keine Träne schenken. Sie konnte mich mit ihrer Dunkeldornmagie in Splitter zerbrechen, doch ich würde ihr diese Genugtuung nicht geben, mich betteln oder wimmern zu sehen.

Auch sie bediente sich einer Ampulle mit Dunkeldornpulver, das sie freisetzte und in einen Schatten verwandelte, der sie umhüllte. Dieser Schatten war anders als jener von Nicolas, viel dichter und größer, er nahm weit mehr Raum ein, stob fast bis zur Decke empor.

Sorayas Lippen bewegten sich unaufhörlich, als sie beide Handflächen umdrehte, bis sie gen Himmel zeigten, und sie vor ihrem Körper ausstreckte. Ich konnte ihre Worte nicht verstehen, weil sie nicht laut ausgesprochen wurden. Sie sagte sie mehr zu sich selbst. Ein leiser, beruhigender Singsang in Anbetracht der gewaltigen Aufgabe.

Zunächst spürte ich nichts. Ein seltsames Surren lag in der Luft, das mit einem hohen Piepton für einen unangenehmen Druck in meinen Ohren sorgte.

»Sachte, Soraya«, murmelte die Prüferin. »Sachte.«

Soraya achtete nicht auf die Vorsitzende, die den Zauber mit einem tiefen Stirnrunzeln und offenkundiger Nervosität beobachtete. Stattdessen verstummte ihr Flüstern, während der Schatten sich von ihrer Gestalt löste und sich wie eine Decke auf dem Boden verteilte. Wie wabernder Nebel, der mit dem Morgentau aus einer Wiese aufstieg, kroch er über den Stein auf mich zu. Dabei kam er von allen Seiten und schnitt mir jede Fluchtmöglichkeit ab.

Ich hielt den Atem an, je näher der Schatten kam. Viel zu schnell hatte er mich erreicht und berührte meine Knöchel. Selbst durch den Stoff der Hose hindurch hatte ich das Gefühl, brennendem Eis zu begegnen.

»Sei vorsichtig«, ertönte die warnende Stimme der Prüferin. Der sich wiegende Schatten war unruhig, flackerte hin und her, als hätte seine Herrscherin ihn nicht vollständig unter Kontrolle.

Soraya nickte mit zusammengebissenen Zähnen. Ihre Miene war angestrengt, als versuchte sie, einen durchgehenden Hengst zu zähmen. Der Schatten sammelte sich und wurde gleichmäßiger. Sie schien mehr Kontrolle über ihn gewonnen zu haben, denn das Wabern ließ nach, und der Schatten senkte sich dichter an den Steinboden. Ganz langsam schob er sich unter mich und meine Schuhsohlen. Ein leichter Druck legte sich um meine Fußgelenke, der aber nach einem Atemzug wieder nachließ.

Soraya stand inzwischen der Schweiß auf der Stirn, und ihre Handflächen zitterten vor Anspannung. Dann hob sie die ausgestreckten Handflächen ein Stück nach oben. Zentimeter für Zentimeter.

Und ich … ich hob mich mit, als würde sie mich mühelos

auf ihren Händen tragen. Ich stieg auf. Ich schwebte. Verlor den festen Boden unter den Füßen, dieses Mal nicht nur im bildhaften Sinne, sondern ganz wahrhaftig.

Ein Raunen ging durch den Keller. Es war ein anerkennendes Raunen. Soraya lächelte trotz der Anstrengung, die sie sichtbar aufbringen musste. Ihre Augen blitzten mich voller Triumph und Stolz an, als sie mich so hoch schweben ließ, dass meine Füße bereits auf ihrer Hüfthöhe angekommen waren.

Ich versuchte, Ruhe zu bewahren, aber das fiel mir schwer. Ich fühlte keinen Halt, sondern nur dieses kühle Brennen, das sich durch meine Schuhabsätze fressen wollte. Es tat nicht weh, war aber auch nicht angenehm.

»Soraya, das reicht. Du kannst sie wieder absetzen.«

Die Augen der angehenden Dunkeldornmagierin blitzten ein weiteres Mal unheilvoll auf. »Ich kann sie noch höher treiben«, rief sie. »Ich kann die Schwerkraft austricksen.«

Die Prüferin machte eine wegwerfende Handbewegung. »Das glauben wir dir, es ist aber nicht nötig, um die Prüfung zu bestehen. Wichtiger ist, dass du den Zauber nun zu einem sauberen Ende bringst. Setz sie ab.«

Soraya sprach es nicht so laut aus, dass ihre Worte es bis zum Pult des Prüfungskomitees schafften. Aber bis zu mir drangen sie vor: »Niemals.«

Ihre Finger krümmten sich, als sie es auf die Spitze treiben wollte, von Ehrgeiz und Machtgier getrieben. Die Adern auf ihren Unterarmen, die durch das Hochschlagen ihrer Robenärmel zu sehen waren, traten sichtbar hervor. Ich kniff die Augen zusammen. Sie wirkten … schwarz. Lag das an dem Dämmerlicht, oder wie war das möglich? Konnte der Schatten der Dunkeldornen auch in ihr sein, die Magie von innen heraus wirken?

Noch während mir dieser Gedanke durch den Kopf schoss, geschah es. Der wackelige Boden aus Luft und Schatten und Dunkeldornen unter mir bröckelte. Der Schatten, der eben noch beherrscht wurde, brach aus. Und binnen eines Atemzugs fühlte ich mich auf die Plantagen zurückversetzt, denn plötzlich war ich von einem schwarzen Nebel umgeben. Der Schatten hatte sich freigekämpft und die Kontrolle über das Geschehen übernommen.

Ich war eingehüllt. Wie seinerzeit auf den Plantagen. Wieder hörte ich Schreie, nur dass es dieses Mal nicht von Menschen stammte, die ich liebte, nur dass es dieses Mal nicht von Menschen stammte, die gerade starben.

Ich schloss die Augen.

Der Tod war noch immer ein nachtragender Knecht, und er nutzte offenbar jede Gelegenheit, mich in seine Finger zu kriegen.

Die Rufe ebbten nicht ab, und dann durchfuhr mich ein heftiger, schmerzhafter Schlag, der durch meinen ganzen Körper jagte.

Schritte.

Rufe nach Hilfe, halbherzige Rufe der Vorsitzenden nach einem Heilkundigen.

Eine schneidende Stimme, die die anderen verstummen ließ

Ich öffnete die Augen. Über mir waren Gesichter mit weit aufgerissenen Augen, mit Mündern, die Laute der Überraschung formten. Ich rang nach Luft, etwas schien in meinen Atemwegen festzusitzen wie ein Pfropf. Ich hustete, konnte aber immer noch nicht richtig einatmen.

Dann schob sich ein anderes Gesicht dazwischen. Ein vertrautes Gesicht. Ein Gesicht, auf dem ein zufriedenes, rätselhaftes Lächeln lag. Das Lächeln der Professorin verschwand, als sie meine panische Miene las, und sie streckte die Hand aus, die sie hauchzart auf meinen Mund legte. Sie bewegte tonlos die Lippen, zog ihre Hand zurück, und mit ihr löste sich das bisschen Schatten, das sich einen Weg in meine Kehle gebahnt hatte. Sie hatte die Dunkeldornmagie aus meinen Atemwegen entfernt.

Ich konnte wieder Luft holen. Ein bitterer Nachgeschmack lag auf meiner Zunge, der mich husten ließ.

Blitzlichter tauchten vor meinem inneren Auge auf und ließen mich durch die Zeit zurückrasen, zurück zu trockener Erde unter sich bewegenden Baumschatten, als ich nach Luft ringend dort gelegen hatte, mit süßem, vergiftetem Met zwischen den Lippen.

Über mir ein schönes, königliches, besorgtes Gesicht. Hände, die sich auf meine Brust pressten, bis ich den geschluckten Met wieder ausspie.

Da war sie, die Erinnerung, die ich so lange gesucht hatte: Der Königsgleiche hatte keine Dunkeldornmagie angewandt.

»Komm schon auf die Beine, Opal. Dir geht es gut. Der Dunkeldorn hat sich ein wenig in dir verbissen, aber ich habe die Blockade in deinen Atemwegen gelöst. Du bist in Ordnung. Der Sturz war vermutlich das Schlimmste.«

Ich rappelte mich auf und bewegte vorsichtig meine Gliedmaßen. Die Professorin hatte recht, die Schmerzen, die noch übrig waren, rührten von dem Aufprall auf dem Boden her. Was auch immer Soraya getan hatte, irgendwie musste sie den Schatten während der Prüfung davon abgehalten haben, mich gänzlich zu verschlingen.

Doch als ich mich umsah, entdeckte ich die Absolventin am Rande einer auf sie einredenden Menschentraube, den Blick verschämt gen Boden gesenkt, die Hände blutig.

Soraya hatte den Schatten doch von mir abgehalten.

Oder?

Neben ihr stand der Königsgleiche. War er die ganze Zeit da gewesen? Verborgen im Schatten, einer von vielen gesichtslosen Dunkeldornmagiern? Hatte er stillschweigend zugesehen, ohne mir zur Seite zu springen?

Aber sein Gesicht war nicht ruhig und besonnen und schön, es war vor Wut verzerrt. Die Wut verlieh ihm etwas Dunkles und Bedrohliches, sodass alle um ihn herum Abstand zu ihm genommen hatten, selbst die Professorin, die sonst nie vor irgendwem Angst gezeigt hatte.

Erst als sein Blick zu mir glitt, verrauchte der Zorn langsam, und er schenkte mir eines seiner seltenen Lächeln.

Ich blickte weg, als ich spürte, wie mein verräterisches Herz diesem Lächeln nachgeben wollte.

24

Der Geruch von Erde und Ruhe

Man gewährte uns *Freiwilligen* als Ausgleich für die Prüfungen einen freien Tag, damit wir uns von den Strapazen erholen konnten. Einen Tag, den wir dazu nutzen sollten, den körperlichen, vor allem aber seelischen Schaden zu reparieren, den die Prüfungen den anderen und mir zugefügt hatten. Was aus dem erblindeten Mädchen geworden war, wusste niemand. Weder Natalia noch sonst jemand bekam Nele noch mal zu Gesicht. Aber ein bisschen Verlust sei bei den Prüfungen immer, hatte Natalia mit gesenktem Blick gesagt, als sie mir nach den Prüfungen eine Tasse Kamillentee und etwas Brot mit Käse auf mein Zimmer gebracht hatte.

Beides hatte ich kaum angerührt. Stattdessen hatte ich den restlichen Tag über zusammengekrümmt auf dem Bett gelegen, bis ich irgendwann verkrampft und voller wild zuckender Erinnerungen eingeschlafen war.

In den Albträumen dieser Nacht bluteten die Toten auf den Feldern von Elver aus den Augen. In den Albträumen dieser Nacht starb ich.

Ich starb.

Wieder.

Und.

Wieder.

Und in den Albträumen dieser Nacht war der Königsgleiche über mir, während in meinem Mund Schatten war, und mit seinen Händen presste der Königsgleiche auf meinen Brustkorb, bis er zersprang.

Klopf, klopf, klopf.

Pause.

Klopf, klopf, klopf.

Ich blinzelte, blieb einfach liegen. Draußen war es noch dunkel und hier, in meinem Zimmer, in meinen nachhallenden Träumen, auch.

Klopf, klopf.

Energisch. Unnachgiebig.

Das Türklopfen würde nicht aufhören, oder?

»Ich bin unpässlich«, rief ich mit schwacher Stimme. Außerdem hatte ich heute frei. Ich wollte meine Ruhe haben.

»Mir wurde aufgetragen, mich nicht abwimmeln zu lassen«, erwiderte eine männliche Stimme.

»Dann viel Spaß dabei, den Tag im Flur zu verbringen«, sagte ich laut und verärgert. Hatte man nicht einmal ein paar Stunden Ruhe vor den Umtrieben der Universität? Ein paar Stunden ohne Zwischenfälle?

Vor der Tür regte sich etwas. Wenige Schritte erklangen, als würde der Mann den Flur auf und ab laufen, dann blieb er stehen. Sekunden später wurde ein Stück Papier unter der Tür durchgeschoben.

»Bitte lest es sofort, ja?«

Ich stieß ein Seufzen aus, stand auf und ging auf wackeligen Beinen zur Tür, wo ich die Notiz vom Boden auflas.

»Seht den Brief als zugestellt an«, fauchte ich durch die Tür. »Und jetzt lasst mich in Frieden, meine Güte.«

Ich wartete, bis die sich entfernenden Schritte des Boten verhallt waren, ehe ich mich wieder aufs Bett legte. Mein Körper war so müde. *Ich* war so müde. Ich hatte keine Ahnung, wie ich in den kommenden Tagen arbeiten sollte. Der Schaden an meiner Psyche fühlte sich noch erdrückender an als der körperliche. Der Verrat durch die Professorin … Ich konnte kaum daran denken, ohne dass sich meine Brust zusammenzog.

Um die aufsteigende Panik zu verdrängen, schlug ich das einfach zusammengefaltete Blatt Papier auf. Die Schrift, mit dem es beschrieben war, kannte ich bereits, weshalb ich wusste, von wem die Notiz kam, auch wenn sie nicht unterzeichnet worden war. Ich hatte sie beim letzten Mal dem Wind überlassen.

Gewächshaus Nummer 12 rechts. Dämmerung.
Nur du und ich, versprochen.

Ich gab nichts mehr auf Versprechen, gar nichts. Sie hatten uns versprochen, dass die Plantagen uns schon nicht umbringen würden (zumindest nicht übermäßig). Sie hatten uns versprochen, dass wir die ganze bescheidene Arbeit für einen größeren Zweck machten. Sie hatten uns versprochen, dass wir etwas wert waren, weil die Arbeit etwas wert war, dass wir etwas Gutes damit bewirkten, unsere Körper zu schinden. Die Professorin hatte mir versprochen … So viel. Ausgesprochen in Worten, aber auch unausgesprochen in Lächeln, in Gesten, in Beteuerungen zwischen den Zeilen.

Nichts davon hatten sie gehalten.

Wieso sollte der Königsgleiche eine Ausnahme sein? Wieso sollte er *besser* sein?

Vielleicht weil er die Macht dazu hat.

Mir kam ein Gedanke, der mich schon die ganze Nacht gequält hatte. Der mich jede Begegnung mit ihm, jedes Wort, jede Geste, jeden besorgten Gesichtsausdruck neu einordnen ließ. Der in meinen Albträumen gewütet und Erinnerungen ans Tageslicht befördert hatte, die selbst die Gerichtsverhandlung im Schwarzen Kolosseum nicht wieder lebendig gemacht hatte.

Hat er sie wirklich, die Macht?

Meine kleine persönliche Rebellion war, nicht bis zur Abenddämmerung zu warten. Ich wartete bis zum Anbruch der Nacht. Bis draußen alles so dunkel war wie in mir. Dann erst war ich bereit für das Aufeinandertreffen mit dem Königsgleichen.

In den Gängen herrschte bereits der schläfrige, träge Frieden, welcher das Ergebnis eines arbeitsreichen Tages war. In manchen Zimmern brannte durch den Türschlitz hindurch noch Kerzenlicht oder das künstliche Licht, wo die Bediensteten letzte Erledigungen für den nächsten Tag vorbereiteten.

Auch draußen war es ruhig. Es war eine wolkenverhangene Nacht, die Mond und Sterne gut verbarg, aber die Feuerfackeln, die an den Wegen angebracht worden waren, brannten bis zum Morgen und wiesen mir den Weg zwischen Personal- und Lehrtrakt hindurch zu den Gewächshäusern im hinteren Bereich des Universitätsgeländes.

Die Nachtluft strich angenehm über meine Haut, streichelte mich wie die kühlen Finger meiner Großmutter in jenen Zeiten, in denen ich mit Fieber im Bett gelegen hatte. Sie fehlte mir mit jedem Windhauch. Sie alle taten das.

Meine Schritte verlangsamten sich, als ich die Gewächshäuser erreicht hatte. Sie waren alle mit Lichterketten erleuchtet, die matten Glasscheiben, hinter denen die Temperatur und die Luftfeuchtigkeit reguliert wurden, erlaubten einen milchigen Blick auf die majestätischen Blüten, die sich dort in riesigen Keramiktöpfen entfalteten. Sanftes Licht in Form von gläsernen Glühbirnen war über jeder einzelnen Pflanze angebracht worden und versorgte sie mit genügend Energie zum Wachsen.

Ich blickte starr geradeaus auf den weichen, erdigen Weg, während ich ein Dutzend Gewächshäuser zu beiden Seiten passierte. Ich wollte gar nicht zählen, wie viele Pflanzen am Ende dort wuchsen. Künstlich gezüchtete Pflanzen. Was konnten sie wohl anrichten? Wozu waren sie in der Lage? Ich dachte an die armen Feldmäuse, und die dunkle Ahnung, die sich in mir eingenistet hatte, verstärkte meine schon seit Kindesbeinen an gehegte Abscheu gegenüber den Dunkeldornen.

Gewächshaus Nummer 12, rechts. Ich hatte den Treffpunkt erreicht und sah mich suchend um. Der Königsgleiche war nirgends zu sehen. Die Tür zum Gewächshaus stand allerdings einen Spalt weit offen. Ich wusste, dass die Türen gut mit Schlössern – und vermutlich auch mit Magie – gesichert waren, also vermutete ich, dass der Königsgleiche die Befähigung und den Stand hatte, über die Gewächshäuser zu verfügen. Unsicher bewegte ich mich auf die angelehnte Tür zu und stieß gegen das helle Eichenholz, das am Rahmen in dickes Glas überging.

Auch innen war das Licht dämmrig. Nur die Lichterketten, die an den langen Metallstreben an der Decke befestigt waren, ließen mich gut genug sehen, um den Königsgleichen an einem der Hochbeete zu erkennen. Er stand mit hochgekrempelten Armen und schmutzigen Händen da und höhlte kleine Löcher in das Beet, in das er Samenkörner streute.

Es war ein friedlicher Anblick, wie er da so stand, ohne all das Königliche, ohne Begleitung, ohne die Note aus Überheblichkeit. Wie über ihm, über uns die Lichter mit einer Leichtigkeit schimmerten, die ich mir so sehr für mich selbst wünschte.

Ich hätte gern gelächelt, aber die Muskeln in meinem Gesicht schienen wie aus Blei gegossen. Dieser Anblick war nicht echt.

Der Königsgleiche hob den Kopf, als er mich bemerkte.

»Komm rein«, sagte er ruhig.

Zögernd machte ich ein paar Schritte in den gläsernen Raum hinein, in dem eine deutlich wärmere Temperatur herrschte als draußen. Die Luft war von einer leichten Nässe erfüllt, die Luftfeuchtigkeit legte sich sofort wie ein federleichter Film auf meine Haut.

»Na komm, du kannst mir beim Einsäen helfen.«

Langsam folgte ich seiner Aufforderung. Alles in mir widerstrebte dem, und gleichzeitig zog mich etwas zu ihm.

»Ich wusste nicht, dass Ihr solche simplen Tätigkeiten verrichten müsst«, sagte ich, als ich eine Armlänge von ihm entfernt neben dem Beet stand und mir der Geruch von frischer Erde in die Nase stieg.

»Muss ich nicht«, erwiderte er leichthin. »Aber es hat etwas Beruhigendes, neuem Leben Nährboden zu geben.«

Wie paradox, dass er bei diesem neuen Leben ausgerechnet von der tödlichsten Pflanze des Landes – oder vielleicht überhaupt – sprach.

»Außerdem ist dies eine gute Gelegenheit, ungestört mit dir zu sprechen, Opal. Ich habe gehört, du warst bei den Abschlussprüfungen dabei.«

Meine Eingeweide zogen sich bei dem bloßen Gedanken daran zusammen. Das Mädchen, das man vor mir geblendet hatte, das für eine Prüfung geopfert worden war. Ein weiterer Punkt in der Liste an Grausamkeiten, die ich seit meinem unfreiwilligen Weggang aus meiner Heimat erlebt hatte.

»Ich möchte nicht darüber sprechen.«

Der Königsgleiche hielt in der Bewegung inne, mit der er vorsichtig Erde auf die gerade eingepflanzten Samenkörner schaufelte, bevor er sie mit seinen Fingern erstaunlich behutsam festdrückte. »Auch nicht mit mir?«

Ich zog eine Augenbraue hoch. »Mit Verlaub – warum gerade mit Euch?«

Der Königsgleiche klopfte sich die Hände ab. Feine Erde rieselte zu Boden. Dann drehte er sich seitlich zu mir und lehnte sich mit der Hüfte gegen den Holzrahmen des Hochbeets.

»Muss ich das wirklich aussprechen?«

Er hob die Hand und legte den Zeigefinger unter mein Kinn, um es sanft anzuheben. Die Berührung löste ein Prickeln auf meiner Haut aus. Sein Blick war prüfend, als suchte er die Antworten, die ich nicht aussprechen wollte, in meiner Miene. Der Geruch von Erde und ihm in meiner Nase wurde intensiver und ließ mich schwindeln.

Er ist gefährlich, schoss es mir durch den Kopf, um mich selbst zu schützen, um mich selbst daran zu hindern, zu taumeln und mich in dieses verheißungsvolle Versprechen von Nähe und Glut und Verlangen zu flüchten. Seit so vielen Wochen war alles kalt und leer und trostlos in mir. Ich brauchte Feuer, um all das für ein paar Augenblicke wenigstens zu verbrennen, um mich selbst in Flammen zu setzen. Ich wollte es so sehr.

Die undeutbaren Augen des Königsgleichen so voller Wärme. Voller stummer Zusicherungen, voller versöhnlicher Angebote, zu vergessen, mich fallen lassen zu können, voller Schutzmauern, die er mir bieten und mit denen er mich vor dem Rest dieser grausamen Welt beschützen konnte.

Sein Daumen strich hauchzart über meine Wange. Er berührte mich so achtsam, als wäre ich aus Glas und könnte jeden Moment unter seiner Berührung zerspringen. Seine dunkle Kleidung raschelte, als er den Abstand zwischen uns verkleinerte, bis da kaum mehr Luft zum Atmen war.

Noch konnte ich zurück. Im nächsten Augenblick, und das wusste ich mit instinktiver Sicherheit, würde es zu spät sein. Im nächsten Augenblick würde ich unwiederbringlich verloren sein.

Er ist gefährlich. Und er ist ein Lügner.

Dieser Sog, ich musste ihn durchbrechen. Ich. Musste. Ihn. Durchbrechen.

»Warum wolltet Ihr mich sehen?«, wisperte ich, bevor mich sein Duft vollends benebeln konnte.

Er hielt einen Moment inne. »Ich habe dich hergebeten, weil … Ich weiß jetzt, was du bist.«

Mein Herz, mein unruhiges, rasendes, unverlässliches Herz drohte zu explodieren und zugleich stillzustehen.

»Ihr wisst … was?«, hauchte ich.

Der Königsgleiche nickte. »Ich habe mich kundig gemacht. Habe in der Bibliothek in alten und nicht öffentlich zugänglichen Lektüren recherchiert und auch den Wissensschatz genutzt, der uns im Dornenpalast zur Verfügung steht.«

Ich spürte, wie mein Vorhaben ins Wanken geriet. Wie ich schwach wurde. Wie der Königsgleiche mich in der Hand hatte.

»Bin ich eine Dornenformerin?«, fragte ich leise. »Weil ich gegen den Dunkeldorn immun bin?«

Er schüttelte den Kopf. »Du bist nicht nur immun, Opal, und das weißt du selbst. Du kannst den Dunkeldorn neutralisieren. Ihn unschädlich machen. Ihm die Magie nehmen, die er in sich trägt, und damit auch die Dunkeldornmagie selbst zerstören. Du bist eine Entgifterin. In Tensia hat es noch nie eine gegeben, wenn ich die Quellen richtig verstanden habe. Entgiften ist eine Gabe, die, ebenso wie der Dunkeldorn selbst, von den Dahlischen Inseln stammt und die nie nach Tensia gebracht wurde. Zumindest war es bis heute nicht bekannt.«

Du bist eine Entgifterin.

Der Satz hämmerte in meinem Kopf. Er war eine Antwort. Und zugleich war ich nicht schlauer als zuvor.

»Was bedeutet das?«, fragte ich.

»Das bedeutet, dass du eine Gabe hast, die viele Dunkeldornmagier als gefährlich für ihre Macht erachten werden.« Er senkte die Stimme, sein Daumen glitt nun hauchzart über meine Wange. »Das muss unser Geheimnis bleiben, Opal. Du darfst es niemandem erzählen. Nur bei mir bist du sicher. Du und dein Geheimnis.«

Etwas in mir zerriss. Der Königsgleiche hatte mir die Antwort gebracht, hatte mir einen Namen für das Geheimnis in mir gegeben, das ich selbst nicht einmal erahnt hatte. Und doch …

»Wie soll ich gerade Euch vertrauen können?«, wollte ich wissen. Meine Stimme zitterte. »Ihr, der mein Vertrauen will und der mich gleichzeitig nur angelogen hat?«

Die Wärme in seinen hellen Augen, die doch gerade, nur einen Atemzug zuvor, alles andere überstrahlt hatte, wurde binnen eines Wimpernschlags so schwarz wie alles andere an ihm. Es war, als würden seine Augen, seine Mimik, selbst das angedeutete Lächeln, das noch wie ein Nachhall dieser Wärme in seinem schönen Gesicht verblieben war, plötzlich mit einer undurchdringlichen Schicht aus Eis und dorniger Kälte überzogen werden und alles Anziehende übermalen. Als würde sich eine bleierne Nacht über sein Gesicht schieben und die Sonne daraus vertreiben.

Er ließ mich los, als hätte er sich an mir verbrannt, und hinterließ die Erinnerung von Körperwärme auf meiner Haut; die einzige, die ich seit Wochen bekommen hatte. Ich vermisste sie bereits jetzt, obwohl mein Verstand mir versicherte, dass ich richtiglag.

Das, was sich auf seinem Gesicht abspielte, gab mir und meinem Albtraum und den bruchstückhaften Erinnerungen recht.

»Wovon sprichst du?«, wollte er wissen, und seine Stimme klang wie am allerersten Tag, als er nur der Königliche war und ich nur eine von vielen unsichtbaren Arbeiterinnen, an der nichts Besonderes war, nichts, was seine Aufmerksamkeit verdiente.

Ich zwang mich, seinem Blick standzuhalten, was wahrlich nicht einfach war. Er war so hart und unberechenbar und messerscharf wie seine Stimme.

»Das wisst Ihr ganz genau.«

Keiner von uns hatte sich auch nur einen Millimeter bewegt, wir standen uns noch immer so nahe, dass wir den Atem des anderen spüren konnten. Ich konnte den hektischen Puls am Hals des Königsgleichen sehen. Die sonnengebleichten Härchen auf seiner Haut, wo sein Hemd vorne ein Stück weit auseinanderklaffte.

Er sprach leise. So bedrohlich leise. »Ich will, dass du es aussprichst.«

»Wollt Ihr das wirklich?«, flüsterte ich. »Einmal ausgesprochen, kann nichts zurückgenommen werden. Keine Wahrheit dieser Welt.«

»Sprich. Es. Aus.«

Ich hielt den Atem an. Wappnete mich. »Ihr seid kein Dunkeldornmagier.«

Seine Miene verriet keine Reaktion. Ja, beinahe hätte er mich mit seiner aufgesetzten Gleichgültigkeit getäuscht, hätte meine Erkenntnis vielleicht sogar ins Wanken gebracht. Aber der Puls an seinem Hals schlug schneller. Deutlich schneller.

»Wie hast du das herausgefunden?« Er klang überraschend kontrolliert, fast schon belustigt.

Ein kleiner Teil in mir hatte sich gewünscht, dass ich falschgelegen hätte. Aber seine Reaktion sprach Bände. Ich hatte recht. »Die Prüfungen haben eine Erinnerung aufgefrischt. Die Erinnerung an meine Rettung durch Euch. Ihr habt mich nicht mit Magie gerettet. Ihr habt dafür gesorgt, dass ich den vergifteten Met wieder ausspucke. Bei den Prüfungen habe ich am eigenen Leib erfahren, wie es sich anfühlt, mit Dunkeldornmagie vom Dunkeldorn befreit zu werden.«

Der Mund des Königsgleichen verzog sich zu einem anerkennenden Lächeln. »Es hat erstaunlich lange gedauert, bis dir die Erkenntnis kam. Aber immerhin kam sie. Damit bist du doch klüger, als ich erwartet hatte. Und vielleicht klüger als so mancher aus dem Dunklen Rat.«

Ich trat einige Schritte zurück. Die Nähe, die wir hatten, war mir nun zu viel, sie war vergiftet und geschwärzt.

»Ihr solltet niemanden beleidigen, der all Eure glorreichen Geschichten über Prophezeiungen und Euer doppeltes Schicksal entlarven könnte, *Königsgleicher.*«

»Und du solltest niemandem drohen, der dich mit einem Fingerschnippen töten lassen könnte.« Er folgte mir ein, zwei Schritte, holte zu mir auf. »Oder es selbst tun könnte«, fuhr er leiser, sanfter fort, eine Ahnung der Vertrautheit in der Luft klingen lassend, die wir bis vor Kurzem noch gehabt hatten.

Ich schüttelte energisch den Kopf. Dieses Mal war ich diejenige, die eisern sprach und keinen Widerspruch duldete. »Wagt es nicht, mir Furcht einjagen zu wollen, Königsgleicher. Denkt daran: Wir beide wissen um die Geheimnisse des anderen. Wenn Ihr mich verratet oder mir etwas antun wollt, reiße ich Euch mit ins Verderben.«

Und wir kannten uns bereits gut genug, um zu wissen, dass das keine leere Drohung war. Ich hatte nichts zu verlieren. Schon lange nicht mehr.

»Wie könnte ich dir je ein Haar krümmen wollen, Opal?«, sagte er noch leiser, fast zärtlich. »Du wirst schon bald verstehen, dass deine Entdeckung über mich keinen Unterschied machen wird. Du bist nur noch wertvoller für mich geworden. Du und deine Gabe. Denk immer daran, dass auch ich dich damit zu Fall bringen kann. Der Dunkle Rat würde niemals zulassen, dass eine Gefahr für ihn, wie du es bist, frei umherspazieren kann. Sie würden dich töten, wenn sie um deine Existenz wüssten. Ohne mit der Wimper zu zucken. Du weißt bereits, dass sie keine Gnade kennen. Ich hingegen kann dich schützen. Bei mir wärst du sicher, wenn du dich auf meine Seite stellst. Ich will den Dunklen Rat zu Fall bringen, dessen Herrschaft über Tensia schon viel zu lange andauert. Es ist Zeit, dass die wahre Macht wieder in die Hände der Dornenfamilie gelangt.«

Er musterte mich mit solch einem Verlangen in den Augen, dass sich meine Kehle nun doch zuzog. Unterschwellige Angst kribbelte unter meiner Haut.

Am liebsten hätte ich mich auf ihn gestürzt und ihn geschüttelt. Er hatte mich in der Hand. »Was meint Ihr damit, dass ich wertvoll für Euch bin?«

»Du kennst nun ein wichtiges Geheimnis, Opal. Es wäre doch langweilig, wenn du damit auch alle anderen kennen würdest, nicht wahr?«

Ich schüttelte unwillig den Kopf. »Ihr seid wahnsinnig, Königsgleicher. Ihr habt diese Illusion aufgebaut, der Mann aus der Prophezeiung zu sein, dabei könnt Ihr diese niemals erfüllen. Ihr seid nichts. Ihr könnt nichts. Diese Lüge könnt Ihr niemals lange aufrechterhalten.«

»Du hast recht, Opal, ich beherrsche die Dunkeldornmagie nicht. Noch nicht. Oder was glaubst du, warum ich an einer Universität der Wissenschaft studiere, wenn sie mir am Ende nicht von Nutzen sein sollte? Wenn ich am Ende des Tages nicht als mächtigster Mann aus diesen Toren herausspaziere?«

Ich blinzelte. »Ich verstehe kein Wort.«

»Oh, das wirst du noch, das verspreche ich. Und zwar schneller, als du vielleicht glauben magst.« Mit einem spöttischen Lächeln umrundete er mich und verließ das Gewächshaus.

Zurück blieben die Angst und ich und Dutzende Dunkeldornen, die darauf warteten, zum Leben zu erwachen.

25

Hinter den Lichtern

Es wurde Nacht in der Universität, und zugleich auch Tag. Während der Himmel finsterschwarz wurde, schwebten Hunderte, vielleicht Tausende Lichter über den Dächern der alten Bauwerke und warfen ein sternengleiches Licht über den geschmückten und mit Zelten ausgestatteten Vorhof der drei Gebäude, die sich nicht um den Tumult vor ihren Mauern scherten.

Ich hatte mich den Anweisungen von Natalia gefügt, bei der Verpflegung der Gäste mitzuhelfen. Wie alle anderen Bediensteten trug ich in dieser Nacht nicht meine übliche Kleidung, sondern war festlich ausstaffiert worden. Man hatte mir einen wadenlangen, bauschigen Rock in Nachtschwarz mit Falten und eine ebenso schwarze, eng anliegende Korsettbluse gegeben, die vorne von edlen goldenen Knöpfen zusammengehalten wurde und meine Schultern und Arme nackt ließ. Dazu sollte ich mir einen cremefarbenen Seidenschal um den Hals knoten, der mich für Außenstehende dem Dienstpersonal zuwies. Meine Schlüssel hatte ich in einem hauchdünnen Täschchen unter der Bluse verstaut, das an einer dünnen Schnur am Korsett der Bluse hing.

Natürlich war ich dazu verpflichtet worden, pfleglich mit

der Kleidung umzugehen und sie nach Dienstende zu säubern und zurückzugeben. Mögliche Schäden würden von meinem Lohn abgezogen werden.

Seit einer Stunde legte ich bereits mit mindestens einem Dutzend weiterer Dienerinnen den Weg von der großen Mensaküche nach draußen zu den Zelten zurück, um Tablett um Tablett mit feinen Gläsern voll sprudelnder Getränke, mit Häppchen und Pralinen in zarter Schokoladenummantelung zu den langen Tischreihen zu tragen. Es versprach, eine laue Sommernacht zu werden. Der Himmel war sternenklar, nur vereinzelte Wolken schoben sich hier und da vor den Mond, der in seiner vollen Pracht über die Zeremonie zu wachen gedachte.

Alles in mir sehnte sich in die sterile Umgebung des Labors zurück. In den letzten Wochen hatte ich begonnen, mich dort heimisch zu fühlen, doch seit den Abschlussprüfungen hatte ich mich geweigert, der Professorin unter die Augen zu treten, und war froh, mich weiter in der Küche für Nachbereitungen verdingen zu können.

Mir fehlte das Arbeiten, das Herumexperimentieren, das Wissen, etwas zu tun, das künftige Zustände verbessern sollte. Und mir fehlten die Stille, das friedliche Schweigen, das nur von schabendem Metall oder von Professorin Weisdorns Murmeln unterbrochen wurde.

Aber seit den Prüfungen konnte ich die Professorin und die Arbeit mit ihr nicht mehr mit denselben Augen sehen. Ich wusste, dass ich früher oder später damit konfrontiert werden würde, aber das wollte ich so lange wie möglich hinauszögern. Ich war noch nicht bereit dafür. Und vielleicht würde ich auch nie bereit für die Erkenntnis sein, dass die Frau, die mich halb tot von der Plantage aufgelesen und mich aufgepäppelt und mir eine neue Perspektive gegeben hatte, mich zugleich verraten hatte.

Ich würde mich dem stellen, ja. Aber heute hatte ich andere Pläne. Ich war das Lügen und Schweigen und die tuschelnden Geschichten leid. Ich würde mir meine Antworten selbst holen, denn die Prüfungen und meine Konfrontation mit dem Königsgleichen hatten mir eines gezeigt: Den Dunkeldorn und mich verband etwas. Irgendetwas, das es mir ermöglichte, seine Magie, seinen Nektar und seine tödliche Waffe abzuwehren und ihm zu widerstehen.

Heute würde ich mich dem Dunkeldorn stellen, nur er und ich, wir beide, ohne jemanden, der zwischen uns stand.

Obwohl der Beginn der Abschlusszeremonien noch in weiter Ferne war, wimmelte es bereits von Menschen auf den Korridoren und auf dem Festgelände. Magische Lichter schwirrten in Form von Lichterketten über unseren Köpfen wie kleine Sternschnuppen. Viele der Anwesenden mussten Familienangehörige der Dunkeldornmagier sein, die ihre Prüfungen abgelegt hatten und somit heute ihren Abschluss feierten. Mit ihnen strömte auch das Lehrpersonal zwischen den weißen Zeltplanen hindurch auf die geschmückten Wiesen. Vor den Toren der Universität hatte ein kleines Orchester aus Streichmusikerinnen den ganzen Nachmittag eine Bühne für die Nacht aufgebaut. Unterschiedliche Klänge tönten kaum lauter als Windgetöse über den Festplatz, als die Musikerinnen ihre Instrumente für die abendliche Unterhaltung stimmten.

Die Atmosphäre hätte friedlich sein können. Wie ein Sommernachtstraum mit flimmernden Lichtern, die auf den schwarzen Kleidern der Absolventinnen und den anmutigen Anzügen der Absolventen funkelten. Aber ich hatte bei jedem

Schritt das Gefühl, auf glühenden Kohlen zu laufen. Ich war umringt von Dunkeldornmagiern, die nun Magie wirken durften, wann immer es ihnen beliebte. Mit Ablegung der Prüfungen waren sie nicht mehr der Aufsicht der Lehrkräfte unterstellt und auf ihre Erlaubnis angewiesen. Und nach allem, was ich von Dunkeldornmagiern bislang gesehen hatte, waren sie keine Gesellschaft, in der ich mich gerne befand. Sollte der Königsgleiche recht haben, so würden sie alle mich tot sehen wollen, wüssten sie von meiner Gabe.

In der Küche roch es köstlich. Die Köche hatten das Beste auf die abendliche Speisekarte gesetzt, was Tensia zu bieten hatte, dazu gab es blutroten Wein zum eigentlichen Mahl in der Mensa, bei dem die Absolventen geehrt werden sollten. Auch die Halle war wie der Außenbereich pompös dekoriert worden.

Als wir alle Tabletts, Gläser und Anrichteplatten mit Tellern voller Häppchen, Röllchen und kleinen Zuckerspeisen auf den Beistelltischen verteilt hatten, von denen aus wir sie später durch die Gegend tragen würden, gönnte ich mir einen Moment Verschnaufpause. Die Musik des Orchesters hatte sich gefunden, alle Instrumente waren gestimmt und erprobt. Die ersten Lieder klangen – noch unaufdringlich, da in der großen Halle der Universität gerade steife Worte der Ehrung verkündet wurden – durch die angebrochene Nacht.

Ich fragte mich, ob auch Soraya geehrt wurde. Hatte sie bestanden? War sie durchgefallen, weil die Magie sie übermannt hatte? Weil sie mich das Leben hätte kosten können, wenn der Dunkeldorn mich hätte verletzen können?

In mir zog sich etwas zusammen, als die Musik zu einem klagenden Ton anschwoll und ich an den Augenblick in dem

Gewölbekeller dachte. Da war so viel Wut in mir. Wut, die mich beflügelte.

Die Glocke schlug an und verkündete den Beginn der Ehrungszeremonie. Die Menschen, die noch zwischen den Zeltwänden standen, gingen nun mit den Gläsern in ihren Händen durch die offen stehenden Türen nach drinnen, um sich dort zu versammeln.

Das war mein Stichwort, mein Moment.

Ich schlich um das Zelt herum, bis ich an der Außenseite angelangt war, die zur Mauer wies und wo man mich so schnell nicht entdecken konnte. Mit spitzen Fingern löste ich den Knoten des Halstuchs, das mich der Dienerschaft zuwies, und raffte den Rock, um es in meinen Strumpf zu stopfen. Dann zog ich die Klammer aus meinem Haar, die den ordentlichen Dutt hielt, und ließ die Locken auf meine bloßen Schultern fallen. Ich hatte einen dezenten Lippenstift aufgetragen, den ich in den Bädern gefunden und für eine einmalige Benutzung ausgeliehen hatte, um nicht auf den ersten Blick für eine Dienerin gehalten zu werden, auch wenn mich natürlich meine Hände und jede Bewegung verraten konnten. Nervös blickte ich an meinem Körper herab. Ich wirkte nicht wie eine Studierende oder ein Familienangehöriger. Ich war nicht von adeligem Blut, jeder würde mich durchschauen, wenn ich nur mehr als drei Worte sprechen musste, wenn ich mit meinem ländlichen Dialekt die edle Hochschulsprache verunstaltete. Aber ich musste es wagen, nun, da alle abgelenkt waren und sich nicht in den verschiedensten Gängen herumtrieben, da jeder auf die Bühne blickte, wo die jungen erfolgreichen Menschen standen, die mächtigen Dunkeldornmagier von morgen.

Jetzt oder nie, Opal.

Ich atmete noch einmal die Nachtluft und die zarten Klänge des Orchesters ein. Ich ließ mich von den fremden Tönen – denn Musik war ein seltener Luxus, den ich von den Plantagen nicht gewohnt war – tragen, ließ mich von ihnen durchströmen und mir Kraft schenken. Dann setzte ich eine Miene auf, von der ich hoffte, dass sie unnahbar und distanziert auf andere wirkte, von der ich betete, dass sie jeden, der mir unterwegs begegnete, abschreckte. Ich hatte das Leben und Wirken der Dunkeldornmagier, zumindest der zukünftigen, viele Wochen verfolgen können; genug Zeit, um mit ihrem Gebaren vertraut zu werden.

Ich kehrte auf das Festgelände zurück. Die letzten geladenen Gäste hatten ihre leeren Gläser auf den mit weißen Leinendecken überzogenen Tischen abgestellt und gesellten sich nun zur Festgesellschaft. Unauffällig schloss ich mich einer Gruppe aus zwei Paaren in den Fünfzigern an, vermutlich die Eltern zweier Absolventen. Mit einigen Schritten Abstand folgte ich ihnen; zu weit entfernt, um ihre Aufmerksamkeit zu erregen, aber nahe genug, um für jemanden, der nicht so genau hinsah, den Eindruck zu erwecken, zu ihnen zu gehören. Ich schnappte einige Gesprächsfetzen auf, bei denen ich beinahe vor Abscheu das Gesicht verzogen hätte. Beide Elternpaare prahlten mit den Noten ihrer Söhne und den Laufbahnen, die sie bald einschlagen würden.

Nicolas wird Gerichtsschreiber am Hohen Gericht. Ich wette, er wird eines Tages die Hohe Rätin Malefizia beerben, wenn er sich in der Justitia klug anstellt. Man munkelt, dass die Hohe Rätin den Zenit ihrer Magie schon eine Weile überschritten hat.

Oh, das ist ja nett. Ganz bezaubernd, Tricia. Unser Theobald wird hingegen schon eine Karrierestufe überspringen und in den Vorstand der Zermahlerin einsteigen. Sie brauchen dort fähige, unverbrauchte Dunkeldornmagier, die noch Mumm in den Knochen und nicht so viele Skrupel wie die senilen alten Herren haben, weißt du?

Ach, wie schön für Theobald. Hat er die Eignungsprüfung denn ganz allein bestanden, oder haben ihm seine reizenden Eltern dabei mit einer großzügigen Spende an die Eigentümer der Zermahlerin unter die Arme gegriffen …?

Der höfliche und spitze Wortwechsel entfernte sich von mir, als die vier kostbar gekleideten Dunkeldornmagier durch die Flügeltüren der Mensa schwebten. Aufgrund ihrer erhöhten Nasenspitzen war ihnen meine Gesellschaft nicht einmal aufgefallen.

Das war mir nur recht. Obwohl viele Bedienstete mit geduckten Körpern und gesenkten Köpfen möglichst unsichtbar durch die Flure liefen, Teller trugen, Speisen auf rollenden Wagen herbeifuhren und viel Emsigkeit herrschte, achtete niemand auf mich, die ich mich langsam vom Zentrum der Umtriebigkeit entfernte.

Ich hatte mir den Weg in die Bibliothek gemerkt und benötigte die filigranen Holzschilder mit eingravierter Schrift an den Wänden nicht. Zielstrebig folgte ich dem Gang bis zum Treppenhaus, um nach unten zu steigen. Ich war aufgewühlt, aber nicht auf eine unangenehme Weise. Vielmehr war ich froh, endlich zur Tat schreiten zu können und nicht mehr nur nachts davon zu träumen, *irgendetwas* zu tun, *irgendeinen* Unterschied in dieser Welt zu machen.

Heute Nacht würde ich die Antworten finden, nach denen es mich so sehr drängte. Ich wusste, dass ich ohne sie die innere Unruhe, die Rastlosigkeit, den rasenden Schmerz und die Trauer, die den wackeligen Boden unter meinen Füßen mit immer tieferen Rissen durchzog, nicht überwinden konnte.

Und genau das musste ich. Für Julian. Für meine Familie. Für mich. Ja, für mich, um weiterleben zu können. Ich musste wissen, wie es zu dieser unnatürlichen, tödlichen Blüte in Elver hatte kommen können. Ich brauchte die Antworten, die die Professorin mir nie gegeben hatte.

Die Luft wurde kühler und schmeckte papierner. Schon von Weitem sah ich, dass die Bücherei geschlossen war, aber mit ein wenig Glück würde sich das nicht als Hindernis herausstellen. Ich besaß neben meinem Zimmerschlüssel einen Generalschlüssel für die wichtigsten Eingänge, Säle, Arbeitszimmer und Laborräumlichkeiten und betete, dass er auch in das Schloss der Bibliothek passte.

Kurz legte ich das Ohr gegen die Tür und lauschte aufmerksam auf Geräusche jenseits des Metalls. In der wilden Hoffnung, dass die Bibliothekarin sich den Feierlichkeiten angeschlossen hatte und ihren Feierabend nach der Schließzeit nicht hier unten verbrachte, steckte ich den Schlüssel ins Schloss und drehte ihn herum.

Es klickte leise, dann löste sich die Verrieglung der Tür und ließ zu, dass ich die Klinke herunterdrücken und die Tür öffnen konnte. Im Empfangsraum brannte ein magisches Licht und erhellte ihn notdürftig. Auf dem Schreibtisch der Bibliothekarin lagen stapelweise Bücher und Papiere, die sie zurückgelassen hatte, um sie am nächsten Morgen zu bearbeiten. Wieder hielt ich kurz inne, damit ich in die Stille lauschen konnte. Die Bücherei war noch immer ruhig, ich konnte keine Schritte, kein Gerede, kein Lachen und genervtes Zischen ausmachen.

Also wagte ich mich durch den Empfangsraum und durchquerte den runden Bogen in die Halle. Ohne all die Menschen und Studierenden, die angesichts ihrer Größe nur wie winzige Ameisen wirkten, schien sie mir noch gespenstischer. Ich hatte das Gefühl, dass die Dunkeldornen, die überall verteilt waren, die Einsamkeit ausnutzten, um sich zu entfalten, um zu atmen. Die Zweige und Äste hatten sich viel weiter über die Regale, die Böden und das Mobiliar verteilt, als es bei meinem letzten Besuch der Fall gewesen war.

Außerdem war trotz der Stille und der Abwesenheit der Studierenden Leben in der Bibliothek. Die Zweige und sogar die Wurzeln schienen sich unablässig zu bewegen, über Böden und Regale zu kriechen, zu beben und auf eine seltsame Art miteinander zu kommunizieren. Das Schauspiel ließ ein unwohles Kribbeln in mir aufkommen. Vielleicht war es klüger, auf dem Absatz kehrtzumachen und zu verschwinden, bevor die gerissenen Pflanzen Wind davon bekamen, dass ich mich verbotenerweise hineingeschlichen hatte.

Aber für diese Option war es bereits zu spät. Klammheimlich hatten sich zwei fingerdürre Äste zu beiden Seiten bis zu meinen Fußgelenken vorgetastet, so leise, dass ich sie trotz meines guten Gehörs nicht bemerkt hatte.

Sie schienen zu spüren, dass ich sie wahrgenommen hatte, denn sie hielten mitten in der Bewegung inne, nur ihre Spitzen regten sich unruhig. Sie waren offenbar unschlüssig, was sie tun oder mit mir anfangen sollten.

Betreten ohne Aufsicht auf eigene Gefahr.

Ich erinnerte mich an die Warnung, über die ich mir nicht viele Gedanken gemacht hatte. Ich hatte keine Angst mehr vor den Dunkeldornen. Es gab nichts, was sie mir noch nehmen konnten, das sie mir noch nicht genommen hatten, außer mein Leben, und an dem hing ich, so ganz allein in der Welt, nicht mehr so sehr, als dass ich keinen Versuch unternehmen würde, den Geheimnissen der Magie auf die Schliche zu kommen.

Also tat ich so, als würde ich einer möglichen drohenden Gefahr ins Gesicht lachen, und stapfte – nach außen hin nicht minder selbstbewusst als die Studierenden – durch die Bibliothek. Ich hatte mir genau gemerkt, wo die eingezeichnete Tür war, hinter der sich die verborgenen Abteilungen befanden.

Und zu meiner Überraschung durfte ich passieren. Die kriechenden Zweige folgten mir den gesamten Weg, und bei jedem Regal, an dem ich vorbeikam, gesellten sich weitere hinzu. Aber sie hielten Abstand. Sie bedrängten mich nicht. Sie ließen mir den Freiraum, den ich benötigte, um mich zu orientieren und die Dunkeldornen neben und hinter mir argwöhnisch im Auge zu behalten.

Als ich die Hinterwand erreicht hatte, suchte ich die Stelle, an der sich die eingezeichnete Tür laut meinem Gedächtnis befinden müsste. Über meinem Kopf hatte sich ein Großteil der magischen Lichter zu einer hellen Leuchtquelle zusammengeschlossen, was es mir erleichterte, die Wand abzusuchen. Mit zusammengekniffenen Augen tastete ich den Stein ab, um den winzigen Spalt, der möglicherweise nicht einmal fühlbar war, zu finden. Hinter mir hatten sich fast ein Dutzend Äste um die Regale gewunden, als wollten sie mich bei meinem Tun beobachten.

»Suchst du etwas Bestimmtes?«

Mir blieb vor Schreck fast das Herz stehen. Ich wirbelte herum, während ich mir mit der Hand an den Brustkorb fasste, weil ich glaubte, mein Herz würde sich überschlagen.

»Himmel, Jasmin«, presste ich hervor und wusste nicht, ob ich verärgert oder erleichtert sein sollte. »Du hast mich erschreckt.«

»Das dachte ich mir«, erwiderte sie ungerührt. »Du siehst

aus wie ein Kätzchen, das zum ersten Mal die große, weite Welt sieht.«

So in etwa fühle ich mich auch. Oh, wenn du nur wüsstest, Dornenformerin.

Ich ließ von meinem eigentlichen Ziel ab und tat so, als würde ich meine Aufmerksamkeit auf die Bücher richten. Aber ich konnte Jasmin nicht täuschen. Sie schlenderte gemächlich über den Gang, bis sie bei mir angelangt war. Die knochigen Arme der Dunkeldornen zogen sich unwillig zurück, als umgäbe Jasmin eine unsichtbare Blase oder ein besonders starker Wille. Vor einer Dornenformerin schienen sie mehr Respekt zu haben als vor den Dunkeldornmagiern, nahm ich fasziniert zur Kenntnis.

»Also?«, fragte Jasmin herausfordernd.

»Also was?«, fragte ich mutiger zurück, als ich mich fühlte.

»Was im Namen dieser schwarzen Todesschleuder suchst du hier?«

Ich war nicht gut darin, Ausreden zu erfinden. Oder zu lügen. Also zuckte ich die Schultern. Vielleicht tat es eine Halbwahrheit. »Ich wollte ein wenig Zeit allein hier verbringen. Ohne den Trubel, der sonst so herrscht.«

»Um was zu tun?«

Verflixt, sie war ziemlich verbissen.

Als ich beschloss, einfach zu schweigen, ging sie neben mir in die Knie. Ihre Hand berührte die steinerne Wand, und ihre Finger tasteten kurz, aber zielgerichtet, bis sie an einer Stelle verharrten.

»Geheimtüren haben ihren ganz eigenen Reiz, nicht wahr?«, sagte sie sanft.

»Geheimtüren? Wovon redest du? Hier gibt es Geheimtüren?«, fragte ich mit unnatürlich hoher Stimme, aber Jasmins Schnauben war zu entnehmen, dass sie mich enttarnt hatte.

Ich fiel neben ihr auf die Knie, weil mich die Erkenntnis übermannte, dass ich schon wieder so kurz davor war, diese Tür zu entschlüsseln, und doch so weit davon entfernt. Jasmin würde mich nicht hindurchlassen, mich nicht einmal versuchen lassen, einen Weg hineinzufinden. Sicher gab es eine Art Ehrenkodex, der es nur Menschen erlaubte einzutreten, die zu den Begabten gehörten. Diese Ehre gebührte mir nicht.

»Ich habe dich draußen gesehen und gemerkt, dass du unruhig bist. Dass du irgendetwas vorhast, das vielleicht keine gute Idee ist, weshalb ich ein Auge auf dich werfen wollte«, murmelte Jasmin. »Und allein in diese Bibliothek zu gehen ist definitiv keine gute Idee. Nicht dass ich es nicht verstehen würde. Viele Menschen wollen wissen, was hinter dieser Tür ist. Wann hast du sie entdeckt?«

»Vor einigen Tagen. Ich war nur einmal hier.«

Jasmins Stirn zog sich in Falten. »Du hast sie sofort entdeckt? Viele, die nicht zum Kreis der Dornenformer oder Dunkeldornmagier gehören, also keinen Bezug zu Dunkeldornen haben, brauchen Monate oder Jahre, bis sie die eingezeichneten Türen entdecken. Ich bin mir sogar sicher, dass so mancher Bedienstete in diesen Mauern von ihrer Existenz nicht einmal weiß. Es bedarf schon eines gewissen Instinkts, um sie zu entdecken. Man braucht mehr als bloß ein geschultes Auge.«

Mir kamen wieder die Worte des Königsgleichen in den Sinn. *Du bist eine Entgifterin.* Aus ebenjenem Grund war ich in der Lage, die eingezeichneten Türen zu sehen. Aber das konnte ich Jasmin nicht auf die Nase binden.

Sie erhob sich aus ihrer knienden Position. »Aber dass du nicht wie die anderen bist, habe ich mir spätestens gedacht, als du auf der Krankenstation lagst und einen Tag nach dem Giftanschlag entlassen werden konntest.«

»Ich habe unwahrscheinlich viel Glück«, sagte ich, während sich meine Eingeweide zusammenzogen. Nach außen hin mochte es wie Glück wirken, dass ich ständig gefahrvolle Situationen überstand, aber ich hatte so viel verloren, dass es sich nicht so anfühlte. Diese Gabe war vermutlich nur ein weiterer Fluch.

Jasmin lächelte, widersprach allerdings nicht. »Also, was hattest du vor? Wolltest du einen Zauberspruch aufsagen? Ein wenig gegen die Wand drücken? Wie wolltest du hineingelangen?« Ihr Lächeln vertiefte sich. Argwöhnisch musterte ich sie, konnte aber kein Anzeichen erkennen, dass sie sich über mich lustig machte. Sie war ehrlich interessiert an meinem Vorhaben.

Mein Blick wanderte zurück zur eingezeichneten Tür. Jetzt, da ich wusste, wo genau sie sich befand, leuchteten die weißen, dezent schimmernden Linien mir förmlich ins Gesicht, und ich fragte mich, wie ich sie zuvor hatte übersehen können. Sie waren so gegenwärtig, dass sie aller Welt ins Auge fallen mussten.

»Ich weiß es nicht«, sagte ich leise, erhob mich und trat näher an die Wand heran. Aufdrücken konnte ich die Tür nicht, das hatte ich bereits versucht. Aber vielleicht musste ich auch gar keine Gewalt anwenden. Vielleicht musste man nicht einmal Dunkeldornmagie anwenden.

Ich warf einen Blick über die Schulter. Wegen Jasmins Anwesenheit hatten sich selbst die gebogenen, dickeren Äste zurückgezogen, dennoch bildeten sie noch immer einen großzügigen Kreis um uns, als würden sie jede Bewegung mit Argusaugen beobachten.

Vielleicht waren die Dunkeldornen die Wächter der verborgenen Abteilungen? Vielleicht konnten sie entscheiden, ob sie jemanden einließen oder ihm den Zutritt versperrten?

Ich richtete den Blick fest auf Jasmin. »Warum bist du hier? Oder *anders* gefragt: Warum bleibst du hier?«

»Um auf dich aufzupassen.« Sie blinzelte nicht einmal, auch wenn ihr Lächeln blasser wurde. »Ich habe gesehen, wie du dich heimlich unter die Leute gemischt hast, mit diesem wild entschlossenen Blick im Gesicht, und habe geahnt, dass du etwas ausgeheckt hast, bei dem du vielleicht Hilfe gebrauchen könntest. Ich muss gestehen, dass mich dieselbe Neugier umtreibt wie dich. Wenn sich eine Gelegenheit bietet, einmal hinter die Türen der verborgenen Abteilungen zu blicken, zu denen wir Dornenformer keinen Zutritt haben, lasse ich mir die nicht entgehen. Die Dunkeldornmagier halten sich für etwas Besseres, weil sie im Gegensatz zu uns Magie wirken können, während wir nur ein bisschen in der Erde buddeln.« Sie schnaubte. »Außerdem … Auch wenn du niemanden brauchst, der auf dich aufpasst, Plantagenmädchen … meine Güte, lass mir dieses Gefühl, gebraucht zu werden.«

»Sei nicht dumm. Jeder braucht irgendwen.« Als ich diese Worte laut aussprach, merkte ich erst, wie recht ich damit hatte. Wie sehr ich jemanden brauchte. Wie sehr wir vielleicht alle hin und wieder ein Lächeln, ein nettes Wort, eine liebevolle Geste brauchten.

Ich versuchte, mich zu entspannen. »Sollte ich diese Tür irgendwie dazu bringen, sich zu öffnen: Wirst du mich aufhalten oder mich hindurchgehen lassen?«

»Machst du Scherze?«, schnaubte sie. »Wenn ich einmal

die Möglichkeit hätte, in die heiligen Hallen der hochwohlgeborenen Dunkeldornmagier zu spicken, würde ich mir die auf keinen Fall entgehen lassen.«

Ich nickte nur. Noch immer betrachtete ich die Äste, die sich unruhig hin- und herbewegten. Ich verfolgte ihre lange Gestalt. Von hier aus konnte ich zwei Dunkeldornen in ihren gläsernen Vitrinengehäusen erkennen, in die man sie gesteckt hatte, als wären sie Diener und Anschauungsmaterial zugleich. Ein seltsamer Gedanke geisterte in meinem Kopf herum.

Was, wenn sie dich einlassen können, nun, da niemand da ist, der sie befehligt? Was, wenn es eine Bedeutung hat, dass sie vor Kurzem schon versucht haben, dich an diesen Ort zu führen und dir diese eingezeichnete Tür zu zeigen?

Konnte das sein? Konnten die Dunkeldornen einen eigenen Willen haben? Der Gedanke brachte mein Herz zum Rasen. Ich verabscheute, was die Pflanzen anrichten konnten. Da war so viel Hass in mir, konnten sie das nicht spüren? Und dennoch hatte mich keiner der Dunkeldornen aufgehalten, als ich allein in der Bibliothek aufgetaucht war. Sicher hätten sie mich angreifen oder aufhalten können, wenn sie es gewollt hätten.

»Hast du einen Plan?«, fragte Jasmin. »Als Dornenformerin bin ich dir ansonsten leider keine große Hilfe. Ich kann keine Dunkeldornmagie wirken.«

Ich schüttelte den Kopf. »Nein, ich wollte einfach … schauen, was passiert.« Das klang laut ausgesprochen noch lahmer als in meinem Kopf, aber es war die Wahrheit. Mein Instinkt sagte mir, dass ich die Tür öffnen *konnte*, ebenso wie ich sie überhaupt erst hatte finden können. Irgendwo tief in mir lag der Schlüssel, und ich musste nur nach ihm greifen und ihn aus meinen Fähigkeiten entstehen lassen. Der Königsgleiche hatte bestätigt, was zuvor nur ein Gefühl gewesen war: Ich konnte Dunkeldornmagie ausschalten. Aber wie? Nachdenklich betrachtete ich die Zweige, die eine abwartende, ruhige Haltung eingenommen hatten.

»Kannst du ein Stück zurückgehen?«, fragte ich Jasmin. »Ich glaube, du schüchterst sie ein.«

Jasmin machte eine wegwerfende Handbewegung. »Die? Ach was. Du glaubst gar nicht, wie biestig die sein können.« Aber sie tat, worum ich sie gebeten hatte, und ließ mir mehr Raum für meine Gedanken und die Dunkeldornen.

Die Zweige krochen wieder zu mir heran, als Jasmin den Weg frei gemacht hatte. Sie berührten meine Schuhe, strichen an meinen Beinen vorbei wie aufdringliche Katzen mit gesträubtem Fell und bewegten sich dann wie Schlangen die eingezeichnete Tür hoch. Als sie eine bestimmte Position erreicht hatten, wurden sie regungslos.

»Was tun sie da?«, hörte ich Jasmins Stimme hinter mir, doch ich ließ mich nicht beirren.

Sie wollen mir etwas sagen. Sie wollen, dass ich eintrete. Die Lösung muss genau vor mir liegen.

Ich lehnte mich vor und musterte die Wand aus schwarzem Stein, verglich die Oberfläche mit jener abseits der Türrahmeneinzeichnung.

Ich wusste nicht, warum, aber ich hatte plötzlich den Drang, sie zu berühren. Ich hob die Hand und drückte ihre Innenseite gegen die eingezeichnete Tür. Dabei spreizte ich die Finger, um jeden Zentimeter meiner Haut gegen das Pochen zu drücken, das ich unter ihr verspürte. Wie ein gewaltiger, reißender Strom pulsierte er gegen meine Hand, wand sich und bebte. Die Zweige bewegten sich wieder und schmiegten sich erst wie eine Schlange um mein Handgelenk, dann um meinen gesamten Arm. Im Hintergrund klackerten Schritte auf dem Boden. Jasmin rannte herbei. Offenbar hatte sie Angst, dass die Pflanze mich verletzen würde.

»Bleib weg«, zischte ich leise. »Sie tut mir nichts.«

Ich wusste nicht, woher dieser unerschütterliche Glaube kam, aber der Dunkeldorn tat mir tatsächlich kein Leid an, als er sich meinen Arm entlang bis zu meiner Schulter schlängelte und dann zur Ruhe kam, als würde er eine kleine Pause einlegen.

Und plötzlich war da diese Ruhe in mir. Mit untrüglicher Sicherheit wusste ich, dass der Königsgleiche mit seinen Worten richtiggelegen hatte und ich die eingezeichnete Tür öffnen konnte. Sie war durchtränkt von Dunkeldornmagie, noch viel stärker, als es der Rest der Bibliothek war, und ich konnte erahnen, wie mächtig der Verschlusszauber war, der auf ihr lag.

Und ich wusste, dass der Zauber viel zu komplex für mich war, dass ich keinen Ausweg hatte, dass ich keinen losen Faden fand, um ihn aufzutrennen.

Aber ich konnte etwas anderes tun. Etwas, das der erschöpfte, lebensmüde, systematisch ausgesaugte Dunkeldorn am Ende des hiesigen Regals in mein Ohr flüsterte, in einer fremden Sprache, der Sprache einer fernen Zeit. Und obwohl es mich hätte erschrecken sollen, dass er zu mir sprach, fühlte es sich an, als hätte ich mein Leben lang auf diese Worte gewartet.

Befreie mich von diesem Leben, Opal. Ich kann nicht mehr dienen.

In einer Welt hinter dem Wellengrab zu einer Zeit ohne Aufzeichnungen, nur von Mund zu Mund weitergetragen und hier und da verändert

Naemi war gerannt, als wäre sie kein Mensch auf zwei Beinen, sondern ein Vogel, der majestätisch über die Insel schwebte. Sie hatte den Tempel, ihren uralten, geliebten und nun menschenleeren Tempel, hinter sich gelassen. Den Tempel, in dem sie aufgewachsen war, der überall von Efeu überrankt war und ihr und den anderen Brüdern und Schwestern ein Zuhause geboten hatte.

Als sie nun einen letzten Blick über die Schulter zurückwarf, fühlte sich der riesige Steintempel mit der offenen, lichtdurchfluteten Bauweise und den hohen Säulen einsam und verlassen an. Er schien zu wissen, dass sie, Naemi, und viele andere nicht zu ihm zurückkehren würden. Vielleicht hatte er aber auch gespürt, dass die Dornenmutter sie alle im Stich gelassen hatte, und glaubte, nun nur mehr eine steinerne Hülle ohne Seele zu sein.

Naemi fühlte mit ihm, denn ihr erging es nicht anders. Aber ihre Befindlichkeiten waren nun nicht mehr wichtig. Die Kampfgeräusche waren näher gerückt; die Todesschreie, das Klirren von Schwertern, das Zischen von Feuer. Die Fremden hatten das kleine Dorf vor dem Tempel erreicht, und sie wusste, dass die Männer und Frauen es bis aufs Blut verteidigen würden. Sie wünschte, sie hätten Zeit gehabt, die anderen Dörfer um Hilfe zu bitten. Die Warnglocken läuteten laut über die Wiesen, aber bis die anderen Dahlier da sein konnten, würde es dauern. Zu lange.

Naemi rannte den erdigen Weg entlang, der vom Tempel und den Klippen fortführte, hinüber zu den langen Wiesen, die irgendwo in sehr weiter Ferne in dichte grüne Wälder mündeten.

Zwischen dem sattgrünen, sommerlichen Gras auf den Wiesen

schmiegten sich anmutige schwarze Pflanzen in das Sonnenlicht. Bei ihrem Anblick wollte Naemi das Herz aufgehen, aber sie konnte das Gefühl nicht zulassen.

Oh, Dornenmutter, vergib mir. Dunkeldornen, vergebt mir für das, was ich euch nun antun muss.

Ganz tief in ihr hatte eine leise Hoffnung gelauert, dass die Dornenmutter doch noch eingriff, jetzt, im allerletzten Augenblick, dass sie nicht zulassen würde, was sie im Begriff war zu tun. Das hier war ihre *Schöpfung. Würde sie Naemi und all die anderen nicht eher mit Blitz und Donner niederstrecken, als dass jemand Hand an diese Schöpfung legte?*

Der Wind legte sich sanft um Naemi, als wollte er ihr dabei helfen, diesen schweren Gang zu gehen. Diesen Gang, der ihr letzter sein würde. Niemand hatte je das getan, was sie nun tun würde, doch sie wusste, dass sie nicht lebendig daraus hervorgehen würde. Dazu war die Magie zu gewaltig, als dass ein einzelner Mensch sie tragen könnte.

Die Dunkeldornen spürten ihre Anwesenheit, nicht aber die Gedanken, mit denen Naemi sie aufsuchte. Nicht den dunklen Abgrund, den sie mit sich auf diese friedliche Wiese mit den zwitschernden Vögeln und den summenden Insekten zwischen den Dunkeldornen trug.

Die Pflanzen reckten die Köpfe und rieben sie liebevoll an ihren Händen, als Naemi durch die beinahe hüfthoch gewachsene, bunte Wiese streifte. Obwohl der Dunkeldorn gefährlich sein konnte, hatten die Dahlier ihn mit Bedacht angepflanzt; gerade so viel, dass er das Gleichgewicht nicht störte und die Artenvielfalt der anderen Pflanzen und Tiere nicht zerstörte. Im Gegenzug für die gute Pflege, die sie der Pflanze angedeihen ließen, schenkte sie ihnen wohlgesonnen ihren Nektar und achtete darauf, ihren verletzenden Blütenstaub nicht in der Luft zu verteilen, wo er anderen Geschöpfen Schaden zufügen konnte. Bereitwillig ließ der Dunkeldorn ihn von Naemi und den anderen abtragen, damit sie ihn zur Gewinnung einer sachten Brise heilender Magie hier und da benutzen konnten.

So viele Jahrzehnte und Jahrhunderte hatten sie im Einklang miteinander gelebt und sich gegenseitig gegeben, was sie brauchten.

Aber Naemi wusste, dass die Fremden nicht dieselben guten Absichten hatten. Sie würden nicht friedvoll mit der Verantwortung umgehen. Sie würden den Dunkeldorn missbrauchen, wie sie es in ihren vielen zunächst höflichen und dann irgendwann aggressiven Briefen kundgetan hatten.

Naemi ließ den Blick über die großflächige Wiese schweifen, als sie ihren Mittelpunkt erreicht hatte. Weil ihre Beine so sehr zitterten, dass sie kaum noch auf ihnen stehen konnte, ließ sie sich in das weiche Gras sinken.

Der süße, würzige Geruch all der Blumen um sie herum stand in so starkem Kontrast zu dem Lärm, der auch aus der Ferne noch zu ihr tönte, dass sie die Augen schloss, um ihn auszublenden.

»Es tut mir so leid«, flüsterte sie entschuldigend und mit gebrochenem Herzen. »Aber sie dürfen euch nicht kriegen. Verzeiht mir, es ist unsere Schuld. Wir hätten euch besser schützen müssen.«

Die Dunkeldornen, die so klugen und nachsichtigen Dunkeldornen, schienen zu verstehen. Die beiden Pflanzen in ihrer unmittelbaren Nähe beugten ihre Blütenköpfe in ihre Richtung, als wollten sie Naemi Trost spenden und sie nicht allein mit der schweren Last lassen.

Diese simple fürsorgliche Geste gab Naemi das letzte bisschen Kraft, das ihr noch gefehlt hatte. So erst sah sie sich wirklich imstande, die Zerstörung in Gang zu setzen, zu der sie sich verpflichtet hatte.

Sie atmete ein letztes Mal den Geruch der Heimat ein. Dann begannen ihre Lippen Worte zu formen, die sie vor langer Zeit gelernt und noch nie laut ausgesprochen hatte.

Diese Worte wiederholte sie wieder und wieder, bis die Magie begann, sich wie ein Fluss zu sammeln und laut zu tosen. Sie spürte, wie die Erde unter ihr trocken und dürr wurde, wie sie alles Leben, das sich rings um sie befand, auslöschte.

Wie sie den Dunkeldornen die Magie, die sie von Natur aus in sich trugen, aussaugte wie ein Dämon und sie tief in sich aufnahm. Sie spürte, wie die Dunkeldornen sich ängstigten und doch an sie, Naemi, glaubten, wie sie sich gegen das Sterben stemmten und doch nachgaben, als sie die Stimmen der Fremden vernahmen, die näher und näher, viel zu nahe, kamen.

Naemi konnte die Macht der Dunkeldornen fühlen, sie war so stark, so dunkel und gleichzeitig voller Licht. Da waren so viele Möglichkeiten. Aber diese Macht durfte keinen Bestand haben und nicht weiterexistieren, dafür war der Zauber da. Er machte die Magie der Dunkeldornen wirkungslos, war wie ein Gegengift, das aus den gefährlichen Pflanzen gewöhnliche machte, die hübsch anzusehen waren und mehr auch nicht.

Beeil dich, Naemi. Sie sind gleich da, wisperten unzählige Stimmen in ihrem Kopf. Ihre Brüder und Schwestern mussten verloren haben. Ihre Stellung gegen die Fremden und womöglich auch ihre Leben. Naemi musste den Zauber noch schneller weben, ehe …

Und dann, bevor Naemi und ihre entgiftende Magie nach den letzten Exemplaren der Dunkeldornen greifen konnten, stach ihr jemand eine Klinge mitten ins Herz, und das Licht erlosch in ihren Augen.

26

EIN KÖNIG UNTER DEN DUNKELDORNEN

Wissen, wahres, echtes Wissen ist, als wolle man nach einem Schatz Ausschau halten. Man sucht lieber nicht danach, und wenn man ihn doch findet, sollte man ihn besser in den Untiefen belassen, denn am Ende holt man auch Geheimnisse ans Tageslicht, die besser unter der Erde geblieben wären.

Ich fühlte eine Ruhe, wie ich sie niemals zuvor empfunden hatte. Als stünde ich in der Mitte eines Sturms, der um mich herum nur Zerstörung anrichtete, ohne dass ich selbst von ihm auch nur berührt wurde.

Befreie mich. Bitte befreie mich. Ich bin so müde. Wir *sind so müde, Opal, müde von diesem Gefängnis. Wir wollen nicht länger hier verweilen.*

Ich rang nach Luft, als sich ein Bild vor meinem inneren Auge aufbaute; ein Bild von einem blauen Himmel, von sanften Sonnenstrahlen und einer grünen Wiese mit Wildblumen, die sich unter der sanften Last des Windes neigten. Zwischen den Gräsern und Wildblumen reckten einige Dunkeldornen ihre Blütenköpfe der wärmenden Sonne entgegen.

Ein friedlicher, stiller Anblick. Die Dunkeldornen dort, wo sie vielleicht einst zu Hause gewesen waren, vor langer, langer Zeit.

Da war eine so schmerzliche Sehnsucht in den Bildern und dem hilfesuchenden Wispern, dass mir Tränen in die Augen schossen. Ich kannte diese Gefühle, denn sie spiegelten meine Sehnsucht nach meiner Heimat und all den geliebten Menschen wider. Nur dass diese Sehnsucht viel älter, viel tiefsitzender war als meine, die ich nur ein Mensch war, der im Vergleich zu den Dunkeldornen die Lebenslänge eines Wimpernschlages hatte.

Aber ich war nicht hier, um Leben zu nehmen. Instinktiv wusste ich, dass ich das nicht tun wollte. Ich wollte doch nur die Magie brechen.

Warum nicht? Warum folgst du unserer Bitte nicht? Warum nicht?

Warum

Nicht?

Ein warmes Flimmern glomm durch meinen Arm in meine Fingerspitzen. Der Druck der Zweige wurde kurz so stark, dass ich glaubte, sie würden meine Knochen brechen, ehe er plötzlich nachließ. Ganz langsam löste sich der Griff, und die Zweige glitten zu Boden, wo sie sich zusammenrollten, als wollten sie sich wie eine Schnecke vor dem Rest der Welt schützen.

Warum nicht?

Die letzten Worte hallten in mir nach. Sie waren ein stummer, verzweifelter Vorwurf, eine Anklage gegen mich, gegen die ganze Welt, gegen die Universität, gegen all die Menschen, welche die Dunkeldornen benutzten, ob lebendig oder tot.

Die Wärme verließ mich. Die Kühle der Bibliothek fühlte

sich nun viel beißender an. Ich schlang die Arme um meinen Oberkörper. Ich konnte es nicht in Worte fassen, in mir waren so viele Gefühle, die um die Oberhand stritten.

»Wahnsinn, du hast es wirklich geschafft, Opal.« Jasmin war neben mich getreten und starrte mit bewundernder, aber auch misstrauischer Miene abwechselnd zur eingezeichneten Tür und zu mir.

Ich blinzelte und musste mich darauf konzentrieren, den Blick ebenfalls auf die eingezeichnete Tür zu richten. Die weißen Linien leuchteten nun hell und schienen sich tiefer in den Stein gefressen zu haben. Aber der gesamte Bereich innerhalb der Linien war fort. Die Wand, die uns von den verborgenen Abteilungen abtrennte, war verschwunden.

Hatten die Dunkeldornen den Weg freigemacht? Oder war ich das gewesen? Ich zog meine Hand, die nun nur noch in der Luft hing, zurück und betrachtete die Innenseite. Dort, wo meine Haut die Wand berührt hatte, schmerzte es. Feine Bläschen überzogen sie. Aber der Schmerz war auszuhalten. Es war die Reaktion auf die Dunkeldornen, wie ich sie von früher auf der Plantage kannte. Und wie es in letzter Zeit schon mehrmals der Fall gewesen war, war die Verletzung angesichts der Intensität des Kontaktes überschaubar. Überraschend überschaubar.

Jasmin war noch immer ungläubig. »Wenn ich nicht dabei gewesen wäre, würde ich das hier nicht glauben können«, murmelte sie kopfschüttelnd. »Und wüsste ich es nicht besser, würde ich vermuten, du wärst eine Dornenformerin. Du scheinst irgendwie mit den Pflanzen … kommuniziert zu haben. Aber das können nicht einmal wir, deshalb kann das nicht sein. Außerdem hätte ich oder die Professorin oder irgendjemand von all den Wissenschaftlern hier es gemerkt, wenn du unsere Fähigkeiten hättest. Die Dunkeldornmagie ist vererbbar, weshalb sie recht einfach erkennbar ist, aber die Dornenformermagie kann man im Umgang mit dem Dunkeldorn erkennen, wenn man einen geübten Blick hat. Außerdem hast du die Magie in der Tür einfach … verschwinden lassen.«

Hinter ihrer gerunzelten Stirn arbeitete es, das war nicht zu übersehen. Aber offenbar entschloss sie sich dazu, der Lösung dieses Rätsels später auf den Grund zu gehen.

»Treten wir ein?«, fragte ich. Ich fühlte mich seltsam leer und schwebend. Meine Hand brannte noch, und in mir war ein eigenartiges, unangenehmes Prickeln, das sich in meine Venen fraß. Aber um die Quelle würde ich mich später kümmern. Ich hatte keine Ahnung, wie viel Zeit wir hatten, bis jemand sich in die Bibliothek verirrte und unser Herumschnüffeln aufdeckte.

»Ja«, erwiderte Jasmin und hob ihr Kinn. Aber ich konnte ihr ansehen, dass hinter ihrer kühlen Fassade Nervosität lauerte. So leicht nahm sie es nicht, etwas Verbotenes zu tun.

»Zusammen?«, fragte ich leise und hielt ihr die unverletzte Hand hin.

Sie ergriff sie ohne ein weiteres Wort, und wir setzten gemeinsam einen Schritt über die unsichtbare Schwelle, durch den weißen, leuchtenden Türrahmen hindurch.

Auf beiden Seiten flammte es so heftig auf, dass Jasmin und ich gleichermaßen zusammenzuckten und uns fester an den Händen hielten. Aber es waren nur zwei Kaminfeuer, die in den Ecken des Raumes wie auf ein Fingerschnipsen hin aufgelodert waren, um Wärme und Licht in diesem Raum zu verteilen. Der Feuerschein erleuchtete auch winzige Lichtpunkte in den schwarzen Wänden, die wie ein um das Zimmer gespannter Sternenhimmel zu scheinen begannen.

»Was für ein merkwürdiges Versteck«, murmelte Jasmin, und ich kam nicht umhin, ihr recht zu geben.

Geradeaus war der Bereich für die Dunkeldornmagier, denen der Zutritt gewährt war:

Der Dunkeldorn – Wie man ihn beherrscht,
ohne dass er dich beherrscht

Es gab wenige Bücherregale, nicht einmal ein Dutzend, die im Gegensatz zu denen in der öffentlich zugänglichen Bibliothek aus schwarz glänzendem Schiefer geschlagen waren und offensichtlich die wirklich kostbaren Bücher trugen. Sie waren in schwarzes, ordentlich gepflegtes Leder eingebunden. Es gab keine Tische und Stühle für das Studium der Bücher, dafür aber ein großes, kreisrundes Plateau, um welches die Bücherregale herum aufgebaut worden waren und das von dichten, in Bewegung bleibenden Ästen und Blätterwerk abgeschirmt wurde. Je nachdem, wie dicht das Geflecht aus Ästen war, konnte ich durch das Plateau hindurch einen weiteren Raum erahnen – jenen mit den Archiven aus Notizbüchern, den ich von Weitem bereits bei meinem letzten Besuch gesehen hatte.

»Ich glaube, diese Fläche ist für Praxisübungen gedacht«, sagte Jasmin, die meinem Blick gefolgt war.

Auch in diesem verborgenen Raum hielt ein Dunkeldorn in einer Vitrine stumm Wache. Er war das größte Exemplar, das ich jemals zu Gesicht bekommen hatte. Je nach Höhe des Sockels, auf dem er abgestellt worden war, musste er mindestens so groß sein wie ich. Seine Blätter waren tellergroß und hingen schwer und träge nach unten, während der weit geöffnete Blütenkopf in unsere Richtung geneigt war. Und das Faszinierendste: Seine helfenden Äste leuchteten im Halbdunkel und bildeten gemeinsam mit den Kaminfeuern und den Glühwürmchenwänden die einzige Lichtquelle.

»Meine Güte«, flüsterte Jasmin ehrfürchtig. »Was auch immer die Professoren in ihren Laboren werkeln, sie haben Erfolg damit. In freier Natur würde ein Dunkeldorn nicht einmal halb so hoch wachsen.«

»Ich bin mir nicht sicher, ob es ein Erfolg ist, eine noch tödlichere Sorte zu züchten«, erwiderte ich.

»Du weißt nicht, ob sie noch tödlicher ist.«

Der Dunkeldorn reckte den Blütenkopf und schüttelte sich angriffslustig, als ob er uns verstanden hätte. Ein feiner Sprühregen aus schwarzen Staubpunkten setzte sich von innen auf die Vitrine. Das Glas zischte leise, war aber hart genug, um dem ätzenden Wirkstoff widerstehen zu können.

Vorsichtig umrundeten wir die Vitrine und das Plateau und liefen stöbernd an den Regalen vorbei. Immer wieder blieb ich stehen und überflog die Buchrücken.

Von der Macht der Manipulation von Körper und Geist.

Zehn leise Arten zu töten.

Der Dunkeldorn als schleichendes Gift.

Illusionen erschaffen.

Foltermethoden ohne äußerliche Verletzungen.

»Kein Wunder, dass sie diese *Literatur* unter Verschluss halten«, sagte ich, wobei meine Stimme vor unterdrückter Wut bebte. »Ob das Volk von Tensia weiß, was an dieser so elitären Hochschule gelehrt wird? Wäre man auch dann noch stolz, wenn es nach außen durchsickerte?«

»Das ist eine rhetorische Frage, oder?«, erwiderte Jasmin, deren Stimme vor Aufregung bebte.

»Natürlich.«

Ich überließ Jasmin ihrer eigenen Neugierde, denn mich trieb etwas anderes an. Auf dem matt glänzenden schwarzen Boden waren graue Teppichläufer ausgelegt, die an dem halbmondförmigen Bereich der Bücherregale und dem Plateau vorbeiführten wie Wegweiser. Hinter der Buchfront verbarg sich noch ein weiterer Raum, aus dem dezentes Licht drang.

Dorthin zog es mich. Oben an der Decke flackerten ein paar Worte aus Licht. Ich musste mehrmals die Augen zusammenkneifen, aber ich sah richtig. Das Schild, das zur nächsten verborgenen Abteilung wies, war nicht aus Holz, nicht aus Eisen, nicht aus Marmor, sondern wahrhaft aus Licht.

Wissenschaftliches Archiv – Aufbewahrung und Datensicherung wissenschaftlicher Forschung

Ein großzügiger Torbogen lud ein, in das dämmrige Zwielicht einzutauchen, das durch das Blätterwerk fiel und das offenbar eine Tür sein sollte. Je näher ich mich an sie heranbewegte, desto dichter zog sich das Gestrüpp zusammen. Ich stand mit zunehmender Verwirrung davor, denn ich fand keine Klinke, mit der sich die Tür aufstoßen ließ.

»Was, um Himmels willen, soll das mit diesen nicht zu öffnenden Türen?«, fragte ich halblaut und frustriert. Als ich die Hand hob, um sie durch eine lichte Stelle des dunkelgrünen Zweiggeflechts zu schieben, setzte es sich schlängelnd und ineinander verknotend in Bewegung. Die lichten Stellen wurden immer engmaschiger, bis das Dämmerlicht beinahe vollständig verschwunden war und nur noch das Kaminlicht und die glänzenden Dunkeldornäste Helligkeit spendeten.

»Ernsthaft?«, fragte ich noch verärgerter. Ich glaubte, die Fingerspitzen schon nach meinem ersehnten Ziel ausstrecken zu können, und wurde so kurz davor von einem Gebüsch aufgehalten?

Jasmin hatte mein leises Fluchen aufgeschnappt und eilte herbei, um nachzusehen, was mich so ärgerte.

»Kannst du da etwas machen?«, fragte ich und wies auf das Gestrüpp.

»Ich bin eine Dornenformerin, nicht mehr«, antwortete sie trocken, betrachtete die engmaschigen Zweige aber dennoch genauer.

»Ich glaube, das ist ein Rätsel«, murmelte sie vornübergebeugt.

»Ein was?«, fragte ich entgeistert.

»Na, ein Rätsel. Du wirst nicht mit Gewalt durchkommen, sondern mit Köpfchen.«

»Großartig.« Ich stieß ein Schnauben aus. Als hätten wir gerade die notwendige Zeit, Rätsel zu lösen, um einen Weg in die angrenzende Abteilung zu finden.

»Na, komm«, sagte Jasmin besänftigend. »Wir sind zu zweit, da sollte also mehr als genug Köpfchen vorhanden sein.«

»Das ist doch zwecklos«, sagte ich verärgert, als wir nach mehreren Minuten noch immer keinen blassen Schimmer hatten, was die Irrungen des Zweiggeflechts uns sagen wollten. Jedes Mal wenn wir es berührten, ordneten sich die Knoten neu und wirkten noch verzwickter ineinander verschlungen als zuvor.

»Kannst du nicht deinen magischen Trick noch einmal vorführen?«, fragte Jasmin schließlich atemlos. Wegen der angestrengten Konzentration standen ihr dünne Schweißperlen auf der Stirn, die sie sich mit dem Ärmel abwischte.

»Welchen magischen Trick?«

»Mit dem du die eingezeichnete Tür geöffnet hast. Oder hast du etwa noch mehr auf Lager?«, fragte sie gedehnt.

»Das war kein magischer Trick.«

»Ach, sieh an«, erwiderte sie mit hochgezogener Augenbraue. »Sondern?«

»Nenn es Instinkt.«

»Auch gut, dann mach das mit deinem … Instinkt eben noch mal. Ich kann versuchen, diese … Ableger ein wenig zu beruhigen, damit du es leichter hast. Wir haben nicht ewig Zeit, das weißt du, oder? Wenn sie uns hier erwischen, will ich nicht wissen, was sie mit uns anstellen.« Sie versuchte, es zu verbergen, aber ich konnte sehen, dass der Gedanke daran, ertappt zu werden, sie beunruhigte, ihr vielleicht sogar Angst einjagte. Wir hatten noch nicht viel gesehen, und selbst das war schon *zu* viel.

Ich zögerte. »Jasmin, ich verspreche es dir, ich habe keine Ahnung, wie mir das mit der eingezeichneten Tür gelungen ist.«

Jasmin ließ das als Ausrede nicht gelten. »Ist mir egal, probiere es einfach. Ich bin jetzt auch neugierig, was hinter diesem Busch ist. Da werden sicher nicht nur die Klassenbücher der Absolventen gelagert, da muss mehr sein. Ich bin mir sicher, dass du das, was du eben getan hast, wiederholen kannst, Opal. Konzentriere dich einfach darauf, was du empfunden hast. Und ich bin hier, um dir zu helfen. Zu zweit schaffen wir das schon.«

Sie ging ein paar Schritte zurück, während ihr Blick prüfend über die Wände glitt, wo sich die Zweige bis zur Tür entlangschlängelten. Dann legte sie die Hand auf einen der dickeren Zweige und schloss die Augen, während sie leise und beruhigend begann, etwas vor sich hin zu flüstern. Ich ließ den Blick zurück zu der verknoteten Tür gleiten und dachte nach. Von der Struktur und der Oberfläche her ähnelten diese Zweige jenen aus dem öffentlichen Teil der Bibliothek, die den Studierenden zur Hand gingen und mich zu der eingezeichneten Tür geführt hatten. Auch das Blattwerk war vertraut. Form und Farbe ähnelten jenen auffällig.

Ob diese Sperre ein Teil des prachtvollen Dunkeldornexemplars am Eingang der verborgenen Abteilungen war? Wenn ja, glaubte ich nicht, dass ich es so einfach davon überzeugen konnte, mich hindurchzulassen, immerhin hatte es zuvor schon versucht, mich mit schwarzem Blütenstaub zu attackieren.

Aber ich musste es wenigstens probieren. Zögerlich streckte ich die Hand aus und legte meine von der Kälte klammen Finger auf das Geflecht, das bei meiner Berührung sofort unruhig wurde und sich in windenden Bewegungen vor meiner Hand in Sicherheit zu bringen versuchte. Aber die Pflanze war nicht mehr so hektisch wie zuvor. Jasmins Arbeit schien zu wirken.

»Psst«, flüsterte ich. »Hab doch keine Angst.«

Hitze brach unter meiner Hand hervor. Feiner schwarzer Blütenstaub stieg vor meinem Gesicht auf, als wären die Blüten aufgebrochen und hätten mithilfe der Blätter eine Woge Blütenstaub zu mir geblasen.

Wieder ergriff dieselbe Ruhe von mir Besitz wie zuvor. Es fühlte sich an, als ob sich ein Teil von mir öffnete, um einen alten Freund willkommen zu heißen; jemanden, den ich schon lange nicht mehr gesehen, aber nie vergessen hatte.

Spiel nicht mit mir, Opal Erlbaum. Ich bin mächtiger als die anderen meiner Art, die dich zu mir haben vordringen lassen. Ich bin nicht so lebensmüde wie sie.

Ich hatte recht gehabt, dieser Dunkeldorn *war* der mächtigste, der mir jemals untergekommen war. Ich nahm eine Präsenz wahr, in deren Angesicht ich mich im ersten Augenblick beinahe schwach und hilflos fühlte. Am liebsten hätte ich die Hand zurückzucken lassen, so als hätte ich mich verbrannt. Aber ich konnte nicht einfach klein beigeben, dann hätte ich verloren und der Dunkeldorn gewonnen, und er würde niemanden durchlassen, der schwächer war als er, das war mir klar.

Ich ging in die Hocke und kniff die Augen zusammen. Die Belichtung war so schlecht, dass es schwierig war herauszufinden, woher die Äste kamen und wie sie sich ihren Weg bahnten. Einige schlichen über den ebenen Boden, andere kamen vermutlich von der anderen Seite des Durchgangs. Dieser Dunkeldorn musste eine gewaltige Reichweite haben, denn es befand sich nur eine einzige Vitrine im Raum, der die Quelle für all diese helfenden Arme sein konnte.

»Ich will dir nichts tun«, murmelte ich so leise, dass es nicht bis zu Jasmin vordringen konnte.

Das behauptest du nur. Ich kann deine Gabe fühlen, Menschenfrau. Sie war sehr lange verborgen, aber ich habe sie noch nicht vergessen, auch wenn ich noch nie frische Luft geatmet oder die Sonne auf meinen Blättern gespürt habe. Das Wissen aller Generationen vor uns liegt in unserem Samen.

Unruhe wuchs in mir. Gabe? Wusste er etwa mehr darüber?

Ich spürte Schadenfreude in dem Dunkeldorn aufkeimen. Es gab ihm Genugtuung, mir Wissen vorzuenthalten, was mich noch mehr aufwühlte. Immer wieder kam ich zu dem

Punkt, an dem eine Pflanze mein Leben bestimmte, es in Bahnen lenkte, in denen ich keine Kontrolle mehr hatte.

Der Dunkeldorn konnte meine Verärgerung schmecken, und es amüsierte ihn. Hätte er lachen können, hätte er es getan, aber so schwenkte er seinen Blütenkopf in der Ferne nur hin und her und verdichtete den Zugang zum Nebenraum noch mehr.

Die Antworten, die du suchst, sind ganz nahe, Opal Erlbaum. So nahe … Schmerzt es dich, dass du sie beinahe greifen kannst und gleichzeitig doch nicht?

Ja, zur Hölle, das tat es.

Es schmerzte und machte mich gleichzeitig noch wütender. Mein Griff in das Dickicht wurde fester, die Zweige unter mir glitten beunruhigt hin und her, wollten ihm ausweichen. Die ohnehin schon empfindsame Haut meiner Handinnenseite brannte, als sich feiner Staub auf ihr absetzte. Es musste unsäglich viel sein, was die Pflanze mir da entgegenschleuderte, oder sie war eine neue Zucht, die gefährlicher, tödlicher, viel intensiver war, die schon tötete, wo andere nur verletzten, die mich auch verletzen konnte. Aus Jasmins Richtung ertönten ein leiser Fluch und ein angestrengter Laut.

Aber ich konnte jetzt nicht nach ihr sehen, der Dunkeldorn war so stark. Und um den Grund dafür herauszufinden, musste ich an die wissenschaftlichen Unterlagen gelangen. Nur so konnte ich in Erfahrung bringen, woran die Professorin und ihr Kollegium wirklich arbeiteten. Denn dass die Forschungen dem Wohl ganz Tensias dienten, daran hatte ich mittlerweile erhebliche Zweifel.

Ich horchte tief in mich hinein und ließ die Stille, das sanfte Rauschen eines Meeres allen Raum in mir einnehmen. Ich verdrängte Jasmins Murmeln, ich verdrängte das überhebliche Wispern des Dunkeldorns in meinem Kopf, der keine menschliche Sprache sprach und dessen Laute ich dennoch verstehen konnte. Ich verdrängte den Druck auf meiner Brust und das Brennen meiner Haut. Ich ließ nur Platz für die Stille, so viel Stille, so viel Leere in mir, die ich füllen musste, sagte mein Instinkt. *Lass diese Gabe ein, von der der Dunkeldorn sprach, lass sie ein, du musst gar nicht wissen, wie sie funktioniert, weil du es längst beherrschst. Lass sie nur ein.*

Und da war ein Sog in mir, der blindlings vorwärtstastete und nach etwas griff. Im ersten Augenblick fühlte es sich wie Zerstörung an, wie Auslöschung, wie ein schwarzer, endloser Tod, aber das war es nicht.

Ich löschte nichts und niemanden aus. Nein, ich löschte es nicht aus, ich hauchte es ein, durch meine Haut, durch meinen Atem, durch jede Pore meines Körpers.

Und dann waren das Gift und die Dunkelheit und der leise Tod aus Staubpartikeln in mir und brannten dort ihr Abzeichen hinein, hinterließen Spuren auf meiner Seele.

Wie von Zauberhand löste sich das Knäuel aus unnachgiebigen Ästen. Die Blätter fielen zu Boden, als wären sie von einem Sturm abgerissen worden. Der Dunkeldorn war erstarrt. Seine Zweige leuchteten nicht mehr.

Der Weg war frei, und ich konnte nicht gehen, keinen Schritt, keinen einzigen, verdammten Schritt.

Die Dunkelheit in mir war so bleischwer.

27

WISSEN, SCHWÄRZER ALS DUNKELDORNMAGIE

Jasmin eilte an meine Seite. Sie schob ihren Arm unter meinen Ellenbogen und half mir, mich in eine aufrechte Position zu bringen. Mir war speiübel, ich zitterte. Kalter Schweiß zog sich über meine Haut und ließ die gute Kleidung klamm an mir kleben.

»Meine Güte, der Dunkeldorn«, rief die Dornenformerin erstickt aus. »Er ist … Er ist tot. So etwas habe ich noch nie gesehen. Alles in Ordnung mit dir? Du siehst aus, als würdest du jeden Moment in Ohnmacht fallen«, fragte sie besorgt. Ihr geübter Blick wanderte über meinen Körper, während ihre Hände meine Arme und den Rest der unbedeckten Haut nach erkennbaren Verletzungen absuchten.

»Ich kann jetzt nicht behaupten, dass es mir gut ginge.« Meine Stimme war brüchig, und jedes Wort steigerte die Übelkeit in mir. Es war nun noch dämmriger, wo das Leuchten des Dunkeldorns selbst erloschen war. Lediglich das Kaminfeuer loderte noch.

»Soll ich dich zu einem Heilkundigen bringen? Du siehst aus, als würdest du jeden Moment in Ohnmacht fallen.«

Ich hielt mich an Jasmin fest. »Nein«, sagte ich entschlossen. »Wir haben es so weit geschafft, wir geben jetzt nicht auf. Ich will sehen, was dort drüben ist, und wenn es das Letzte ist, was ich tue.«

»Sag das bitte nicht zu laut«, antwortete sie. Sie hatte ihre Stirn vor Sorge in tiefe Falten gelegt. »Du siehst wirklich mitgenommen aus. Am liebsten würde ich …«

»Nichts da«, unterbrach ich sie entschlossen. »Wir gehen da jetzt rein. Sonst wäre alles umsonst gewesen.«

»Ja«, murmelte Jasmin leise. »Dann wäre der Dunkeldorn umsonst gestorben.« Obwohl sie bemüht neutral sprach, hörte ich den Schmerz in ihrer Stimme. Sie war vielleicht keine Pflanzenflüsterin, aber durch ihre Arbeit als Dornenformerin musste sie eine gewisse Verbindung zum Dunkeldorn empfinden. Ob sie es bedauerte, dass sie mich ermutigt hatte?

Ich klammerte mich an ihren Arm, als ich mich in eine aufrechte Position zwang, und unterdrückte den Würgereiz, der sich in meiner Speiseröhre festgebissen hatte.

Als wir über die Schwelle der zerstörten Tür traten, wurde es taghell, als hätte jemand einen Schalter umgelegt, der Licht versprühte. Wo zuvor ein Mantel aus Zwielicht über der verborgenen, zweigeteilten Abteilung gelegen hatte, wurde die Dunkelheit nun in die Enge getrieben. Unzählige gläserne Vitrinen breiteten sich vor uns aus, in denen sich allerdings keine Dunkeldornen befanden, sondern Bücher, Aktenberge und vollgeschriebene Notizbücher. Die matten Glasscheiben, die zwar milchig waren, aber nicht genug, um den Blick von außen völlig abzuschirmen, waren die Quelle des Lichts. An jedem der filigranen Schränke befanden sich schmale Schilder aus Metall mit den eingravierten Namen der Wissenschaftler, die ihre Unterlagen dort verwahrten.

Mein Herz machte einen Satz, und ich wusste nicht, ob es wegen der Nachwirkungen war, welche mir die Begegnungen mit den Dunkeldornen beschert hatten, oder wegen der Informationen, die sich möglicherweise vor uns ergossen.

»Meine Güte«, brach es aus mir heraus. »Ich hätte nie gedacht, dass alle Forschungsergebnisse an einem Ort gesammelt werden.«

»Es erscheint mir unklug, wenn ich das so sagen darf.«

»Es wird keiner damit gerechnet haben, dass jemand die beiden Eingänge durchbrechen kann, wenn er nicht zu dem Kreis der Auserwählten gehört«, mutmaßte ich.

Ich war noch schwach auf den Beinen, und meine Knie fühlten sich mehr wie Pudding an, dennoch ließ ich Jasmins helfende Hand los und näherte mich den ersten Glaskästen. Ich las nacheinander die Namen der Professorinnen und Professoren, der Lehrkräfte, des wissenschaftlichen Personals. Einige Namen kamen mir bekannt vor, andere waren mir fremd. Aber ich war ohnehin auf der Suche nach etwas Speziellem. Nach diesem einen Namen.

Es war der dritte Glaskasten in der zweiten Reihe, die als »Experimentelle Versuche am lebenden Objekt« ausgewiesen war. Ich stolperte über diese Bezeichnung. Hatte die Professorin mir nicht die ganze Zeit weisgemacht, sie arbeite an einer weniger gefährlichen Zuchtform des Dunkeldorns? War das eine Lüge gewesen?

Ich stand vor der Vitrine und starrte auf den Haufen an schriftlichem Material, der sich vor mir auftürmte. Da lagen fein säuberlich alle Notizbücher aufgestapelt, die Professorin Weisdorn im Labor vollgeschrieben hatte. Die vordere Scheibe konnte man aufklappen, wenn man sie mit einem Schlüssel entriegelte.

Ich griff unter die Bluse und nestelte so lange mit meinen steifen Fingern darin herum, bis ich den Generalschlüssel hervorgekramt hatte. Ob er passen würde? Es war gewagt, es zu versuchen, falls die Glaskästen mit einem Alarmsystem gesichert waren, aber es war der einzige Versuch, der mir blieb.

Es klickte leise, als ich den Schlüssel im Schloss umdrehte, und ich konnte die Scheibe in meine Richtung öffnen. Einen Augenblick hielt ich den Atem an und wartete auf losplärrende Sirenen, aber nichts geschah. Alles blieb still, und ich ließ den angehaltenen Atem erleichtert entweichen.

Ich hob wahllos die obersten Bücher heraus. Nun, da ich möglichen Informationen so nahe war, zitterten meine Hände so sehr, dass ich sie kaum halten konnte. Wollte ich wirklich lesen, was da drinstand? Konnte ich aushalten, was ich womöglich entdecken würde?

Ich ging in die Knie und setzte mich auf den Boden, ehe ich die Notizbücher rings um mich herum verteilte. Sie waren chronologisch sortiert. Ich suchte das Exemplar heraus, das den Zeitraum umfasste, in dem die Professorin mich auf der Plantage aufgelesen hatte.

Die Übelkeit wurde schlimmer. Kalter Schweiß stand mir auf der Stirn, als mir bewusst wurde, dass ich diesen schlimmsten Tag meines Lebens nun wieder durchleben musste, wie ich es Nacht für Nacht in meinen Träumen tat.

Ich schlug die erste Seite auf. Die Eintragungen waren auf vier Jahre vor der Zerstörung Elvers datiert.

Zweiter Dornenmonat, Tag 15, im Jahr 352 nach dem ersten Besäen

Gemeinsam mit meinem Forschungsteam und einer Handvoll ausgewählter, vielversprechender Dornenformerinnen

habe ich mich auf den Weg nach Elver gemacht. Die Plantage erschien uns aufgrund ihrer abgelegenen Lage und der eher rückständigen Bevölkerung ein guter Ort, um die neue Zuchtsorte SD350 zu testen. Mögliche Kollateralschäden sollen vermieden werden, wären dort aber nicht so verheerend wie an dichter besiedelten Ortschaften. Die natürlichen Voraussetzungen für ein gutes Heranwachsen der SD350 sind nicht ideal, aber entsprechend dem landesweiten Standard.
Wir sind frohen Mutes, ein repräsentatives Ergebnis zu erzielen.
Die Auftraggeber werden über den laufenden Sachstand fortwährend informiert.

Dritter Dornenmonat, Tag 1, im Jahr 352 nach dem ersten Besäen
Die in der Erde vergrabenen Samen haben mithilfe der Dornenformerinnen gekeimt. Die ersten Ableger haben sich ihren Weg an die Oberfläche erkämpft. Ich habe die örtlichen Aufseher angewiesen, für eine erhöhte Wasserzufuhr zu sorgen. Die Dürre in diesem Jahr scheint stärker zu werden als in den letzten Jahren. Die ansässige Bevölkerung ist angewiesen, sparsam mit dem Grundwasser umzugehen. Die Aufzucht von SD350 hat Vorrang.

Dritter Dornenmonat, Tag 15, im Jahr 355 nach dem ersten Besäen
Ich war vor Ort, um mich persönlich davon zu überzeugen, dass die SD350 alle notwendige Pflege erhält. Ihr Wachstum ist stabil, aber langsam. Vergleichbare Objekte im Gewächshaus sind bereits fortschrittlicher. Die Anweisung ist erfolgt, die Erde noch feuchter zu halten, damit die Hitze unsere Arbeit nicht zerstört. Ich lasse eine Dornenforme-

rin für die gelegentliche Überwachung vor Ort. Die SD350 könnte unser Forschungsdurchbruch sein.

Vierter Dornenmonat, Tag 29, im Jahr 356 nach dem ersten Besäen
Einige Exemplare der SD350 sind verendet. Die Nährstoffe im Boden scheinen nicht ausreichend, um alle Objekte zu versorgen. Ich habe ein größeres Team Dornenformer zur Unterstützung entsandt. Die Plantagenarbeiter werden zur härteren Arbeit angetrieben. Dieser Versuch ist zu teuer, um ihn scheitern zu lassen.

Fünfter Dornenmonat, Tag 12, im Jahr 356 nach dem ersten Besäen
Die SD350 hat aufgeholt. Große Erleichterung im Forschungsteam. Hoffnung besteht, dass das Experiment erfolgreich abgewickelt werden kann. In etwa zwei Wochen sollten die ersten Blüten erntereif sein. Wir halten eine Dornenformerin ständig einsatzbereit, um – je nach Witterungs- und Hitzebedingungen – eingreifen zu können. Täglicher Report an königliche Auftraggeber ist eingeleitet.

Ich runzelte die Stirn. Täglicher Report an königliche Auftraggeber ist eingeleitet? Was genau bedeutete das? Was hatte das Königshaus mit der wissenschaftlichen Arbeit der Professorin zu tun? War die Dornenfamilie ein Gönner der Universität? Oder gar in persönlichem Kontakt mit der Professorin?

Fünfter Dornenmonat, Tag 16, im Jahr 356 nach dem ersten Besäen
Der erste Blütenstaub wurde geerntet. Mein Forschungsteam brachte mir bereits Proben ins Labor, allerdings hatte ich noch keine Gelegenheit, sie genauer zu untersuchen. Offenbar gab es einen Vorfall auf der Plantage. Wir

machen uns sofort auf den Weg, um selbst zu untersuchen, was dort geschehen ist. Die Rede ist von zahlreichen Toten, das kann ich nicht glauben. Die SD350 wurde unter höchster Sicherheitsstufe gezüchtet.

Ich musste mehrmals Seiten überblättern, die mit mathematischen Gleichungen, Formeln und chemisch-biologischen Ergebnissen gefüllt waren und die ich nicht durchschaute. Ich konzentrierte mich auf die Berichte von der Plantage, die mich zunehmend beunruhigten.

Vierter Dornenmonat, Tag 31, im Jahr 356 nach dem ersten Besäen
Ein immenses Ausmaß der Zerstörung bietet sich uns.
Eine so gewaltige Blüte habe ich trotz meiner langjährigen Erfahrung noch nie gesehen. Als wir angekommen sind, waren sie noch – in leider dürftiger Schutzkleidung – dabei, die Leichen zu bergen und in einem Massengrab zu beerdigen, da ein Verbrennen angesichts der Dürre zu gefährlich erschien. Ich habe zwei Mitglieder meines Teams in Schutzausrüstung losgeschickt, um die Arten und Schwere der Verletzungen und Todesursachen festzustellen und zu dokumentieren. Eine Handvoll Körper werden wir zur Obduktion mit in die Universität nehmen. Ein Dunkeldornmagier wird geordert, der während der Reise für ausreichende Kühlung der Körper sorgen soll. Die Ergebnisse der Untersuchung werden in einem gesonderten Dokument zusammengetragen.
Ohne eine genaue Analyse der mir vorliegenden Proben, die ich vorgestern erhalten und zudem vor Ort gesammelt habe, vermag ich noch keine Vermutungen über die Ursachen anzustellen.

Aber ein Fazit kann ich schon ziehen: Es ist ein Desaster. Alles scheint umsonst gewesen zu sein. Die Zucht erscheint zwar stärker als der natürliche Dunkeldorn, aber auch unkontrollierbarer. Dies war nicht unser Ziel.

Vierter Dornenmonat, Tag 31, im Jahr 356 nach dem ersten Besäen
Nachtrag: Man hat eine Überlebende gefunden. Nicht im Zentrum der Plantage, aber direkt an deren Rand, wo alle anderen Anwesenden verstorben sind. Ich werde persönlich ihre Genesung überwachen.
Randnotiz: Wie konnte sie überleben? Zufall? Glück? Ursache finden!

Mein Mund war so trocken, dass ich kaum schlucken konnte. Wenige Worte brüllten in meinem Kopf, immer und immer wieder, bis sie mein gesamtes Dasein beherrschten.

Wir waren nur ein Experiment. Ein verdammtes Experiment. Sie hatten einen verdammten künstlich erschaffenen Dunkeldorn bei uns gesät, ohne zu wissen, wozu er fähig war.

Experimente an Mensch und Tier. Hatte sie damit nur Elver gemeint? Oder mich? Oder gab es doch noch mehr, was sie vor mir verborgen hatte? Wen oder was meinte sie damit? Ich musste einen Laut – einen Schrei, ein Wimmern, ich wusste nicht, was – ausgestoßen haben, denn Jasmin war im nächsten Augenblick neben mir. Sie blickte über meine Schulter und las die letzten Zeilen, die dort in der geraden, sauberen Schrift geschrieben waren. Sie setzte zu einer Frage an, doch ich schüttelte den Kopf. Nein, nicht jetzt, ich ertrug das, was ich las, ja nicht einmal selbst.

Fünfter Dornenmonat, Tag 1, im Jahr 356 nach dem ersten Besäen
Die Überlebende ist heute aufgewacht. Ich habe sie erstversorgt. Sie hat einige Verletzungen davongetragen, aber weniger, als ich bei einer Zerstörung dieses Ausmaßes erwartet hätte. Mein Team hat die Abstände zu den Ausbruchsstellen gemessen und dokumentiert; vergleichbare Tote hatten viel deutlichere – und selbstredend tödlichere – Verletzungen. Wir sind noch auf der Suche nach einem möglichen Faktor, der sie vor einer zu großen Menge Blütenstaub geschützt haben könnte. Aber es gab weder eine andere Kleidung, eine andere Windrichtung, eine schützende Wand (Zelt, Baumstamm, Gebüsch etc.) noch einen sonstigen Faktor, der die Menge von SD350 an ihrem Körper im Vergleich zu den anderen Opfern reduziert hätte. Wir sind ratlos, aber gewillt, des Rätsels Lösung zu finden.

Fünfter Dornenmonat, Tag 2, im Jahr 356 nach dem ersten Besäen
Ich werde die Überlebende, deren Namen laut ihrer Auskunft Opal Erlbaum ist, mit an die Universität nehmen und dort vorübergehend als Aushilfe beschäftigen. Ihre Verletzungen heilen außergewöhnlich schnell, und da wir noch nicht herausfinden konnten, warum sie den Zwischenfall mit SD350 überlebte, möchte ich sie in meiner Nähe wissen, um gegebenenfalls weitere Tests an und mit ihr durchführen zu können. Wir ziehen vor, dies zunächst ohne das Wissen der Testperson sowie der wissenschaftlichen und schulischen Leitungsprofessorinnen der Universität anzugehen. Lediglich Ihre Königliche Hoheit als Auftraggeber ist informiert und erhält neben den Forschungsergebnissen regelmäßige Zwischenberichte über die Testperson.

Fünfter Dornenmonat, Tag 5, im Jahr 356 nach dem ersten Besäen
Ich wage nicht zu hoffen, dass ich hier einer großen Sache auf die Spur komme. Oder doch? Ich bin zu wissenschaftlich veranlagt, um an Wunder zu glauben. Ich habe Ihre Königliche Hoheit beauftragt, in den königlichen Büchern nach einer alten Sage Ausschau zu halten, an die ich nie geglaubt habe, die aber eine mögliche Erklärung für das Wunder von Elver sein könnte, wie mein Team die Testperson humoristisch nennt.

Fünfter Dornenmonat, Tag 25, im Jahr 356 nach dem ersten Besäen
Die Testperson zeigt sich auch im täglichen Umgang mit dem Dunkeldorn unerschrocken und widerstandsfähiger, als es üblich ist. Ich habe Nachforschungen über ihre Familie anstellen lassen, in ihrem Stammbaum sind keine Dornenformer vorhanden. Ich werde hier und da unauffällige Versuche mit ihr durchführen, um ihre Resistenz gegen den Dunkeldorn genauer bestimmen zu können.
Zu meinem Bedauern haben die Auswertungen der Vor-Ort-Proben aus Elver keine guten Neuigkeiten ans Tageslicht gebracht. Die gezüchtete SD350 ist instabiler, als wir angenommen haben, weshalb es zu einer so ungewöhnlich intensiven Blüte kommen konnte, die sogar noch stärker war als vom natürlichen Urtyp.
Zumindest eines ist gewiss: Unser eigentliches Anliegen, eine Sorte zu züchten, die ein stärkeres Dunkeldornpulver erzeugen würde, scheint gelungen. Nun müssen wir die SD350 kontrollierbar machen. Bevor wir neue Samentests abseits der Gewächshäuser vollführen können, testen wir die Modifizierungen an Mensch und Tier. Die Aufzeichnungen dazu setze ich gesondert fort. Außerdem habe ich angeordnet, die

bisherigen Erfolge umzusetzen. Die Dornenfamilie wird sich über künftige Erfolge freuen und meine Arbeit mit weiteren Spenden belohnen.

Hier endete das archivierte Notizbuch, und ein neues gab es nicht. Vielleicht trug die Professorin das aktuelle Notizbuch bei sich und legte es erst hier zur Verwahrung ab, wenn es vollgeschrieben war. In meinen Fingern, nein überall in meinem Körper kribbelte es vor Verlangen, mehr und weiter und alles zu lesen.

Tausend Fragen schwirrten in meinen Kopf herum. Einiges ergab Sinn, nun, da ich es schwarz auf weiß vor mir sah, anderes aber warf nur noch mehr Unklarheiten auf.

Ich ließ das Notizbuch in meinen Händen sinken und atmete ein paarmal tief durch, um Ordnung in das Chaos in meinem Kopf zu bringen. Dann legte ich den Stapel zurück in den Glaskasten und versuchte, die Notizbücher so zu drapieren, dass niemandem auffiel, dass sie bewegt worden waren.

Jasmin hockte noch immer neben mir, und ich konnte sehen, dass sie genug von dem überflogen hatte, was ich gelesen hatte. Ihre Miene sprach Bände.

»Das waren nicht die Antworten, nach denen du gesucht hast, oder?«

Ich wusste erst nicht, was ich darauf erwidern sollte. »Nein«, sagte ich dann. »Und irgendwie doch. Ich hatte schon länger das Gefühl, dass das, was in Elver passiert ist, nicht natürlich war. Ich habe so viele Jahre dort gelebt, wir kannten den Dunkeldorn. Wir wussten, wie wir mit ihm umzugehen hatten. Ich weiß, wie die Blüte normalerweise vonstattengeht. Dieser eine Tag … Das war nicht natürlich. Nichts davon war natürlich. Aber ich konnte es lange Zeit nicht greifen, verstehst du? Ich hatte nur dieses Bauchgefühl.«

Jasmin presste die Lippen aufeinander. »Es tut mir so leid, Opal. Deine Familie, deine Heimat … Das alles erscheint mir nun noch viel tragischer.«

Ich schüttelte entschieden den Kopf. »An einer Tragödie hat niemand schuld. Tragödien geschehen. Das, was Elver zugestoßen ist, *uns* zugestoßen ist, geschieht nicht einfach so. Das war kein Schicksal, kein Zufall. Das war der Wille von …« Ich brachte es kaum über mich, den Namen der Professorin auszusprechen. In mir brodelte ein solcher Zorn, dass ich glaubte, die ganze Universität und ihre heuchlerischen Wissenschaftler niederbrennen zu müssen. Sie sollten leiden, wie meine Familie, wie Julian, wie die Menschen auf Elvers Plantagen allesamt gelitten hatten.

»Komm, lass uns gehen.« Jasmin stand auf und streckte mir entschlossen ihre Hand entgegen. »Du hast deine Antworten, und je länger wir uns hier drinnen aufhalten, umso höher ist die Wahrscheinlichkeit, dass man uns entdeckt.«

Ich ließ mich von ihr auf die Füße ziehen. Ich fühlte mich immer noch wackelig auf den Beinen. Die gewonnenen Erkenntnisse hatten nicht dazu beigetragen, dass die kurze Verschnaufpause mir ein Gefühl der Linderung verschaffte. Die Übelkeit und eine leichte Orientierungslosigkeit waren noch gegenwärtig.

Es dauerte eine gefühlte Ewigkeit, bis Jasmin uns nach draußen gelotst hatte, vorbei an den dürren Ästen, die nun regungslos und leblos auf dem Boden lagen, durch die eingezeichneten Türen, die keine mehr waren, weil der Durchgang nicht länger versperrt war. Die Dunkeldornmagie darin war tot. Ich hatte sie zerstört. Spätestens morgen würde es einen Aufschrei geben und die Suche nach dem Schuldigen beginnen.

Ich nahm kaum wahr, wie wir Seite an Seite durch die Bibliothek schlichen, begleitet von den augenlosen Blicken der verbliebenen Dunkeldornen. Ihre Zweige hielten sich fern von uns.

In mir war kein Schmerz mehr, keine Leere, keine Verbindung mehr zu den Pflanzen, die mir ihr Vertrauen geschenkt hatten.

In mir war nur noch das Feuer der Wut, das mich vorantrieb, obwohl ich mich am liebsten einfach an Ort und Stelle niedergelassen und mich in meinem Schmerz zusammengekauert hätte, ihn in mir verkapselt hätte. Aber diese Wut brach durch meine Übelkeit und Fassungslosigkeit hindurch wie eine Flamme durch die Nacht.

Doch es gab jemanden, den ich das Feuer schmecken lassen wollte, der mich viel zu lange mit seinen Geheimnissen an der Nase herumgeführt hatte, ja der mich sogar wissentlich mit der Professorin zusammen hintergangen und für seine Zwecke eingespannt hatte. Jemanden, den ich einen Schritt zu nahe an die schützenden Mauern um mein Inneres herangelassen hatte.

Jemanden aus der Königsfamilie.

28

Menschen aus Dornen und Finsternis

Draußen war tiefe Nacht eingekehrt, und die Luft roch nach Reinheit. Sie roch nach dem Gegenteil von dem Gift, der Dunkelheit, dem Unwohlsein in mir. Ich fühlte mich, als liefe ich über den Boden einer anderen Welt, nicht mitten durch Musik und Feierstimmung und duftendes Essen hindurch.

Jasmin und ich hatten uns noch vor der Bibliothek getrennt, und sie war in Richtung ihres Zimmers verschwunden. Uns erschien es sinnvoller, nicht miteinander gesehen zu werden, und ich musste mich beeilen, wieder zu meiner Schicht zu erscheinen. Unterwegs hatte ich mich einer Bediensteten entsprechend hergerichtet und mir eine Ausrede zurechtgelegt, falls die Zeremonie und die Hauptmahlzeit bereits geendet hatten – was tatsächlich der Fall war – und mich jemand nach meinem Verbleib fragte.

Aber ich konnte mich unter die Leute mischen und mir ein Tablett mit Häppchen schnappen, ohne dass jemandem aufgefallen war, dass ich gefehlt hatte. Wie lange war ich wohl weg gewesen? War schon Mitternacht? Wann würden sie entdecken, dass die eingezeichnete Tür zerstört war, und wie schnell würde man mich verdächtigen? Oder fiel ich vielleicht gar nicht in das Suchraster, weil ich nur eine einfache Bedienstete war?

Mit der Zeit löste sich die Angst, dass jeden Augenblick jemand mit dem Finger auf mich zeigen und meinen Namen schreien würde, und ich versuchte, mich auf die Arbeit zu konzentrieren, was angesichts der Erkenntnisse und der andauernden Übelkeit leichter gesagt als getan war.

Aber die Stunden vergingen. Langsam und zäh und mit brüllenden Gedanken in meinem Kopf, aber sie vergingen. Ganz allmählich leerte sich der Festplatz.

Der Morgen war nicht mehr fern, das konnte ich spüren. Obwohl der Himmel noch sternenklar war, roch die Luft nach feinem Tau und nach einer Stille, die erst von den frühen Vögeln gestört werden würde, die den neuen Tag begrüßten.

Die Stille hatte sich nun auch über die Universität gelegt. Zusammen mit drei oder vier Dutzend anderen Bediensteten war ich noch auf den Beinen, um das letzte Geschirr einzusammeln und zu säubern, Müll aufzulesen und die Universität wieder in ihren vorigen Zustand zu versetzen, damit der normale Studienalltag ab morgen weitergehen konnte. Zelte wurden abgebaut, das Orchester war schon seit einer Stunde abgereist, und Tische und Bänke wurden zusammengeklappt und in die Schuppen hinter den Gewächshäusern geschleppt.

Ich war so erschöpft, dass meine Beine drohten unter mir wegzuknicken. Ich wusste nicht, was genau zwischen den Dunkeldornen in der Bibliothek und mir vorgefallen war, aber welche Magie es auch gewesen war: Sie forderte ihren Tribut und zehrte an den Kraftreserven meines Körpers. Ich hatte die letzten Stunden durchgehalten, aber ich wusste, dass ich meine Grenze bereits überschritten hatte. Ich sehnte mich nach meinem Bett, nach Schlaf, nach Ruhe, um meine Gedanken zu sortieren, die noch immer das in den Notizbüchern Gelesene wiederholten und jedes Gespräch, das ich jemals mit Professorin Weisdorn geführt hatte, wieder und wieder durchgingen.

»Geh ins Bett, Opal«, hörte ich da die erlösenden Worte von Natalia, deren Arme bis zu den Ellenbogen im nach Seife riechenden Spülwasser steckten und das benutzte Geschirr schrubbten, das ich ihr brachte. Vor Erleichterung wäre ich ihr beinahe um den Hals gefallen.

»Bist du dir sicher?«, fragte ich trotzdem.

»Wir sind so gut wie fertig. Das Gröbste ist erledigt, der Rest wird morgen getan und stört den Alltag der Studierenden nicht. Sei bitte nur pünktlich da. Die wissenschaftlichen Aushilfen sind angewiesen, morgen noch bei den Aufräumarbeiten zu helfen. Ab übermorgen kannst du dann deinen eigentlichen Dienst wieder aufnehmen.«

Ich wollte nicht daran denken. Ich wollte meinen Dienst bei der Professorin nicht wieder aufnehmen.

Vielleicht decken sie deine Tat auch vorher schon auf und kerkern dich für den Einbruch ein. Vielleicht musst du dir darüber keine Gedanken mehr machen.

Ich lief durch die Gänge und steuerte das mittlere Stockwerk an, als ich innehielt. Immer wieder brachen Bruchstücke der Texte, die ich gelesen hatte, an die Oberfläche. Es waren so viele Erkenntnisse gewesen, die da auf mich eingeprasselt waren, dass ich sie erst Stück für Stück zusammensetzen und mit den Erkenntnissen, die ich schon hatte, in Verbindung bringen konnte.

Experiment. Elver. SD350. Tragödie. Kollateralschäden. Testperson. Experimente an Mensch und Tier.

Experimente an Mensch und Tier.

Ich war beim Lesen darüber gestolpert und hatte mich gefragt, ob die Professorin damit Versuche auf weiteren Plantagen gemeint hatte. Aber der Verweis auf ein gesondertes Notizbuch sprach Bände.

Meine Schritte wurden langsamer, bis ich ganz stehen blieb.

Und wenn du es die ganze Zeit nicht erkannt hast? Wenn nicht nur du eine Testperson bist, sondern es noch mehr gibt?

Schlagartig tauchte ein Bild vor mir auf. Wir, *die Freiwilligen* für die Abschlussprüfungen, tief unter der Erde im Keller. In diesem Gang, der nur eine Richtung kannte und nur eine Tür und der doch unzählige weitere in den unebenen Wänden mit schlechter Beleuchtung eingezeichnet hatte. Türen, die niemand sehen sollte und die noch weniger Menschen zu öffnen in der Lage waren.

Eingezeichnete, unsichtbare Türen.

Türen wie jene in der Bibliothek.

Was, wenn …?

Nein. Nein, das konnte nicht sein. Ich wagte nicht einmal, den Gedanken zu Ende zu denken. Es war ungeheuerlich, was die Universität, was die Professorin meiner Heimat angetan hatten. Aber wir waren nur Dreck in ihren Augen, einfache Arbeiterinnen und Plantagenhelfer, deren Ableben sie verschmerzen und vertuschen konnten. Doch sie würden nicht an Menschen experimentieren, nicht hier in den heiligen Hallen der Lehre. Das würden sie nicht wagen.

Und wieso nicht?

Ich war starr und unbeweglich wie eine Statue. Mir war schlecht, ich war erschöpft, längst über jene Grenze des

Ertragbaren hinaus. Im Universitätsgebäude war es ruhig, alle waren müde vom Essen, vom Alkohol und dem ausgelassenen Feiern, und sie alle würden in ihren Betten liegen und tief und fest schlafen.

Würden sie es wirklich nicht wagen? Nachdem sie ein ganzes Dorf zerstört hatten? Ohne Gewissen, ohne Skrupel? Ohne die Bevölkerung zu informieren? Sie zu warnen?

Vielleicht war diese eine Nacht für Entdeckungen gemacht, vielleicht war diese eine Nacht nur dafür geschaffen, durch die Dunkelheit zu schleichen, durch die Stille, durch Schläfrigkeit, und Geheimnisse zu finden; hinter Türen, hinter Wänden, auf Papier.

Vielleicht irrte ich mich, und ich war, als Wunder von Elver, diese eine Ausnahme. Vielleicht waren nur ich und all die Toten in meiner Heimat die Ausnahme von der Zivilisation und den Menschenrechten, die damit einhergingen.

Aber ich musste mich vergewissern. Ich musste sichergehen, dass ich mit meinen vagen Vermutungen falschlag. Dass ich dieses Mal *wirklich* falschlag.

Beinahe hätte ich den Keller nicht wiedergefunden.

Die Dunkelheit trog meinen Orientierungssinn, und die wenigen Lampen beleuchteten den Weg so notdürftig, dass ich mich mehrmals verlaufen hatte. Außerdem musste ich langsam und bedächtig gehen, um bloß keinen Lärm zu machen. Ich wollte niemanden auf mein Herumschnüffeln aufmerksam machen.

Schließlich hatte ich die richtige Treppe gefunden. Ich blickte vom Absatz nach unten in die Tiefe, wo sich die Treppe in der Dunkelheit verlor. Heute Nacht war sie offenbar gar nicht beleuchtet. Ich beschloss, mir eine Lampe von der Wand zu nehmen, und hoffte, dass die Magie ausreichte, mir Sicht in der Schwärze dort unten zu schenken.

Zumindest eine gute Sache hatte die Dunkelheit: Sie schien ein Beweis dafür zu sein, dass niemand Wache stand und mich unter Umständen erwischen konnte. Und sie schien auch zu bedeuten, dass noch niemandem das Durcheinander und die Zerstörung in der Bibliothek aufgefallen waren, denn sonst läge mit Sicherheit kein so leiser, friedlicher Mantel über der Universität.

Der Abstieg nahm einige Zeit in Anspruch, da jede Stufe eine Qual für meinen ausgelaugten Körper war, aber nach einer gefühlten Ewigkeit war ich endlich unten angekommen.

Die Lampe, die aus einer schwebenden leuchtenden Kugel in einer Glashülle bestand, erhellte den langen Gang aus dunklem Stein nur spärlich.

Aber ich brauchte das Licht auch nicht. Zu meiner Überraschung wusste ich, im Gegensatz zu meinen ersten Vorstößen in der Bibliothek, genau, wo ich suchen musste. Es war, als wäre mir ein Schleier von den Augen gefallen. Wie hatte ich die eingezeichneten Türen nicht auf den allerersten Blick sehen können? Sie stachen so glasklar aus den Wänden hervor, dass jeder sie sehen musste, sie waren doch wie ein feurig leuchtender Rahmen in Stein gemeißelt.

Aber da waren so viele Türen, dass ich keine Ahnung hatte, mit welcher ich beginnen sollte. Ich stellte die Lampe auf dem Boden ab, wo sie kurz flackerte und ihren Schein dann zumindest so weit warf, dass ich den halben Flur im Blick hatte.

Am besten beginnst du einfach ganz vorne, Opal. Und arbeitest dich nach hinten durch. Das wäre am sinnvollsten.

Ich ging vor der ersten Tür auf der linken Seite in die Knie.

Spitze Steinkanten bohrten sich unangenehm in meine Knochen. Hier gab es keinen Dunkeldorn, der mit seinen Wurzelarmen über Boden oder Wände kroch, aber seine Magie war dennoch präsent. Feiner Blütenstaub schimmerte im sanften Leuchtpegel der Lampe. Er klebte an den Wänden und besetzte sie mit seiner Magie.

Ich legte meine ohnehin schon angesengten Handflächen auf den Stein. Etwas durchzuckte mich wie ein Blitz, und ich riss die Hände zurück.

»Meine Güte«, keuchte ich erschrocken. Mit so viel Dunkeldornmagie hatte ich nicht gerechnet. War es überhaupt Dunkeldornmagie? Oder war es die unverfälschte, von Menschenhand unberührte, reine Magie des Dunkeldorns selbst?

Die Verletzungen an meiner geröteten Haut hatten sich vertieft und waren rasch wachsenden Brandblasen gewichen. Konnte ich es wagen, die eingezeichnete Tür dennoch ein weiteres Mal zu berühren? Wie viel Dunkeldorn hielt ich aus, ehe er mich zu stark verletzte?

Du hast den Tod ausgehalten, Opal. Mehrmals. Jetzt stell dich nicht so an.

Ich biss die Zähne zusammen und wiederholte die Geste. Wild entschlossen berührte ich die eingezeichnete Tür ein weiteres Mal.

Es zischte leise, und beinahe hätte ich vor Schmerz laut aufgeschrien. Aber ich ließ nicht los, auch wenn ich glaubte, in nacktes Feuer zu greifen. Ein kribbelndes Brennen fuhr durch meine Arme in meinen Körper hinein. Es fühlte sich an, als krabbelten Abertausende Seelen tastend über mich wie winzige Ameisen.

Dieser steinerne Korridor wurde nicht von einer einzigen, nicht einmal nur von einer Handvoll Dunkeldornen beschützt. Es mussten zahlreiche sein, und ich vermutete ihre Präsenzen hinter den eingezeichneten Türen.

Der Schmerz ebbte nicht ab. Es hätte mich nicht gewundert, wären von meinen Händen Rauchschwaden aufgestiegen, so intensiv war die Hitze, diese magische Hitze.

Ich konnte die eingezeichnete Tür nicht durchbrechen. Der Schutz war zu stark. Ich hatte bereits so viel Dunkelheit in mich aufgenommen, dass da kein Platz war für noch mehr. Denn das schien der einzige Weg zu sein, die Türen zu öffnen: die Magie des Dunkeldorns in mich aufzunehmen, das Gift zu inhalieren und den Zauber auf diese Weise zu brechen.

Doch da … Ich blinzelte. Ein leichtes Flackern. War es das Licht, das seine verzauberte Kraft verlor? Doch mit einem raschen Blick in den Gang überzeugte ich mich davon, dass die Lampe noch funktionsfähig war.

Nein, das Flackern war ein nadelstichkleiner, winziger Durchbruch. Es entblößte den nicht weniger flackernden Schriftzug *SD351*, dann gewährte es mir einen kurzen Blick auf das Zimmer hinter der Barriere. Die Kraft meiner Gabe, die Dunkeldornmagie in der Tür zu neutralisieren und sie somit ganz zu öffnen, reichte nicht aus. Aber sie reichte aus, die Magie ins Wanken zu bringen und mir diesen Blick zu gewähren, ehe sie wieder an Stärke gewann und mich zurückdrängte.

Was hinter der Tür verborgen war, ließ mich aufkeuchen, und beinahe hätte ich die Verbindung zur Tür tatsächlich gekappt, weil es kaum auszuhalten war, was sich mir zeigte.

Der Raum erinnerte sehr an die Krankenstation, auf der ich vor wenigen Wochen behandelt worden war. Er war gleißend hell erleuchtet, weiß, steril, und die wenigen Möbel und sanitären Anlagen waren in den Raum eingearbeitet, entweder aus dem Stein selbst gehauen oder in Böden und Wände verschweißt. Es gab nur ein Bett – vielmehr eine Nische in der Wand – ohne Textilien, ein Tisch, dessen Beine im Boden verankert waren, ein Loch im Boden, das vermutlich in ein Abwassersystem mündete und eine Toilette darstellen sollte, und ein grobes steinernes Waschbecken.

Aber der Raum und seine Einrichtung waren nicht das, was mich bis ins Mark erschütterte. Es war vielmehr das Wesen, das in ihm auf und ab tigerte.

Dieses Wesen war kein Mensch. Oder *nicht mehr*. Es hatte die Konturen und den Körperbau eines Menschen, aber da endete die Ähnlichkeit. Das Wesen, das in Bewegung blieb wie ein Raubtier, welches in einem Zirkuswagen gefangen war, war über und über mit schwarzen Schuppen belegt. Sie überzogen seine ganze Haut bis an die Spitzen seiner Haaransätze, die schwarz und unordentlich bis zu den Schultern reichten. Grüne Augen, die aus dem schuppigen Gesicht starrten, waren das einzige Merkmal, an dem ich festmachte, einen einstigen Menschen vor mir zu haben.

Waren das die Experimente an Mensch und Tier, die die Professorin skizziert hatte?

Das Wesen hielt inne. Seine ungelenken Bewegungen erschlafften, und es horchte in die Stille, als hätte es etwas gehört, das seine Aufmerksamkeit erregt hatte. Dann drehte es sich langsam in meine Richtung. Die eingezeichnete Tür flackerte noch mehr. Konnte das Wesen mich genauso sehen wie ich es?

Ein, zwei Atemzüge lang geschah nichts. Die Zeit schien eingefroren zu sein, und keiner von uns beiden regte sich, als hätten wir Angst, nicht nur die Stille, sondern das Ticken der Zeit selbst zu zerstören.

Dann stieß das Wesen einen markerschütternden Schrei aus und machte einen gewaltigen Satz nach vorne, als wollte es durch die Tür hinaus in die Freiheit springen – oder mir die Kehle zerfetzen.

Ich konnte einen leisen Schrei meinerseits nicht unterdrücken und ließ die Tür eilig los – keinen Augenblick zu früh, denn beim nächsten Wimpernschlag hörte ich einen dumpfen Schlag von der anderen Seite, als das Wesen gegen die Tür prallte.

Ich bebte am ganzen Leib. Der Schreck saß tief in meinen Gliedern. Ich rang mehrmals nach Atem, bis ich meine Fassung wiedererlangt hatte. Ich hatte keine Ahnung, was das Wesen mit mir angestellt hätte, aber ich war mir todsicher, dass ich es nicht mit ihm hätte aufnehmen können. Es hatte so viel Kraft ausgestrahlt; rohe, gewaltbereite Kraft.

Vorsichtig rutschte ich einige Meter zur Wand und lehnte mich vor, während ich misstrauisch lauschte. Die eingezeichnete Tür ließ nun keine Sicht mehr zu. Auch Geräusche konnte ich keine mehr ausmachen. Die Dunkeldornmagie war wie eine schützende, breite und jeden Laut verschluckende Mauer zurück an ihren Platz gerutscht und verrichtete ihre Aufgaben.

»Meine Güte«, flüsterte ich und atmete zitternd aus. Ich konnte nicht verarbeiten, was sich mir da offenbart hatte. Nachdem ich die Notizen der Professorin über Experimente an Mensch und Tier gelesen hatte, war mir der Gedanke gekommen, dass sie angeblich erforscht hatte, ob die Menschen unempfindlicher und weniger verletzbar gegen ihre neuen Variationen des Dunkeldorns wurden.

Damit hingegen hatte ich nicht gerechnet.

Ich war mir sicher, dass es sich bei diesem Wesen ursprünglich um einen Menschen gehandelt haben musste, dazu waren die Ähnlichkeiten zu gravierend. Aber jetzt war da nichts Menschliches mehr, nur Wut, Brutalität und eine animalische Primitivität, als wäre das Bewusstsein der Person, die das Wesen einmal gewesen war, ausgelöscht worden.

Himmel, was tut Ihr da nur, Professorin Weisdorn? Ihr habt noch weniger Gewissen, als ich zuletzt angenommen habe.

Ich blieb einige Augenblicke auf dem feuchten, harten Boden hocken, auch wenn ich mir der Gefahr bewusst war, dass jeden Moment jemand kommen und mich finden könnte. Hier gab es keine Möglichkeit, sich zu verstecken oder zu fliehen. Aber was ich gesehen hatte, war zu gewichtig, um einfach aufzustehen und zu meinem Schlafgemach zu gehen und am nächsten Morgen in den Tag zu starten, als wäre nichts gewesen. Als hätte ich diese Entdeckung nicht gemacht.

Doch was konnte ich stattdessen tun? In mir überschlugen sich mögliche Optionen und Ideen, aber sie alle scheiterten am Ende an demselben Problem: Ich hatte niemanden, an den ich mich wenden konnte, niemanden, dem ich anvertrauen konnte, was hier vor sich ging. Ich könnte Jasmin einweihen, aber brachte das etwas? Auch sie war nur eine einfache Dornenformerin. Vielleicht kannte sie ja jemanden, der … helfen konnte?

Ich stützte mich an der Wand ab, während ich mich mühsam vom Boden aufklaubte. Jede Faser meines Körpers schmerzte, und die Übelkeit war nun so schlimm, dass ich glaubte, mich jeden Moment übergeben zu müssen.

Da.

War.

So.

Viel.

Dunkelheit.

In.

Mir.

Das kaum merkliche Flackern kehrte bei der Berührung des dunklen, staubüberzogenen Steins zurück. Die eingezeichneten Türen leuchteten kurz auf und ließen mich die Schriftzüge auf ihnen entziffern:

SD352, SD353, SDX, SD350 …

Ich hielt den Atem an. SD350? War das nicht jene Züchtung, die auf unserer Plantage getestet worden war? Was bedeutete das? Die dazugehörige Tür war die vorletzte auf der rechten Seite. Die Entfernung bis dorthin fühlte sich so weit an wie ein ausgedehnter Tagesmarsch.

Nur noch das, Opal, nur noch diese eine Tür. Wenn du durch sie hindurchgesehen hast, schleppst du dich zurück auf dein Zimmer. Dann ruhst du dich aus und schläfst tausend Leben lang, vorausgesetzt, du wirst nicht ins Gefängnis gesteckt. Oder zur Zwangsarbeit in der Zermahlerin verdonnert.

Nur. Noch. Diese. Eine. Tür.

Das musste machbar sein. Irgendwo in mir mussten noch genügend Reserven vorhanden sein, die mich diesen Gang entlangtragen und die Tür für ein, zwei Blicke lang durchschaubar machen würden.

Nur. Noch. Diese. Eine. Tür.

Es kam mir wie eine Ewigkeit vor, bis ich die Tür SD350 endlich erreicht hatte. So lange musste es dauern, wenn man von einer Welt in eine andere reiste … oder zum Mond … oder eine Schifffahrt über das Wellengrab anstrebte.

Himmel, ich war so erschöpft. Mein Körper bebte, weil ich so viel Kraft aufwenden musste, ihn vorwärtszudrängen.

Nur. Noch. Diese. Eine. Tür.

Meine Haut musste mittlerweile abgestorben sein, denn als ich die Hände dieses Mal auf den kühlen Stein legte, empfand ich nichts. Kein Brennen, keinen stechenden Schmerz, keinen Drang zurückzuschrecken.

Nur

Noch

Diese

Eine

VERDAMMTE

Tür.

Ich schloss die Augen. Dann bündelte ich die kümmerlichen Reserven in mir, die instinktiv wussten, was sie tun mussten, um durch diese vermaledeite Tür sehen zu können und die magischen Einzeichnungen außer Gefecht zu setzen.

Ein warmes Summen erfüllte mich. Es gab keine Gegenwehr, kein Feuer, das durch mich jagte und alles in mir abtöten wollte. Als hätte der Dunkeldorn nur darauf gewartet, dass ich diesen Raum betrat. Als hätte er auf *mich* gewartet.

Die eingezeichnete Tür flackerte nicht, als ich sie berührte und ihr meinen Willen aufzwängen wollte. Die eingezeichnete Tür öffnete sich vollständig. Von dem einen Atemzug auf den nächsten war die Barriere fort.

War das ein Hinterhalt?

Ich spannte meine Muskulatur an und wappnete mich für den Fall, beim nächsten Herzschlag attackiert zu werden.

Und tatsächlich, dort in der hintersten Ecke kauerte ein Mensch, nicht ganz das schwarzschuppige Wesen, dem ich in dem Testlabor zuvor begegnet war, aber auch nicht mehr *nur* Mensch. Ketten führten von den Hand- und Fußgelenken des Gefangenen bis an armdicke Stahlringe, die in der

Wand montiert waren. Er war von den Ketten auf den Boden gezwungen, nur halb vom Schatten der buckeligen Wandnische verborgen, sodass ich in ihm anhand seiner Statur und der tiefen, brummenden Laute, die aus seiner Kehle aufstiegen, auf den ersten Blick einen Mann erkannte.

Ich gab keinen Ton von mir. Trotzdem hob er blitzschnell den Kopf, als hätte mich mein bloßes Atmen verraten.

Wir sahen uns in einem Moment der Schwerelosigkeit an. Sein Blick aus harten, klaren und so verzweifelten Augen, umrandet von dunklen Schatten und einzelnen Schuppen, bohrte sich in meinen.

Das hohe Schleifen von Ketten auf Stein erklang, als er sich bewegte. Das unangenehme Geräusch verschluckte mein brechendes Flüstern, ließ den tot geglaubten Namen auf meinen Lippen auseinanderbersten.

»Julian.«

In einer Welt hinter dem Wellengrab zu einer Zeit ohne Aufzeichnungen, nur von Mund zu Mund weitergetragen und hier und da verändert

Deine Aufgabe ist noch nicht beendet, Naemi Liliengrab.

Sie öffnete die Augen. Über ihr war alles hell, viel zu hell, wie sollte sie so etwas erkennen können? Wie könnte sie nicht blind werden angesichts dieses Lichtes?

»Wo bin ich?«, fragte sie. Sie wollte sich aufrichten, aber ihr Körper war schwer, so bleischwer, als säße ein Mahr auf ihrer Brust, um sie festzunageln.

»Naemi? Sie ist wach. Das ist ein Wunder! Die Dornenmutter hat unsere Gebete erhört, seht nur! Sie lebt!«

Um sie herum wimmelte es von Stimmen, die auf sie einprasselten, und von Händen, die ihren Körper berührten, als trauten sie ihren Augen nicht.

Am liebsten hätte Naemi die Lider geschlossen und sich zurück in die Finsternis gleiten lassen. Ja, zurück in die warme, verlockende Finsternis, die ihr Angst hätte machen sollen. Aber wie konnte sie Angst haben, wenn sie bei der Dornenmutter gewesen war? Hatte sie nicht geglaubt, dass sie sie verlassen hatte?

Das hatte sie nicht. In diesem einen letzten Augenblick hatte die Dornenmutter sie nicht verlassen. Sie war bei ihr geblieben, bis zum Schluss. Bis zum bitteren Ende. Hatte ihr Opfer anerkannt und sie nicht im Stich gelassen.

Naemi hob den Kopf. Sie lag noch immer auf der Wiese, lag auf einem Feld der Zerstörung. All die Dunkeldornen, ihre anvertrauten Schützlinge, waren tot. Und sie, Naemi selbst, war in eine eingetrocknete Lache aus Blut gebettet. Neben ihr befand sich eine achtlos weggeworfene Klinge.

Sie war nicht tot. Aber sie war auch nicht mehr am Leben, das wusste sie, das hatte ihr die Dornenmutter in der Schwerelosigkeit zugeflüstert. Doch ihre Mission war noch nicht erfüllt, und so lange würde der Atem der Dornenmutter ihrem verkümmerten, durchlöcherten Herzen Leben einhauchen.

»Haben wir gesiegt?«, fragte sie mit schwacher Stimme, obgleich sie die Antwort schon kannte. »Sind sie fort? Habe ich … War ich erfolgreich?«

Schweigen legte sich über die Anwesenden. Über jene, die überlebt hatten, die ebenso vom Kampf gezeichnet waren wie Naemi selbst.

»Sie sind fort«, sagte Juri. »Aber du hast nicht alle zerstört. Sie haben einige von ihnen erwischt und mitgenommen. Wir konnten nichts dagegen tun, sie haben jeden, der sich ihnen in den Weg gestellt hat, über den Haufen geschossen.«

Sie haben einige von ihnen mitgenommen.

Nein!, dachte Naemi. Dann war alles umsonst.

Alles war umsonst. Wie sollten sie wieder ins Reine bringen, was nun jenseits des weiten Ozeans getrieben wurde?

Du wirst jemanden finden müssen, der das, was du nicht zu tun vermochtest, an deiner statt tut, Naemi Liliengrab. Und wenn es das Letzte ist, was du tust.

Die Stimme der Dornenmutter war grässlich und gewaltig und sanft und nahm allen Raum in ihr ein.

Naemi nickte langsam. Sie musste nicht antworten, musste der Dornenmutter nicht zu verstehen geben, dass sie ihren Befehl verstanden hatte. Die allmächtige Dornenmutter kannte ihre Antwort auch so, denn immerhin besaß sie fortan etwas, das bis in alle Ewigkeit ihres sein würde:

Naemis Herz, das nur mehr ein dunkles Loch war, in dem jeder ihr Versagen sehen konnte.

29

JULIAN

Der Julian, der dort an die Wand gekettet war, hatte wenig mit dem zu tun, den ich in Erinnerung hatte. Das lag nicht nur an der schwarz verfärbten Haut, die Teile seines Körpers überzog und sich an vereinzelten Stellen zu Schuppen verdickte. Nein, es war viel mehr als das. Es war der gebrochene Blick seiner so vertrauten und doch so fremden Augen. Trotz ihrer dunkelbraunen Farbe war die Wärme, die ich in all den Jahren an seiner Seite kennengelernt hatte, einer Wildheit gewichen, die neu war.

Die größte Diskrepanz zu meinem Gedächtnis war aber: Er war nicht tot.

Genau dieser Gedanke kam mir zuallererst über die Lippen. »Wieso bist du nicht tot?«

Ich ignorierte die Furcht in meinen Eingeweiden und lief zu ihm. Es dauerte ewig, bis ich den kleinen Raum durchquert hatte und neben Julian auf die Knie fiel. Er zuckte vor mir zurück, die Augen misstrauisch zusammengekniffen. Weiche Locken hingen ihm verdreckt und verschwitzt in die Stirn.

Am liebsten hätte ich sie zurückgestrichen, aber ich wagte es nicht, ihn ohne seine Erlaubnis zu berühren.

Erkannte er mich? Wusste er, wer ich war? War er noch … *er selbst?*

Ich wollte ihn berühren und mich vergewissern, dass mein Augenlicht mich nicht trog. Aber plötzlich hatte ich Angst, dass dieses Wesen nur wie Julian aussah, aber ohne seine Seele und ohne sein Herzblut war. Vielleicht würde er mich angreifen? Wie lang war der Spielraum der Ketten?

»Julian?«, fragte ich zaghaft, als er mich nur beobachtete. Die Muskeln seines Körpers waren angespannt, als würde er jeden Moment zum Sprung auf mich ansetzen. Er hatte abgebaut, hier und da schienen die Rippen durch seine Haut hindurch.

»Ich bin es. Opal. Du weißt doch, wer ich bin, oder?« Meine Stimme hatte einen flehentlichen Unterton angenommen. Ich wollte so sehr, dass er mich erkannte. Ich wollte so sehr, dass er irgendwo unter dieser schwarzen Schicht noch da war.

»Weißt du noch, als wir zusammen auf den Plantagen gearbeitet haben?«, fragte ich mit so leiser Stimme, dass mein Flüstern fast in meiner verengten Kehle stecken blieb. »Julian«, wiederholte ich eindringlich. Ich streckte die Hände ganz vorsichtig nach ihm aus. »Erinnerst du dich, wie du mir von deinem Wasser gegeben hast, kurz bevor … *es* passierte? Wie ich dich ins Krankenzelt begleitet habe, weil du verletzt warst?«

Die Muskeln seiner Wangen und Kiefer zuckten leise. Für einen kurzen Augenblick glaubte ich, Unsicherheit in seinen Augen zu sehen. War ich auf dem richtigen Weg?

Das rasende Herz schien in meiner Brust förmlich explodieren zu wollen. Julian war nahe, so nahe, viel näher, als ich mir je zu träumen erlaubt hätte, und gleichzeitig war er in unerreichbarer Ferne.

»Weißt du noch … *Ein letztes Mal?*« Meine Stimme brach, als ich diese Worte, nein unsere Worte wiederholte, von denen ich niemals geglaubt hatte, dass sie je wieder laut und deutlich und lebendig und nicht nur in meinen traurigen Erinnerungen ausgesprochen werden würden.

Die Unsicherheit wich aus seinem Blick und machte Erkennen Platz. Er öffnete den Mund, aus dem zunächst nur krächzende Geräusche kamen, ehe ihm ein Wort entschlüpfen konnte.

»Opal …« Es war keine Frage, denn Julian sprach meinen Namen mit einer Entschlossenheit aus, die mir vor Erleichterung das Herz in die Magengegend rutschen ließ.

Er erkannte mich. Endlich erkannte er mich.

Ich kletterte an Julian vorbei, da ich mir nun sicher war, dass er mir nichts antun würde, und rüttelte an den in der Wand montierten Eisenringen. Sie bewegten sich nicht einen Millimeter. Stattdessen ertönte ein hoher Warnlaut, der uns beide zusammenzucken ließ.

Ich musste ihn freibekommen. Ich hatte so viele Fragen auf der Zunge, doch ich wusste, dass die Zeit nicht ausreichte, um sie alle zu stellen. Als ich die Ketten das nächste Mal berührte, verwandelte sich der kurze Warnlaut in ein ausschweifendes Sirenenklagen. Die Sirenen stahlen uns wertvolle Augenblicke, stahlen uns Worte, Erklärungen, stahlen uns die Möglichkeit, uns aneinander festzuhalten und all das Grauen, das wir zusammen und allein durchlebt hatten, miteinander zu teilen. Dieser Gedanke wollte mir schier das Herz brechen, aber ich konnte ihn nicht zulassen. Nicht jetzt.

Ich rüttelte fester und mobilisierte Kräfte, die nicht mehr da sein sollten, es jedoch waren, weil ich verzweifelt und so wild entschlossen war. Ich rüttelte, bis mir die Puste ausging, zerrte erst an den Ringen, dann an den Ketten, dann an den Handschellen um Julians Handgelenken.

Nichts. Ohne Schlüssel – und meiner passte nicht, ich versuchte es in meiner Ohnmacht – würde ich ihn nicht von dieser Wand loseisen können.

Es musste einen Weg geben, ich musste einen Weg finden, irgendeinen nur, irgendwie … Verdammt, diese Ketten mussten doch eine Schwachstelle haben!

»Opal«, sagte Julian wieder. Seine Hand legte sich auf meine, die noch immer fahrig an den Handschellen nestelte. »Opal, hör auf.« Seine Stimme klang belegt und kratzig, aber da war auch Vertrautes darin, ebenso wie in der Wärme seiner Finger.

In mir tat sich ein Abgrund auf. Seit dem Unglück in Elver hatte ich keine solche Wärme mehr empfunden. Niemand hatte sie mir bieten können. Und jetzt war sie da, und ich wusste, dass uns die Zeit davonlief.

»Julian, ich schwöre dir, ich finde eine Möglichkeit, dich hier rauszuholen«, flüsterte ich. »Ich brauche nur etwas Zeit, damit ich eine Lösung für die Ketten und das Alarmsystem finden kann, und dann …«

»Nein.« Julian schüttelte entschieden den Kopf. Seine Finger umfassten meine Handgelenke und waren überraschend stark dafür, dass sein Körper so ausgemergelt war. Er tat mir weh, aber nicht so sehr körperlich, sondern vielmehr im Herzen: Die Panik in seinen Augen war unverkennbar.

»Julian, bitte«, sagte ich sanft, obwohl mir zugleich Tränen in die Augen schossen. Ich wollte ihn umarmen und ihn vor dem Grauen, vor dem Leid schützen, das er erlebt haben musste und von dem ich doch nicht einmal den Hauch einer Ahnung hatte, aber ich konnte dafür keine wertvollen Sekunden vergeuden. Wir würden uns noch umarmen und aneinander festhalten, doch dies war nicht der rechte Augenblick dafür. Wir würden es später tun und dann lange Zeit nichts anderes als das.

Später. Bald. Sehr bald. Das musste ich einfach glauben, um ihn jetzt verlassen zu können.

»Lass mich bitte los. Ich schwöre auf mein Leben, dass …«

»Nein«, unterbrach er mich harsch. »Du lässt mich hier nicht zurück, nicht so.«

Mein Blick fiel hilflos auf meine Hände. Meine Haut war weiß, wo er sich an mich klammerte und das Blut wegtrieb.

»Ich muss etwas besorgen, um die Ketten zu lösen, ich …«

Sein Blick fixierte mich, er war hart und erbarmungslos und zugleich so flehend, so unglaublich flehend, als wollte er mein Herz erweichen. Wusste er nicht, dass er das schon seit langer Zeit getan hatte?

»Du lässt mich hier nicht lebend zurück, Opal. Ich ertrage keinen einzigen weiteren Tag. Keine einzige weitere Stunde. Was sie hier mit uns … mit mir machen, ich ertrage es nicht. Töte mich.«

Er ließ eines meiner Handgelenke los und zog an den Ketten, die schwer über das steinerne Bett rasselten, auf dem er kauerte. Er deutete auf den Labortisch am anderen Ende des Raumes, auf dem einige Utensilien lagen, über deren Verwendung ich nicht nachdenken wollte: Skalpelle, Zangen, kleine Hämmer, Röhrchen, Nadeln. Ich hatte zuvor schon einen flüchtigen Blick darauf geworfen, aber da dort weder Sägen noch Schlüssel für die Ketten lagen, war meine Aufmerksamkeit schnell davon abgewichen. Dort lag nichts Nützliches.

Ich verstand den Hinweis, den er mir geben wollte, und

wäre am liebsten zurückgewichen, aber er lockerte seinen Griff nicht, als hätte er meine Gedanken erraten.

»Niemals«, sagte ich.

Ein bitterer Zug legte sich um seinen Mund. »Ich kann nicht mehr, Opal. Wenn du mich hier zurücklässt, lässt du mich in der Hölle zurück. Früher oder später werde ich diese Experimente sowieso nicht überleben und als Abfall im nächsten Tümpel landen. Bitte gestatte mir einen Abgang mit Würde, mit dir, mit …« Ihm brach die Stimme.

Tränen liefen über meine Wangen. Ich konnte sie nicht mehr zurückhalten. Sie liefen ungehindert. Ich lehnte mich nach vorne und drückte meine Lippen auf seine.

Es war unser erster Kuss, und er war nicht so, wie ein erster Kuss hätte sein sollen. Er war nicht zärtlich, nicht leidenschaftlich, nicht liebevoll. Er war das Bindeglied zweier Ertrinkender, die sich in den Fluten aneinander festklammerten, bevor das schäumende Meer sie in die Tiefe riss. Er war Verzweiflung. Er war die Suche nach Halt.

Ich spürte ein leises Brennen auf meinen Lippen, wo sie für einen Sekundenbruchteil mit den schwarzen Schuppen in Berührung kamen. Aber das war mir gleich. Ich wollte mich in diesem Moment verlieren, wollte ihn in meine Erinnerung einbrennen für alles, was noch an Hürden vor uns lag. Ich wollte ihn als Hoffnung einrahmen.

Julians angespannte Haltung wurde leichter, der Griff um mein verbliebenes Handgelenk lockerte sich. Schnell wie eine Raubkatze entzog ich meine Hand seiner und sprang zurück, bevor er auch nur Anstalten machen konnte, nach mir zu greifen.

»Opal, ich werde dir niemals verzeihen, wenn du über diese Schwelle gehst …« In seinen Augen loderte Zorn.

Der Zorn eines Verratenen.

Es ließ mein Herz in tausend Splitter bersten, mich jetzt umzudrehen und ihm den Rücken zuzukehren. Aber ich hatte keine Wahl. Die Sirenen waren angeschwollen, und aus weiter Ferne hörte ich laute Rufe näher kommen. Es blieb keine Zeit für Entschuldigungen.

An der Türschwelle blieb ich noch einmal stehen, um zurückzusehen. Julian kämpfte wie ein Berserker gegen das Eisen und riss sich die verkrusteten Wunden auf.

»Ich komme zurück und hole dich, das verspreche ich dir«, rief ich, aber Julian brüllte nur noch wie ein in die Ecke getriebenes Wildtier, das von allen Seiten mit Peitschen attackiert wurde. Sein Brüllen begleitete mich den Korridor entlang, und ich wusste, dass ich das Wehklagen und den Schmerz darin in hundert Jahren nicht vergessen würde.

Mir blieb keine Zeit, mich die Wendeltreppe nach oben zu retten. Das Einzige, was ich noch tun konnte, war, meine eigene Lampe zu schnappen, eine der eingezeichneten Türen für einen einzigen Wimpernschlag zu öffnen und das Licht zu löschen, damit es mich nicht verriet. Dann kauerte ich mich unter die Wendeltreppe.

Keinen Moment zu früh.

Drei Uniformierte kamen in Begleitung zweier Wissenschaftler in weißen Kitteln angerannt. Ihre Schritte polterten laut über meinem Kopf. Der eine Wissenschaftler hielt etwas Spitzes in der Hand, mit dem er durch den Flur und die offen stehende Tür in Julians Kammer eilte, die anderen ihm dicht auf den Fersen.

Ich hatte meine Schuhe bereits ausgezogen, und sobald die fünf Universitätsmitarbeiter über die Schwelle von Julians Zelle getreten waren, rannte ich die Treppe nach oben, nur getragen von dem Gedanken daran, dass Julian am Leben war, und der wilden Hoffnung, dass mir kein einsamer Nachzügler auf der Treppe begegnete, denn dort gab es kein Entrinnen und keine Ausflüchte.

Aber dieses eine Mal war mir das Glück wohlgesonnen. Ganz vorsichtig schlich ich mich oben in den Flur und zog die Schuhe wieder an, und je weiter ich in den öffentlichen Bereich der Universität gelangte, desto mehr zwang ich mich zu äußerlicher Gelassenheit. Ich hielt den Blick gesenkt, als ich mich durch zunehmend mit Personal und Studierenden gefüllte Gänge zwängte und mich möglichst unauffällig unter die Leute mischte. Der Lärm, der aus dem Keller nach oben schallte, hatte nicht nur das Wachpersonal aus den Betten geholt.

Ich musste irgendwie in mein Zimmer gelangen und dort rasch die wenigen Habseligkeiten einpacken, die ich noch besaß. Ich wusste, dass es nur eine Frage der Zeit war, bis sie auf mich kamen. Ich war die Verbindung zu Julian. Ich war die Verbindung zu Elver. Ich war das Versuchskaninchen von Professorin Weisdorn – oder zumindest eines davon. Sie wusste um meine Fähigkeiten, wenn auch nicht, wie stark sie wirklich ausgeprägt waren.

Als ich den Fuß auf das Gelände draußen setzte, atmete ich auf. Einen Teil hatte ich geschafft. Jetzt musste ich nur noch meinen Kram holen und dann … dann was?

»Haltet sie auf«, zerteilte eine vertraute Stimme den Tumult, der sich vor dem Eingang des Lehrtrakts gebildet hatte.

Ich drehte mich um, denn ich wollte den Besitzer der Stimme, den Königsgleichen, ansehen und ihm die stumme Anklage in meinen Augen zeigen. Andere hätten das als verschwendeten Moment bezeichnet, aber ich musste das tun, musste einmal all meinen Zorn in diesen Blick legen, musste ihm und der Professorin, die an seine Seite getreten war, zeigen, wie tief mich ihr Verrat getroffen hatte. Sie beide hatten auf der Suche nach Dunkeldornmagie für den Königsgleichen den Pfad der Rechtschaffenheit vor langer Zeit verlassen. Dafür würden sie bezahlen.

Der Königsgleiche begegnete meinem Blick nicht so, wie ich erwartet hatte. Für einen winzigen Augenblick wurde sein Gesicht von Schmerz gezeichnet, von Traurigkeit, von Bedauern. Doch er war zum Herrschen geboren, und im nächsten Atemzug bellte er den Uniformierten den Befehl zu, mich zu verfolgen.

Ich stellte meinen Körper, die Verletzungen, den Schmerz, der an und in mir klebte, zurück, ließ ihn in ein Gefühl von Taubheit eintauchen und richtete den Blick nach vorne.

In weiter Ferne senkte sich der dürre, gekrümmte Mond hinter der Silhouette aus Dächern und Turmspitzen von Florentia gen Horizont und machte der aufgehenden Sonne Platz.

Und dann brach ich mein Versprechen, das ich Julian erst Atemzüge zuvor gegeben hatte, zum allerersten Mal.

Ich ließ ihn zurück.

Ich rannte.

In einer Welt hinter dem Wellengrab zu einer Zeit ohne Aufzeichnungen, nur von Mund zu Mund weitergetragen und hier und da verändert

Der alte Mann stand gebeugt am Ufer. Der graue Bart, der ihm fast bis zur Brust reichte, war durchnässt. Das haltlose Meer sprühte ihm die nebelfeine Gischt in die trüben Augen, die er fest zusammengekniffen hatte, um den schwarzen Punkt, der schaukelnd auf dem Meer trieb, zu beobachten. Solange er den Punkt ausmachen konnte, durfte er Hoffnung haben. Solange war noch nicht alles verloren, solange war sein wertvoller Schatz greifbar, nahe.

Der Sturm tobte nicht nur über dem wilden Meer, er tobte auch in ihm, in seinem zittrigen, zerbrechlichen Herzen. Seine Liebe, sein Leben, seine Gefährtin segelte fern von ihm über den Ozean, der nicht umsonst den Namen Wellengrab trug, weil er seine Überquerer in seinen schwarzen Schlund zu ziehen und sie niemals mehr aus den kalten Klauen zu entlassen drohte. Niemand wagte sich freiwillig auf unsichere, schwimmende Holzplanken mit flatternden Segeln, wenn er nicht einen guten Grund dafür hatte, einen Grund, der mehr wog als das eigene Leben.

Er sah, wie seine geliebte Frau auf ihrem kleinen Schiffchen von Wind und Wellen fortgezogen wurde, fort von ihm aufs offene Meer, und er wusste, dass er sie nie wiedersehen würde. Entweder würde er sie an das Meer oder an das fremde Land, zu dem sie in ihren alten Tagen aufgebrochen war, verlieren. Aber er würde sie verlieren, ihr warmes Lachen, ihre strahlenden Augen, die Spuren ihres gemeinsamen Lebens in ihrem Antlitz.

Alles, was ihm blieb, waren bereits verblassende Erinnerungen in seinem müden, löchrigen Gedächtnis und die Hoffnung, dass, wer auch immer über das Wellengrab herrschte und seine Urgewalten kontrollierte, Gnade walten ließ.

Der Punkt verschwand aus seiner verschwommenen Sichtweite, und das Herz des alten Mannes brach.

Sie war fort, und sie würde nie mehr zu den Inseln zurückkehren.

Aber er war nicht ganz allein, selbst wenn es sich so anfühlte. Sie hatte wenigstens ihr Herz nicht mitgenommen; das war noch immer Teil der Inseln, Teil von ihm.

Ihr Herz hatten sie nicht gekriegt.

Danksagung

Das mit dem Bücherschreiben verhält sich bei mir so: Bei jedem Roman, den ich beende, denke ich: »Puh, jetzt hast du alles gegeben, alles rausgelassen, jetzt ist all dein Herzblut draußen, und ganz sicher wirst du nie wieder etwas schreiben, mit dem du so zufrieden bist wie mit diesem Buch, so!«

Manchmal ist das die Wahrheit. Manchmal gibt es Romane, mit denen wir mehr kämpfen als mit anderen, die uns nicht leicht von der Hand gehen. Aber manchmal kommen auch wieder helle Lichtblicke. Romane, für die wir brennen, die wir lieben, für die wir alles geben.

Die Dunkeldorn-Reihe zählt zu ihnen.

Und wie so oft gilt: Das Beste entsteht immer dann, wenn wunderbare, talentierte Menschen zusammenarbeiten. Deswegen möchte ich ein paar großartige Menschen hier verewigen, die alles aus diesem Roman rausgeholt haben:

Beginnen wir mit meiner lieben (Autoren-)Freundin Franzi Kopka. Ich liebe so sehr, was wir uns in den letzten beiden Jahren aufgebaut haben. Ich liebe unser virtuelles Schreibzimmer, in dem wir uns täglich treffen, um gemeinsam zu arbeiten, zu schreiben, zu zweifeln oder uns füreinander zu freuen. Indem wir zusammen unser Leben auf den Kopf stellen, um unsere Träume zu leben. Du hast den Anfang der Dunkeldorn-Chroniken erlebt und das Ende und sehr viel dazwischen. Du warst die erste strenge Testleserin und Fan erster Stunde. Danke für dein gutes Auge, deine klugen Anmerkungen, für dein großes Herz, das fast so sehr für Opal und Julian brennt wie meins!

Danke an Simone Walleck, das dritte Mitglied unseres virtuellen Schreibzimmers! Danke für Brainstorming, für Ratschläge, fürs Mitdenken, wenn es mal hakt. Für eine langjährige Freundschaft, die mit jedem Jahr besser und tiefer wird! Ich bin stolz darauf, erleben zu dürfen, wie du deinen Weg gehst, wie du mutig und stark allen Widrigkeiten trotzt!

Und auch dich, liebe Justine Pust, möchte ich nicht vergessen. Danke fürs Testlesen, für deine Begeisterung, deine liebenswerte Art, deine großartige Zitatesammlung (damit hast du mir viel Arbeit abgenommen, ich schwöre!).

Ein ganz besonderer Dank geht an meinen Verlag und Beatrice Lampe, die von Beginn an an diese Reihe geglaubt hat und ihr sogar noch viel mehr Raum geschenkt hat, als ich mir erhofft hatte! Danke für die wunderbar leichte und zugleich konstruktive Zusammenarbeit!

Auch meine Redakteurin Angela Kuepper möchte ich an dieser Stelle nennen, die mit viel Empathie den letzten Schliff aus dem Roman gezaubert hat. Ich habe unsere gemeinsame Arbeit sehr genossen!

Und weil sie immer und überall niemals fehlen darf: Danke an meine Literaturagentur Thomas Schlück und especially an meine Agentin Kathrin Nehm. Der schönste Tag in meinem literarischen Leben war der, an dem unsere Zusammenarbeit begonnen hat. Du bist die Beste von allen, jawohl.

Zu guter Letzt bedanke ich mich bei den besten Autorenkolleg*innen, die ich seit der Pandemie noch mehr zu schätzen weiß: Thilo Corzilius, Kira Licht, Alessandra Reß und die one and only Schlücklich-Gang. Ihr seid eh die Coolsten.

Danke an meine liebste, unterstützende Familie, an meinen Partner und an meine allerbesten Freundinnen Sarah, Tine, Katja und Sandra.

Leseprobe

aus

Die Dunkeldorn-Chroniken
Ranken aus Asche

von Katharina Seck
Erscheinungstermin: Dezember 2022

PROLOG

Die Tage waren bereits in den frühen Morgenstunden spürbar wärmer geworden. Die Zeit, in der die Morgendämmerung oder das Leuchten der Nacht Linderung vor der drückenden Hitze versprachen, schwand allmählich.

Dem alten Mann schmerzten die Knochen. An Lebensjahren gezählt war er noch gar nicht so alt, er mochte in der Mitte seiner Vierziger sein, doch die jahrzehntelange Knochenarbeit hatte aus ihm einen Greis gemacht, dem man bei jedem einzelnen Schritt ansah, dass er die Last eines zerstörten Körpers und viel erlebtem Leid mit sich schleppte. Weil er die schwere Maschinerie der Wasserverteiler nicht mehr bedienen konnte, half er den jungen Frauen, die die blühenden Dunkeldornen entstäubten, trug ihre Ausrüstungen und bereitete die geernteten Pflanzen für die Entsorgung vor.

Seine Schicht hatte gerade begonnen, und er blickte über die Plantage, die Hand schützend über die von all dem Blütenstaub bereits trüb gewordenen Augen gelegt, um trotz der aufgehenden Sonne seine Umgebung erkennen zu können. Die Männer und Frauen verteilten sich in gewohnter Manier auf den Plantagenblöcken, ohne unnötig Zeit zu verlieren. Sie waren eingespielt, konzentriert, geübt und so routiniert wie in all den Jahren zuvor, in denen er die Drecksarbeit bereits für die Dunkeldornmagier erledigten.

Der junge Mann im alten, zerschundenen Körper gönnte sich diesen kurzen Augenblick und betrachtete die Feldarbeiterinnen, wie sie nach ihren Wassereimern griffen, und die Männer, die die Maschinen überprüften, bevor sie auf ihre Sitze klettern würden.

Alles war wie immer.

Alles war völlig anders.

Seit Elver war nichts mehr wie zuvor.

Obwohl Elver einige Tagesmärsche von dieser Plantage entfernt war, hatte sich die Kunde über das Unglück wie ein Lauffeuer verbreitet. Die Aufpasser hatten sie alle zusammengetrommelt und ihnen von einer Tragödie berichtet: Einer Tragödie, die schlimm war, aber einzigartig, dass es dort besondere Windverhältnisse gegeben hatte, dass sie sich keine Sorgen machen mussten, ihnen würde nichts geschehen, sie waren sicher, sie könnten weiter sorgenfrei ihre Arbeit erledigen. Das war eine Tragödie gewesen, die den Tod gebracht hatte, die sich aber nicht wiederholen würde, das hatte man ihnen versichert.

Und dann hatte man sie zurück an die Arbeit geschickt, denn diese Arbeit war wichtig, war essentiell für das Land, schenkte ihnen allen Wohlstand und Magie, die sie vor den Feinden an den Außengrenzen schützte, die den anderen Mächten ordentlich Angst und Respekt einflößen sollte.

Sie, hatten die Aufpasser feierlich gesagt, waren die Helden des Landes, und dann hatten sie die Peitschen gegen die Helden des Landes geschwungen, weil sie nicht schnell genug waren, weil die Beine schwer und müde und der Kopf voller Trauer war und die Hände zitterten und der Blick panisch zu den schwarzen, edlen Pflanzen flackerte.

Alles war wie immer.

Alles war völlig anders

Seit Elver war nichts mehr wie zuvor.

Der junge, alte Mann spürte die Angst, die in seinen Eingeweiden lauerte und seinen Brustkorb verengte und die auch in den anderen Eingeweiden saß, in den anderen Gesichter, in den anderen Blicken. Sie sprachen es nur leise und im Geheimen, im Stillen, im Schutz der eigenen vier Wände aus, dass das, was die Aufpasser ihnen erzählt hatten, eine Lüge war.

Was in Elver geschehen war, konnte überall passieren. Jederzeit. Jeder Windstoß, jeder Sonnenstrahl, jeder Schritt konnte den Tod bedeuten, darin waren sie sich alle einig.

Einer der Aufpasser brüllte ihm einen Befehl zu. Der junge, alte Mann hatte zu lange gewartet und zu lange nachgedacht. Schwerfällig setzte er seinen ausgemergelten Körper in Bewegung, bevor ihn das dünne Seil der Peitsche treffen konnte. Der Zorn in ihm half, den Schmerz in seinen Gliedern zu überlappen.

Der Zorn, der schon seit Jahrzehnten wie Kohlen gezündelt hatte, war nun aufgeflammt.

Seit Elver war nichts mehr wie zuvor.

Seit Elver formten sich neue Gedanken in den Köpfen der Menschen, die nicht länger unsichtbar und ersetzbar sein wollten.

Seit Elver formte sich auf den Plantagen und in den müden Herzen der Feldarbeiter Widerstand.

Der Blender

Sengend heiß schien die Sonne auf meine geschundene Kopfhaut nieder und brannte dabei so intensiv, als würden ihre Strahlen durch große, gläserne Linsen verstärkt werden. Der Asphalt unter meinen Füßen fühlte sich an wie glühende Kohlen und heizte sich mit fortschreitender Stunde weiter auf. Ich sehnte den Abend herbei, der nicht nur Linderung brachte, sondern auch die Dunkelheit, die mich besser vor neugierigen Blicken verbergen konnte als Sonnenbrand und Schmutzflecken in meinem Gesicht und eine weitere Schicht erdigem Dreck, der meine Haarfarbe übertünchten sollte.

Ohne Geld und ohne Arbeit war jeder einzelne Tag auf den Straßen Florentias ein Überlebenskampf. Ich war hungrig, mein Körper ausgelaugt. Er lechzte nach Wasser in der Hitze, nach Abkühlung und Schatten.

Das Schlimmste waren aber nicht die Entbehrungen, die mein Körper erdulden musste. Das Schlimmste war das schlechte Gewissen, das mich bei jedem Schritt wie ein an mir klebender Schatten begleitete.

Ich hatte ein Versprechen gegeben.

Ein Versprechen, das mich jagte.

Ein Versprechen, das mich jede Nacht aus meinen Träumen hochfahren ließ, wenn ich auf dem bloßen Asphalt schlief oder zwischen den blühenden Bäumen am Waldrand oder irgendwo zwischen den dürren Büschen der Dunklen Allee, nicht weit vom Fluss Sharza entfernt, die Geräuschkulisse des heruntergekommenen Hafens Wildwasserpier immer im Ohr.

Ein Versprechen, das ich dabei war, zu brechen, weil ich nicht schnell genug, nicht gut genug war.

Mit jedem Tag, den ich hier draußen mit Überleben und gleichzeitig mit Nichtstun und Verstecken vergeudete, steckte Julian, mein Freund aus Kindheitstagen und mit mir einziger Überlebender des Dunkeldornenunglücks in unserem Heimatdorf Elver, in einem Überlebenskampf, den er langfristig verlieren würde.

Wenn es mir nicht bald gelang, ihn aus dem unterirdischen Labor der Universität von Florentia zu befreien, in dem Professorin Weisdorn, für die ich bis vor kurzem noch selbst gearbeitet hatte, geheime Experimente an Menschen durchführte, die bewirkten, dass sie sich in animalische Dornenmonster verwandelten, dann würde er so enden wie die anderen.

Er hatte mich angefleht, ihn zu töten und ihn vor diesem Schicksal zu bewahren, aber ich hatte ihn nicht aufgeben können. Ich konnte nicht. Ich konnte ihn nicht ein zweites Mal verlieren.

Mit gesenktem Blick schob ich mich dicht an den Häuserwänden entlang, um eine möglichst weite Distanz zu den anderen Menschen, die in den Straßen unterwegs waren, zu halten. Ich durfte das Risiko nicht eingehen, dass mich jemand auf offener Straße erkannte. Dieses Risiko war verdammt hoch: Überall in der Stadt hingen Plakate mit Gesuchen nach mir, einer beunruhigend treffenden Zeichnung meines Gesichts und dem Versprechen nach einer großzügigen, königlichen Belohnung.

Der Königsgleiche höchst persönlich sucht nach dir. Was für eine Ehre.

Ich wusste, dass ich nicht ewig so weitermachen konnte. Auch wenn die Zeichnung zu einer Person zu gehören schien, die ich nicht mehr war, auch wenn mein Gesicht extra voller Schmutz und meine Haare staubig und mit Erde bestrichen waren, um den eigentlichen Farbton zu überdecken: Es war nur eine Frage der Zeit, bis sie mich kriegen würden, bis mich jemand hier, auf der Dunklen Alle, auf den Straßen rings um die Zermahlerin, erkennen und verraten würde. Die Dunkle Allee war ein Ort voller bröckelnder, schwarzer Häuser und kaputten Straßen, auf denen sich Bettelnde und Kriminelle herumtrieben, Menschen, die verzweifelt waren, die Familien durchbringen mussten, ehe sie verhungerten. Niemand von ihnen hätte Gewissensbisse, mich auszuliefern, und ich konnte es ihnen nicht verdenken. Und wenn ich einmal selbst in den Laboren saß, war jede Möglichkeit, mein Versprechen einzulösen, unwiederbringlich dahin. Ich wusste, dass Julian mir das nie verzeihen würde.

Vielleicht würde er mir jetzt schon niemals mehr verzeihen.

Die Leute, an denen ich mich vorbeischlich, sahen größtenteils noch heruntergekommener aus als ich. Die meisten von ihnen hatten einen Teil ihres Lebens als Arbeitskraft in der Zermahlerin verbracht. Wenn man dort nicht starb, wurde man an dem Tag, an dem man das Pensum in der Fabrik nicht mehr aushalten konnte, weil man zu alt oder zu krank war, auf die Straße geworfen, um dort zu verhungern und um die wenigen Sachen beraubt zu werden, die man am Leib trug.

In den fünf Wochen, in denen ich mich nun auf den Straßen durchschlug, ich auf den Märkten Nahrung stahl und sogar einige Kleidungsstücke von Wäscheleinen in den nobleren Vorgärten entwendet hatte, hatte ich den rauen Umgangston in diesem Viertel zu schätzen gelernt. Es gab einen unausgesprochenen Ehrenkodex, gegen den nur die schäbigsten Verbrecher verstießen – und die hielten sich nicht lange hier auf der Dunklen Allee, der Straße, in welcher die Zermahlerin ihren Sitz hatte. Wer nur noch eine einzige Sache, eine einzige Kostbarkeit, ein einziges Erinnerungsstück besaß, dem stahl man nichts. Jeder brauchte diese eine Sache, diese eine so wichtige Erinnerung, um in dieser Hölle am Leben bleiben zu wollen.

Dieser Leitspruch verhalf zu einem erstaunlichen Frieden, der die Obdachlosen, die Verstümmelten, die Ausgemergelten, die Gebrechlichen vereinte und ihnen gemeinsame Widersacher gab: Die Zermahlerin. Die Obrigkeit. Der Dunkle Rat. All jene, für die sie buckeln mussten, und das alles im Namen Tensias.

Während die von der Fabrik zerstörten Männer und Frauen sich tagsüber entweder in der Stadt verteilten, um zu betteln, zu stehlen, zwielichtigen Geschäften nachzugehen oder – nicht selten – in irgendeiner stillen, dunklen Gasse einsam an Verletzungen und Krankheiten zu sterben, versammelten sie sich am Abend am Ufer des Sharzas, der an der Hinterseite der Zermahlerin vorbeifloss und der – wie man munkelte – Müll, Unrat und während der Arbeit verstorbene Menschen aus der Stadt hinaus trieb, fort von zu aufmerksamen Augen und Ohren.

Auch ich hatte am Ufer manche Nächte verbracht. Eine Weile hatte ich nach Keya Ausschau gehalten, wenn die Uniformierten die Arbeiterinnen und Arbeiter zum Ausladen der Kisten, die von den Plantagen herangekarrt wurden, nach draußen ließen, sie aber nie zwischen all den unzähligen dürren, blassen Gestalten ausmachen können.

Ein harter Stoß holte mich aus meinen Gedanken in die Realität zurück. Jemand hatte mich angerempelt. Mein Herz setzte für einen Schlag aus, als mich ein älterer Mann laut anbrüllte, dass ich doch gefälligst aufpassen sollte, wohin ich ging, ob ich keine Augen im Kopf hätte, ich dummes, dreckiges Ding.

Ohne ihm zu antworten, schlüpfte ich unter seinem wild gestikulierenden Arm an ihm vorbei und entfernte mich im Laufschritt von dem zeternden Herrn, während mein Puls raste. Hatte er mich erkannt? Hatte er in dem dummen, dreckigen Ding die junge Frau von den Plakaten sehen können? Doch als ich einen Blick über die Schulter zurückwarf, sah ich, wie er ohne Eile weiter spazierte, noch leise vor sich hin murrend. Ich atmete auf.

Du kannst jetzt keine Komplikationen gebrauchen. Nicht jetzt. Nicht heute. Nicht, wo du verdammt nochmal endlich einen Plan hast, wie du Julian aus diesem Rattenloch befreien kannst.

Bei dem Gedanken an den Plan, an dem ich die ganze Woche gearbeitet hatte, wurde mir flau. Es war gewagt, was ich da vorhatte. Vielleicht war es sogar vollkommen abwegig, Selbstmord. Ich würde mir eine Zielscheibe auf die Stirn brennen.

Aber ich hatte genug Nächte am Ufer von Sharza, dem Schlaflosen verbracht, manchmal zitternd vor Kühle, manchmal glühend vor Hitze und schlechten Träumen, dass ich all das Flüstern und Wispern der anderen nicht hatte ausblenden können. Das Flüstern und Wispern über den Blender.

Der Blender.

Ein Mann voller Mythen, ein Mann der Unterwelt, ein Mann, der alles möglich machen konnte, wenn man ihm im Gegenzug etwas geben konnte, das ihn interessierte. Aber das Interesse des Blenders zu wecken, war schier unmöglich, sagte man.

Bei dem Gedanken daran wollte mir das Herz in die Hose rutschen. Ich hatte so viel zu verlieren und im Gegenzug nichts Besonderes zu bieten. Ich führte nichts bei mir, das für den Blender möglicherweise von Interesse sein könnte, womit ich ihn um einen Gefallen bitten konnte.

Das ist nicht wahr. Du hast etwas Besonderes. Du bist etwas Besonderes.

Ich senkte den Kopf, als ich in eine deutlich belebtere Straße wechselte, die ich nicht umgehen konnte. In dieser Straße waren viele Geschäfte angesiedelt, einige Bars und Gasthäuser und auch eine verkommene Spelunke, bestehend aus einer Spielothek und einer Saufstätte mit billigem Fusel, mit dem vertrauenserweckenden Namen Die gefälschte Münze. Diese Spelunke war im Besitz des Blenders, dessen wahren Namen ich nicht hatte herausfinden können.

Ich konnte das Gebäude bereits aus der Ferne erkennen. Die Spelunke stach aus der grünen, mit bunten Wildblumen gerahmten Straße heraus wie ein dunkler Klecks schwarzer Farbe, der irrtümlich auf einem Sommergemälde gelandet war. Die dunklen Holzwände wirkten heruntergekommen, alt und wenig in Schuss gehalten, das Glas der Tür war zerbrochen und wieder zusammengeklebt worden. Außerdem prangte ein großes Geschlossen-Schild daran.

Ich ließ mich davon nicht beirren und drückte gegen die Tür. Sie gab unter dem Druck nach und schwang quietschend auf. Von innen schlug mir verqualmte, abgestandene Luft entgegen, in die sich der Geruch von billigem Parfum, Alkohol und Zigarren mischte.

Dafür, dass die Spelunke geschlossen war, drängten sich erstaunlich viele Menschen, Männer wie Frauen, um die Bar. Einige hatten auch die Tische in Beschlag genommen und spielten lautstark Karten, während sie rauchten und Bier oder Whisky oder anderen billigen Fusel tranken.

Mit meinem Eintreten kehrte augenblicklich Stille ein, und viele Augenpaare musterten mich, manche misstrauisch, andere neugierig.

»Wir haben geschlossen, Mädchen, oder hast du Tomaten auf den Augen?«, rief eine stämmige Frau, die hinter der Theke Gläser mit einem fleckigen Geschirrtuch abtrocknete und mit einem Klirren auf den Tresen knallte.

»Das habe ich gesehen«, erwiderte ich betont ruhig und ging ein paar Schritte weiter in den Raum hinein. Die alten Holzdielen unter meinen Schuhen knarrten.

»Na, dann mach, dass du abhaust«, rief ein brummiger, bärtiger Kerl in einem abgewetzten hellen Hemd mit roten Flecken. Vor ihm auf dem Tisch lag gut sichtbar ein Messer neben seinem halbvollen Bierhumpen.

Julian. Um Himmels willen, Julian, ich tue das hier für dich. Für dich und für mich. Hoffen wir, dass wir nicht beide im Sharza landen.

Ich nahm meinen verdammten Mut zusammen und schüttelte den Kopf, eine Hand halb hinter meinem Rücken verborgen und zu einer Faust geballt, weil ich nicht wusste, wohin sonst mit meiner Anspannung.

»Ich suche den Blender.« Ich gab mich selbstbewusster, als ich mich angesichts eines Dutzend Menschen, von denen einige Messer oder Pistolen an den Gürteln trugen, tatsächlich fühlte.

Für einen Moment war die Stille im Raum so präsent, dass man eine Nadel hätte fallen hören können, dann brach schallendes Gelächter aus.

»Die ist ja lustig, die Kleine«, dröhnte der Mann mit dem fleckigen Hemd und hieb mit seiner Pranke so schwungvoll auf den Tisch, dass die abgestellten Gläser gefährlich ins Wanken gerieten.

Die Frau hinter der Bar zuckte die Schultern. »Findest du? Ich finde es eher nervig, wenn jeden Tag Dutzende Touristen hier hereinspazieren, weil sie mal etwas Aufregendes sehen wollen.«

»Ich bin keine Touristin«, widersprach ich. »Oder seit wann laufen Touristen in solcher Kleidung herum?«

Die Wirtin machte eine unwirsche Geste. »Was oder wer auch immer du bist, scher dich von dannen. Du bist hier nicht willkommen. Komm heute Abend wieder, wenn du es nicht lassen kannst, aber bring genügend Geld für die Spieltische mit, sonst gibt es keinen Eintritt.«

Sie drehte sich abrupt um und warf sich das nasse Geschirrtuch über die Schulter. Es war eindeutig, dass das Gespräch für sie beendet war. Auch die anderen Anwesenden straften mich nun mit Missachtung und begannen, ihre Gespräche, das Trinken und das Kartenspielen wieder aufzunehmen.

Lass dich nicht abwimmeln. Nicht jetzt. Noch nicht. Nicht, solange das Messer noch still auf dem Tisch liegt und nicht eingesetzt wird.

»Ich habe etwas für den Blender, das ihn interessieren

könnte«, sagte ich energisch und reckte das Kinn, um selbstsicher zu wirken.

Wieder sorgten meine Worte für einsetzendes Schweigen, aber dieses Mal folgte kein Gelächter. Dieses Mal wurde die Stimmung im Raum merklich angespannter. Der Mann mit dem Fleckenhemd erhob sich langsam. Bei der Bewegung schob er den Stuhl mit einem bedrohlichen Quietschen über den alten Boden.

»Wir sagen es dir noch ein zweites Mal im Guten, junge Dame«, sagte er leise. »Und wir sind dafür bekannt, beim dritten Mal nicht zimperlich zu sein. Zisch ab.« Seine Fingerspitzen berührten die Tischkante, nur wenige Zentimeter von der mattglänzenden Messerklinge entfernt, die nur darauf zu warten schien, dass er seine Hand um sie schloss.

Ich zwang mich dazu, ruhig zu bleiben, und dem Impuls, auf der Stelle kehrtzumachen und all den feindseligen Mienen zu entfliehen, zu widerstehen.

Julian. Julian im Labor. Julian angekettet. Julian mit schwarzen Schuppen im Gesicht. Julian, der nicht mehr lange durchhalten würde.

All diese Bilder halfen mir, nicht auf der Stelle zu türmen, sondern den Fluchtimpuls niederzuringen.

»Ich möchte den Blender etwas anbieten, das ihn mit Sicherheit interessieren wird«, wiederholte ich behutsam. »Im Gegenzug für einen Gefallen.«

Der Mann mit dem Fleckenhemd schnaubte. Sekunden später war das Messer nicht länger auf der Tischplatte, sondern in seiner Hand.

Seine Miene war nicht länger misstrauisch, sondern plötzlich begierig. »Mach mal den Dreck von deinem Gesicht, Mädchen. Man erkennt dich ja kaum.«

Scheiße. Hat er mich erkannt? Scheiße, scheiße.

»Ey, guckt euch die doch mal an. Merkt ihr was? Ich glaube, die Zeche für die nächsten Abende ist damit gezahlt.«

Ich sprang zurück, bevor er sich auf mich stürzen konnte, und brachte mich hinter einer Sitzgruppe vor seinen greifenden Händen in Sicherheit. Aber die Sicherheit würde nur von der Dauer zwei, vielleicht drei Atemzüge sein, dann würden sie mich in die Finger kriegen. Ich konnte hoffen, schnell genug zur Tür hechten zu können, oder das letzte und einzige Ass spielen, das ich noch im Ärmel hatte.

»Bitte«, rief ich verzweifelt. »Ich kann Dunkeldornmagie brechen. Ist das nicht etwas für den Blender?«

Der Fleckenhemdmann war jäh bei mir und packte mich an den Haaren. Ich stieß einen Schmerzlaut aus, als er mich hinter der Sitzgruppe hervorzerrte und mich auf den Boden schleuderte. Feine Splitter bohrten sich in meine Hände und Knie, als ich hart auf dem Holz aufkam.

Aber bevor er sich über mich beugen und erneut packen konnte, drang ein gellender Pfeifton durch die Spelunke.

»Aufhören«, befahl eine leise, samtene Stimme.

Der Mann mit dem Fleckenhemd zog seine schwieligen Hände zurück und trat widerwillig einen Schritt zurück.

Ich atmete auf, auch wenn mein Körper nach wie vor in einer angespannten, fluchtbereiten Haltung verharrte. Von ganz hinten, aus einer verrauchten Ecke der Spelunke, von einer wenig besetzten Sitzecke, die gut von einem quer durch den Raum reichenden Balken verdeckt wurde, näherte sich eine kleine, zierliche, elegant gekleidete Frau. Die Farbe ihrer Haut hob sich deutlich von dem hellen Beige ihres geknöpften Hemdes und ihrer weißen Hose ab, und an ihren Ohren hingen zwei schlichte Silberohrringe in Form eines Ankers.

Sie kam so nahe, dass sie nur noch eine Armlänge von mir entfernt war. Ein frischer, blumiger, angenehmer Duft stieg mir in die Nase und machte mir deutlich, wie erbärmlich ich im Gegensatz zu dieser adretten Dame riechen musste. Am liebsten wäre ich zurückgewichen, damit ihr diese Tatsache nicht auffiel.

»Was hast du vorhin gesagt? Dass du Dunkeldornmagie brechen kannst?«, fragte die Frau und beugte sich zu mir nach vorne. Auf ihren Lippen lag dunkelroter Lippenstift und ihre Lider waren mit einem schwarzen Kohlestift nachgezogen, während ihre dunklen Haare ihr in einem kurzen, geraden Schnitt gerade bis zu den Schultern reichten. Als sie sich noch weiter zu mir beugte und dabei leicht in die Knie ging, nahm ich das dünne, schon lange verheilte Narbengeflecht an ihrem Hals wahr, das sich bis hoch übers Kinn und die Wangen zog.

Ich blieb auf der Hut. »Das bespreche ich nur mit dem Blender selbst.«

Die geschminkten Lippen der Frau verzogen sich zu einem Lächeln. »Ach, da hast du aber Glück.«

Ich musterte sie mit zusammengekniffenen Augen. »Wie meint Ihr das?«

Im Hintergrund ertönte dröhnendes Lachen, und einige Männer hieben sich auf die Schenkel.

»Steh auf und komm mit«, sagte sie, ohne auf meine Frage zu reagieren. Weil mir ohnehin nichts anderes übrigblieb, rappelte ich mich auf. Während ich den Raum hinter ihr durchquerte, zupfte ich mir verstohlen die kleinen Splitterreste aus den zerschrammten Handinnenflächen.

Entgegen meiner Annahme nahm die Dame nicht wieder in der hintersten Sitzecke Platz, sondern führte mich durch eine weitere Tür in ein kleines Büro. Dort umrundete sie den wuchtigen Schreibtisch, auf dem neben einigen Stapeln Akten auch mehrere Bündel Geldscheine und fein säuberlich sortierte Münzen lagen, und setzte sich auf einen Stuhl. Mit der rechten Hand wies sie auf den wackelig anmutenden Holzstuhl auf meiner Seite des Schreibtisches.

Verwirrt nahm ich Platz. »Ich … Soll ich hier auf den Blender warten?«

Die Frau stieß ein Schnauben aus. »Hast du es wirklich immer noch nicht verstanden?«

Die Erkenntnis traf mich. »Ihr seid der Blender?«

»Dein Unglauben verletzt mich«, erwiderte sie schnaubend. »Aber er ist nichts Neues.«

Ich war im ersten Augenblick so verdattert, dass ich sie beinahe entsetzt angesehen hatte, aber im nächsten schämte ich mich dafür. Ich war zu sehr in den hierarchischen Strukturen und Gewohnheiten gefangen, dass ich mir nicht hatte vorstellen können, dass eine stadtweit bekannte Ganovin auch eine Frau sein konnte.

»Ich wollte Eure Ehre nicht verletzen«, murmelte ich zerknirscht. »Aber da ich eben noch glaubte, gleich von einem Mann mit einem Messer erstochen zu werden, verzeiht Ihr mir vielleicht meinen langsamen Verstand, hoffe ich.«

Die Blenderin – wie ich sie nun in meinem Kopf nannte – lehnte sich zurück. Wieder stahl sich ein lauerndes Lächeln auf ihre Lippen. »Sag mir, hast du wirklich geglaubt, dass nur Männer die großen Positionen in diesem Land einnehmen können?«

Ich dachte kurz nach und schüttelte dann den Kopf. Sofort war mir die Professorin vor dem inneren Auge erschienen. Die Professorin, die mich verraten hatte, die an Menschen herumexperimentierte, die, gemeinsam mit der Dornenfamilie, meine Heimat auf dem Gewissen hatte. Sicher, sie war skrupellose und unberechenbar, aber sie war auch groß und genial, in dem, was sie tat – auf eine schreckliche, abscheuliche Weise.

»Nein, eigentlich nicht«, murmelte ich beschämt, was der Blenderin ein weiteres Lachen entlockte.

»Aber bevor wir allzu philosophisch werden: Du sagtest vorhin, dass du Dunkeldornmagie brechen kannst. Hast du das einfach daher gesagt, um deine Haut zu retten oder um meine Aufmerksamkeit zu erhaschen? Oder kannst du das tatsächlich?«

Ich wusste, wie immens das Risiko war, das ich in diesem Augenblick einging. Ich entblößte mein größtes Geheimnis, meine Stärke, die zugleich auch meine Schwäche war.

»Bevor ich das beantworte, stelle ich eine Gegenfrage: Habt Ihr vor, mich auszuliefern, wenn ich Euch die Antwort darauf gebe?« Ich lehnte mich scheinbar lässig zurück und schlug die Beine übereinander, was in Anbetracht der zerschlissenen Hose nicht annähernd so eine Wirkung hatte, wie ich es beabsichtigte.

»Ich sehe, wir haben eine ähnliche Denkweise«, kommentierte die Blenderin trocken. »Aber ich weiß einen guten Geschäftssinn durchaus zu schätzen.«

»Das ist keine klare Antwort auf meine Frage«, gab ich zurück.

Die Blenderin gab ein belustigtes Schnauben von sich. »Gut erkannt. Aber da ich Ehrlichkeit zu schätzen weiß, will ich sie dir entgegenbringen: Wenn du geflunkert hast, werden wir das nette Sümmchen für deinen Kopf gerne kassieren. Wir sind kein Wohlfahrtsverein, und der Finderlohn ist durchaus königlich. Solltest du hingegen nicht gelogen haben und deine Aussage sich bewahrheiten, nun, dann wäre ich geneigt, die Sache mit der Suche nach dir vielleicht vorerst zu vergessen.«

»Sehr gnädig«, murmelte ich, woraufhin die Blenderin eine Augenbraue hochzog.

»Selbst wenn du die Wahrheit sprichst: Du musst dich auch als nützlich erweisen, um einen Gefallen von mir erwirken zu können.«

Nun wagte ich ein Lächeln, das etwas selbstbewusster als zuvor ausfiel. »Ich säße nicht hier, wenn Euch nicht schon etwas Konkretes vorschwebte, oder?«

Ich glaubte, den Hauch von Belustigung über ihre Miene huschen zu sehen. »Möglicherweise hätte ich da eine Idee, bei der du mir beweisen kannst, dass du mehr wert bist als die Belohnung, die auf dein hübsches Gesicht unter der Schmutzschicht ausgesetzt ist.«

Ich holte tief Luft, ehe ich alles auf meine letzte Karte setzte. Ich brauchte nicht nur die Bestätigung, nicht ausgeliefert zu werden. Ich brauchte mehr. Ich brauchte diesen verdammten Gefallen, von dem es hieß, dass er unglaublich viel wert war. Der Blender, so hieß es, konnte fast alles möglich machen. Genau das brauchte ich am dringendsten.

Ich brauchte fast alles.

Wenn Sie wissen möchten, wie es weitergeht, lesen Sie

Katharina Seck
Die Dunkeldorn-Chroniken
Ranken aus Asche
ISBN 978-3-7341-6325-8
ISBN 978-3-641-28351-3 (E-Book)
Blanvalet Verlag